NOTICES

POLITIQUES ET LITTÉRAIRES

SUR

L'ALLEMAGNE

PAR

M. SAINT-MARC GIRARDIN,

PROFESSEUR A LA FACULTÉ DES LETTRES DE PARIS.

PARIS.

PRÉVOST-CROCIUS, ÉDITEUR,

COUR DU COMMERCE, N° 30, FAUBOURG-SAINT-GERMAIN.

JOUBERT, LIBRAIRE,

RUE DES GRÈS, N° 14, PRÈS LA SORBONNE.

1835

ALLEMAGNE.

Tout vendeur d'exemplaires non revêtus de la signature de l'Éditeur sera poursuivi comme contrefacteur.

IMPRIMERIE DE E. DUVERGER,
rue de Verneuil, n° 4.

NOTICES

POLITIQUES ET LITTÉRAIRES

SUR L'ALLEMAGNE.

DE L'UNITÉ DE L'ALLEMAGNE [1].

Au premier coup d'œil qu'on jette sur l'Allemagne, c'est une singulière confusion : une diète, une trentaine de souverains, grands et petits, des villes libres ; et même il y a trente ans, on y voyait encore des princes ecclésiastiques. A côté de ces débris d'anciens temps, il y a des rois absolus ; puis, en Wurtemberg, en Bade, en Bavière, des assemblées représentatives, des chartes, et tout l'appareil des institutions modernes. Il faut un peu de temps pour se démêler de la surprise que cause ce bizarre mélange de noms et de choses. Ce sont, en effet, des noms et des choses de toutes les époques : le moyen-âge vit dans l'assemblée de la diète, dans les petits souverains, dans les villes libres ; l'ancien régime, dans les monarques absolus ; la révolution française, dans les essais de constitutions et d'assemblées représentatives. Tous ces régimes divers semblent répandus pêle-mêle en Allemagne. L'ancien régime avec ses institutions monarchiques est plus fort et plus puissant que les autres régimes, cela est vrai ; cepen-

(1) Ce morceau est tiré d'un discours prononcé à la Faculté des lettres en novembre 1830.

dant il n'est pas seul et souverain maître. L'Allemagne
ne relève pas de lui seul, comme faisait la France sous
Louis XIV. L'Allemagne n'est point un système ni un
état : c'est une mélange de systèmes et d'états.

Le caractère de l'Allemagne, au premier coup d'œil,
c'est donc la diversité et la discordance. Interrogez son
histoire jusqu'à nos jours, vous reconnaîtrez le même
caractère. Diversité, c'est là le mot des destinées anciennes de l'Allemagne. L'unité semblait répugner à sa
nature. En religion, elle a rompu avec le catholicisme,
à qui il a été donné, plus qu'à toutes les autres religions,
de réunir et de lier fortement les hommes dans la chose
du monde la plus libre, le sentiment religieux. En politique, l'ancien régime, le régime des monarchies abso-
lues qui, dans toute l'Europe, en France, en Angleterre, en Espagne, a consolidé l'unité des peuples, n'a
rien pu faire de décisif pour l'unité de l'Allemagne. L'Allemagne est sortie des mains de l'ancien régime, diverse
encore et divisée, moins heureuse en cela que notre
France, que nos rois du XVIe et du XVIIe siècle ont unie
et identifiée complaisamment, et qui, le travail de son
unité une fois accompli à l'aide de ses monarques, s'est
alors émancipée et affranchie toute seule, sans l'aide et
la permission de personne. L'Allemagne a en même
temps à s'identifier et à s'affranchir. La tâche est laborieuse.

D'où vient à l'Allemagne ce fonds de diversité opiniâtre ? Elle lui vient des origines mêmes de son histoire.
C'est à la source du fleuve qu'il faut remonter si nous voulons voir de quelle nature ses eaux se sont imprégnées.

Une chose dont l'Allemagne est fière, c'est qu'elle n'a
jamais été conquise. Elle a été souvent envahie ; jamais
elle n'a été possédée à demeure. Cela est beau, sans

doute ; mais cela a eu sur la suite de ses destinées une influence qui n'a point été assez remarquée et qu'il faut expliquer.

La Germanie ancienne était un assemblage de petites peuplades, ayant, il est vrai, la même langue, mais isolées les unes des autres et souvent en guerre. Tel était aussi l'état de la Gaule au temps de César. La Gaule fut conquise ; elle devint une province romaine : ce fut là son bonheur. Sous l'administration impériale, elle prit l'habitude de l'unité. Organisée de la même manière dans toutes ses parties, soumise aux mêmes formes d'administration, elle s'accoutuma à former un corps. L'idée de l'unité entra dans tous les esprits. Les conséquences d'une pareille idée sont immenses ; une fois enracinée dans l'esprit du peuple, elle lui donne une force invincible de cohésion. La Gaule a eu bien des vicissitudes ; elle a été envahie et partagée par plusieurs peuples barbares, par les Bourguignons à l'est, par les Visigoths au midi. Mais ces partages et ces morcellemens n'ont pas duré ; à la mort de Clovis, la Gaule est déjà réunie sous le pouvoir des Francs. Plus tard, quand le régime féodal vint couper la France en duchés et comtés presque indépendans, le souvenir opiniâtre de l'unité nationale donna bientôt l'ascendant à la royauté et changea sa suzeraineté féodale en monarchie : tant la France fait corps ! tant est vieux et profond chez nous le sentiment de cette grande et belle unité nationale qui s'appelle le peuple français !

La Germanie ne fut pas conquise : elle resta avec ses diversités de races, avec son indépendance et ses haines de peuplades à peuplades. Elle ne trouva pas l'unité par l'asservissement : pouvait-elle la trouver dans le développement de ses institutions barbares ?

Non ; de toutes les idées sociales, la plus difficile à concevoir, et aussi la dernière que conçoivent les peuples, c'est l'idée de l'unité nationale. Que de travail d'esprit avant d'y arriver ! que de préjugés à abolir ! que d'inégalités à effacer ! Il faut que les familles oublient leur indépendance naturelle ; il faut que tous les membres de ces familles diverses se regardent comme des frères ; il faut que, si les uns sont plus forts que les autres, ils n'exercent pas cette force ; que, s'ils sont plus habiles, ils ne se servent pas de cette habileté à leur profit ; que, s'ils se croient plus nobles et de meilleure origine, ils renoncent à cette croyance. Que de temps pour tout cela ! Abjurer le droit de la force et de l'habileté, renoncer aux droits de la naissance, c'est reconnaître deux grandes choses : la justice et l'égalité sociales. Croyez-vous que ces deux idées pussent se trouver dans les forêts de la vieille Germanie ? Non ; ce qui s'y trouvait, c'était le droit de la force, c'était l'inégalité entre les hommes, c'était le sang des uns taxé à plus haut prix que celui des autres. Quelle unité nationale pouvait-il y avoir avec de pareilles idées ? Il n'y a d'unité nationale que pour les peuples qui ont l'idée de la loi et l'idée de l'égalité. Le monde romain avait l'idée de l'unité, parce qu'il avait une loi commune à tous, aux petits comme aux grands. A Rome, sous les empereurs, il n'y avait plus ni plébéiens ni patriciens ; il n'y avait que des sujets tous égaux par leur servitude. L'unité du monde romain venait de l'égalité de son esclavage. Soyons fiers en France de notre sort tout contraire ; nous sommes tous égaux aujourd'hui, parce que nous sommes tous également libres : l'unité nationale de la France lui vient de l'égale liberté de tous ses concitoyens.

L'idée de l'unité nationale étant étrangère à la Germanie, elle garda ses institutions et ses idées barbares; et quand arriva la grande invasion des peuples du Nord, elle transporta avec elle ces institutions et ces idées en France, en Italie, en Espagne, en Angleterre. Alors commença l'époque du moyen-âge, et de la féodalité, la plus puissante institution du moyen-âge. Or, quel est le caractère général du moyen-âge et de la féodalité? c'est certes le morcellement de la souveraineté. Le moyen-âge manque d'unité. A ce signe seulement il est visible que c'est l'époque de la puissance des nations germaniques.

Le XVIᵉ siècle est l'époque où commence la destruction du moyen-âge. Or, comme en Allemagne surtout, le caractère du moyen-âge est la diversité et la discordance, la destruction du moyen-âge doit avoir pour caractère la destruction de cette diversité. L'Allemagne doit marcher vers l'unité à mesure que se détruit le moyen-âge.

Ici notons une différence essentielle entre l'Allemagne encore et notre France. En France, le moyen-âge se détruit par l'abolition successive du pouvoir du clergé et de la noblesse: ce sont des réformes de politique intérieure. En Allemagne, le moyen-âge, étant la diversité et la multiplicité des états, se détruit par la réunion d'un état à un autre. Chez nous, la constitution change par des ordonnances, par des lois; en Allemagne, par des traités, par des conquêtes. Toute guerre en Allemagne est une révolution politique, toute révolution est un progrès vers l'unité nationale.

Marquons rapidement les circonstances principales de ce progrès depuis le XVIᵉ siècle jusqu'à la révolution française. Je m'arrête à trois choses: l'accroissement de la puissance impériale, la paix de Westphalie, la fondation de la monarchie prussienne.

C'est au XVIᵉ siècle , avec Charles-Quint, que commença à s'accroître la puissance impériale. La réforme
contribua, sans le vouloir, à cet accroissement. Elle sépara l'Allemagne en deux partis, le parti protestant et le
parti catholique. Par-là , elle semblait briser le lien de
l'empire germanique et affaiblir l'empereur ; ce fut tout
le contraire. L'empereur se trouva à la tête du parti catholique , et , au lieu de vassaux douteux et jaloux, eut
des partisans fidèles et dévoués. Son pouvoir apparent
diminua ; son pouvoir réel s'accrut. L'accroissement du
pouvoir des rois est un progrès vers l'unité.

Autre progrès : la Bohême et la Hongrie furent réunies
à l'Autriche. Et remarquez avec quel ordre merveilleux
l'histoire , c'est-à-dire le gouvernement visible de la
Providence , se développe sous nos yeux. Le moyen-
âge , au XVIᵉ siècle , commençait son agonie ; mais avant
le moyen-âge il y avait eu l'âge de l'invasion et des établissemens barbares. Ces institutions de l'âge d'invasion
devaient naturellement périr avant les institutions du
moyen-âge. C'est ce qui arriva. Le royaume slave de
Bohême finit à la fin du XVᵉ siècle ; le royaume hongrois
au commencement du XVIᵉ.

Dans un pays où le moyen-âge avait gardé sa nature
plus que partout ailleurs, il fallait une longue et cruelle
tempête pour ébranler seulement sa puissance. Cette longue et cruelle tempête , ce fut la guerre de trente ans ,
qui finit par la paix de Westphalie, en 1648. Quel est ,
des pouvoirs du moyen-âge, celui qui perdit le plus à
la paix de Westphalie ? ce fut l'Église. L'usage des sécularisations date de la paix de Westphalie. Douze arche-
vêchés ou évêchés furent sécularisés, et donnés à la
Suède, à la Prusse et au Mecklembourg. Ce fut donc le
moyen-âge ecclésiastique qui paya les frais de la guerre de

trente ans. Pourquoi fut-ce l'Église qui, de tous les pouvoirs du moyen-âge, fut frappée la première? parce que c'était le plus ancien. Les pouvoirs du moyen-âge ont eu leur ordre de développement marqué. L'Église a commencé; c'est à elle que du VIIIe au Xe siècle appartient la domination de l'Europe. A la prépondérance de l'Église succède celle de la noblesse : c'est l'époque de la féodalité. Viennent presque en même temps les efforts de la bourgeoisie. Enfin la monarchie prend partout l'ascendant. Tel est l'ordre du développement des principaux élémens du moyen-âge; tel est aussi l'ordre de leur décroissement. Ainsi en France, en 89, époque où tout se faisait vite, le sacrifice et la consommation du moyen-âge commence par la vente des biens du clergé, continue par la suppression des priviléges nobiliaires, et finit en 92 par le renversement de la monarchie absolue. En Allemagne, où tout va plus lentement, la destruction du moyen-âge commence par les sécularisations du traité de Westphalie, qui s'achèvent au recès de Ratisbonne, en 1803. Alors commencent les médiatisations, c'est-à-dire l'abolition des petites principautés et des villes libres. Attendons que le reste de l'œuvre s'accomplisse.

Par les sécularisations, la paix de Westphalie aida au progrès de l'unité en Allemagne. Elle y aida encore mieux en accroissant la puissance de la maison de Brandebourg.

La Prusse a été, jusqu'à la révolution française et jusqu'à Bonaparte, l'instrument le plus actif de l'unité future de l'Allemagne. S'agrandissant petit à petit par des achats, par des traités, par des conquêtes, par des mariages, la Prusse est un exemple de ce que peut l'esprit de suite et de persévérance. C'est une monarchie faite en quelque sorte de mains d'hommes, c'est un empire créé

par la volonté surtout de deux princes, le Grand-Électeur
au XVIIe siècle, et Frédéric II au XVIIIe. A consulter
l'état des choses au XVIe siècle, il ne semblait pas qu'il
dût y avoir jamais un état puissant dans cette partie de
l'Allemagne septentrionale. Des populations de races
différentes, les unes slaves, les autres allemandes ; un
sol de nature fort diverse ; de tous côtés de puissans
voisins ; à l'est la Pologne ; au sud la maison de
Saxe, qui était presque l'égale de la maison d'Autriche ; au nord la Suède et le Danemark, qui inter-
venaient sans cesse dans les destinées de l'Allemagne :
que d'obstacles ! où placer un empire entre tant d'empires puissans ? Le Grand-Électeur fit pourtant ce qui
semblait impossible ; c'est lui qui mit la Prusse hors de
pages ; c'est lui qui la tira du néant des duchés et des
principautés, et l'éleva à la puissance du royaume. Son
fils acheta de l'Empereur le titre de roi. Dès ce moment,
les destinées de la monarchie prussienne s'agrandirent
rapidement. Elle succéda, dans le Nord, à la prépondérance de la Suède et du Danemark, qu'elle relégua
loin de l'Allemagne ; elle anéantit l'influence de la Saxe,
pesa sur la Pologne comme un danger prochain, s'avança
pas à pas dans la Basse-Saxe, dans la Westphalie et
jusqu'aux bords du Rhin, mettant un pied partout,
multipliant ses voisinages et ses frontières comme
autant d'occasions d'agrandissement ; comme persuadée
par une sorte d'instinct que, lorsque les parties de
l'Allemagne septentrionale tendraient à s'unir, c'était
la Prusse qui était destinée à leur servir de centre. *Suum
cuique*: telle est la devise des armes de Prusse.
Quelques-uns y ont ajouté un mot : *rapuit*. Depuis la
conquête de la Silésie, le partage de la Pologne, la con-
fiscation d'une partie de la Saxe, et la possession des

provinces rhénanes, la devise est plus juste, ainsi amendée.

Jusqu'ici le moyen-âge n'a encore qu'un ennemi, la royauté de l'ancien régime : ennemi timide, qui craint d'abattre à trop grands coups ; aussi sa ruine est lente. Pendant trois siècles le moyen-âge glisse plutôt qu'il ne tombe. En 89, l'Allemagne a encore plus de trois cents souverains.

89 fut une de ces années que Dieu choisit entre toutes pour être une des ères de l'histoire du monde. Ce fut l'année de la révolution française. Quelle influence la révolution française a-t-elle eue en Allemagne ? quels effets a-t-elle amenés ? Voilà ce qu'il est curieux de rechercher.

Je ne veux point peindre l'enthousiasme guerrier de notre pays en 92. Disons seulement que nos routes se couvrirent de jeunes gens qui allaient gaîment à la frontière, le sac sur le dos et le fusil sur l'épaule, chantant *la Marseillaise* et la faisant retentir d'étape en étape jusqu'aux champs de Valmy et de Jemmapes. Là, il se trouva quelques cent mille chanteurs du même cœur et de la même gaîté, qui, en plaine, sous le feu de l'ennemi, n'interrompaient leurs refrains que pour déchirer leurs cartouches. De cette façon, nous courûmes de l'Escaut à la Meuse, de la Meuse à la Moselle, et de la Moselle au Rhin, abattant devant nous les trois électeurs ecclésiastiques de Trèves, de Mayence et de Cologne, des abbés souverains, des princes, des comtes, des villes libres, tout le moyen-âge enfin de la rive gauche du Rhin.

Il fallait maintenant faire sur la rive droite et dans le cœur de l'Allemagne ce qui avait été fait sur la rive gauche. Un bras plus fort que celui de la république fran-

çaise, le bras de son héritier, de Bonaparte, devait accomplir cette œuvre.

Jamais homme n'a manié et pétri un pays comme
Bonaparte a manié et pétri l'Allemagne. Pendant près
de dix ans, il l'a coupée et découpée au gré de ses caprices et de ses intérêts, faisant et défaisant les états, changeant les limites, agrandissant, rétrécissant, transportant
les peuples d'un prince à un autre, ôtant à ceux-ci, donnant
à ceux-là, gardant souvent pour lui-même. Il a ordonné
à l'empereur d'Allemagne de n'être plus que l'empereur
d'Autriche, il a été obéi; il a voulu que les princes se
confédérassent sous sa protection, ils se sont confédérés;
il a voulu qu'il y eût un grand-duché de Berg, il y en a
eu un; il a voulu un royaume de Westphalie, il y a eu
un royaume et un roi de Westphalie. C'est à lui que les
princes allemands, comme au suprême arbitre, ont demandé d'être rois, et il les a faits rois. Aucun monarque
enfin ni conquérant n'a tenu un pays dans sa main et ne
l'a pressé et façonné entre ses doigts comme Bonaparte a
fait de l'Allemagne. Quels plans a-t-il suivis dans l'arrangement et le dérangement de tant d'états? quels
calculs a-t-il faits? Les mémoires le diront; ce que
nous devons rechercher, c'est s'il n'y avait pas au milieu des projets de son ambition un plan merveilleux
et secret qu'il suivait à son insu; s'il n'accomplissait pas
sans le savoir ce que la force des choses, ou plutôt la
Providence, voulait qui fût accompli; s'il n'unissait pas
l'Allemagne en la maniant comme il faisait; s'il ne rame-
nait pas toutes les diversités et les discordances du
moyen-âge vers une unité de plus en plus étroite.

Bonaparte est le plus efficace destructeur du moyen-
âge, et le plus puissant instrument de l'unité matérielle

de l'Allemagne. Il suffit, pour expliquer cela, de laisser parler les traités et les actes publics. J'en choisis trois : le recès de Ratisbonne en 1803, le traité de Presbourg en 1805, la Confédération du Rhin en 1806.

Le traité de Lunéville avait dit que les princes dépouillés sur la rive gauche du Rhin recevraient un dédommagement dans l'intérieur de l'Allemagne. Ce dédommagement se fit aux dépens des principautés ecclésiastiques et des villes libres. Dix-huit évêchés souverains, soixante-dix abbayes et couvens furent sécularisés et donnés en proie aux princes allemands. Quarante-sept villes et villages libres furent également sacrifiés. Le recès de Ratisbonne consomma la ruine du moyen-âge ecclésiastique et commença la destruction du moyen-âge municipal et bourgeois. Le moyen-âge féodal fut encore respecté.

Le moyen-âge féodal en Allemagne, c'est ce qu'on appelait la noblesse immédiate. Ce sont des princes, des ducs, des comtes, des landgraves, dont les fiefs ne relevaient que de l'Empire. Ils étaient indépendans des princes dans le territoire desquels leurs possessions se trouvaient enclavées, ils étaient souverains comme eux. Depuis long-temps cette indépendance et cette égalité offensaient les princes d'Allemagne. Ils voulaient en finir avec ces souverainetés qui gênaient les leurs. Il y avait aussi en Bavière, en Wurtemberg, en Bade, d'anciennes chartes, d'anciens états, que supportaient impatiemment les princes de Bade, de Bavière et de Wurtemberg. L'ancien régime, avec ses idées de monarchie absolue, voulait se délivrer de ce reste d'entraves que le moyen-âge mettait à l'exercice de son pouvoir. Ils demandèrent à Bonaparte de changer contre des titres de rois et de grands-ducs leurs titres d'électeur, de duc et de margrave ; de réduire à la condition de sujets les princes souverains enclavés

dans leurs états, de supprimer les chartes et les assemblées politiques de leurs pays. Bonaparte n'estimait assez
ni les rois ni les assemblées politiques pour ne pasaug-
menter volontiers le nombre des uns et diminuer le nombre des autres : il accorda tout. L'empereur d'Autriche,
pliant sous la nécessité d'Austerlitz, sanctionna ces changemens par le traité de Presbourg.

Le traité de Presbourg attaqua ainsi le moyen-âge féodal, et continua la destruction du moyen-âge bourgeois.

L'exemple des rois de Bavière, de Wurtemberg et du
grand-duc de Bade, était fait pour tenter les autres princes allemands. Jouir des douceurs du plein pouvoir,
n'avoir plus d'égaux dans ses états, régner à sa guise,
sans gêne, sans entraves, cela semblait doux. Il fallait
pour cela, il est vrai, se mettre sous la protection d'un
monarque étranger ; mais qu'importe ? Les princes allemands dirent à Bonaparte : Faites-nous despotes. — J'y
consens, mais faites-vous esclaves. Le marché fut con-
clu, et la Confédération du Rhin naquit le 12 juillet 1806.

Alors eut lieu, qu'on me passe le mot, le plus singulier
tripotage d'états et de territoires. Les princes confédérés
commencèrent par se céder l'un à l'autre certaines possessions afin d'arrondir et d'épurer chacun leur territoire.
Ensuite ils réduisirent à la condition de sujets je ne sais
combien de princes indépendans et souverains. Au recès
de Ratisbonne ç'avait été comme une espèce de pillage
des principautés ecclésiastiques ; en 1806, ce fut le tour
des principautés laïques. Dans cette curée d'états la Bavière eut pour sa part treize principautés ou seigneuries;
le Wurtemberg, vingt ; Bade, huit; Berg, quatorze; Nas-
sau, neuf ; etc.

Ainsi le recès de Ratisbonne est la fin du pouvoir ecclésiastique, et la première atteinte portée au pouvoir mu-

nicipal et bourgeois ; le traité de Presbourg, le premier
coup donné à la féodalité, et la suite de la destruction
des libertés bourgeoises ; la confédération du Rhin, la
chute de la féodalité et de la bourgeoisie, la consommation dernière du moyen-âge en Allemagne, et le triomphe
de l'ancien régime et du pouvoir monarchique. Tout cela
s'est fait par les passions des hommes et par leurs intérêts ;
tout cela, à juger les motifs des ouvriers, a été une œuvre d'ambition ; et tout cela cependant a été salutaire et
heureux ; tout cela a été un merveilleux acheminement
vers l'unité nationale de l'Allemagne.

La Confédération du Rhin n'était qu'un travail d'unité
matérielle : restait le travail de l'unité morale. Mais ce
travail ne se fait pas par les mains d'un conquérant étranger ni à l'aide des idées de l'ancien régime ; il se fait dans
le cœur des peuples, mystérieux sanctuaire où se préparent sourdement les destinées du monde. Que voulez-
vous, en effet, que pensassent les peuples qui se voyaient
passer sans cesse d'un sceptre sous un autre ? Voulez-vous
que, se réglant sur le texte mobile des traités, ils se re-
gardassent aujourd'hui comme Badois, de Bavarois qu'ils
étaient hier, demain Wurtembergeois, après-demain Prus-
siens ou Hessois ? Non ; ils pensèrent qu'ils étaient tous
Allemands, et au lieu de ces patries flottantes qui allaient
çà et là à tous les vents de la diplomatie, ils se firent
par la pensée une patrie qui ne vacillait plus sous leurs
pieds, une patrie commune à tous, l'Allemagne ! Plus
de Hesse, de Prusse, de Brunswick, de Bavière : l'Allemagne pour tous, la vieille et sainte Allemagne ! Tel
est le sentiment qui se répandit partout, du nord au sud,
de l'orient au couchant, et l'unité nationale fut fondée.

Hélas ! cette patrie commune, dans quel état ils la
trouvaient ! Faible, abattue, vaincue, et ce qui est pis que

vaincue, esclave, trahie par ses rois, qui baissaient la tête
sous le joug d'un conquérant étranger ; telle était l'Allemagne. C'est une cruelle souffrance pour un peuple que les
souffrances de l'honneur. L'Allemagne commença à frémir
sous ses chaînes ; partout se formèrent des sociétés secrètes pour la délivrance de la patrie. Dans les écoles une
jeunesse ardente puisait aux sources de la philosophie l'a
mour de la liberté et la haine de la servitude étrangère. La
rêverie allemande devenait de l'enthousiasme. Les chants
de Kœrner et de Arndt se répandaient dans les Universités et enflammaient les esprits ; et le soir, dans les tavernes, les portes closes, quand il n'y avait plus, selon
le mot du temps, que les frères allemands, on buvait
à l'Allemagne, à la patrie commune ; on chantait en chœur
la chanson de Arndt.

« Dites - moi, mes amis, où est la patrie des Allemands?
« Est-ce la Prusse, est-ce la Souabe, est-ce aux bords du
« Rhin où fleurissent les vignes ? Non, ma patrie est quel-
« que chose de plus grand ! ce n'est pas là l'Allemagne !

« Où donc est ma patrie ? Est-ce la Bavière, la
« Westphalie, les lieux où roule le Danube, le Tyrol,
« la Suisse? Ah ! ce sont de braves et de beaux pays ;
« mais ma patrie est quelque chose de plus grand : ce n'est
« pas là l'Allemagne.

« L'Allemagne ! l'Allemagne ! dites-moi où elle est. —
« Elle est partout où retentissent les sons de la langue
« allemande; partout où des hymnes de piété s'élèvent vers
« Dieu; partout où, en se serrant la main, on jure de
« mourir ensemble pour la liberté; partout où l'honnêteté
« est dans les yeux et l'amour dans les cœurs : c'est là,
« mes amis, c'est là qu'est l'Allemagne ! »

J'ai cité cette chanson parce qu'elle exprime vivement
l'idée et les sentimens de l'Allemagne en 1813. Ainsi

Bonaparte, en 1806, par la confédération du Rhin, avait jeté les fondemens de l'unité matérielle de l'Allemagne, et la réaction qui, en 1813, se faisait contre Bonaparte, jetait les fondemens de son unité morale.

La guerre de 1813 a été une guerre de réaction contre la France, contre son esprit, contre ses idées. A ce titre, cette guerre a eu pour l'Allemagne de bons et de mauvais effets.

Le bon effet de la guerre de 1813 c'est, vous le savez déjà, d'avoir gravé dans tous les cœurs allemands l'amour et le besoin de l'unité nationale. De ce côté la guerre de 1813 est pour l'Allemagne une ère impérissable, l'ère d'une destinée nouvelle.

Ses mauvais effets, c'est d'avoir confondu dans une haine commune tout ce qui venait de la France, et d'avoir cherché la liberté autre part que dans l'esprit et les idées de 89.

L'Allemagne a trop haï la France, et sa haine lui a ôté le discernement. Ça été là sa punition. Elle a cherché la liberté dans le passé plutôt que dans l'avenir; elle a béni le moyen-âge et a maudit la révolution française. Comme Bonaparte en Allemagne écrasait les petits souverains, les chartes, les villes libres et tout le moyen-âge, l'Allemagne, par opposition, s'est prise d'amour et d'enthousiasme pour le moyen-âge. En littérature, cet enthousiasme a été utile; il a fait faire de curieuses recherches sur l'histoire, la poésie et la langue de l'ancienne Allemagne. En politique, il a été funeste et malheureux. Ce n'est point au moyen-âge qu'il appartient de régler les destins à venir des peuples. Le moyen-âge a eu sa grandeur, son héroïsme, sa poésie, et son genre même de liberté; mais tout cela a vécu, vouloir faire aujourd'hui de la poésie ou de la liberté avec les

idées du moyen-âge, c'est vouloir, comme au temps de
la Ligue, faire le pain des vivans avec la cendre des
morts.

La manie du moyen-âge était un sentiment crédule et
vide ; de pareils sentimens ne servent jamais qu'à être
dupes. Tel fut le rôle de l'Allemagne au congrès de
Vienne. Les rois à Vienne parlèrent d'états provinciaux,
d'anciennes franchises, de vieilles libertés, mots qui
charmaient les partisans du moyen-âge. Ils parlèrent et
ne firent rien. L'Allemagne n'eut point de liberté : elle
savait mal ce qu'elle demandait ; il fut aisé de la refuser.
Ce n'est pas seulement le parjure des rois qui perdit la
liberté allemande au congrès de Vienne ; les rois furent
parjures, cela est vrai ; mais les Allemands prirent des souvenirs pour des principes ; ils rêvèrent au lieu de vouloir.

On peut considérer le congrès de Vienne sous deux
aspects : en Allemagne et en Europe. Sous ces deux aspects, il a le même caractère ; il est profondément égoïste.
Ce congrès de rois ne s'est inquiété que de la royauté
absolue ; il n'a travaillé qu'au profit de l'ancien régime.

En Allemagne, sa politique a été égoïste. En 1813,
les rois avaient dit à l'Allemagne qu'elle serait libre et
qu'elle serait unie. « Toute distinction de rang, de
naissance et de pays est bannie de nos légions, » disaient
les proclamations de la Prusse et de la Russie ; « nous
sommes tous des hommes libres. » En 1814, au jour du
triomphe, la liberté fut éconduite comme importune ;
l'unité n'eut lieu qu'au profit des princes et du pouvoir
absolu ; les médiatisés restèrent médiatisés ; les principautés ecclésiastiques restèrent abolies ; quatre villes libres seulement recouvrèrent une ombre d'indépendance;
les autres demeurèrent sujettes. Le congrès de Vienne,
en commençant, avait annoncé qu'il allait défaire les œu-

vres de Bonaparte. Il y avait de quoi trembler pour
l'unité matérielle de l'Allemagne qu'avait ébauchée le
conquérant. Se ravisant à la fin, le congrès de Vienne
ne défit pas l'œuvre de Bonaparte : il en hérita.

L'unité morale de l'Allemagne eut un sort moins heureux que l'unité matérielle. C'était cette unité morale
qu'espéraient les étudians de l'Allemagne en 1813, quand,
après une victoire, ils rêvaient pour l'Allemagne, comme
récompense de ses efforts, une seule loi civile et politique,
la liberté du commerce intérieur, plus de douanes d'un
état à l'autre, une seule monnaie, l'uniformité des poids
et mesures. Mais le congrès de Vienne se souciait fort peu
de la pensée et de l'espérance des peuples. Il laissa debout
les diversités de coutumes, de droits, de douanes, de
monnaies, de mesures. L'ancien régime n'avait aucun
intérêt à abolir tout cela.

Au dehors, même égoïsme : partout l'intérêt du pouvoir absolu. Il livre Gênes au roi de Sardaigne, la Pologne à l'empereur de Russie, la Belgique au stathouder
de Hollande dont il fait un roi; en France, enfin, il
fait la restauration, afin de mettre en quelque sorte sous
les scellés l'esprit de la liberté moderne. Il sait que c'est
de la France que dépendent les destins de l'Europe, et
il les met sous la garde de la famille qui, sous Louis
XIV, a fondé le plus beau monument de monarchie absolue que le monde ait conçu, et qui, par sa gloire comme
par ses malheurs, représente le mieux l'ancien régime.
La restauration de la branche aînée des Bourbons est
l'œuvre fondamentale du congrès de Vienne, et cette
œuvre est empreinte de l'esprit de l'ancien régime.

C'est contre la France que le congrès de Vienne avait
été fait, c'est de la France que devait venir sa ruine.

2

Pendant quinze ans elle a miné son édifice, et au 30 juillet elle l'a renversé.

Ne médisons pas, quoique ce soit la mode à cette heure, ne médisons pas de nos quinze dernières années. Ne croyons point qu'elles aient été des années esclaves et inutiles. Ne croyons pas que l'esprit français se soit endormi pendant quinze ans. Jamais, au contraire, il n'a été si actif et si efficace; jamais il n'a fait tant de choses. En France, il a renoué la chaîne qui doit lier le temps présent aux premiers jours de la révolution française; il a retrouvé nos vieux titres de 89, il a retrempé la liberté dans ses sources primitives. Nous nous perdions dans la gloire et dans le despotisme militaire; il nous a retirés des casernes pour nous ramener à la tribune; il nous a pris à Bonaparte et nous a reconduits à Mirabeau. Voilà le travail de nos quinze dernières années. En Europe, l'esprit français a réconcilié les peuples avec la révolution. Il a montré ce que c'était que la vraie liberté, la liberté amie des lois et qui ne s'arme que pour les défendre. Pendant quinze ans la France a reconquis par la presse ce qu'elle avait perdu par les armes. Elle a repris sa prépondérance et son autorité : les peuples ont recommencé à l'aimer; ils ont tourné les yeux vers la France comme vers la patrie de la liberté moderne. Ils ont senti que c'était de là que leur viendrait le salut.

C'est dans cet état des choses et des esprits que la main téméraire d'un vieillard brisa tout à coup le sceau de discrétion et d'obéissance que le congrès de Vienne avait mis sur l'esprit de la liberté française. Ce fut comme un signal attendu depuis long-temps. Partout le vase était plein jusqu'aux bords, partout il se répandit. L'Allemagne s'agita, et ce qui marque visiblement ce besoin d'unité qui est la maladie de l'Allemagne, ce furent les petits états qui se remuèrent. La Hesse et le Brunswick autrefois réunis sous le nom éphémère du royaume de Westphalie, la Saxe démembrée par la Prusse, se sentirent troublés d'un malaise et d'une souffrance secrète ; cette souffrance, c'était le mal de la petitesse et de la dislocation.

En même temps, la Belgique brisait le lien qui l'unissait à la Hollande. Un mois lui suffit pour n'être plus hollandaise ; il lui faudra du temps pour être quelque chose par elle-même.

Ainsi, partout s'écroule l'œuvre du traité de Vienne. Les traités ne tombent ordinairement que par la guerre. Celui de Vienne tombe avant qu'un seul coup de canon ait retenti en Europe. Il tombe sous l'impossibilité de tenir plus long-temps le monde sous la tutelle de l'ancien régime. La guerre, si elle éclate, relèvera-t-elle cet édifice qui s'est affaissé sous son propre poids ? Non ; la guerre a pour effet de hâter les destinées des peuples et de faire courir les nations, haletantes et épuisées, il est vrai, au but qu'elles doivent atteindre. La paix les y conduisait, la guerre les y pousse. Quel est ce but ? Je ne veux point l'assigner d'avance à chaque peuple ; je ne veux point faire ici de prophéties : ce qui est sûr cependant, c'est que pour aucun peuple ce but n'est l'ancien régime et le pouvoir absolu.

Quant à l'Allemagne, son but inévitable, c'est l'unité. Cette unité, pour se fonder, a peut-être besoin de la guerre ; elle a peut-être besoin que la conquête vienne briser encore une trentaine de petits états. Il faut que l'Allemagne soit broyée encore une fois pour être unie. Alors, quand les deux ou trois états, échappés à la tempête se seront accrus des débris du naufrage ; quand leurs capitales verront se presser dans leurs murs ces foules innombrables de Paris et de Londres ; quand les princes peut-être s'ap-

plaudiront de cet accroissement de leur empire, c'est
alors que la liberté entrera en souveraine maîtresse dans
ces royaumes et dans ces villes agrandies pour la recevoir. La liberté moderne aime les grandes capitales ; car
ce sont de puissans instrumens de civilisations. C'est au
sein de ces foules immenses que les idées se développent
et s'animent ; c'est là que se décident les destinées des
pays ; c'est là que les mouvemens ont de la grandeur et
de la portée. Dans les villes médiocres, le gouvernement est aisément plus fort que le peuple. Dans les
grandes capitales, c'est le contraire : le peuple y est
plus fort que le gouvernement, en temps de paix par la
masse des idées, en temps de révolution par la masse du
nombre.

Chose remarquable : c'est le despotisme et la conquête
qui font les grands états et les grandes villes, et c'est la
liberté qui en hérite. Elle leur laisse le travail et la peine;
l'œuvre faite, elle dit: Ceci est à moi. Le despotisme,
quand il abolit les diversités de lois, de coutumes, de
mœurs, quand il détruit les priviléges qui le gênent,
quand il aplanit les inégalités qui l'empêchent de faire
passer sur toutes les têtes le niveau de sa puissance, croit
travailler pour lui-même. Il s'enorgueillit de l'égalité de
servitude sous laquelle il fait plier ses sujets; c'est
à ce moment que les peuples se mettent à réfléchir.
L'égalité les charme, l'esclavage les indigne, et un
beau jour, brisant le despotisme, ils substituent à l'égalité
devant le maître l'égalité devant la loi, c'est-à-dire la
liberté. C'est là ce que la France a fait en 89, c'est là
ce que l'Allemagne est destinée à faire.

ÉTAT POLITIQUE

DE

L'ALLEMAGNE EN 1833[1].

DE LA PRUSSE. — RÉVOLUTION POLONAISE. — DES ÉTATS DU MIDI. — DE L'AUTRICHE. — DES CONFÉRENCES DE VIENNE. — DE LA DIÈTE DE FRANCFORT ET DES UNIVERSITÉS.

Il faut pour juger l'état de l'Allemagne ne jamais perdre de vue quel est le but de sa destinée. L'Allemagne marche vers l'unité. Examiner l'état de l'Allemagne, c'est examiner si elle s'est rapprochée de ce but fatal ou si elle s'en est écartée.

Avant tout, sachons bien qu'il y a plusieurs routes qui conduisent à l'unité; ne nous laissons pas préoccuper à ce point de l'idée de la liberté que nous nous imaginions qu'il n'y a qu'elle qui conduise à l'unité. C'est par la liberté que la France en 89 a touché l'unité; mais ce n'est point par la liberté qu'elle y était arrivée. Ce sont les rois qui ont, depuis Hugues-Capet jusqu'à Louis XV, formé le faisceau de la France. Qui sait si l'Allemagne n'est pas réservée à suivre la même route? Depuis 1830, la liberté allemande a plutôt reculé qu'avancé; l'Allemagne, cependant, n'a pas cessé, selon moi, de marcher vers l'unité, et la politique des princes a plus fait, sans le savoir peut-être, pour la pousser à ce but que n'eût fait l'enthousiasme des peuples.

L'unité n'est pas seulement pour un peuple une cause

---

[1] Discours prononcé à la faculté des lettres. Janvier 1834.

de joie et d'orgueil national; c'est de plus un avantage politique. Sans doute il y a du plaisir à se sentir vivre à l'unisson d'un bout d'un pays à l'autre, à respirer de la même haleine, à battre du même cœur avec trente millions d'hommes; mais si ce n'était pour les peuples qu'un plaisir de vanité, quelque puissant qu'il fût, ce serait peu de chose : grace à Dieu, c'est aussi une cause de bonheur et de repos.

En effet, dans les pays qui sont arrivés à l'unité, les guerres civiles sont impossibles. Pourquoi? c'est que comme les révolutions, grace à la diffusion rapide des idées, s'y font dans les esprits avant de se faire dans les choses, elles sont irrésistibles au moment où elles éclatent ; car à ce moment elles sont partout à la fois, au centre et aux extrémités, sans qu'aucun obstacle de mœurs, de lois ou de langues différentes vienne les arrêter. Demandez à l'Espagne et au Portugal pourquoi les guerres civiles y sont si longues et si cruelles? C'est qu'ils n'ont pas d'unité, c'est qu'il n'y a que des provinces isolées les unes des autres, et habituées à vivre à part. A travers ces obstacles les idées ont de la peine à se faire jour, et la révolution met plusieurs années à faire le tour du pays. De là la douloureuse durée des guerres civiles. Chez nous, au contraire, qu'est-ce aujourd'hui que les guerres civiles? quelques malheureuses échauffourées entreprises à grand' peine et qui se perdent bientôt dans d'obscurs brigandages : tant il est vrai qu'avec l'unité la guerre civile n'est plus possible.

Ce qui fait l'unité d'un peuple, c'est l'égalité de sa civilisation. Plus la civilisation est également répandue, plus il y a d'unité.

En Allemagne y a-t-il égalité de civilisation? La civilisation allemande est-elle partout la même? a-t-elle partout les mêmes idées et les mêmes principes? C'est ce qu'il faut examiner pour mesurer les progrès de l'unité.

Je divise l'Allemagne en trois groupes d'intérêts et d'opinions ; 1º la Prusse, 2º les États méridionaux, 3º l'Autriche.

Il suffit pour comprendre la destinée et la politique de la Prusse de prendre une carte d'Allemagne. La Prusse est tendue en quelque sorte à travers l'Allemagne, comme un arc de guerre. Son aigle, qui a plus d'envergure que de corps, baigne une de ses ailes dans le Niémen qui fut autrefois polonais, et l'autre dans la Sarre qui fut pendant quelque temps française. Avec cette longueur qui manque de profondeur, la Prusse a toujours à craindre d'être percée par le milieu ; elle a toujours à craindre qu'un coup de marteau, tel que celui d'Iéna, ne vienne rompre la chaîne qui lie ses longs et minces états. Pour conjurer ce danger, elle a besoin de prendre du corps. Comme pendant la paix les agrandissemens de territoire sont impossibles, elle ne peut doubler, pour ainsi dire, la trame brillante et frêle de son royaume que par des agrandissemens d'influence. Pendant la guerre, des agrandissemens de territoire, pendant la paix, des agrandissemens d'influence, tel est le but de la Prusse : tant elle sent la nécessité de suppléer à son manque de consistance.

Comment la Prusse cherche-t-elle à obtenir cet ascendant moral qui lui vaut des provinces ? La politique de la Prusse peut se résumer en deux mots : être toujours un peu plus libérale que les princes, et toujours beaucoup moins libérale que les peuples.

Telle est la politique prussienne ; selon les temps et l'occasion, elle fait paraître tantôt un des côtés de la devise et tantôt l'autre. Lorsque les esprits sont calmes, lorsque l'Europe est au repos comme avant 1830, alors la Prusse se montre libérale, alors elle ré-

veille par toute l'Allemagne les espérances de liberté et d'u-
nité qui charmaient les bivouacs de 1813 ; elle fait d'utiles
réformes dans son administration, améliore le régime de
ses communes fondé par le baron de Stein, crée des états
provinciaux , accorde des libertés locales, protége et développe l'industrie, favorise de toutes ses forces l'instruction publique, fonde des universités : en même temps elle
se garde bien de diminuer son armée , ou de donner la liberté de la presse, afin de rester toujours forte contre l'Europe et contre l'esprit du siècle. En Prusse ce qui remplace
la liberté de la presse, c'est ce que les Allemands appellent *lernfreiheit*, la liberté des études. Les chaires sont
libres ; le professeur peut dire à peu près tout ce qu'il
veut ; mais il y a une censure pour les écrivains. De cette
façon, la presse est en quelque sorte soumise à une espèce de noviciat professoral ; et comme il n'y a que les
études qui soient libres, il faut passer par les études
pour arriver à la liberté.

On a dit de la Prusse que c'était une caserne ; c'est
une caserne, mais c'est aussi une école. A Berlin, *sous
les tilleuls* [1], il y a deux vastes bâtimens à côté l'un de
l'autre ; l'un est l'arsenal, dont les portes sont ouvertes et
où l'on voit les canons étincelans, armés de tout leur
attirail, prêts à s'élancer partout où les appellera la guerre ;
l'autre est l'université, où des flots d'étudians viennent
pour puiser sans cesse aux sources de la science. Tel est
l'emblème de la Prusse : l'université et l'arsenal, les
canons et les études, les étudians et les soldats. Voilà
comment la Prusse se présente à l'Europe, tenant en
quelque sorte dans ses mains deux foudres allumés ; la

---

[1] Grande rue de Berlin, plantée d'arbres, et qui ressemble à nos boulevards.

foudre des armes et la foudre de l'intelligence; mais usant toujours avec discrétion de la plus terrible, de celle qui souvent enflamme les mains mêmes qui la portent, la foudre de l'intelligence.

Avant 1830, Berlin devenait peu à peu la capitale littéraire de l'Allemagne; la Prusse était le messie de la liberté et de l'unité germaniques. A ce moment elle était plus libérale que les princes. Bientôt la révolution de juillet éclata, et alors la Prusse montra l'autre côté de sa devise. Elle était à l'avant-garde du siècle, elle passa aussitôt à l'arrière-garde; de libérale elle sembla devenir illibérale. La chute de Charles X a fait sur le libéralisme en Europe l'effet de la chute d'une montagne dans un fleuve : les eaux s'élèvent tout à coup au-dessus de leurs rives naturelles. Le libéralisme s'est de même, en 1830, élevé tout à coup au-dessus de son niveau ordinaire. La Prusse ne pouvait ni ne voulait atteindre ce niveau accidentel.

Il y avait en ce moment pour la Prusse deux systèmes à suivre : l'un, que lui proposaient quelques esprits brillans, mais chimériques; c'était de se mettre à la tête de l'Allemagne libérale, d'arborer le drapeau de la liberté et de l'unité germaniques. Des troubles avaient éclaté dans plusieurs parties de l'Allemagne, en Saxe, dans la Hesse, dans le Brunswick, dans le Hanovre. Ces troubles avaient une cause sérieuse et grave, une cause qui travaille encore l'Allemagne aujourd'hui; c'était ce que j'appelle le mal de la petitesse et de la dislocation; c'était ce besoin d'unité qui tourmente les peuples allemands. Saisissez l'occasion, disait-on à la Prusse, ramassez ces petits états disloqués, soyez roi du nord de l'Allemagne, mais soyez roi avec une constitution, soyez roi au nom

de la liberté; avec ce drapeau, vous irez jusqu'au **Necker**,
vous irez même au-delà!

Tel est le système que quelques esprits ardens conseillaient à la Prusse. Et pourquoi ne l'avez-vous pas
accepté? demandais-je un jour à un Prussien. — Monsieur, me dit-il, le libéralisme faisait avec nous ce que
le Diable fit avec Jésus-Christ dans la tentation du désert. Il nous montrait tous les royaumes et nous disait:
Prenez, mais inclinez-vous devant moi; vous aurez tout
cela; *si cadens ante me adoraveris faciem meam.*
Pour régner il fallait abdiquer le pouvoir.

Ajoutons que c'était une aventure, un coup de tête, et
depuis Iéna, qui fut un coup de tête, une aventure, la
Prusse ne les aime plus. Depuis Iéna la Prusse est devenue
discrète et prudente; elle ne fait plus de romans. Lorsque
l'Europe s'agite, elle se recueille, se contient, et attend,
l'arme au bras, les occasions de fortune, sans jamais rien
risquer pour les faire venir. Au moment de la révolution
de juillet, la Prusse attendit donc. Elle laissa les idées
libérales s'exalter en Allemagne, à qui mieux mieux, sachant bien que ces idées se perdraient bientôt dans leur
propre fougue, et qu'alors, après un court dépit contre
la Prusse, l'Allemagne reprendrait son ancien amour.

Pour achever de rendre la Prusse discrète et sage,
c'est à ce moment aussi qu'éclata la révolution polonaise.

On disait encore à la Prusse: Recréez un royaume de
Pologne et mettez comme rempart entre la Russie et vous
une Pologne indépendante.

Ce système était contraire à toute l'histoire et à toute la
politique de la Prusse. Une Pologne indépendante! le
duché de Posen lui sera-t-il rendu? ou bien la Pologne
souffrira-t-elle que ce duché reste entre les mains qui

l'ont usurpé? Une Pologne indépendante! mais il n'y a pas de Pologne indépendante, si la Pologne ne va pas jusqu'à la mer, si elle n'a pas Dantzick; et si la Pologne touche à la mer, que devient la Prusse? elle est rayée de la carte de l'Europe.

La résurrection de la Pologne serait l'abaissement de la Prusse, et la destruction de son avenir. Quand on jette un coup-d'œil attentif sur l'histoire de l'Allemagne, on voit que l'Allemagne, depuis ses commencemens, a toujours travaillé à absorber les nations slaves établies sur ses frontières. La Prusse a été fondée par des conquêtes sur les Slaves, et lorsqu'elle a usurpé une partie de la Pologne (j'écarte la perfidie des moyens), elle n'a fait que continuer contre les peuples slaves le mouvement de son histoire; elle n'a fait qu'obéir à la vocation de son origine et à la destinée des peuples allemands.

Ce travail d'absorption que l'Allemagne a fait contre les peuples slaves n'a donc point commencé avec le partage de la Pologne. Toujours l'Allemagne a pesé sur les Slaves et a cherché à les engloutir dans son sein. Voyez les rois saxons[1] qui vont se placer sur le trône de Pologne! L'entreprise des Auguste, de ces électeurs allemands qui essaient de devenir rois héréditaires et absolus de Pologne, est une tentative que fait la Saxe, fière de sa gloire du seizième siècle, pour absorber la Pologne. La Saxe a aussi l'instinct de la destinée de l'Allemagne à l'égard des peuples slaves, mais elle n'a pas la force qu'il faut pour accomplir cette destinée. La Saxe, épuisée par le luxe d'Auguste II, ruineux imitateur de Louis XIV, n'est pas capable de dévorer une proie pareille. Elle succombe à la peine, elle manque la Pologne et sort de

---

[1] Auguste II et Auguste III.

l'entreprise toute faible et atteinte d'un dépérissement mortel. C'est de ses électeurs rois de Pologne que date la décadence de la Saxe.

Il fallait, pour dévorer la Pologne, un voisin plus puissant que la Saxe. Ce fut la Prusse, au xviiie siècle, qui reprit l'œuvre d'envahissement et de conquête. Cependant, toute hardie qu'elle est, elle n'a pas pu engloutir seule une si vaste proie. Pour être dévorée, la Pologne a dû être dépecée : deux parts pour l'Allemagne, dont l'une à l'Autriche et l'autre à la Prusse. La Russie a eu le reste.

Aux yeux de la philosophie de l'histoire, le partage de la Pologne entre l'Allemagne et la Russie accomplit d'une part la vocation conquérante des peuples germaniques sur les peuples slaves; et de l'autre, en réunissant la Pologne au grand empire slave, à la Russie, en rattachant les rameaux au tronc, ce partage commence pour les peuples slaves une destinée nouvelle. Je chercherai tout à l'heure à expliquer cette destinée.

En partageant la Pologne, l'Autriche, la Prusse et la Russie ont été ambitieuses, perfides, injustes : qui en doute? Mais ce n'est ni leur perfidie, ni leur injustice qui ont amené la ruine de cette malheureuse nation. La Pologne a péri par ses fautes plus encore que par les crimes de ses voisins. Elle a péri par sa constitution; et ici je ne parle pas de ses lois politiques: les lois politiques ne font pas plus périr un peuple qu'elles ne le font vivre. La Pologne a péri par la constitution de sa société. C'était un état féodal et aristocratique, un état brillant, aventureux, et dont l'histoire semble un beau roman de chevalerie. Cet état féodal et aristocratique a dû disparaître au moment fatal où disparaissaient les unes après les autres les aristocraties européennes. La fin du dernier siècle et notre siècle ont vu périr peu à peu toutes les aristocraties; l'aristocratie française en 89 sous les coups de la révolution; l'aristocratie anglaise en 1832 sous les coups de la réforme. La Pologne a dû subir le sort commun des aristocraties.

En France, en Angleterre, pour remplacer l'aristocratie et pour soutenir l'empire, il y a eu le tiers-état, le peuple. En France et en Angleterre il y avait un second rang pour prendre la place du premier s'il tombait, et la nation n'a pas disparu avec l'aristocratie, parce que l'aristocratie ne faisait point seule le corps de la nation. Mais en Pologne il n'y avait pas de tiers-état, pas de peuple, pas de second rang.

En 91, lorsque la Pologne fit une constitution, elle décréta l'égalité. Décret impuissant! Une constitution peut se faire en deux mois ou en deux heures; mais un peuple, un tiers-état, une bourgeoisie ne s'improvisent pas de cette manière : c'est l'œuvre des siècles. En 91, la Pologne put bien décréter l'égalité, mais elle ne put pas en même temps faire naître un peuple. Elle prit les principes qu'avait proclamés 89, et crut que ces principes la feraient vivre. Les principes, hélas! ne font vivre que ceux qui ont la vie. La Pologne en 91 cessant d'être une aristocratie sans devenir un peuple, perdit son ancienne force sans acquérir une force nouvelle. Elle ne se transforma pas, comme se sont transformés les états de l'Europe occidentale, d'aristocratie en démocratie. Elle dépouilla son ancienne forme, sa forme brillante et agitée sans en pouvoir revêtir une nouvelle, et sa vieille destinée l'abandonna sans qu'une nouvelle vînt planer sur sa tête.

Un tiers-état, un peuple, voilà ce qui a manqué à la
Pologne. S'est-il fait un tiers-état polonais depuis 91 ?
S'en fait-il un à l'heure qu'il est? Hélas! il se fait peut-
être en ce moment un tiers-état, un peuple; mais comment? par les confiscations brutales de la Russie, par
cette vente des biens des plus nobles émigrés du monde.
La Russie vend les biens de l'aristocratie polonaise exilée
et fugitive, comme la France a vendu les biens de son
aristocratie émigrée. Les causes sont différentes, les effets seront-ils les mêmes? Cet injuste encan amènera-t-il la
division des propriétés et les progrès de l'agriculture?
créera-t-il un tiers-état propriétaire, un peuple labou-
reur et intelligent? Et ce peuple, s'il en est un, sera-ce un
peuple polonais? Ce peuple nouveau, mêlé d'Allemands,
de Juifs, de Russes et d'étrangers de toutes sortes que
l'espoir de la fortune amène sur ce sol mis à l'enchère,
songera-t-il à revendiquer la vieille patrie polonaise,
quand il est né des ruines même de cette patrie? Est-
ce le vengeur de l'ancienne Pologne, ou n'est-ce que son
avide remplaçant? Laissons ces questions à l'avenir ; c'est
à lui seul de les résoudre.

Morte avec les aristocraties européennes, la Pologne
n'a pas ressuscité sous la forme de tiers-état et de peuple.
En est-ce donc fait pour toujours? n'y a-t-il plus rien
de cette noble nation qui survive à sa chute pour la
venger? Non : il y a quelque chose qui survit à la chute
des nations, quelque chose qui après elles joue encore
un rôle dans le monde : c'est leur esprit. L'esprit grec a
survécu à la Grèce et a conquis Rome :

Græcia capta ferum victorem cepit.

Eh bien! il y a un esprit polonais, et cet esprit polo-

nais a encore un rôle à jouer dans le monde. Il a une
mission qui se découvre déjà et dont le mystère s'éclaircira à mesure que nous marcherons.

Les races slaves n'ont point encore fait leur début
sur la scène du monde civilisé ; elles restent sur le seuil
de la porte. La Russie n'a point encore été pétrie par la
civilisation moderne. Le ferment divin reste à la surface ;
il ne descend point au sein profond des masses. Quelques
jeunes seigneurs polis, aimables, spirituels, une administration faite à l'image de l'Europe, une cour brillante, tout
cela n'est point un peuple civilisé. Le soleil de la civilisation fond par les bords le vieux glaçon moscovite ; mais il
ne pénètre pas jusqu'au cœur qui reste immobile et dur. Il
faut à cette masse quelque chose qui la secoue et la remue profondément, quelque chose de plus puissant que
la main de Pierre-le-Grand et de Catherine II ; quelque
chose qui ne tombe pas goutte à goutte comme les influences de l'esprit impérial ; quelque chose qui tienne
la Russie dans un mouvement et une fermentation per-
pétuels ; quelque chose enfin qui soit une cause toujours vivante de troubles, de guerres et d'agitations. Cette
révolution éternelle attachée comme un brûlot aux flancs
de la Russie, c'est la Pologne. La Russie a conquis un
volcan qui l'échauffera en l'embrasant. Le partage de
1772 était gros de troubles, et la justice divine a donné
pour filles à cette grande iniquité du XVIII siècle toutes
les révolutions à venir du nord de l'Europe. Elles sor-
tiront tour à tour de son sein sans que de long-temps
encore sa fécondité s'épuise et se lasse.

Tel est l'avenir de la Pologne, tel est son rôle ; elle
est, pour parler comme l'Écriture, le ferment qui doit
travailler les races slaves. Imprégnée de l'esprit des nations occidentales, imbue de leurs maximes de liberté,

ce n'est pas en vain, ce n'est pas sans fruit qu'elle est mêlée à la Russie par la victoire comme par la défaite, par la conquête comme par la résistance. Voyez quel écho ont eu, au sein même de l'empire russe, les cris de la Pologne; voyez quel contre-coup a eu sa glorieuse révolte. La Lithuanie, la Wolhynie, l'Ukraine, même les colonies militaires, tout se remue quand la Pologne se secoue; le monde slave tremble tout entier quand Varsovie s'agite. La Pologne est le levier qui fait mouvoir jusque dans ses fondemens ce vieux monde jusque là inébranlable; et ce levier, ne l'oublions point, a pour point d'appui la civilisation moderne. La Pologne a touché l'esprit philosophique de la France, l'esprit de feu; la Pologne, encore un coup, est l'instrument de la civilisation à venir des races slaves : c'est la semence d'un monde qui doit figurer un jour dans l'histoire; et cette semence dispersez-la, jetez-la au vent; peu importe! elle n'en sera pas moins féconde. Vous me demandez comment cela se fera, comment le germe grandira, comment l'arbre croîtra! Demandez auss i aux botanistes comment, dans les plantes, la semence mâle s'envole dans les airs pour chercher la semence femelle, comment elles se rencontrent, comment les vents ne contrarient pas ces rendez-vous mystérieux, comment ils les servent; demandez le secret de la nature.

La Russie a usurpé la Pologne; Dieu a puni ce crime par lui-même. La Pologne est une révolution vivante attachée à la Russie et qu'elle traîne comme son boulet de punition. Mais comme les punitions de Dieu ne châtient pas seulement le passé, et qu'elles préparent l'avenir, la Pologne, comme un divin ferment, travaille et pousse à la civilisation les nations slaves du Nord. C'est de cette manière que la justice de Dieu se concilie avec sa providence, les châtimens du passé avec les œuvres de l'avenir, le malheur passager des peuples avec l'éternel progrès de l'humanité.

Les conquêtes de la force ne sont solides que lorsqu'elles ont été précédées par les conquêtes de l'esprit. Quand l'Allemagne a usurpé une partie de la Pologne, cette conquête avait été précédée par les empiètemens de l'esprit germanique. La Pologne, en devenant allemande, montait d'un degré dans l'échelle de la civilisation ; en devenant russe elle descendait de plusieurs degrés. C'est à cette différence qu'il faut attribuer la tranquillité des provinces polonaises échues à l'Allemagne et l'agitation des provinces échues à la Russie.

L'intérêt de la Prusse exige le maintien du partage de la Pologne. Laisser abolir ce partage, c'est démentir la vocation des peuples germaniques ; c'est renoncer à l'héritage que l'Allemagne cherche à se faire depuis huit cents ans sur le sol des peuples slaves.

Quand on vit la Prusse aider la Russie à soumettre la Pologne et déposer ses principes libéraux de 1829, il y eut dans l'Allemagne beaucoup de colère et de dépit. Pendant quelque temps la Prusse sembla en disgrace. Cependant, à mesure que se calmait l'ardeur des espérances de 1830, l'Allemagne revenait à son ancienne favorite et aujourd'hui la réconciliation est presque faite. Guérie de ses inquiétudes de 1830, la Prusse remontre peu à peu le côté libéral de sa devise. Elle envoie son prince royal visiter les provinces du Rhin, et, dans ce pélerinage, le prince royal se convertit, dit-on, au libéralisme, conversion merveilleuse par son à-propos, soit qu'elle date de Cologne ou de Coblentz, soit qu'il l'ait apportée toute faite du cabinet de Berlin. En même temps elle arbore de nouveau le drapeau de l'unité germanique ;

ce n'est pas l'unité par la liberté, ce n'est pas le rêve des bivouacs de 1813, c'est l'unité par le commerce et l'industrie. Avec les traités de commerce la Prusse enlace l'Allemagne et se fait le centre d'une vaste unité matérielle.

Je passe aux états méridionaux, la Bavière, le Wurtemberg et Bade : j'examine le second groupe d'intérêts et d'opinions.

Il n'y a pas au midi de l'Allemagne d'état qui, comme la Prusse, au nord, ait dans ses mains le dépôt de l'unité à venir de l'Allemagne. La Bavière pourrait servir de centre au midi ; mais la Bavière a l'Autriche pour voisine. L'Autriche ne permettra jamais qu'il naisse un état puissant au midi de l'Allemagne. L'Autriche ne veut pas servir de centre à l'Allemagne méridionale, parce qu'elle sait qu'au midi de l'Allemagne il ne peut y avoir d'unité que par la liberté, et qu'à ces conditions le marché lui semble mauvais ; elle ne veut donc pas être, au midi, le centre de l'unité germanique, mais elle ne veut pas, en même temps, que personne le soit. Voilà ce qui arrête les destinées de la Bavière, voilà ce qui l'empêche d'avoir au midi la vocation que la Prusse a au nord. Condamnée à l'inaction et à l'impuissance par son voisinage, la Bavière s'adonne aux beaux-arts qui consolent et qui embellissent la vie, qui ne donnent pas la puissance, mais qui donnent la gloire, et qui, de cette manière, commandent le respect. Munich devient une nouvelle Athènes, et quelle que soit la chance des destinées politiques, Munich ne peut être rayé de la carte des états indépendans, sans que, grace à sa nouvelle splendeur, l'attentat ne paraisse plus injuste. Le roi de Bavière a mis son royaume sous la protection des arts ; cette protection vaut celle de la force. Grace aux beaux-arts, Munich ne peut plus devenir une ville de province ; elle a les proportions et l'éclat d'une capitale.

Le malheur du midi de l'Allemagne, c'est que ni les princes ni les peuples ne semblent y avoir de but et de destinée. Les princes du midi de l'Allemagne, autrefois électeurs, ducs, margraves, devenus rois par la grace de Napoléon, semblent croire que depuis qu'ils ont atteint ce titre, ils ont touché au but de leurs destinées et qu'ils n'ont plus rien à faire qu'à rester aussi rois qu'ils peuvent l'être. La grande affaire, la grande pensée de tous ces princes était de réduire à l'état de sujet la noblesse immédiate. Depuis les médiatisations, ils ont placé une couronne au-dessus de leurs palais et se reposent, heureux d'avoir atteint le but de l'ambition de leurs ancêtres. De leur côté, quoique soumis, quoique sujets de ceux dont ils se souviennent toujours d'avoir été les égaux, les médiatisés répugnent sourdement à l'obéissance. Il y a dans les petits états du midi de l'Allemagne une opposition aristocratique, que j'appellerais volontiers le parti des médiatisés, plus ou moins puissante, selon le plus ou moins de force de l'état. Ce parti, plus faible en Bavière et en Wurtemberg qu'en Bade, jouit des embarras et des difficultés que les princes du midi de l'Allemagne trouvent dans l'exercice de leur pouvoir ; ce parti a les yeux tournés vers Vienne et Vienne, à son tour, lui accorde une sorte de protection secrète, d'abord parce que c'est un parti aristocratique, ennemi de la liberté, et ensuite parce que la noblesse immédiate relevait autrefois de l'empereur d'Allemagne et que l'Autriche n'oublie point légèrement ses anciens vassaux.

C'est ainsi que les princes du midi de l'Allemagne, toujours préoccupés de soins qui ont rapport au passé, ne semblent avoir ni but ni destinée à venir.

Venons aux peuples. Le midi de l'Allemagne est libé-

ral ; mais dans ce libéralisme que de confusion et d'in-
conséquences ! Le libéralisme allemand aime la philosophie de 89, la révolution française, les journées libéra-
trices de juillet ; en même temps il adore le moyen-âge
avec sa noblesse indépendante et fière, avec ses villes
libres et leurs municipalités républicaines.

Il faut, quand on veut bien comprendre l'histoire de
l'Allemagne depuis vingt années, savoir ce que c'est que
le parti des Teutonistes, des vieux allemands, le parti du
moyen-âge, parti né du mouvemeut national de 1813
et d'un mouvement littéraire ; moitié faux et moitié vrai ;
faux quand il admire le moyen-âge jusqu'à vouloir l'imiter de nos jours, et qu'il ne comprend la France que
telle qu'elle était avant la bataille de Bovines : vrai quand
il ranime en 1812 et en 1813 l'enthousiasme national,
et soulève l'Allemagne contre la France conquérante et
oppressive, contre la France sottement étendue jusqu'à
Hambourg et qui, pour s'être élancée trop loin dans le
flux de ses victoires, a peut-être aussi reculé trop loin
dans son reflux ; vrai quand il étudie la vieille histoire
et les vieilles institutions de sa patrie à condition que
cette étude ne sera qu'une science et jamais une entreprise
politique. C'est ce parti du moyen-âge qui s'est infiltré
en Allemagne dans le libéralisme méridional et qui lui
donne je ne sais quelle allure gauche et empruntée. Le
libéralisme allemand, le parti démocratique qui devrait
se rattacher purement et simplement à la philosophie politique que la France a promulguée en 89, à des ten-
dresses pour les libertés locales et mesquines du XIII et
XIVᵉ siècle. Il y a des libéraux qui veulent le rétablisse-
ment du saint empire Romain, des protestans qui se pas-
sionnent pour la théocratie de Grégoire VII, tout cela
parce que la colère qu'excitait la servitude de 1813 faisait

trouver glorieuses et belles toutes les époques où l'Allemagne était libre du joug étranger.

La préoccupation du moyen-âge perce dans toutes les entreprises du libéralisme allemand. C'est là ce qui l'égare. Ainsi il tente une entreprise sur Francfort. Pourquoi sur Francfort? parce que c'est la ville où se faisait l'élection des empereurs, parce que c'est là que siége la diète, c'est-à-dire l'ombre du fantôme de l'empire germanique. C'est là que le libéralisme veut faire une révolution ; il ne sait pas qu'une révolution ne se fait jamais qu'au centre même du pouvoir. Où est le pouvoir en Allemagne ? A Berlin et Vienne. C'est donc là qu'il faut faire une révolution si on le peut. Mais à Francfort, il n'y a que des souvenirs, il n'y a pas de pouvoir. Aussi l'insurrection de Francfort semble une insurrection de pédans qui prennent les livres pour les choses. Une tentative de révolution à Francfort est un anachronisme de trois siècles à peu près. Figurez-vous le parti du peuple en 89, s'emparant de Reims, la ville où l'on couronnait les rois, afin de faire la révolution, et prenant la Sainte Ampoulle pour le pouvoir : tel est le genre de méprise de l'insurrection de Francfort.

Point de centre, des princes sans politique, sans avenir, un libéralisme confus et inconséquent, tel est le midi de l'Allemagne ; et cependant c'est là que vit le principe de l'unité morale de l'Allemagne. C'est là qu'est l'idée de l'unité par la liberté ; unité plus noble et plus féconde que l'unité par les intérêts que veut fonder la Prusse. C'est là qu'est le ferment qui doit un jour remuer l'Allemagne. Le libéralisme méridional est peut-être moins savant et moins élevé que le libéralisme septentrional, mais il a plus d'action. Les livres de M. De Rotteck, de Bade, fabriquent plus de libéraux que n'en créent les leçons de

M. Gans de Berlin. Au nord, le libéralisme est une science encore entre quelques adeptes; au midi, c'est une force agissante et efficace.

L'unité morale de l'Allemagne réside au midi comme son unité matérielle réside au nord. C'est dans la Prusse qu'il faut chercher les élémens de l'unité matérielle; c'est au midi qu'il faut chercher les élémens de l'unité morale. De ces deux unités, quelle est celle dont nous devons le plus encourager le développement? l'unité morale! C'est la seule qui soit bonne pour la France. Je craindrais l'unité de l'Allemagne si elle ne se faisait pas par la liberté; je craindrais trente-quatre millions d'hommes sous le même drapeau; je ne les crains plus s'ils ont une constitution libre.

J'arrive à l'Autriche, au troisième groupe d'intérêts et d'opinions en Allemagne.

Il n'y a pas de pays qui soit jugé avec plus de défaveur que l'Autriche, et il n'y en a pas non plus qui s'en inquiète aussi peu. L'Autriche porte la répugnance de la publicité jusqu'à ne pas vouloir des éloges. Les éloges l'offensent autant que le blâme. Car celui qui loue aujourd'hui, demain peut blâmer; se laisser louer, c'est donner prise à la discussion. Or, l'Autriche ne veut point de discussion; elle a le culte et la religion du silence, et cette religion va presque jusqu'au fanatisme. Ainsi, l'Autriche a des établissemens d'instruction publique dignes de servir de modèle; elle n'en dit mot. Elle est, après l'Angleterre, le premier état de l'Europe qui ait fait des chemins de fer; personne n'en a entendu parler. Elle a une administration juste, équitable, active qui n'a rien de féodal ni d'aristocratique, une administration libérale créée par Joseph II; elle n'en fait aucun bruit: un code civil excellent; elle ne s'en vante pas. Sa devise est de cacher même le bien,

d'écarter, autant que possible, l'esprit d'examen et de discussion. Vivez doucement, soyez heureux, dit-elle à ses
peuples, ayez de bonnes mœurs, aimez vos souverains
qui vous aiment, jouissez de la musique de vos redoutes
et de vos jardins; dansez les walses de *Strauss* et de
Lanner, et surtout raisonnez peu! Telle est l'Autriche,
où, sous un pouvoir paternel, vit, sans inquiétude, dans
toutes les douceurs de la vie matérielle, un peuple honnête
et bon qui n'est pas plus disposé à la débauche des mœurs
qu'à la débauche de l'esprit. En Autriche beaucoup de
parties de l'homme sont satisfaites et tranquilles. Les bras
y ont du travail, l'estomac y est bien repu; si ce n'était
la tête qui est mal à l'aise quand elle s'avise de penser,
tout serait à merveille.

Ne croyez pas que l'Autriche, héritant de la politique
de Venise comme elle a hérité de ses états, jette le peuple
dans les plaisirs pour le détourner de la politique et
qu'elle favorise l'immoralité comme une utile distraction.
Non: l'Autriche veille sur les mœurs du peuple et croit
qu'en tout état de cause un peuple honnête est plus facile
à gouverner qu'un peuple licencieux et corrompu. Pour
maintenir les bonnes mœurs du peuple, l'Autriche ne
s'en rapporte pas seulement aux soins du clergé; elle favorise l'instruction populaire et croit que l'instruction
est l'aide des bonnes mœurs. En Autriche, les enfans du
peuple sont tenus tous d'aller à l'école, et ils ne peuvent
pas se marier s'ils ne présentent pas un certificat d'école.
L'instruction, qui tend à former de bons laboureurs et
de bons ouvriers, des commerçans et des manufactu-
riers, des chimistes, des mathématiciens, des ingénieurs,
des médecins, l'instruction qui a pour but la pratique
des arts utiles à la vie, est en Autriche favorisée et pro-
pagée de toutes les manières. L'instruction, qui a pour

but de former des hommes de lettres, des avocats, des philosophes, l'instruction qui apprend à raisonner, à critiquer, à discuter, est restreinte et contenue.

L'Autriche ne craint pas la vérité; elle craint le doute et l'examen qui s'appliquent à tout ébranler, le vrai comme le faux. Voici une anecdote qui peut montrer que l'Autriche ne craint pas la vérité, pourvu que ce soit une vérité hors du cercle des contestations, comme les vérités de l'histoire ou les vérités que la science trouve par l'expérience. Napoléon, pendant son règne, avait ordonné de bâtir, à Milan, un arc de triomphe et il avait commandé les bas-reliefs qui devaient orner les quatre faces de cet arc. Un de ces bas-reliefs représentait l'empereur François, dans une attitude humiliée, recevant la paix de Napoléon. L'arc de triomphe était à peine élevé de terre quand Napoléon succomba. L'empereur François fit continuer les travaux et exécuter les bas-reliefs selon les ordres de Bonaparte. Ces bas-reliefs viennent d'être placés il y a un an, je crois. Seulement, pour que la leçon d'histoire soit complète, d'autres bas-reliefs, placés à côté des premiers, représentent l'empereur François rentrant en triomphe dans sa capitale après la défaite de Napoléon. Je sais que le gouvernement autrichien n'a pas eu d'autre mérite en tout ceci que de ne pas vouloir faire mentir l'histoire; mais tous les gouvernemens n'ont pas ce respect de l'histoire. Pour l'avoir, il faut avoir foi en soi-même, il faut croire à sa force et à sa durée, il faut se sentir au-dessus des vicissitudes politiques et se fier à son droit, qui ne peut ni passer, ni changer, plutôt qu'à la fortune toujours mobile et vaine.

Aucun état, aussi bien, n'a plus de raison que l'Autriche d'avoir foi en sa force et en sa durée. Deux fois elle a vu sa capitale visitée par les armées ennemies, deux fois sa puissance a été jetée à terre et comme brisée en morceaux, deux fois l'ennemi (et quel ennemi! La France avec ses idées remuantes et son esprit novateur) s'est promené librement dans ses villes et dans ses campagnes. Eh bien! après tant de malheurs, l'Autriche s'est relevée, et en se levant s'est retrouvée telle qu'elle était. L'invasion de la France, en 1814, a fait une révolution : la double invasion de l'Autriche n'a point fait de révolutions. Elle a eu les secousses de la conquête, mais elle ignore les secousses des révolutions. C'est un fait remarquable que cette stabilité de l'empire dans de grandes catastrophes; c'est un fait remarquable que cette nation, qui s'obstine à ne pas changer de lois et de pouvoirs, qui voit passer les innovations sans en admettre aucune, qui s'attache à la fortune de ses princes malheureux, souffre avec eux, et puise, dans cette communion d'infortunes, une plus vive et plus profonde affection.

Le peuple aime l'empereur comme un fils aime son père, et l'empereur, à son tour, par sa vigilance, par son zèle laborieux et surtout par la douce simplicité de ses manières, prend à tâche de mériter cet amour du peuple. La famille impériale ne connaît point l'étiquette. Souvent l'empereur se promène à pied, suivi d'un aide-de-camp. C'est dans une de ces promenades, à Schœnbrünn, pendant le choléra, que, rencontrant un cercueil que l'on portait au cimetière, sans que personne marchât derrière, il demanda pourquoi ce cercueil était ainsi abandonné. — C'est sans doute quelque pauvre, répondit l'aide-de-camp, et qui n'a ni parens ni amis. — Eh bien! si vous voulez, nous le suivrons nous-mêmes, dit l'empereur; et, mettant chapeau bas, il accompagna le cercueil jusqu'au cimetière, jeta sur la tombe la première pelletée de terre et rentra chez lui. N'est-ce pas là pour un souverain absolu, comprendre d'une manière touchante la véritable égalité humaine?

Si j'en crois les récits unanimes de Vienne, l'empereur n'a pas seulement les vertus qui font aimer les princes, il a le talent qui les fait régner ; il est laborieux, actif, vigilant. Ce prince, que nous nous représentons, je ne sais pourquoi, en France, comme une sorte de roi fainéant, travaille douze heures par jour, et sait toutes les langues, tous les patois de son empire. Tous les mercredis il reçoit quiconque veut lui parler. Il vient à ces audiences des paysans de toutes les parties de l'empire, sans billets, sans lettres, avec un simple numéro qui leur assigne leur tour et qui leur est distribué dans l'antichambre ; ils entrent dans le cabinet de l'empereur, restent tête à tête avec lui et lui exposent leurs affaires. Il est rare que les paysans des états héréditaires engagent un procès sans venir consulter l'empereur. Ajoutez qu'il est de règle, dit-on, dans l'administration autrichienne, lorsqu'il y a une contestation entre un seigneur et un paysan, qu'il faut que le seigneur ait trois fois raison pour gagner son procès. Le gouvernement autrichien pense que le seigneur doit payer par quelques sacrifices ses priviléges de rang et de noblesse, que le paysan doit être dédommagé de son infériorité politique par quelques avantages, et que l'inégalité civile et politique d'une société n'est possible qu'à condition de satisfaire les uns par la vanité, les autres par l'intérêt.

L'Europe croit que c'est M. de Metternich qui gouverne ; Vienne prétend que c'est l'empereur. A Vienne M. de Metternich est un grand homme d'état (il est de ces hommes qui grandissent à être vus de près), mais en politique il reçoit de l'empereur le mot d'ordre ; il ne le

donne pas ; il a l'exécution, il n'a point l'initiative ; c'est
un ministre et non un directeur. Qui faut-il croire à ce
sujet? la renommée européenne ou les dires de Vienne.
Cette incertitude sur la part que le souverain ou le ministre prennent au gouvernement est, ce me semble, un
des traits caractéristiques de l'Autriche, cet empire de la
discrétion où tout se fait dans une activité silencieuse,
où les ressorts et les ouvriers sont également muets, où les
moyens se cachent et les effets seuls se montrent. Par sa
discrétion seule le gouvernement autrichien est déjà une
sorte de prodige dans notre Europe partout livrée au
bruit et aux caquets. En France et en Angleterre le gouvernement est un dialogue perpétuel entre le peuple et
le pouvoir. En Autriche ni le pouvoir ni le peuple ne
disent mot. Tel est le gouvernement autrichien, aussi
grave, aussi silencieux, aussi inébranlable au milieu de
l'Europe vacillante que le sphinx égyptien

> Parmi ces monts de sable enflammés et mouvans,
> Que font et que défont les caprices des vents[1].

Il y a entre les mœurs de l'Autriche et sa destinée politique un accord singulier. La Prusse aime à multiplier
ses voisinages parce qu'elle a sa fortune à faire, et que
toucher à tout est un moyen d'empiéter sur tout. L'Autriche semble n'avoir multiplié ses voisinages que pour
multiplier ses chances de médiation. Placée au milieu de
l'Europe, elle touche par la Suisse et le Piémont à la
France ; par la Bohême, à toute l'Allemagne ; par les provinces polonaises, à la Russie ; par la Hongrie enfin, à l'O-
rient. De cette manière, partout où il y a une secousse et
une agitation, partout où il y a lieu de craindre que l'Europe ne se remue, l'Autriche se porte de tout son poids,

---

[1] Chapelain, la Pucelle, ch. Ier.

afin de faire équilibre et de rétablir l'ordre. Aucun État n'a une situation géographique qui réponde mieux à sa vocation politique.

Il y a des puissances qui ont l'initiative du mouvement. L'Autriche a, en Europe, l'initiative de l'ordre et de l'affermissement. D'autres puissances sont le vent qui pousse les navires à travers la mer, l'Autriche en est le lest; elle maintient le vaisseau; elle empêche qu'il n'oscille jamais d'une manière dangereuse. Je ne sais si l'Europe pourrait se passer davantage de la France qui donne l'élan au char de la civilisation, que de l'Autriche qui le maintient dans son orbite. Avec la France pour seule conductrice, la civilisation serait bientôt emportée vers l'abîme; avec l'Autriche, elle ne marcherait pas. Il lui faut les deux forces, il faut la force qui pousse et la force qui retient : c'est à ce prix seulement que sa marche est rapide sans cesser d'être sûre.

Voyez l'histoire de l'Autriche, depuis Rodolphe de Hapsbourg. Placée à l'arrière-garde de l'Europe, c'est elle qui bride l'essor des esprits; elle résiste aux innovations; mais cette résistance est utile aux innovations même. Elle donne le temps de les examiner, de les contrôler, de les corriger. Il faut, pour que les innovations réussissent, qu'elles subissent un long noviciat d'expériences et d'essais. L'Autriche, par sa résistance, aide à ce noviciat nécessaire. Elle a résisté au protestantisme dans la guerre de trente ans, comme à la révolution française, dans les dernières guerres; elle a empêché l'Europe d'adopter de confiance le système protestant et le système français. Ce sont des services aussi rendus à la civilisation. Car le protestantisme en 1648, à la paix de Westphalie, valait mieux que dans ses commencemens, et la philosophie politique de 89 vaut certes mieux aujourd'hui qu'en 93. Comment ces deux systèmes se sont-ils améliorés ? Parce qu'ils ont été combattus, parce qu'ils ont fait leur noviciat d'expérience, parce qu'ils ont appris dans ce noviciat à tenir compte de la nature de l'homme et de la société ; c'est à ce prix seulement qu'ils ont été salutaires à la civilisation. Rien ne ressemble moins au travail habile de la civilisation que l'effort désordonné de l'esprit de système. La civilisation ne rejette pas en bloc toutes les constitutions et tous les sentimens des siècles passés ; il y en a qu'elle admet, il y en a qu'elle repousse. La vocation de l'Autriche, chaque fois qu'un système nouveau cherche à s'emparer de l'Europe, est de donner à la civilisation le temps de faire le triage entre le passé et l'avenir ; telle est sa destinée, tel est son rôle dans le drame de l'histoire européenne, rôle plus utile que brillant.

J'ai expliqué quels sont les divers groupes d'intérêts et d'opinions qui partagent l'Allemagne. Aux conférences qui se tiennent en ce moment à Vienne, quel sera l'attitude de ces groupes divers ? [1]

Il est des publicistes qui font de l'Autriche une sorte de cyclope ardent à dévorer, les unes après les autres, les constitutions de l'Allemagne. L'Autriche n'a contre la liberté elle-même ni fanatisme ni passion. Elle ne veut pas de tribune à Vienne ; mais chez les autres, mais en Wurtemberg, en Bade, en Bavière, pourquoi n'y aurait-il pas de tribune, pourvu que la liberté ne cherche pas à passer la frontière, pourvu surtout qu'entre les deux pays il y ait une différence d'ordre, de richesse, d'industrie, de

---

[1] Je n'ai pas la prétention d'avoir le secret de ces conférences. Aimant fort la publicité, j'ai pris l'habitude de ne jamais rien demander à ceux qui peuvent savoir quelque chose, parce que de cette manière personne ne peut jamais me reprocher la moindre indiscrétion.

sécurité qui plaide contre la liberté, et qui amène naturellement les peuples à préférer l'administration paternelle à l'administration libérale?

L'Autriche d'ailleurs sent très bien que détruire les
petits états libres du midi, c'est donner à la Prusse le
monople du libéralisme en Allemagne. Tant qu'il y a
des tribunes à Munich, à Stuttgard, à Carslsruhe, il y a
toujours un degré de libéralisme au-dessus du libéralisme prussien : il y a toujours quelque chose de plus
libéral que ses états provinciaux et ses institutions com-
munales ; il y a toujours un principe d'unité, l'unité par
la liberté, hors du pouvoir de la Prusse. Abolissez la
liberté au midi de l'Allemagne, la Prusse devient aussitôt le seul centre et le seul instrument de l'unité germanique. Il est donc de l'intérêt de l'Autriche de maintenir les libertés de l'Allemagne méridionale, comme un
utile contre-poids à l'ascendant moral de la Prusse. A mon
avis, les chartes méridionales n'ont rien à craindre des conférences de Vienne. La Prusse n'osera pas demander leur
abolition, et l'Autriche, au besoin, n'y consentirait pas.

Que feront donc ces conférences de Vienne? Comment travailleront-elles à l'unité de l'Allemagne? Car,
qu'elles le veuillent ou non, ce sera là leur œuvre. Rien
dorénavant ne peut arriver en Allemagne qui ne soit
un acheminement à cette unité.

L'unité de l'Allemagne s'est accomplie par la destruction des institutions du moyen-âge. Quelles sont aujour-
d'hui les institutions du moyen-âge qui risquent de périr à Vienne? Il y en a deux, la diète de Francfort et
les universités.

La diète de Francfort est l'ombre et le fantôme du
saint empire romain. Cette diète, inutile assemblée qui
reçoit ses décisions toutes faites de Vienne ou de Ber-

lin; perpétue le souvenir de l'ancienne unité de l'Allemagne, de son unité féodale. Elle fait croire qu'il y a encore une confédération germanique, que dans cette confédération il y a des princes indépendans, ayant voix délibérative, et que les décisions se prennent à la majorité de ces voix indépendantes. Tout cela n'est qu'un souvenir. Il n'y a plus de saint empire romain, plus de confédération germanique, plus de princes indépendans. Cette ombre de l'ancienne unité germanique doit donc disparaître pour faire place à l'unité nouvelle. La diète n'attendait qu'un prétexte pour mourir. L'émeute de Francfort l'a fourni, et le parti du moyen-âge, tout mort qu'il est lui-même, a tué la diète plus morte encore que lui. Cela rappelle une des petites scènes de mort qui sont peintes sur le pont de Lucerne. Deux morts équipées de pied en cap combattent l'une contre l'autre. Dans l'émeute de Francfort, ce sont deux morts aussi qui se sont battus, et c'est un squelette qui en a tué un autre.

Si je ne me trompe, c'en est fait de la diète de Francfort. Elle ne reviendra peut-être pas même de nom à Francfort. Au lieu d'une diète à Francfort, l'Allemagne aura, de temps en temps, des conférences de ministres à Vienne ou à Berlin.

Je passe aux universités. Les universités de l'Allemagne subissent en ce moment, une grande métamorphose. Les universités des petits états de l'Allemagne tombent en décadence; l'Allemagne se centralise, en quelque sorte, pour les études comme pour le reste. Elle marche vers l'unité universitaire comme vers l'unité politique. Ces foyers d'études et de science, répandus autrefois dans toute l'Allemagne, s'obscurcissent peu à peu. Iéna n'est plus que l'ombre de son ancienne renommée; Heidelberg tombe par l'indiscipline des étudians, tandis que l'université de Berlin s'accroît chaque jour. Les universités, autrefois, semblaient surtout se plaire dans les petites villes : il leur faut aujourd'hui des capitales. Ainsi partout en Allemagne éclate le mouvement qui la pousse à l'unité ; les petites universités suivent le sort des petits états.

Quoique marchant vers leur déclin, les petites universités inquiètent les princes ; elles sont turbulentes, agitées, prêtes à l'émeute ; ce sont comme des camps d'insurrection répandus çà et là ; c'est dans cet état qu'elles se présentent aux conférences de Vienne. Elles ont perdu leur antique renommée de savoir et de talens et l'ont remplacée par la renommée de leur turbulence et de leur inquiétude révolutionnaire. Les conférences de Vienne s'occuperont de la discipline des universités. Quelques-uns, peut-être, parleront de changer leur organisation qui date du moyen-âge et d'en faire de simples facultés, comme en France. La conférence n'ira pas jusque là ; elle respectera l'idée fondamentale des universités allemandes, c'est-à-dire la réunion de toutes les sciences en un seul corps, et le privilége que les professeurs ont de nommer leur recteur pour gouverner l'université ; mais elle rendra plus sévères et plus étroites les règles de la discipline.

Si j'osais prévoir le langage que la Prusse tiendra dans ses délibérations, je dirais que c'est elle surtout qui défendra l'antique institution des universités ; mais elle consentira de grand cœur à rendre leur discipline plus gênante. A cela elle trouvera deux avantages : en défendant les universités, elle gardera, en Allemagne, son renom d'amie des lettres ; en gênant de plus en plus les étudians, sous le rapport de la discipline, elle avancera la mort des petites universités déjà si embarrassées de vivre. Qui en héritera ? l'université de Berlin, et Berlin deviendra de plus en plus la capitale littéraire de l'Allemagne.

La Prusse à Vienne doit chercher à combiner ensemble les intérêts de sa renommée et les intérêts de sa puissance; il faut qu'elle paraisse libérale, et que, cependant, elle détruise autant que possible le libéralisme du midi de l'Allemagne. Le libéralisme méridional est pour la Prusse une concurrence dangereuse; car il y a là une autre unité que l'unité prussienne, l'unité par la liberté. La politique de la Prusse doit tendre à substituer autant que possible en Allemagne à l'esprit libéral l'esprit prussien, à l'esprit de 89 l'esprit des grandes monarchies administratives du xviii⁰ siècle, l'esprit des Frédéric II, des Catherines, des Joseph II, esprit qui veut la force et la grandeur de l'état plutôt que la liberté des sujets, et dont la maxime favorite est de tout faire pour le peuple et rien par le peuple. Tel est l'esprit prussien, esprit sage, éclairé, habile, qui lutte, sans l'avouer, contre l'esprit libéral du midi de l'Allemagne. Ne nous faisons point d'illusion : la liberté de l'Allemagne ne doit attendre des conférences de Vienne que des menaces et des restrictions. Les conférences de Vienne travaillent pour le pouvoir absolu ; mais le pouvoir absolu travaille pour l'unité de l'Allemagne.

L'ALLEMAGNE EN 1813

ET

LE POÈTE KŒRNER.

La guerre de 1813, la guerre de l'indépendance est
l'ère des destinées nouvelles de l'Allemagne. Selon moi,
tout en Allemagne date de 1813, et c'est à cette année
libératrice qu'il faut remonter pour comprendre la marche
politique de l'Allemagne depuis vingt ans. Essayons de
retracer le spectacle de cette grande guerre en nous aidant
de quelques détails empruntés aux écrivains allemands
de cette époque, et surtout des chants de Kœrner, jeune
poète qui périt les armes à la main en 1813, et qui a
laissé un recueil de chansons pleines de génie et de patriotisme, sous le titre de *la Lyre et l'Épée*.

Depuis 1810 l'Allemagne était soumise, les rois et les
cours semblaient résignés ; mais le peuple s'agitait sourdement. Partout se formaient des sociétés secrètes pour
la délivrance de la patrie ; partout on s'entretenait des
noms et des exploits d'André Hofer, ce paysan tyrolien
qui, jusqu'au jour où il périt fusillé, resta libre et ennemi
de la France ; de Schill, ce major prussien, qui seul osa
relever son épée et s'en servir après la terrible journée
d'Iéna. Dans les écoles, une jeunesse ardente puisait aux
sources de la philosophie l'amour de la liberté et la haine
de la servitude étrangère. La rêverie allemande devenait
de l'enthousiasme, les chants de Kœrner se répandaient
dans les universités et enflammaient les esprits. Tantôt
c'était un chant de mélancolie patriotique : il se repré-

sente le soir, lorsque les bruits du jour se taisent, allant
se reposer sous de vieux chênes. Le chêne est l'emblème
de l'Allemagne, c'est l'arbre national. Il contemple ces
fidèles témoins des temps antiques, ces arbres si vieux
et parés encore pourtant d'une si belle verdure. Il pense
aux choses que le temps a brisées, aux peuples qui sont
tombés d'une chute prématurée.

I.

« C'est le soir. Les bruits du jour se taisent, et la dernière lueur du soleil luit d'une pourpre ardente, et moi, je
m'asseois sous vos branches, et mon cœur est si plein, si
plein! Vieux témoins des anciens temps, la fraîche verdure de la vie vous pare encore, et l'antiquité avec ses
images de force et de puissance vit encore dans l'im
posante grandeur de votre feuillage.

II.

« Que de choses nobles le temps a brisées! que de
choses belles mortes d'une mort prématurée! mais,
vous, insensibles au sort, le temps vous a en vain menacés, et j'entends sortir de vos branches agitées ces
mots : Tout ce qui est grand triomphe de la mort.

III.

« Et vous avez triomphé! Vous verdissez frais et
hardis. Aucun pélerin ne passe devant vous qu'il ne se
repose sous vos ombrages. Et même quand à l'automne
tombent vos feuilles, toutes mortes qu'elles sont, elles
vous servent encore. Filles bienfaisantes, c'est leur chair
et leur sang qui se mêle à la terre pour nourrir la beauté
de votre prochain printemps.

IV.

« Belles images de l'ancienne loyauté allemande, vous

avez vu de meilleurs temps ; c'était le temps de la vie, de
la hardiesse, du mépris de la mort, de la fondation des
états ; hélas ! que sert-il de renouveler nos douleurs? Il
est une douleur que tout le monde se confie à l'oreille :
Peuple allemand, peuple souverain, tes chênes sont
debout et tu es tombé ! »

Tantôt ce sont quelques vers à la vue du buste de la
reine de Prusse, de cette jeune femme, si belle et si courageuse, qui mourut frappée au cœur de la honte de sa
patrie.

« Comme elle dort doucement ! Ses traits respirent
« encore je ne sais quel air de vie. Ah ! puisses-tu dormir
« jusqu'au jour où ton peuple lavera dans le sang la
« rouille de son épée, dormir jusqu'à la nuit, la plus
« belle des nuits, qui verra briller sur les montagnes les
« signaux de la guerre. Eveille-toi, alors, éveille-toi,
« sainte patronne de l'Allemagne : sois son ange, l'ange
« de la liberté et de la vengeance ! »

Ces vers, ces chansons circulaient de bouche en
bouche. Le matin l'étudiant s'instruisait avec Fichte aux
maximes du stoïcisme moderne ; et cette doctrine géné-
reuse qui, dans la métaphysique comme dans la morale,
attribue tout à la force de l'homme, qui lui apprend
qu'avec son intelligence il crée le monde, et qu'avec sa
vertu il le maîtrise, cette doctrine, qui fait de l'homme
un dieu, rendait plus amère à toute cette jeunesse l'idée
d'être esclave. Le soir, dans les tavernes, les portes
closes, elle chantait en chœur les hymnes de Kœrner.

Ce n'est pas ici le serment pittoresque du Grütli aux
rayons de la lune et à la face des Alpes : figurez-vous
une tabagie pleine de la fumée des pipes, des tables, des
pots de bière, un poêle immense, et tout autour des
jeunes gens qui boivent à pleins gobelets ; ils trinquent

à l'Allemagne! à la mort des tyrans! « Camarades! crie
« l'un d'eux, la chanson de Kœrner : *Les hommes et les*
« *lâches;* » et alors, posant sa pipe sur la table, il chante,
et toute la table répète en chœur :

« Le peuple se lève, l'orage commence, fi du lâche
« qui reste la main dans son manteau ; fi du poltron qui
« se cache derrière le poêle! Va, tu n'es qu'un misérable!
« Loin de toi les baisers des jeunes filles allemandes ;
« loin de toi la joie des chansons allemandes ; loin de
« toi l'ivresse des vins d'Allemagne ; mais nous, trin-
« quons, trinquons d'hommes à hommes ; trinquons, et
« l'épée hors du fourreau ! »

Que faisaient pendant ce temps nos jeunes administrateurs envoyés pour gouverner l'Allemagne? D'un ton
fat qui se sentait du pédant littéraire et du vainqueur
armé, ils disaient aux Allemands de se façonner à l'esprit
de Voltaire et à l'administration de Bonaparte. Qu'ils
devaient déplaire, grand Dieu ! et blesser le cœur du
peuple, lorsque, conquérans dédaigneux, agréables ma-
térialistes, ils riaient des défaites de l'Allemagne, des
rêves de ses spiritualistes et de la mélancolie de ses
poètes; quand, fiers de notre langage français, ils se
moquaient de ce qu'ils nommaient le jargon de l'Allemagne! Et cependant ces vaincus nettoyaient leurs épées,
ces philosophes enrôlaient des soldats, ces poètes faisaient des chansons de guerre, ce jargon s'enrichissait de
mots de malédiction et de vengeance, et un jour, au
signal qui partit du Nord, quand les flammes de Moscou
vinrent luire aux yeux de l'Allemagne : « Aux armes!
« cria Kœrner; aux armes! répéta le peuple. Le phénix
« de la Russie s'est élancé du bûcher, jeune, immortel,
« et déployant ses ailes qu'a ranimées la flamme; c'est

« notre guide et notre augure : Aux armes, compa-
« gnons! »

Alors toute l'Allemagne se soulève avec un horrible
bruit d'armes et de soldats ; partout retentissent des cris
de liberté agréables aux oreilles des rois, et des cris de
fanatisme agréables aux oreilles des philosophes; guerre
aux tyrans! guerre aux impies! Les princes se font dé-
magogues, les professeurs se font officiers et leurs élèves
soldats. On va au combat comme hier on allait au cours.
Les leçons se donnent sur le champ de bataille, leçons
de gloire et de liberté. De vieux vétérans de caserne et
de bivouac se mêlent à ces jeunes bandes de théologiens
et de philosophes, èt Blucher marche avec Jahn. « Dieu
« est à nos côtés, crient les proclamations des rois; nous
« affrontons l'enfer et ses alliés. Toute distinction de
« naissance, de rang et de pays est bannie de nos légions;
« nous sommes tous des hommes libres! » Croyez-le,
jeunes gens, et combattez dans cette foi! mourez dans
cette foi; ce n'est pas vous que je plains, car vous n'avez
pas été parjures, et tous, vivans ou morts, vous avez
tenu ce que vous aviez promis, c'est-à-dire de sauver
la patrie.

Noble Allemagne! quels jours alors d'enthousiasme!
Et nous, France, quels temps alors de tristesse et de
malheur! car enfin tandis que les appels des rois et des
poètes réveillaient tous les cœurs allemands, nos soldats
faibles, et à demi gelés, traversaient lentement ces villages, ces hameaux déjà presque ennemis. Partout sur leur
passage des regards farouches et irrités, des mains qui
tressaillaient et se posaient sur la garde des épées;
partout la vengeance, quand ils avaient tant besoin de
pitié; et point de repos, point de halte! Derrière eux re-

tentissait, comme pour presser leur fuite, un long cri de révolte et de guerre : « Au Rhin ! au Rhin ! » C'était le refrain de Kœrner, formidable refrain qu'entonnait une nation tout entière. C'est en vain qu'à Lutzen et à Dresde nous fîmes reculer pour un instant ces terribles chansons ; elles revinrent grossies de je ne sais combien de cent mille voix, et en dépit de nous elles éclatèrent bientôt sur les rives du Rhin.

Il y a une chanson de Kœrner qui semble l'histoire de cette guerre nationale de l'Allemagne et de ses phases diverses, depuis ses commencemens jusqu'à son triomphe. C'est la chanson des chasseurs noirs, *la chasse guerrière de Lutzow*. Analysons-la rapidement.

Les guerres nationales commencent d'abord par des insurrections et des révoltes. La patrie n'a pas dès le commencement une armée régulière prête à servir sa colère ; elle n'a d'abord que des aventuriers, des guérillas, des brigands. C'est de ce nom que le vainqueur les nomme dans ses bulletins. Ainsi commença la résistance de l'Allemagne. Ainsi commence la chanson de Kœrner. Ce sont d'abord des Klephtes cachés au fond des bois. On entend parfois dans la forêt des bruits de pas, on voit marcher des rangs noirs et sombres. Le cor résonne : et quand vous demandez quels sont ces noirs compagnons, c'est la chasse sauvage, la chasse guerrière de Lutzow.

II.

« Qu'est-ce qui court dans le feuillage des bois ? Qu'est-ce qui s'élance de montagnes en montagnes ? Silence ! c'est l'embuscade nocturne... J'entends un cri de hourrah et la fusillade éclate : ils tombent les soldats mercenaires de la France ; et quand vous demandez

quels sont ces noirs chasseurs, c'est la chasse sauvage,
c'est la chasse guerrière de Lutzow. »

Les Klephtes sont devenus de hardis partisans ; bientôt ils vont être une armée nationale : ils touchent au
Rhin. C'est là que la tyrannie va se cacher ; vain abri.

III.

« Des bras noirs et robustes fendent le fleuve et
saisissent la rame ennemie, et quand vous demandez
quels sont ces noirs nageurs, c'est la chasse sauvage, la
chasse guerrière de Lutzow.

IV.

« Qu'est-ce qui meurt à la lumière du soleil, couché
sur un lit d'ennemis palpitans ? La mort s'empreint dans
les convulsions de sa figure et menace ses compagnons,
mais les braves n'ont pas peur de la grimace de la mort ;
ils n'ont pas peur ; la patrie est sauvée ! Et quand vous
demandez quels sont ces noirs mourans, c'est la chasse
sauvage, c'est là chasse guerrière de Lutzow. ·

V.

« C'est la chasse sauvage, la chasse allemande aux
bourreaux et aux tyrans. Ne pleurez donc pas nos morts,
ô vous qui nous aimez ! ne pleurez pas. La patrie est
libre et l'aurore de la liberté touche à son midi. Qu'importe que nous ayons payé cela de notre sang ; on dira
de siècles en siècles : C'était la chasse sauvage, c'était
la chasse guerrière de Lutzow. »

Ce qui fait le génie de Kœrner, c'est son patriotisme
et son enthousiasme : ce n'est point un Tyrtée de cabinet qui, au coin de son feu, fait des chansons guerrières ; c'est un soldat, c'est un volontaire *des chasseurs*

noirs, l'épée au flanc, le mousquet sur le dos ; il s'est enrôlé pour sauver sa patrie, pour punir ses tyrans. Poète et soldat, son génie comme son courage s'échauffe au feu de la guerre. Tout est poésie pour lui : la flamme du mousquet, c'est l'étincelle de la liberté ; le sang qui rougit les campagnes, c'est la pourpre de l'aurore, de l'aurore de la liberté. Est-il blessé et se croit-il près de mourir ; cette mort pour la patrie va s'embellir d'images et d'illusions : ses dernières pensées, comme celles de toute sa vie, sont teintes des couleurs de la poésie allemande. Il voit planer devant ses yeux de gracieux fantômes ; les cris des mourans se changent en accens mélodieux. Ce qu'il a tant rêvé, ce qu'il portait au fond du cœur, il va le voir, il va le posséder pour toujours ; déjà cet objet des ardeurs de sa jeune ame, ce qu'il nommait tantôt la liberté, et tantôt l'amour, voltige devant lui comme un brillant séraphin... Voilà avec quelles idées on mourait dans ces bandes enthousiastes. Certes, ce n'est pas là la mort d'un grenadier de la garde, qui est tombé à son rang, et qui meurt gravement avec l'idée de n'avoir manqué ni à la consigne, ni à l'honneur ; non, c'est une mort de rêveur et de poète, c'est une mort allemande.

Une fois cependant Kœrner semble se plaindre de la mort ; une fois il ne la trouve pas belle et douce. Il était en faction aux bords de l'Elbe, et il entendait tonner les canons et retentir les trompettes ; on allait se battre, et lui, il lui fallait rester tranquille, tranquille « comme « le douanier qui garde la rive d'un fleuve », et peut-être mourir obscurément. « Ah ! dois-je donc mourir « en prose ? s'écrie-t-il. Poésie ! poésie ! rends-moi le « champ de bataille, et la mort à la clarté du jour ! »

Les vœux de Kœrner furent remplis : il mourut à la
bataille de Dresde, le 26 août 1813, mais ce fut un jour
de défaite ; c'était presque mourir en prose. Quelques
heures avant sa mort, il composa une chanson, la plus
belle peut-être et la plus originale, celle qui peint le
mieux son enthousiasme de poète, de soldat et de jeune
homme. C'est la *Chanson de l'Épée* : nous ne voulons
pas l'altérer en l'abrégeant, et nous la donnons tout entière comme un monument curieux de poésie et d'histoire.

LE CAVALIER.

« Dis-moi, ma bonne Epée, l'épée de mon flanc,
pourquoi l'éclair de ton regard est-il aujourd'hui si ardent? Tu me regardes d'un œil d'amour, ma bonne Épée,
l'Épée qui fait ma joie. Hourrah !

L'ÉPÉE.

« C'est que c'est un brave cavalier qui me porte ;
voilà ce qui enflamme mon regard : c'est que je suis la
force d'un homme libre ; voilà ce qui fait ma joie. Hourrah !

LE CAVALIER.

« Oui, mon Épée, oui, je suis un homme libre, et
je t'aime du fond du cœur : je t'aime comme si tu m'étais
fiancée ; je t'aime comme ma maîtresse chérie. Hourrah !

L'ÉPÉE.

« Et moi, je me suis donnée à toi ! à toi ma vie, à toi
mon ame d'acier ! Ah ! si nous sommes fiancés, quand me
diras-tu : Viens, viens, ma maîtresse chérie ! Hourrah !

LE CAVALIER.

« Aux lueurs de l'aurore, au beau matin des noces, quand la trompette sonnera les airs de fête, quand le canon retentira, viens alors, dirai-je, viens, mon amour ! Hourrah !

L'ÉPÉE.

« O beau jour ! ô douces étreintes ! que je l'attends avec impatience ! O mon ami ! dis-moi de venir. Je suis belle et vierge ; c'est pour toi que je me réserve. Hourrah !

LE CAVALIER.

« Mon amie, ma belle amie d'acier, pourquoi tressaillir ainsi dans le fourreau ; pourquoi cette colère et cette ardeur de bataille ? Mon épée, qui te fait tressaillir ainsi ? Hourrah !

L'ÉPÉE.

« Pourquoi je tressaille dans le fourreau ? C'est que j'aspire au jour du combat ; c'est que j'ai soif de sang. Voilà, Cavalier, voilà pourquoi je tressaille dans le fourreau ! Hourrah !

LE CAVALIER.

« Patience, mon amour ! Demeure, demeure encore : patience, jeune fille ; reste dans ta chambrette : bientôt je te dirai de venir ! Hourrah !

L'ÉPÉE.

« Ah ! ne me fais pas long-temps attendre ! que je voie le champ de bataille, que je voie ce jardin d'amour semé de roses sanglantes ! Comme la mort s'y épanouit ! Hourrah !

LE CAVALIER.

« Viens donc, viens, ô toi qui fais la joie du Cavalier; viens, ma fiancée, viens, mon épouse; je vais te mener dans la demeure de mes pères. Hourrah!

L'ÉPÉE (*hors du fourreau*).

« Je suis libre! Ah! que cet air est pur! Salut, danses
des noces. Vois comme mon acier brille au feu du soleil;
c'est la joie de l'amour qui lui donne cet éclat. Hourrah!

LE CAVALIER (*à ses compagnons*).

« Et nous, marchons, mes amis! En avant, cavaliers
allemands! Votre cœur tarde bien à s'échauffer! Allons,
prenez votre maîtresse dans vos bras! Hourrah!

« Elle est trop long-temps restée blottie à votre gauche:
à droite maintenant! C'est de la main droite que Dieu
veut que les amans se fiancent!

« Allons! embrassez votre fiancée; pressez ses lèvres
d'acier sur vos lèvres. Allons! et honte à qui délaissera
sa maîtresse! Hourrah!

« Et toi, chante, mon amour, chante; va, laisse pé-
tiller l'éclair de tes yeux : voici le matin des noces.
Hourrah! ma belle fiancée; ma fiancée d'acier, hourrah! »

Nous nous sommes arrêtés sur Kœrner parce qu'il
était inconnu en France, et que ses chants nous donnent une vive idée de ce que fut en Allemagne la guerre
de 1813 et de 1814, la guerre de l'indépendance.
Il n'est point inutile, il n'est point messéant que la
France sache ce que pour la vaincre il a fallu, je ne dis
pas de forces, je ne dis pas de soldats, je ne dis pas de
peuples et de nations, mais d'enthousiasme et de dévoue-

ment. A Moscou nous fûmes accablés par la nature ; en Allemagne nous fûmes vaincus par quelque chose de plus noble et de plus grand, par quelque chose de surnaturel, et que la France est digne de sentir et d'admirer, même dans un ennemi, l'exaltation religieuse et patriotique d'un grand peuple qui reconquiert son indépendance, son génie et son caractère national.

DE LA MARCHE

CIVILISATION EN SUISSE

JUSQU'A NOS JOURS.

———

Il en est de l'histoire de Suisse comme du pays même; il y a certaines parties qui sont fort visitées et fort célèbres, ainsi les belles vallées de Lauterbrun et de Grindelwald, le lac de Brienz, le Righi; ce sont des excursions et des pélerinages de rigueur. A côté de cela, il y a d'autres parties dont personne ne se soucie, ainsi les Alpes d'Appenzel et le canton des Grisons. Il en est de même de son histoire. Qui ne sait Guillaume Tell et le serment des Grütli? Qui ne connaît les belles batailles de Granson et de Morat? Mais après ces grandes journées épiques, qu'est devenue la Suisse au seizième, au dix-septième, au dix-huitième siècle? Il est dans le monde peu de personnes qui le sachent exactement, et, après tout, ce n'est pas notre faute. Les peuples n'ont de mémoire que pour les grandes choses.

Or, ce fut une grande chose que l'indépendance de la Suisse au quatorzième siècle, une grande chose encore que ses victoires contre Charles-le-Téméraire au quinzième siècle; mais, passé ce temps, qu'a fait la Suisse qui ait retenti au dehors? Quand elle s'est agitée, l'humanité en a-t-elle ressenti quelque contre-coup? Non; elle a été troublée, mais ses troubles n'ont rien fait au monde, car il n'est né de son agitation ni grande philo-

sophie, ni grande littérature. Enfin elle n'a jamais eu la
dictature de l'esprit humain. Elle a vécu, vécu comme
vivent beaucoup de gens. Mais pour marquer sa trace
dans la mémoire des hommes, qu'est-ce que vivre seulement? Depuis le XVI⁰ siècle Venise aussi a vécu; qui
s'inquiète de savoir comment? Pour un peuple, vivre,
c'est exercer ou disputer la dictature du monde par les
armes ou par la pensée. A ce prix on a une histoire, à
ce prix le monde sait que vous vivez. Heureux, dit-on,
les peuples que l'histoire ne connaît pas; ils n'ont eu ni
guerres ni révolutions. Hélas ! ce n'est pas à titre d'heureux que l'histoire les oublie; c'est à titre de petits. Les
Mirmidons ont eu aussi leurs troubles et leurs orages,
et il n'y a pas eu dans leurs fourmilières plus de calme et
de bonheur qu'ailleurs; mais qu'importaient à l'humanité
des passions qui ne faisaient rien à sa destinée ? Elle ne
donne place dans l'histoire qu'aux grands hommes et aux
peuples qui changent la face des choses; elle ne se soucie
pas des séditions de province et des catastrophes de ménage.

Qu'est-ce à dire pourtant? Les petits États sont-ils
déshérités à jamais de tout renom? Pourquoi n'auraient-
ils pas aussi place au soleil? Ils l'auront, s'ils se souviennent que pour vivre dans l'histoire, pour être vraiment
ce que l'on appelle un peuple, il y a deux choses également necessaires, 1⁰ un caractère, un esprit particulier;
c'est par-là qu'on se distingue, c'est par-là qu'on est soi;
2⁰ une progression continue. Un peuple qui n'a pas de
caractère distinctif, marchât-il d'un pas égal avec la civilisation, est un peuple anonyme, pour ainsi dire; ce
n'est pas un peuple : et d'autre part, un peuple qui résiste à cette loi de progression continue, eût-il le carac-

tère le plus original du monde, est un peuple qui meurt,
un peuple qui finit.

Rien ne porte malheur aux nations, grandes ou
petites, comme de méconnaître l'une ou l'autre de ces
deux lois. Elles ne périssent que par-là : ou leur caractère distinctif s'altère, et alors elles s'effacent, elles se
confondent, elles se perdent ; ou elles restent en arrière
du mouvement qui emporte les siècles, et alors, comme
ne pas marcher c'est en quelque sorte ne plus sembler
vivre, personne ne s'étonne de les voir rayées un beau
jour de la liste des peuples par l'épée d'un conquérant ou
par la plume d'un diplomate. Dans l'antiquité, la Grèce
périt parce qu'elle s'abandonne à la civilisation jusqu'à
en perdre son caractère et sa nature particulière : de
nos jours la Pologne tombe parce qu'au dix-huitième
siècle elle garde les institutions du siècle des Jaglleons ;
et Venise n'est plus qu'une bourgade autrichienne parce
qu'en 89 elle a encore son gouvernement aristocratique
du quinzième siècle. Allez, quand il suffit d'une conquête ou d'un congrès pour en finir avec un peuple,
c'est qu'il était déjà fini, et s'il est tué du coup, c'est
qu'il était déjà mort.

L'histoire doit condamner les peuples qui s'obstinent
à résister à cette loi de progression qui est la loi souveraine du monde, quel que soit le sentiment et l'intérêt au
nom duquel ils résistent, que ce soit la religion, que
ce soit le commerce, que ce soit la liberté.

La Suisse, sous ce point de vue, peut fournir à la philosophie de l'histoire une sérieuse leçon.

Il y a dans l'histoire de Suisse trois époques : Guillaume Tell, Calvin, la révolution française. Il y a aussi
trois sortes de gouvernemens : la liberté démocratique

et pastorale des cantons catholiques, c'est la liberté du temps de Guillaume Tell; le gouvernement de Berne, c'est une liberté née du mélange de l'esprit de l'aristocratie et de l'esprit du calvinisme; enfin, le gouvernement libéral de l'Argovie, de la Thurgovie, cantons autrefois sujets de la Suisse, aujourd'hui libres, c'est la liberté philosophique telle que l'a enfantée la révolution française.

Ces trois sortes de libertés quoique maîtresses chacune dans leurs cantons, luttent cependant l'une contre l'autre. Même différence de mœurs et d'habitudes : ici la vie pastorale, là le métier des armes, ailleurs le commerce et la littérature : enfin trois ères différentes de société : celle du quatorzième, celle du seizième et celle du dix-neuvième siècle; partout ainsi des mœurs et des institutions, les unes qui meurent, d'autres qui vieillissent, certaines qui grandissent. Qui peut rendre raison de toutes ces choses, sinon l'histoire? L'histoire, aidée de la philosophie, enseignant comment chaque système de mœurs, d'idées et de gouvernement doit tomber après avoir fait son temps, montrant ce qu'il advient ici de mépriser, au profit de la routine, cette loi de progression imposée aux peuples, là d'y rester indifférent, et ailleurs ce qu'il y a de profit à la suivre.

Parcourons rapidement ces trois époques différentes; examinons ces diverses sortes de gouvernemens.

Au premier coup d'œil, l'indépendance de la Suisse au quatorzième siècle ne semble qu'un sublime accident. Il y avait là des maîtres qui avaient des sujets, et qui un jour voulurent avoir des esclaves; alors l'idée de la liberté s'éveilla dans l'esprit de ces pauvres pasteurs. Rien de si dramatique que la révolution helvétique vue de cette façon; c'est le serment héroïque du Grütli, c'est la barque

d'où s'élançait Guillaume Tell et que du pied il renvoyait
aux tempêtes du lac, c'est cette flèche immortelle dont le
son retentit encore au fond de l'ame de tout homme de
cœur. Voilà, certes, des choses grandes et épiques; mais
cet héroïsme, est-ce un beau coup de tête ? cette liberté,
un sublime accident ?

Non. Quand nous jetons un regard sur l'état de
l'Europe à la fin du treizième siècle, tout s'explique.
Nous admirons toujours la noble résolution des Suisses ;
mais elle ne nous surprend plus. Les Suisses ont suivi,
au quatorzième siècle, la route qu'avait prise le treizième. En effet, le treizième siècle est la grande ère
des libertés bourgeoises et municipales en Europe. Partout des communes, des chartes, des villes libres. En
1247, depuis Cologne jusqu'à Bâle, la hanse-rhénane,
association commerciale entre des cités sujettes de l'empire d'Allemagne de nom plutôt que de fait; dix ans
auparavant, la ligue anséatique entre Hambourg et Lu-
beck ; en Angleterre, en 1266, division du Parlement
en deux chambres; en France, en 1303, Etats-Géné-
raux où figure le tiers-état ; en Allemagne, 1309, diète
de Spire, où les villes de l'empire ont droit de suffrage ;
à la même époque fleurissent les républiques d'Italie ;
partout enfin la bourgeoisie commence à prendre rang,
et il y a à cette époque, dans l'intervalle de la décadence
de la féodalité à l'agrandissement du pouvoir royal, il y a
un moment de crise où dans toute l'Europe le tiers-état
s'agite et cherche à prendre place dans le gouvernement.
S'il eût prévalu, que fût devenue l'Europe ? Un assemblage de petites républiques bourgeoises avec un esprit
de liberté étroit et mesquin, tel que le fait la pratique
des petites institutions et des petites affaires, plutôt ennemi que partisan de la civilisation; car la civilisation

va mal avec les préjugés et les routines de province. L'agrandissement de la royauté a sauvé les destinées de la civilisation. La royauté a fondé les grands Etats de l'Europe, et les grands Etats sont favorables au progrès de la civilisation, quelque ennemis qu'ils en paraissent parfois. En réunissant les peuples sous le même joug, ils font qu'ils se rangent plus aisément sous la loi des mêmes idées. Alexandre par ses victoires, Rome par ses conquêtes, ont fait la civilisation du monde ancien. La royauté, par les cinq ou six grands Etats qu'elle a fondés, a fait la civilisation de l'Europe.

L'esprit de liberté bourgeoise et d'association municipale gagnant ainsi de proche en proche, la Suisse se fit libre et se confédéra au commencement du quatorzième siècle, en 1308, d'abord les trois petits Cantons, puis Lucerne, puis Zurich. Ce ne fut d'abord qu'une association, à l'exemple des ligues rhénanes et anséatiques, ennemie de la noblesse, qui, là comme ailleurs, voyait avec dépit s'élever le pouvoir du tiers-état. Aussi à Morgarten, à Laupen, à Sempach, à Nœfels, c'est contre la noblesse que lutte la Suisse. Les ducs d'Autriche ne sont dans ces guerres que les chefs de la féodalité combattant à outrance contre le tiers-état. Ailleurs, en Europe, la bourgeoisie s'abaisse devant le pouvoir royal qui s'élève. En Suisse, point de pouvoir royal; l'empire d'Allemagne, jusqu'au milieu du quinzième siècle, toujours agité, s'inquiète peu de la liberté des Suisses, et il se contente d'un vain titre de suzeraineté, que la Suisse ne s'inquiète pas de lui contester, tant c'est chose indifférente d'une part, et tant, de l'autre, il semble naturel aux Suisses, avec leurs idées de liberté du treizième siècle, de relever de l'empire, comme le faisaient toutes les villes libres du Rhin. Ainsi, la Suisse ne craint, ne combat

que la noblesse. Ailleurs, la lutte de la noblesse et du
tiers-état finit par la médiation intéressée de la royauté.
En Suisse, la lutte ne finit que par la défaite de la féodalité. Morgarten, Sempach, Nœfels, sont les triomphes
de la bourgeoisie ; Granson même et Morat sont encore
des victoires du tiers-état ; car la puissance des ducs
de Bourgogne, puissance toute féodale et toute nobiliaire,
fut le dernier beau jour de la grande aristocratie du
moyen-âge. Par une fatalité toute naturelle, elle vint
faire son dernier naufrage sur les deux écueils qui depuis
deux siècles avaient arrêté sa course, la bourgeoisie et la
royauté, la Suisse et Louis XI.

Ainsi, c'est en Suisse que l'esprit de liberté du treizième
siècle s'est le mieux développé, et l'histoire de la Suisse,
depuis le quatorzième jusqu'au seizième siècle, fait en
quelque sorte les temps héroïques de la bourgeoisie
européenne, vaincue ailleurs par le pouvoir royal. Là
triomphèrent les deux idées de la bourgeoisie ; d'abord
l'esprit d'association, telle que l'avaient déjà pratiquée
les villes libres du Rhin ; ensuite l'idée de la libre délibération sur les affaires de la commune. De là le gouvernement tout démocratique des petits Cantons, assemblées publiques, délibération, souverain pouvoir des
membres de la commune ; enfin, le système des libertés
municipales, des libertés du treizième siècle, poussé
jusqu'à sa dernière conséquence, c'est-à-dire à la démocratie pure, car toute commune est une démocratie. Et
qu'on ne s'effraie de ce mot ; en Suisse, n'y ayant pas de
royauté, les communes sont des démocraties souveraines.
En Prusse, avec la royauté, les communes sont des démocraties fort obéissantes. Ainsi, le principe de la liberté
communale n'a rien d'inflexible ni d'absolu. A l'exemple
de la royauté, tour à tour despotique, monarchique ou

constitutionnelle, les communes, quoique de leur nature elles soient des démocraties, sont, selon le pays, des républiques libres ou des bureaux d'administration.

Née des mœurs et des idées du temps, la liberté municipale fit la force des petits Cantons et leur donna au quatorzième siècle la prépondérance sur tout le reste de la Suisse. A Zurich, à Berne, il y avait des bourgeois patriciens; mais à Schwytz, dans Uri, dans Unterwald, pure démocratie, magistratures électives au choix du peuple entier, égalité de tous les membres de la commune. La vie des hommes de ces cantons s'accordait avec ce genre d'institutions. Tous pasteurs, ne faisant pas de commerce, simples et grossiers, ils étaient aisément égaux entre eux. Que leur fallait-il de plus pour garder leur prépondérance? Une seule chose, mais fort importante : suivre le mouvement des esprits qui s'avançaient à grands pas vers les idées du seizième siècle, obéir à cette loi de progression continue qui règle la vie des peuples. Ils ne le firent pas. Pauvres quand les villes s'enrichissaient par le commerce, ignorans dans un siècle d'étude et de science, pasteurs dans un siècle d'industrie, ou de pasteurs se faisant soldats mercenaires, et s'allant gâter avec les vices des étrangers, sans s'instruire en revanche de leurs arts et de leurs idées; revenant moins bons citoyens, et n'ayant plus le goût des vertus indispensables au salut des petites républiques, la simplicité, le mépris des richesses et du luxe, l'amour de l'égalité; restant catholiques au milieu de la Suisse protestante, non par supériorité de lumières et par force d'esprit, comme le fit la France du seizième siècle, mais par routine et par superstition, telles furent les causes de leur décadence. La victoire de Cappel fit qu'il y eut en Suisse quelques protestans de moins; mais elle ne rendit pas

aux petits Cantons démocratiques leur vieille prépondérance. Au seizième siècle le pouvoir passe des campagnes
aux villes, de la liberté municipale et démocratique à la
liberté religieuse, de la Suisse de Guillaume Tell à la
Suisse de Zwingle et de Calvin.

C'est le progrès de la civilisation qui amena ce changement. L'idée de la liberté municipale, l'idée d'association n'est point une idée philosophique; car ce n'est
pas à titre d'homme qu'elle donne la liberté, c'est à titre
de membre de la commune. L'idée de la liberté religieuse
est toute différente; elle donne à chacun le droit de
croire à son gré, et cela en vertu seulement de son titre d'homme. C'est une idée toute philosophique; c'est
un progrès de la civilisation; mais cette idée, mise au
jour par la réforme, n'arriva pas du premier bond jusqu'à sa dernière conséquence, la liberté illimitée de
conscience. Les communes qui avaient changé de religion voulurent que leurs sujets en changeassent, le tout
en vertu toujours d'un grand mot : ils n'étaient pas bourgeois, ils étaient sujets; qu'ils obéissent donc! Heureusement pour la liberté religieuse, les bailliages de l'Argovie, de la Thurgovie étaient sujets en commun de
plusieurs Cantons, et ces Cantons étant les uns catholiques et les autres protestans, il fallut, de guerre lasse,
se résigner à la tolérance. C'est donc surtout dans l'Argovie et dans la Thurgovie que la liberté religieuse triompha
le mieux; car l'égalité des deux religions fut consacrée
par le traité de Teinikon, en 1533.

Deux religions égales ! on peut donc choisir, et choisir à l'aide de sa raison. Que conclure de là, sinon que
l'homme est libre; et s'il est libre quant à sa foi, pourquoi ne le serait-il pas quant à ses lois? Ne nous étonnons pas que l'Argovie et la Thurgovie aient accueilli de

si grand cœur la liberté qu'annonçait la révolution française. Deux siècles de liberté et d'égalité religieuse avaient préparé le succès de la liberté et de l'égalité politique.

Ailleurs, il n'y eut pas cette heureuse égalité entre les deux religions ; et les cantons furent tout catholiques ou tout protestans. Avec les idées d'association municipale du treizième siècle, un bourgeois devait avoir mêmes droits, mêmes lois, mêmes charges que les autres. On délibérait en commun ; une fois la loi faite par la majorité, opposans ou non, tout le monde obéissait. Qui se fût avisé de se faire d'autres idées quant à la religion ? Aussi voit-on, à cette époque, la religion des divers Cantons se décider en assemblée publique et au scrutin. Quiconque se fût avisé que ce n'était pas là choses où la majorité dût faire la loi ; qu'un bourgeois devait avoir mêmes lois et mêmes charges que ses combourgeois, mais qu'il pouvait avoir un culte et une foi différens ; quiconque eût parlé ainsi eût passé pour un fou ou pour un scélérat. Aussi ne pas payer sa part dans une cotisation commune, ou ne pas professer le culte commun, c'était perdre également ses droits de bourgeoisie. Quand Soleure reprend le culte catholique, les réformés s'exilent et vont s'établir dans d'autres contrées de la Suisse. Ils aiment mieux quitter leur pays que leur croyance, et ils ne pensent pas un instant à dire qu'ils ont droit de rester chez eux et d'avoir la religion qui leur convient, et cela à titre d'hommes. Ce mot-là n'a pas encore de sens.

Telles sont la force et la vertu qu'ont en elles-mêmes les idées nouvelles, que dès sa naissance, au seizième siècle, l'idée de la liberté religieuse, toute défigurée qu'elle est dans le protestantisme, donne la prépondérance à la Suisse protestante sur la Suisse catholique. Il en est de même dans toute l'Europe. Voyez l'Allemagne, la Suède, l'Angleterre, la Hollande, comme elles l'emportent sur l'Espagne et sur l'Italie! Il n'y a que la France qui reste catholique, et au dix-septième siècle obtient la prééminence; effet naturel de la haute sagesse de l'esprit français qui, au seizième siècle, rejette le joug pesant du calvinisme, garde le catholicisme en le tempérant par la philosophie, par la littérature, et prépare ainsi la naissance de la véritable liberté politique et religieuse, et l'avénement de la révolution française.

Au seizième siècle, trois villes en Suisse attirent surtout les regards : Berne, Zurich et Genève, qui alors ne font pas encore partie de la Confédération. Elles ont chacune leur caractère, mais elles sont toutes trois protestantes; c'est là ce qui leur donne la prépondérance.

Cependant deux siècles s'écoulent; Berne reste aristocratique et calviniste, et c'est elle qui se sépare le plus de l'esprit du siècle. Zurich reste calviniste, mais elle renouvelle et rajeunit ses destinées par l'industrie et le commerce, comme Genève par la littérature et par la banque. La civilisation leur tiendra compte des pas qu'elles ont faits, et tandis que Berne, passant violemment de l'aristocratie à la démocratie, perdra son ascendant sur la Suisse, Zurich et Genève conserveront leur puissance [1].

J'arrive maintenant à la troisième époque, à la Suisse de la révolution française. Cette Suisse est représentée par le parti unitaire. Qu'est-ce que le parti unitaire?

Il y a en Suisse, comme partout ailleurs, deux partis : le parti de l'ancien régime et le parti du nouveau : un parti

---

[1] Dans la diète de 1833, Berne livrée au pouvoir des clubs n'a point eu d'influence. C'est Zurich et Genève qui ont tout conduit.

qui reconnaît aux Cantons une pleine souveraineté, qui les regarde comme des Etats indépendans confédérés dans l'intérêt de la défense commune, mais qui, en se confédérant, n'ont aliéné de leur indépendance que le moins possible; telle était l'ancienne constitution de la Suisse, une ligue d'Etats plutôt qu'un Etat; ce parti est celui de l'ancien régime. L'autre parti est celui qui veut au contraire que la Suisse fasse un seul et même Etat, une république helvétique, une et indivisible, au lieu de vingt-deux Cantons souverains et indépendans.

Si l'on nous demande quel est de ces deux partis celui que nous approuvons, nous répondrons : Ni l'un ni l'autre. Nous admirons l'un dans le passé, l'autre dans l'avenir; mais quant au présent, les systèmes opposés de ces deux partis nous semblent également impraticables. Il est aussi impossible, selon nous, de revenir aujourd'hui à l'ancienne Suisse, à la Suisse divisée, morcelée, qui n'avait ni centre, ni force, que de construire tout à coup une Suisse indivisible, distribuée en départemens égaux en territoire et en population. Pour revivre telle qu'elle était, l'ancienne Suisse est trop morte ; et, d'un autre côté, pour se changer en une Suisse toute nouvelle, unie et concentrée, l'ancienne Suisse est trop vivante encore dans les souvenirs et les habitudes du peuple. •

Entre ces deux partis cependant, celui vers lequel nous penchons le plus volontiers, tout en désapprouvant ses impatiences, c'est sans aucun doute le parti unitaire, le parti qui veut concentrer la Suisse et en faire un seul et même Etat. Ce parti nous semble avoir une intelligence plus nette et plus vive du génie de notre siècle, où l'esprit de localité et d'isolement, l'esprit provincial et municipal s'affaiblit et s'efface chaque jour. Il nous

semble s'accorder mieux que le parti opposé avec la
marche de l'histoire et le cours des événemens. En effet,
lerésultat d'un gouvernement fédératif doit être naturellement de donner au peuple qu'il régit des intérêts et
des sentimens communs et sympathiques. Tout gouvernement fédératif doit, s'il a quelque efficacité et quelque
force, aboutir à un gouvernement indivisible. Toute fé-
dération doit créer un Etat, ou se briser et se rompre
en Etats tout-à-fait indépendans les uns des autres. Les
Cantons suisses, après cinq siècles de confédération,
doivent être disposés à avoir entre eux les mêmes intérêts
et les mêmes sentimens ; cinq siècles d'existence commune n'ont pas pu s'écouler sans effet. Il doit y avoir
une nationalité suisse, il doit donc y avoir une Suisse
qui fasse corps. S'il en est autrement, si les siècles ont
passé sans rien créer, s'ils ont été stériles et impuissans, si les confédérés ne se sont pas habitués depuis 5oo
ans à se regarder comme des frères, s'ils sont toujours
citoyens de leurs Cantons et non citoyens de la Suisse,
si enfin il n'y a vraiment pas de nationalité suisse, alors
l'espoir du parti unitaire est chimérique ; mais alors aussi
le destin de la Suisse est triste et facile à prévoir : elle
sera partagée. Le partage est le sort de tous les peuples
qui n'ont pas su devenir une nation et un Etat. Le partage est le sort de tous les peuples qui veulent garder
dans notre siècle leurs institutions et leur gouvernement
du moyen-âge, et croient pouvoir vivre, ainsi vieux et
surannés, ainsi morcelés et petits, au milieu de l'Europe rajeunie, renouvelée et concentrée entre cinq
grands Etats.

Le mérite du parti unitaire, c'est de donner un avenir
à la Suisse. Elle ne peut avoir d'avenir, elle ne peut rester
une nation indépendante qu'en s'unissant chaque jour

davantage. Le tort de ce parti, c'est de vouloir concentrer la Suisse brusquement; c'est de ne point tenir compte des souvenirs et des sentimens du peuple, c'est d'oublier dans son impatience l'histoire et la nature même de la Suisse. A voir ce pays coupé en tous sens par des montagnes dont les chaînes entrelacées l'une dans l'autre ont l'air d'enclore chaque vallée et d'en faire un domaine à part, on sent qu'il se prête mieux qu'aucun autre à la division et au morcellement. C'est la nature elle-même qui a créé en Suisse ce système de souverainetés parcellaires que veut abolir le parti unitaire. Chacun de ces petits Cantons enfermé dans l'enceinte de ses montagnes, était fait pour vivre et se gouverner à part. C'est ainsi qu'ont vécu les Cantons suisses, unis seulement pour se défendre contre l'étranger; ils ont vécu heureux et glorieux pendant cinq siècles avec leur ancienne constitution.

Ce n'est pas d'aujourd'hui que les essais que le parti unitaire a faits pour centraliser la Suisse ont rencontré une vive résistance. Entre ce parti et le parti de la vieille Suisse, de la Suisse cantonnale, la lutte est déjà ancienne. En 1798, la Suisse fut faite une et indivisible, à l'exemple de la république française de cette époque; mais cette Suisse indivisible, ce furent les armes étrangères qui la firent; cette constitution unitaire, ce furent les Français qui la donnèrent à la Suisse. Quoique cette constitution fut l'œuvre des patriotes français et des patriotes suisses, il y eut dans la plus vieille Suisse, dans les cantons de Schwytz, d'Uri, d'Unterwalden et de Glaris, il y eut d'autres patriotes, et de meilleur aloi peut-être, qui s'indignèrent de cette œuvre étrangère. La Suisse de Guillaume Tell, la Suisse démocratique, où le peuple était libre et souverain depuis cinq cents ans, où depuis cinq cents ans la nation assemblée sous un tilleul avait le suffrage universel et votait sur la paix, sur la guerre, sur les impôts, nommait ses magistrats et exerçait tous les droits de la souveraineté; la Suisse des petits Cantons repoussa avec colère ces formes nouvelles de liberté, venues de la France, qui dataient à peine d'hier, et qui n'avaient encore pour elles que la triste expérience de nos jours de désordre. Les petits Cantons se croyaient avec quelque droit les aînés de la liberté et de la démocratie en Europe, et il leur sembla étrange que la France, une parvenue, voulût leur apprendre ce que c'était que ces deux choses. Ils coururent aux armes.

Ce fut alors un beau spectacle pour quiconque n'estime pas les choses par le succès, que ce petit peuple avec son héroïque ignorance des changemens survenus dans le monde depuis les journées de Morgarten ou de Morat, et de l'inégalité de force que le cours des siècles avait amené entre les divers Etats de l'Europe, s'avançant bravement à la rencontre des Français vainqueurs déjà de toute l'Europe, comme s'il s'agissait seulement, pour vaincre, de faire ce qu'ils avaient fait contre un duc d'Autriche et un duc de Bourgogne, comme s'ils n'avaient en tête qu'une armée féodale, qui, une fois vaincue, ne se renouvelait guère. Il y eut pour les conduire au combat un homme dont le nom est resté populaire en Suisse, Aloys Reding, qui savait, lui, l'état de l'Europe et la disproportion des forces, mais qui, d'un caractère triste et résigné, était le chef qui convenait à cette guerre où la victoire était impossible, où la défaite était certaine, où il n'y avait d'autre gloire à recueillir que celle d'une mort courageuse. La vieille Suisse fut vaincue, elle devait l'être; mais sa chute s'honora encore de deux beaux faits d'armes. A Schendellegie et à Morgarten ils

firent reculer leurs vainqueurs et retardèren t de quelques
jours l'inévitable capitulation. Ainsi tombèrent devant
les armes républicaines de la France ces petites républiques, les plus anciennes et les plus pures démocraties
de l'Europe. La république française a été fatale aux républiques ses voisines; elle a tué Venise, Gênes et les
petits Cantons de la Suisse.

A la chute de l'empire français, en 1814, ni Venise
ni Gênes ne redevinrent des états indépendans ; la Suisse
fut plus heureuse. Les petites démocraties de Schwytz,
d'Uri, d'Unterwalden, etc., eurent leur restauration.
L'ancienne Suisse cependant ne ressuscita pas tout entière. Les Cantons n'eurent plus de sujets. Vaud, Saint-
Gall, Argovie, Thurgovie, etc., tous les Cantons nés
du mouvement de 89 gardèrent leur indépendance. Le
parti unitaire fut vaincu; mais son esprit fut moins vaincu, pour ainsi dire, que le parti lui-même. L'influence
de ses idées fut puissante encore, et pendant les quinze
années de 1815 à 1830 cette influence ne fit que s'accroître.

La Suisse, comme tous nos voisins, ressentit le contre-
coup de la révolution de juillet. On parla de réviser le
pacte fédéral de 1815. Cette révision était une victoire
pour le parti unitaire. Le parti de la vieille Suisse s'ir-
rita, et quand la diète décréta cette révision et nomma
une commission à cet effet, ce parti résolut d'élever autel
contre autel, et une contre-diète s'assembla à Sarnen.
La diète contre-révolutionnaire de Sarnen espérait avoir
la majorité des Cantons. Cette espérance fut déçue. Sur
vingt-deux cantons, cinq envoyèrent leurs représentans
à Sarnen : ce furent Uri, Schwytz, Unterwald, Bâle,
Neufchâtel. Le Valais, Zug et Appenzel se contentèrent
de quitter l'assemblée de Zurich. Les autres cantons res-

tèrent unis, et la diète adopta le projet de pacte fédéral que lui avait présenté sa commission.

Ce projet, qui était une heureuse transaction entre les théories du parti unitaire et les maximes opiniâtres du parti de l'ancienne Suisse, semblait devoir consolider la paix de la Suisse. C'est à ce moment cependant que les troubles ont commencé. Mais comme il est impossible de retarder, quoi qu'on fasse, la marche de la civilisation, la réforme que doit subir la Suisse s'est faite par la marche des événemens mieux encore que ne l'eût faite le projet du nouveau pacte fédéral.

Les Cantons suisses ont eu autrefois des sujets; personne ne l'a oublié dans ce pays, ni les sujets ni les maîtres. Les marches de Schwytz, et ce qu'on appelle aujourd'hui Schwytz-extérieur, étaient autrefois sujets de Schwytz; égaux depuis 1798 et depuis 1815, ils gardaient cependant à l'égard de leur ancienne métropole une défiance inquiète. Schwytz, de son côté, avait cherché en 1821 à reconquérir quelque chose de son ancienne suprématie. En 1830, Schwytz-extérieur réclama, et, enhardi par l'esprit du temps, se constitua à Lachen, le 6 mai 1832, en canton indépendant. Il demanda à avoir droit de juger et de voter dans la diète helvétique. L'ancien Schwytz, l'ancienne métropole, garda d'abord le silence; mais dans ces derniers temps, cédant aux passions aveugles du parti de l'ancien régime, elle permit au colonel Abyberg de faire le coup de main de Kusnacht. Cette imprudence lui fut fatale. La diète, justement irritée que Schwytz voulût substituer la force des armes à la médiation qu'elle avait droit d'exercer, décida que Schwytz extérieur et intérieur seraient occupés, afin de prévenir toute collision nouvelle.

Pendant que Schwytz était puni de son imprudence,

Bâle, c'est-à-dire l'ancienne Suisse commerçante, comme Schwytz était l'ancienne Suisse pastorale, Bâle recevait aussi un échec. Elle avait une querelle avec la campagne. La campagne se plaignait de n'être point représentée également dans le grand conseil de Bâle. Des plaintes elle passa à l'insurrection et se constitua en Canton indépendant à Liestall, sous le nom de Bâle-Campagne. Bâle consentit à la séparation. Cependant entre Bâle et Liestall, la haine couvait sourdement; Liestall provoquait à la révolte les communes restées fidèles à Bâle et attaquait celles qui persistaient dans leur attachement à la ville. Bâle s'arma enfin pour résister aux prétentions de Liestall, marcha au secours des communes attaquées et fut vaincue.

A ce moment, un mouvement remarquable s'empara de la Suisse. On craignit la resurrection du parti de l'ancienne Suisse, et quand la diète fit un appel aux milices helvétiques pour occuper les cantons de Schwytz et de Bâle, ce fut avec enthousiasme qu'elles coururent aux armes. Si le parti de la vieille Suisse a voulu faire un essai de sa puissance, il doit savoir maintenant à quoi s'en tenir, il doit savoir à qui est la force; la force en Suisse est, comme en France, à une nation nouvelle née en 89 et qui s'est relevée en 1830 de l'échec de 1814.

Si en effet nous apprécions les derniers événemens sous le rapport des progrès de cette nouvelle Suisse, plus unie et plus indissoluble que l'ancienne, ces événemens ont une grande portée. Il serait possible que quelques personnes en Suisse ne vissent dans l'occupation de Schwytz et de Bâle qu'un échec au parti de l'ancien régime, et s'en applaudissent à ce titre. A mon avis c'est plus qu'un coup donné à l'ennemi, c'est la mise en pratique d'un grand principe de gouvernement. En occupant

Bâle et Schwytz, la diète a fait un grand pas vers l'u-
nion de la Suisse; elle a agi comme un État à l'égard
d'un de ses membres, comme la France à l'égard d'un de
ses départemens agités par la guerre civile. Elle ne s'est
point considérée comme une ligue d'États indépendans,
mais comme un état indivisible; elle a nié l'indépendance des Cantons de la ligue helvétique à l'égard du
tout; elle a nié le principe de l'ancienne constitution fé-
dérale et proclamé le principe du pacte nouveau. La
révolution du gouvernement en Suisse date véritablement
de l'occupation de Schwytz et de Bâle.

Au lieu de faire une révolution en changeant le pacte
fédéral, la Suisse a eu une révolution pratique et efficace.
Ce sont les événemens de Kusnacht et de Bâle qui l'ont
faite. Le projet du nouveau pacte fédéral donnait à la
Suisse plus d'unité et de cohésion; mais ce n'était que
des principes qu'il proclamait; ce n'étaient que des institutions créées pour agir. Quel eût été leur effet, leur
action? personne ne pouvait le dire d'avance. Au lieu de
ces principes et de ces institutions dont la vie est si difficile et si délicate, la Suisse a eu des événemens nets,
décisifs, efficaces, qui lui ont donné tout de suite et sans
incertitude l'unité et la cohésion qu'elle cherchait, et cela
dans la juste mesure qu'elle voulait, sans créer de nouveaux pouvoirs, sans changer sa distribution fédérative.
Les Cantons sont restés détachés comme ils l'étaient; la
diète est restée aussi ce qu'elle était; seulement elle s'est
fait obéir; elle a mis en pratique la suprématie du corps
qui personnifie la ligue helvétique. Tout ce qu'elle a fait
a eu pour conséquence d'unir la Suisse d'une manière plus
intime. C'est une révolution unitaire, si vous voulez,
mais une révolution unitaire faite et dirigée par le pouvoir fédéral lui-même. La diète a atteint la plus grande

unité et la plus grande cohésion possible sans sortir du système fédératif.

Et ce qui, à mes yeux, achève de donner aux derniers événemens leur caractère de révolution forte et légitime, c'est qu'ils ont été nécessaires. La diète ne les a point créés ; elle n'a point créé le coup de main de Kusnacht et la collision de Bâle. Ces événemens se sont faits par les passions du parti opposé à la diète ; une fois faits, la diète a dû agir à leur égard selon ce que lui prescrivait son honneur et sa conscience. Elle a donc agi sous une loi qui ne trompe jamais, la loi de la nécessité.

ANCIENS POÈMES ÉPIQUES

DES GERMAINS.

———

Rien, je crois, ne marque mieux le prodigieux changement des esprits que la manière dont on considérait, il y a quinze années à peine, la poésie épique, et la manière dont on la considère aujourd'hui. Le point de vue est tout-à-fait changé. En effet, il y a quinze à vingt ans, il n'y avait pas de poétique où ne se trouvassent les règles et les préceptes de la poésie épique. Il y avait des recettes pour faire un poème épique. Dans tous les anciens rhéteurs, dans tous les livres de poétique et de rhétorique, partout des règles et une méthode sur l'épopée.

Le père Lebossu veut « que le sujet du poème épique « soit une véritable morale présentée sous le voile de « l'allégorie, en sorte qu'on n'invente la fable qu'après « avoir choisi la moralité, et qu'on ne choisisse les per- « sonnages qu'après avoir inventé la fable. »

L'abbé Terrasson veut que, « sans avoir égard à la « moralité, on prenne pour sujet de l'*épopée* l'exécution « d'un grand dessein », et, en conséquence, il condamne « le sujet de l'*Iliade*, qu'il appelle une *inaction*. »

« La composition de l'*épopée*, dit Marmontel, em- « brasse trois points principaux, le plan, les caractères « et le style. On distingue dans le plan l'exposition, le « nœud et le dénouement ; dans les caractères, les pas-

« sions et la morale ; dans le style, les qualités analogues
« à ce genre de poésie. »

Voilà quelles étaient les anciennes idées sur l'épopée.
Depuis quinze ou vingt ans, nous avons changé tout
cela. L'épopée n'est plus un ouvrage artificiel, ce n'est
plus un auteur qui, un jour, dans son cabinet, se dit :
« Je vais faire un poème épique. » L'épopée, disons-nous
maintenant, se fait toute seule ; c'est l'œuvre du génie
d'un peuple. Il se trouve des hommes qui s'élèvent au-
dessus de l'humanité ; ces hommes, qu'on appelle des héros, sont célébrés dans des chansons populaires ; ces
chansons sont recueillies : voilà le poème épique.

Il y a des témoignages qui montrent que, chez tous les
peuples, il existe au commencement de leur histoire
ce qu'on appelle un cycle épique et cosmogonique,
c'est-à-dire une suite de fables et de traditions, les unes
ayant trait aux héros, les autres au système du monde.
Chez les Grecs, outre Homère et Hésiode, il y a un ancien cycle épique qui contient toutes les aventures des
dieux et des héros ; et c'est ce cycle sans doute que
Cyrène racontait à ses compagnes, quand son fils Aristée
vint, selon Virgile, déplorer la perte de ses chères
abeilles :

Aque Chao densos Divûm numerabat amores.

Y a-t-il aussi chez les Germains un cycle épique et
mythologique ? De nombreux témoignages tirés de Tacite, de Jornandès, de Paul Diacre, ne permettent guère
d'en douter. A quelle époque ce cycle s'est-il formé ?
On peut croire que c'est vers le troisième et le quatrième
siècles. C'est à cette époque, à l'époque de la grande
invasion des peuples du Nord, qu'il y a eu le plus de circonstances favorables au développement de la poésie

épique ; c'est alors qu'il y a eu des hommes qui ont vivement saisi l'imagination du peuple, des héros : la poésie épique est venue à la suite des héros.

Les fragmens qui nous restent de ces poèmes antiques sont difficiles à reconnaître ; ils sont semés çà et là dans les historiens. Jornandès, Paul Diacre, Saxon le grammairien, attestent qu'ils écrivent d'après d'anciens poèmes. N'est-il pas fort vraisemblable qu'ils auront fait passer dans leur texte quelques morceaux de ces poèmes ? N'avons-nous aucun moyen de reconnaître dans l'histoire ces lambeaux de poèmes épiques ? Il faut donc, en lisant Jornandès et Paul Diacre, voir si çà et là il n'y a pas, soit dans l'élévation du style, soit dans l'arrangement des circonstances, des traces de poésie épique. Il y a, dit Paul Diacre, des poèmes faits à la gloire d'Alboin. Si maintenant nous trouvons dans cet historien, quand il parle d'Alboin, quelques passages qui semblent respirer une odeur de poésie épique, ne pouvons-nous pas croire, sans trop de témérité, qu'il y a là quelques lambeaux de cette poésie que nous cherchons ?

Voici un chapitre de Paul Diacre, où l'histoire, selon moi, a quelque chose de romanesque et de poétique qui trahit son origine.

Il s'agit d'une guerre entre les Gépides et les Lombards :

« Le combat s'engage entre les Gépides et les Lom-
« bards. Les deux armées combattaient avec acharne-
« ment, aucune ne voulant fuir et laisser la victoire.
« Alboin, fils d'Audoin, roi des Lombards, rencontra
« au milieu de la mêlée Thurismonde, fils de Thurisin-
« de, roi des Gépides. Alboin frappa Thurismonde de sa
« lance, le renversa de cheval et le tua. A cette vue, les
« Gépides découragés prirent la fuite. Les Lombards les

« poursuivirent avec ardeur, en tuèrent un grand nom-
« bre, et revinrent ensuite sur le champ de bataille dé-
« pouiller les morts.

(Jusqu'ici, c'est plutôt le bulletin d'un combat qu'un
fragment de poésie épique.)

« Après la victoire, ils retournèrent dans leurs de-
« meures et dirent à leur roi Audoin de faire manger
« avec lui à sa table son fils Alboin, afin qu'ayant par-
« tagé les périls de son père dans le combat, il partageât
« aussi ses festins. Audoin répondit qu'il ne le pouvait
« pas, que ce serait violer les usages de la nation. Vous
« savez, dit-il, que ce n'est pas la coutume chez nous
« que le fils du roi mange avec son père, jusqu'à ce qu'il
« ait été armé par le roi d'une nation étrangère.

« Alboin, ayant entendu ces paroles, prit avec lui
« quarante jeunes gens seulement, et alla trouver Thu-
« risinde, roi des Gépides, contre qui il avait pendant
« long-temps combattu, et lui dit pourquoi il venait à
« lui. Thurisinde le reçut avec bonté, et l'ayant invité
« à un festin, le fit asseoir à sa droite, à la place où
« son fils Thurismonde avait coutume de s'asseoir. La
« table fut plusieurs fois couverte de mets. Pendant ce
« temps, Thurisinde pensait à la place qu'occupait autre-
« fois son fils, à sa mort, et à son meurtrier, assis main-
« tenant à côté de lui. Il poussait de profonds soupirs,
« cherchait à se contenir ; puis, la douleur l'emportant,
« il se tourna à droite et s'écria : Cette place m'est douce,
« mais l'homme qui l'occupe maintenant m'est pénible
« à voir ! »

« Alors le second fils du roi, encouragé par le discours
« de son père, se mit à attaquer les Lombards par des
« paroles injurieuses. Comme les Lombards s'envelop-
« paient le bas des jambes de bandelettes blanches, il

« dit qu'ils ressemblaient à des cavales, dont le pied
« est blanc jusqu'à la corne, ajoutant qu'il ne pouvait
« soutenir l'odeur des cavales, auxquelles ressemblaient
« les Lombards. A ces paroles, un des jeunes Lombards
« se levant : « Va, dit-il, va sur le champ de bataille,
« et tu y verras quelles ruades savent lancer ces cavales,
« comme tu dis. Va, les os de ton frère y sont encore
« sur la terre, comme la carcasse de quelque vil bétail. »
« Les Gépides, enflammés de honte et de colère à cette
« réponse, se levèrent, disant qu'ils allaient venger leurs
« injures. Les Lombards, de leur côté, mirent tous
« l'épée à la main. Mais le roi, se levant de table, se
« jeta entre les deux partis, jurant qu'il punirait le pre-
« mier qui commencerait, disant que ce n'était pas une
« victoire agréable à Dieu que celle qu'on remportait sur
« un ennemi devenu notre hôte. Ces paroles apaisèrent
« la querelle et le festin s'acheva.

« A la fin du repas, Thurisinde prit les armes de son
« fils Thurismonde et en revêtit Alboin, puis le renvoya
« sain et sauf chez son père, avec des paroles de paix.
« Alboin, revenu chez son père, mangea dès ce jour à
« sa table. La première fois qu'il s'y assit, il raconta
« en détail tout ce qui lui était arrivé chez les Gépides,
« dans la demeure de Thurisinde. Tous ceux qui étaient
« présens admirèrent l'audace d'Alboin et la loyauté de
« Thurisinde. »

Il est visible que ce n'est pas là le ton ordinaire de
l'histoire. Ainsi donc une lecture attentive et un examen
minutieux des historiens de cette époque peuvent nous
faire retrouver quelques traces éparses çà et là des poèmes
épiques. Mais ces études sont fort chanceuses ; elles ne
rapportent pas toujours ce qu'elles coûtent. Il faut, j'ose
le dire, avoir du bonheur pour trouver quelques frag-

mens intéressans. Il y a un autre recueil où la moisson est plus abondante, c'est l'Edda.

L'*Edda* est un recueil de chants scandinaves, ayant trait, partie à la cosmogonie, partie aux héros du Nord. Quelques-uns de ces héros appartiennent à la Germanie. Ce sont les noms qui se rencontrent dans l'histoire, le grand Hermanarick et le grand Attila. De plus, les héros chantés dans les *Nibelungen*[1] se retrouvent dans l'*Edda*. L'*Edda* peut donc être considéré comme la première édition en quelque sorte du cycle germanique; et cette première édition est nécessaire à connaître, car les mœurs barbares n'y sont point encore altérées par l'influence des idées chevaleresques du moyen-âge, comme dans les *Nibelungen*. Ce sont les mœurs toutes pures de la Barbarie septentrionale. Nous ne voulons nous occuper aujourd'hui dans notre examen de l'*Edda* que des héros historiques, et, dans cet examen, nous commencerons par le peuple qui le premier a figuré sur la scène, à l'époque de la grande invasion des barbares par les Goths. De là, nous passerons au peuple qui succède aux Goths, c'est-à-dire aux Huns.

Le roi Hermanarick, selon Jornandès, est le plus célèbre des anciens rois Goths. Il avait étendu sa puissance sur la Germanie, la Scandinavie et la Scythie. Cet empire immense fut renversé par les Huns. Le roi Hermanarick était pour les Goths ce que Charlemagne est dans notre histoire. C'est l'époque d'une grande puissance élevée et tombée subitement. Je lis à son sujet dans Jornandès, le passage suivant : « Le roi Hermanarick, transporté « de fureur, avait fait attacher à des chevaux sauvages « une femme de race noble, nommée Sanielt ou San-

---

[1] Voyez dans les notes la traduction d'une partie des Nibelungen.

« hilda, puis on avait lancé ces chevaux à travers des
« rochers où Sanhilda fut misérablement déchirée. Ses
« frères Sarus et Amnicus, ayant résolu de venger le
« meurtre de leur sœur, frappèrent Hermanarick au
« côté. Il ne mourut pas de cette blessure, mais il en
« resta malade et faible. »

Voilà le ton de l'historien. Aucune circonstance n'est
peinte ni détaillée; aucun caractère n'est développé. L'histoire se borne au fait et aux noms des personnages; c'est
là son rôle et sa nature. Nous retrouvons dans l'*Edda* la
même aventure, les mêmes noms, le roi Hermanarick,
Sanhilda, les deux frères; leurs noms seuls sont légèrement changés. Ainsi Sarus est Sorlius et Amnicus est
Hamder. Dans l'*Edda*, le récit a une forme poétique.
Ce récit est contenu dans deux poèmes, l'un appelé *Gudruna* et l'autre le *Chant d'Hamder*. Dans la traduction
qu'on va lire, j'ai mêlé les deux chants afin de leur
donner un ordre et une suite historique. Dans l'*Edda*
ils sont séparés.

GUDRUNA ET LE CHANT D'HAMDER.

« Après avoir tué Attila, la reine Gudruna alla vers la
mer, ayant résolu de se jeter dans les flots; mais les flots
refusèrent de l'engloutir et les eaux la portèrent sur le
rivage du pays où commandait le roi Ionacre. Ce roi
l'épousa et eut d'elle trois fils, Sorlius, Hamder et Erpus.
C'est là aussi que fut élevée Swanhilda, fille de Sigour[1]
et de Gudruna. Le roi Hermanarick, surnommé le puissant, envoya à la cour d'Ionacre son fils Randuer, chargé
de demander Swanhilda en mariage pour son père.
Swanhilda fut confiée à Randuer pour qu'il la menât à la

---

[1] Sigour est le Sigefrid des Nibelungen.

demeure d'Hermanarick. Randuer avait auprès de lui Bicchius, un conseiller du roi son père, qui, méditant de perdre le jeune prince, lui disait qu'il était plus convenable qu'il épousât lui-même Swanhilda : il était jeune, elle aussi ; Hermanarick au contraire était vieux.

« Ce conseil plut aux jeunes gens ; ils se marièrent : alors Bicchius alla dénoncer la chose à Hermanarick. Hermanarick ordonna d'arrêter son fils et de l'attacher à un gibet. Randuer, au moment de mourir, prit son épervier chéri, lui arracha toutes les plumes, et ordonna de le porter en cet état à son père. Cela fait, il se laissa attacher au gibet et mourut. Quand Hermanarick vit l'épervier dépouillé de ses plumes, il comprit l'intention de son fils ; l'épervier a perdu les ailes qui soutenaient son vol, et moi j'ai perdu le fils qui soutenait mon royaume.

« Quant à Swanhilda, Hermanarick avait ordonné qu'elle fût foulée aux pieds des chevaux ; mais elle était si belle que les chevaux refusaient de fouler sous leurs pieds ses membres gracieux et délicats. Il fallut les enchantemens du perfide Bicchius, qui non-seulement était ministre, mais sorcier, pour pousser les chevaux à écraser cette belle reine. »

Je prends çà et là ces détails dans les deux *Edda*, l'*Edda Semonda* et l'*Edda Snorriana*. Il y a quelques détails aussi tirés de Saxon le grammairien, qui a rapporté la même histoire avec quelques changemens.

Telle est, en quelque sorte, la préface et le prologue de nos deux poèmes.

Voyons maintenant le début : « Ce que je vais raconter n'est pas arrivé aujourd'hui ni hier, mais il y a longtemps. Beaucoup de jours se sont écoulés, et peu de choses sont aussi anciennes. C'est quand la fille de Giuki, Gudruna, excita ses enfans à venger Swanhilda.

« Vous vous asseyez à table, vous dormez, vous riez avec vos compagnons, mes fils, et celle qu'on saluait du nom de Swanhilda, votre sœur, Hermanarick l'a fait fouler aux pieds de ses cavaliers, sur le chemin public et sous la roue de ses chariots de voyage.

« C'est le dernier coup pour notre maison ; mes fils, vous restez seuls de ma race ; vous êtes les derniers rameaux de ma famille. Je suis comme un peuplier solitaire planté dans une vallée. J'ai vu tomber mes parens comme l'arbre voit tomber ses branches. J'ai perdu ma joie comme l'arbre perd son feuillage quand la tempête le frappe et le ravage par un jour d'été[1]. Oh ! vous ne ressemblez pas à Gunnar et à mes autres frères ; vous n'avez pas le courage d'Hognius ! Vengez donc votre sœur si vous êtes de la race royale des Huns !

« Alors l'impétueux Hamder interrompant sa mère : « Tu n'admirais pas, j'imagine, le courage d'Hognius et de tes frères, quand ils éveillèrent Sigour pour le massacrer. Tu étais près de lui ; mais les meurtriers rirent de tes prières, et les tissus qui couvraient ton lit furent baignés du sang de ton mari ! Et toi-même, quand tu frappais Attila, quand tu massacrais Erpus et le jeune Etillus, tu te croyais courageuse et tu te perdais toi-même et ta famille. C'est ainsi que, par les mains les uns des autres, le glaive a dévoré notre famille. Si nos frères vivaient encore, nous serions plus nombreux aujourd'hui pour venger notre sœur. »

« Le sage Sorlius répondit à son frère : « Je ne veux

---

[1] Gudruna avait été femme de Sigour, puis d'Attila. Sigour avait été tué par les frères de sa femme, Gunnar et Hognius ; puis Attila les avait tués ; puis Gudruna avait tué Attila et les deux fils qu'elle avait eus d'Attila : voilà comment ses parens avaient péri autour d'elle. C'est la famille des Atrides en Scandinavie.

point résister à ma mère par mes paroles. Ma mère a
encore à parler. Gudruna, que demandes-tu de nous?
Tes larmes t'empêchent d'exprimer ce que tu souhaites. »

« Mais Hamder continuant : « Tu pleures, Gudruna, tu
pleures tes frères, tes enfans et tes proches; mais c'est
pour nous exciter encore à la vengeance. Eh bien! ma
mère, tu auras aussi à nous pleurer, nous qui sommes
assis aujourd'hui près de toi ; car nous sommes dévoués
à la mort, à la mort que nous allons chercher sur nos chevaux rapides dans de lointains pays. Ouvre le trésor
des armes ; donne-nous les épées des rois nos aïeux et
prépare le festin funéraire pour Swanhilda et pour nous.
Nos mânes viendront y assister. »

Je ne puis m'empêcher de faire remarquer la mélancolie sublime et la sombre impétuosité du caractère
d'Hamder. La famille de Gudruna est une famille sous le
joug de la fatalité. Il y a des meurtres de quelque côté
qu'on se tourne ; c'est une de ces familles antiques pour-
suivies par le destin. Hamder est le dernier rejeton de
cette famille lamentable ; il doit donc y avoir chez lui
un désespoir et une mélancolie profonde. Il est prêt à se
dévouer à la mort ; mais son dévouement est sans espérance et sans enthousiasme. Il a hâte d'en finir avec le
sort et de satisfaire au démon qui poursuit sa race.
Gudruna est le représentant de cette fatalité ; c'est elle
qui a poussé toute sa famille au crime, mais elle en a été
la victime ; c'est une sorte d'OEdipe féminin. Comme
OEdipe, elle a causé la ruine de sa famille ; mais elle est
en même temps la victime de la fatalité qu'elle a semée
autour d'elle.

Continuons. — « Gudruna alla en hâte au trésor des
armes, l'ouvrit, prit trois casques de rois et autant de
cuirasses qu'elle apporta à ses enfans. Ils s'armèrent,

montèrent sur leurs chevaux rapides et sortirent de la demeure de leur mère. Ils traversaient rapidement les montagnes et les marais ; ils allaient venger leur sœur.

« Gudruna sourit à l'idée que Swanhilda serait vengée, quand elle les vit partir ; puis bientôt elle se mit à pleurer. Elle allait lentement dans le palais, pensant à Sigour, à ses frères, à sa famille presque détruite, et souvent elle se laissait tomber à terre ; puis elle commença ce chant de douleur :

« J'ai vu la flamme dans trois foyers divers ; je suis entrée dans le palais de trois époux, mais c'est Sigour que j'ai le mieux aimé, Sigour qu'ont tué mes frères.

« Attila m'a prise pour femme et a massacré mes frères ; j'ai vengé mes frères sur mes propres fils et sur Attila.

« J'ai couru au bord de la mer pour m'y précipiter et tromper la haine des Parques qui me persécutent, et les flots ne m'ont pas engloutie ; ils m'ont portée au rivage afin que je vécusse encore.

« Je suis entrée dans le lit d'un roi célèbre, espérant que mes malheurs s'arrêteraient enfin. J'ai donné à Ionacre des héritiers de son royaume ; j'ai eu des fils, j'ai eu la joie d'une mère et d'une reine.

« Mais Swanhilda, ma fille, c'était elle que je préférais. Elle était entourée de jeunes filles et sa beauté perçait entre toutes comme un rayon du soleil à travers nos nuages.

« Je lui ai donné de l'or en bijoux et de précieux tissus avant de l'envoyer au roi des Goths ; et sa belle, sa blonde chevelure a été foulée sous les pieds des chevaux. La chevelure de ma fille ! ah ! c'est là ma plus grande douleur, oui, ma plus grande douleur ; et aussi d'avoir vu massacrer Sigour, Sigour sans défense, au lit, à côté de moi ! — Et toi aussi, Gunnar, que les serpens ont déchiré vivant ; un roi si courageux !

« O malheurs ! ô deuils ! ô souvenirs ! Sigour ! viens
à moi ! hâte les pas de ton coursier funèbre ; viens assister à ma mort; car de toute ma famille je n'ai plus que
ton ombre; Gudruna n'a ni fille ni bru qui la pare pour
sa mort.

« Souviens-toi, Sigour, que nous nous sommes promis
le jour que nous entrâmes dans le même lit, toi que tu
me reviendrais voir, fût-ce du fond de l'abîme, et moi
fallût-il pour te voir sortir de la vie !

« Esclaves, préparez le bûcher : faites-le haut, faites-
le pour une reine ; qu'il consume ce sein tout chargé de
douleurs ! »

Que ceux qui ont lu le chant des Euménides, dans
l'*Iphigénie en Tauride* de Goëthe, se rappellent ce
chant terrible. Il y a dans le chant de Gudruna quelque
chose qui ressemble au chant des Euménides. Ici seulement ce n'est pas une jeune fille innocente qui chante les
crimes et les malheurs de sa famille, c'est celle même qui
a tout fait et qui a tout souffert. Ce chant est donc plus
terrible encore et plus énergique que le chant de Goëthe.
L'horreur y règne, mais sans monotonie. Il y a des mots
de tendresse maternelle qui viennent heureusement interrompre le récit de tous ces crimes désastreux. Voyez,
après avoir parlé de son premier époux, de ses frères, de
ses fils, tous massacrés les uns par les autres, voyez ce
retour sur Swanhilda, sur cette jeune fille qu'elle aimait.
à parer, à embellir, à qui elle a donné de l'or en bijoux,
et cette belle, cette blonde chevelure, foulée aux pieds
des chevaux ! C'est par ce trait qu'elle désigne la mort
de sa fille, et plus le trait est gracieux, plus la mort
qu'il désigne semble horrible. Aussi c'est là sa plus
grande douleur. Hélas, sa plus grande douleur elle en
a tant ! Que choisir ? elle a plusieurs douleurs qui sont

chacune sa plus grande douleur, et Swanhilda, et Sigour, et Gunnar !

Après tant de malheurs, n'est-il pas temps pour elle de mourir ? Elle s'apprête donc à la mort ; mais cette mort est une expiation. Elle meurt sur le bûcher afin de consumer avec elle le sort fatal de sa famille ; elle se regarde comme un démon et un génie désastreux qui sème autour de lui l'épouvante et le crime, et elle se jette dans les flammes, espérant satisfaire enfin la vengeance des dieux. Mais la fatalité qui poursuit la famille de Gudruna n'est pas encore épuisée. Nous allons voir le voyage d'Hamder et de Sorlius.

Le troisième frère, Erpus [1], était haï des deux autres, parce que Gudruna l'aimait de préférence. Dans l'*Edda Snorriana*, Erpus n'est pas le fils d'Ionacre et de Gudruna ; c'est un fils naturel d'Ionacre, adopté par Gudruna. Ses frères étaient partis sans vouloir l'attendre ; mais il hâta son cheval et les rejoignit. Il était irrité ; il croyait que ses frères l'avaient laissé en arrière par mépris de son courage.

« Eh bien ! dit-il d'un ton amer, il était inutile de m'attendre, je suis si faible ! que peut-on faire d'un fils d'esclave ? »

Les deux frères s'arrêtèrent, et le regardant avec dédain : « Quel secours nous donnera un enfant ? »

— « Quoique je ne sois pas né de la même mère que vous, je vous secourrai comme le pied aide le pied dans la marche, comme la main aide la main dans le travail.

— « Pour s'aider il faut que le pied et la main appartiennent au même corps ! »

« Erynnis les poussait. Ils tirèrent leurs épées. Ils

---

[1] Il ne faut pas confondre cet Erpus avec le fils d'Attila et de Gudruna, et tué par Gudruna elle-même.

firent tomber le jeune homme expirant et perdirent ainsi le tiers de leurs forces contre Hermanarick.

« Ils lavèrent sur leurs habits le sang de leur frère, se parèrent de leurs plus précieux ornemens ; car ils approchaient de la demeure d'Hermanarick. Sur la route, ils virent un cadavre suspendu à un arbre. C'était un mauvais présage. Le vent agitait l'arbre qui servait de gibet. Ils hâtèrent encore davantage leur course.

« Le palais d'Hermanarick retentissait de cris de gaîté. Les guerriers y buvaient à pleines coupes : on n'entendit point le bruit des deux frères qui accouraient au galop. La sentinelle fit résonner le cor et vint annoncer à Hermanarick qu'on voyait accourir des guerriers, la visière du casque baissée.

« Délibérez sur ce qu'il faut faire, dit la sentinelle au roi entouré de ses fidèles. Ce sont des guerriers qui viennent venger la jeune fille que vous avez fait fouler aux pieds des chevaux. »

« Hermanarick se mit à rire, et se caressant la barbe de la main, ne prit point sa cuirasse, mais demanda du vin, secoua la tête, se fit donner un bouclier blanc (un bouclier de jeu et non de combat), puis élevant en l'air une coupe d'or qu'il fit remplir jusqu'aux bords :

« Je serais heureux, s'écria-t-il, si je pouvais voir à ma cour Hamder et Sorlius ; je les enchaînerais avec la corde de mon arc et les ferais attacher au gibet. »

« Chrodurglode qui était assise au haut de la table, comme mère du roi, prit la parole : « Doutes-tu, mon fils, de l'accomplissement de ton souhait ? Ils se livrent eux-mêmes en venant tenter une entreprise impossible. Que peuvent deux hommes contre mille ? »

— « Le palais est dans la confusion ; les coupes roulent à terre et se brisent ; les hommes gisent dans le sang.

« Hamder s'écrie : « Hermanarick, tu as souhaité la présence des deux frères dans ton palais ! Tiens ! voilà tes pieds et tes mains ! Je les coupe et les jette dans le feu de ton foyer ! »

« Odin paraît alors ; il pousse un cri comme le rugissement d'un ours : « Accablez-les à coups de pierres ; car le fer de la lance et de l'épée ne peut rien contre les fils d'Ionacre. »

Hamder dit à son frère : « Mon frère, tu as eu tort de promettre à ma mère d'obéir à ses volontés. Les promesses ont souvent de mauvais effets. »

« Hamder, répond son frère, tu as du courage, mais tu n'as point de sagesse, et c'est beaucoup manquer que manquer de sagesse. La tête d'Hermanarick serait coupée maintenant, si notre frère Erpus vivait encore, Erpus que nous avons tué en route : c'était un brave guerrier. »

— « Les furies m'ont poussé. L'homme que nous voulons tuer aujourd'hui est invulnérable, je le sens. C'en est fait de notre vie ! Mourons, mon frère, mais n'imitons pas les loups ; ne nous disputons pas comme les loups des furies du désert. Nous avons vaillamment combattu ; nous sommes couchés sur un monceau d'ennemis aussi haut que l'arbre où l'aigle vient se poser : nous avons gagné de la gloire. Hier ou aujourd'hui, il nous fallait mourir, et personne ne vit une journée de plus que ne veulent les Parques. »

Sorlius tomba sous le vestibule et Hamder au fond du palais.

Je ne veux faire qu'une observation. Il n'est personne qui ne soit frappé de ce genre de narration. Ce n'est pas une narration ordinaire. Elle est brusque et elliptique. Les petites choses, les petits détails qui mettent de la suite dans les récits, mais qui, en même temps, les font languir, tout cela est passé : il n'y a que les choses principales. Tout ce qui est intermédiaire est omis. Le poète ne dit pas qu'Hamder et Sorlius entrent dans le palais. Il s'écrie de suite : « Le palais est dans la confusion ! » Et, quand Odin paraît, quand il donne le conseil d'accabler les guerriers à coups de pierres, puisqu'ils sont invulnérables à la lance et à l'épée, pour peindre cette défaite des deux frères, point de récit non plus, point de tableau. Le poète ne montre pas l'action ; il raconte les sentimens qu'elle fait naître. Hamder dit à son frère: *Mon frère , tu as eu tort de promettre à ma mère d'obéir à ses volontés. Les promesses ont souvent des mauvais effets.* Voilà ce qui nous peint la défaite des deux frères mieux que ne le ferait un récit. C'est un genre de narration tout particulier. Au lieu de s'occuper des faits, il s'occupe des sentimens qu'inspirent ces faits. Il y a dans Walter Scott quelque chose de semblable, quand Ivanhoë, dans le château de Front-de-Bœuf, est couché sur un lit dans une petite chambre ; le combat se livre ; le chevalier ne peut pas se lever. Rebecca est près de lui ; il lui demande de se mettre à la fenêtre et de lui raconter les détails du combat ; et ces détails deviennent plus vifs et plus animés par le contre-coup qu'ils donnent à l'ame du guerrier enchaîné sur ce lit de douleur.

Voilà, il faut en convenir, un genre de poésie épique digne de la poésie homérique, et qui l'égale, sans lui ressembler, ce qui n'en vaut que mieux, par la grandeur des caractères et la hardiesse du récit. Voyons maintenant les chants épiques qui ont rapport à la mort d'Attila.

L'Atla quida et *l'Atla mal* sont les deux poèmes de l'Edda où figure Attila. Ce sont deux versions ou deux éditions de la même tradition. Dans l'*Atla quida* comme dans l'*Atla mal*, c'est la mort d'Attila qui est racontée, seulement elle est racontée dans l'*Atla mal* avec plus de détails.

Il est donc nécessaire, pour donner une idée exacte du rôle que joue Attila dans les traditions poétiques de la Germanie, de mêler ensemble les deux traditions. C'est ce que je ferai.

D'abord un mot d'argument. Attila avait épousé Gudruna, veuve de Sigour tué par les frères de Gudruna. Il réclamait les trésors de Sigour comme appartenant à sa veuve. Gunnar et Hognius les lui refusent. Il résout de se venger.

Dans le cycle germanique, ce qui joue un grand rôle ce n'est pas, comme dans le cycle grec, l'enlèvement des femmes, c'est l'enlèvement des trésors. Le cycle germanique est fondé sur la possession d'un trésor mystérieux gardé par des nains, enlevé par Sigour, retenu par Gunnar et Hognius, frères de Gudruna.

Voici ce qu'on appellerait l'invocation du poème :

« Les hommes ont appris quels malheurs sont nés de ce conseil fatal, quand Attila assembla ses fidèles et leur fit jurer le silence. Les délibérations furent longues et mystérieuses ; la ruine en fut l'issue, la ruine d'Attila et la ruine aussi des fils de Giuki, qu'Attila attira dans le piége. Les destins mûrissaient pour la mort des héros. »

Voilà cette terrible idée de fatalité qui ne manque jamais à la poésie épique des anciens. Homère dit aussi dans son invocation : « Ainsi s'accomplissait la volonté de Jupiter. » Dès le commencement de l'Illiade, la fatalité est empreinte sur le poème et elle en devient l'épigraphe. Ici, de même, quelque chose de mystérieux et de fatal : les destins mûrissaient pour la mort des héros !

En sortant du conseil, Attila ordonne à un messager d'aller inviter ses parens, les frères de la reine Gudruna.

Les messagers rapides, Kniefride à leur tête, arrivent à la cour de Gunnar. Ils entrent dans le palais garni de larges bancs, scellés avec du fer. Ils s'asseyent à la table du festin.

Kniefride prend la parole, du siége honorable et élevé où il était assis: « Attila m'a envoyé ici. J'ai traversé, pour venir à vous, une épaisse forêt inconnue. Attila vous invite, Gunnar, à venir à sa cour. Il vous donnera de beaux boucliers, des épées d'acier poli, des casques étincelans d'or, beaucoup d'esclaves, des housses de cheval brodées d'or, des cottes de maille pour le combat, de lourdes cuirasses et des chevaux ardens qui rongent leur frein. »

Gunnar se tourna d'un autre côté, adressant tout bas la parole à Hognius. « Mon frère, tu as entendu ce discours, quel est ton avis? » Hognius répondit: « Il n'y a pas de trésors qui égalent les nôtres; nous avons sept armoires pleines d'épées, et la garde de chaque épée est d'or pur; mon coursier est meilleur que tous les autres; mon glaive est aigu et tranchant, mon arc est digne d'être suspendu comme une arme antique aux colonnes de la salle des aïeux. Nos cuirasses sont d'or, nos casques et nos boucliers étincellent au loin; mes armes sont plus belles que celles de tous les Huns ensemble.

« Songez aussi à ce qu'a voulu dire notre sœur Gudruna en nous envoyant son anneau enve'oppé dans un morceau de peau de loup. Elle nous a conseillé d'être défians; ces poils de loup enlacés dans son anneau d'or signifient que ce voyage est un piége. »

Gunnar cependant se décide à partir: Hognius ne veut

point le quitter. Ils arrivent à la demeure d'Attila. Bientôt
le combat s'engage entre les Huns et leurs hôtes. Gudruna retirée au fond du palais apprend ce combat.

A cette nouvelle, elle arrache de son col les colliers
d'argent qui la paraient; les anneaux se brisent à terre.
Elle ouvre impétueusement les portes du palais; elle
s'élance sans crainte, et voyant ses frères, elle les salue,
les embrasse.

« Ah ! je voulais empêcher ce voyage; je voulais vous
retenir dans votre patrie; mais le sort est tout-puissant.
Vous voilà à la cour d'Attila. » Elle parlait ainsi, et es-
sayait d'apaiser la querelle; mais c'est en vain. Alors
Gudruna désespérée, voyant l'acharnement des Huns
contre ses frères, eut une audacieuse pensée. Elle jette
son manteau, et, saisissant une épée, elle défend la vie de
ses frères; elle tue deux guerriers; elle frappe le frère
d'Attila.

C'en est fait. Il ne peut plus se relever de la terre où il
est couché. Les mains de la guerrière ne tremblaient pas
en portant le coup.

Cependant, malgré l'épée de Gudruna, les fils de
Giuki sont vaincus. Gunnar est pris et jeté dans les fers.
Attila lui propose de racheter sa vie en lui livrant les
trésors de Sigour. « Non, répondit Gunnar, je ne te les
livrerai pas, dussé-je voir palpiter dans ma main le cœur
de mon frère Hognius. »

Attila fit égorger un esclave nommé Hiallius. Le cœur
fut arraché de la poitrine, placé sur un plat et présenté
à Gunnar. Gunnar dit : « Voici le cœur du timide Hiallius;
ce n'est pas là le cœur de mon frère Hognius. Voyez
comme il tremble dans le plat! Ce n'est pas le cœur intrépide d'Hognius. »

« Attila fit alors arracher le cœur de la poitrine d'Hognius, et Hognius riait pendant le supplice. Son cœur fut placé tout sanglant sur un plat et présenté à Gunnar : « Ah ! s'écria Gunnar, c'est le cœur d'Hognius l'intrépide ; il ne ressemble pas au cœur du timide Hiallius ; il ne tremble pas dans le plat, pas plus qu'il ne tremblait dans sa poitrine. Eh bien ! Attila, voilà mon frère mort, c'est moi seul maintenant qui sais où sont déposés les trésors de Sigour. Le secret n'en sera pas trahi. »

Gunnar fut jeté dans une prison pleine de serpens et de couleuvres. Sa harpe était à ses pieds ; mais il était enchaîné. Il se mit à en toucher les cordes avec ses pieds, et à en tirer des sons si touchans que les serpens restèrent immobiles. Il n'y avait que lui qui savait toucher ainsi de la harpe. Il chantait, et pour accompagner ses chants la harpe trouva une voix comme si elle était un homme, une voix douce comme celle du cygne mourant.

CHANT DE GUNNAR.

« Attila a invité à sa cour Hognius et Gunnar , et il leur a fait trouver la mort au lieu du festin hospitalier, le combat au lieu de la joie des banquets. Ah ! jamais les mortels n'oublieront ce crime !

« Ce n'est pas toi, Attila, ce sont les Parques maîtresses du destin qui ont mesuré la vie aux fils de Giuki ! Qui peut s'opposer au destin ?

« Attila, je me ris de toi, car tu n'obtiendras pas les anneaux d'or de Sigour. Je sais seul où sont cachés ces trésors. Hognius, hélas ! aussi le savait, mais vous lui avez arraché le cœur de la poitrine.

« Attila, je me ris de toi et de la race des Huns. Vous avez arraché à Hognius le cœur de la poitrine ; mais il riait pendant le supplice. C'est que c'était un Nibelung

comme moi, et qui ne pleure pas à la blessure qui plonge
dans le corps, qui ne change pas de visage aux tourmens de
la mort.

« Attila, je me ris de toi. Tu as perdu beaucoup de
guerriers, et les plus braves : ce sont nos épées qui les ont
frappés, et avant ta mort qui est prochaine, Attila, tu as
vu ton frère mutilé par le fer de notre sœur. Ta vie sera
courte, massacreur de rois ; ta fin sera triste, violateur de
la foi hospitalière.

« Ma harpe a endormi Grobacus, Grawitner, Goï-
nus, Moïnus, Grawollude, Offner et Snofner [1]. Le
poison de leur langue s'amortit : la harpe enchaîne leurs
dards.

« Il n'y a plus qu'une couleuvre qui veille et rampe
encore ; ah ! je la reconnais, c'est la mère d'Attila. Elle a
pris cette forme pour me frapper. Ah ! elle me perce la
poitrine ; elle suce le sang de mon cœur ; elle déchire mes
poumons ! Le fils des rois va mourir ! — Cesse, cesse, ma
harpe, je vais entrer dans la cour des guerriers morts
en combattant ; je vais m'asseoir à la table des dieux et au
banquet d'Odin. »

« Attila triomphait. Il avait frappé ses ennemis. Il in-
sultait à Gudruna : « Tes frères, tes amis sont morts.
C'est toi qui as tout causé. »

« Gudruna répondait : « Tu t'énorgueillis, Attila ! Tu
me racontes ton crime ; mais le jour n'est pas fini. Il reste
encore des heures pour t'en repentir. »

ATTILA.

« Ne sois pas irritée ; je te donnerai des esclaves, des

---

(1) Ce sont les noms de tous les serpens : ces serpens, ce sont des
magiciens déguisés ; mais la force de l'harmonie a vaincu la méchan-
ceté de ces magiciens métamorphosés en serpens.

bijoux, de l'argent autant que tu voudras pour te dédom-
mager de la perte de tes frères. »

GUDRUNA.

« N'espère pas que je les accepte. J'ai résolu de les
refuser. J'ai affronté tes querelles pour de moins grands
motifs. Je t'ai souvent été odieuse. Je veux te l'être davantage. Tant qu'Hognius vivait, j'ai caché ma colère;
Hognius, mon frère, avec qui j'avais été élevée dans la
même demeure, avec qui j'ai joué, avec qui j'ai grandi.
Chremhilde ma mère nous parait tous les deux de bijoux
et de colliers. Jamais je ne recevrai le prix du meurtre.
Jamais tu ne pourras rien faire qui calme ma douleur.

« Que dis-je? Hélas! le pouvoir absolu des hommes
maîtrise les femmes et les enchaîne! Que puis-je maintenant? La cime de l'arbre s'incline, quand tombent les
rameaux qui la soutenaient. Je n'ai plus de famille.
C'est à toi seul, Attila, de commander et à moi d'o-
béir. »

« L'imprudence d'Attila l'aveugla. Il crut aux paroles
d'abattement de Gudruna.

« Elle prépara un festin funéraire qu'elle consacra à la
mémoire de ses frères : Attila y vint de son côté, en mémoire de ses guerriers morts dans le combat.—Le festin
était pompeux. La cruelle Gudruna apprêtait une vengeance impitoyable.

« Elle prit les fils qu'elle avait eus d'Attila et les en-
traîna dans sa chambre. Ses fils s'affligeaient, mais ne
pleuraient pas. Ils se pressaient sur le sein de leur mère,
lui demandant ce qu'elle voulait faire. — « Ne m'interrogez pas; j'ai résolu de vous tuer.

— «Tue si tu veux tes enfans, dirent ses fils, nous ne
pouvons pas t'en empêcher; mais tu attireras sur toi

beaucoup de colère si tu frappes notre enfance, et mon frère surtout, disait chacun d'eux, mon frère qui est bientôt d'âge à combattre. Elle fut impitoyable, elle frappa ses deux fils.

« Les coupes de vin chargeaient la table. Les Huns étaient rangés tout autour. La reine s'avança à grands pas, la belle reine au visage éblouissant. Elle présenta une coupe à Attila, et les Huns admiraient qu'elle eût oublié le meurtre de ses frères.—Ensuite elle offrit à Attila un mets qu'elle choisit entre ceux qui couvraient la table. Elle était pâle et le roi aussi.

« Où sont mes fils, demanda Attila? Pourquoi n'assistent-ils pas à ce festin? Où sont-ils donc allés jouer?

« Attila, dit Gudruna, je suis fille de Chremhilde, et ne veux point te cacher ce que j'ai fait. Tu m'as insultée ce matin avec le meurtre de ma famille. Nous voici au soir, apprends ce que j'ai fait.

« Tu n'as plus de fils. Leur crâne est la coupe où tu viens de boire : leur sang était mêlé à la boisson, et leur cœur, je l'ai tiré de leur poitrine, je l'ai fait cuire, je te l'ai servi en te disant que c'était les cœurs des agneaux de ton troupeau. C'est toi qui l'as voulu, toi qui as tué mes frères! Vois : tu n'as rien laissé de ce mets. Tu mangeais cette chair avec plaisir; tes dents la mâchaient avidement. Voilà ce que sont devenus tes enfans.

« Je me suis dit : Attila est un roi terrible, il doit à sa table manger la chair des hommes. Non, non, tu ne feras plus venir pour le repas tes fils Erpus et Etillus. Tu ne les asseoiras plus sur tes genoux; tu ne les feras plus boire dans ta coupe; tu ne les verras plus, du haut de ton trône, distribuer ton or à tes guerriers, ou polir la poignée de leurs lances, ou peigner leur blonde chevelure, ou lancer leurs chevaux au galop. Quant à moi, j'ai fait ce que je devais faire. Je ne m'en énorgueillis, ni ne m'en afflige. »

« A ces paroles, il se fit un mouvement dans tous les convives. Ils crièrent, ils pleurèrent. Gudruna seule ne cria ni ne pleura. Elle n'avait point pleuré ses frères ; elle ne pleura point ses enfans. « Gudruna, dit Attila, tu es impitoyable. Tu as pu me faire boire le sang de mes enfans ! tu es fatale à tous les tiens ! »

GUDRUNA.

« C'est à toi que je m'attaque maintenant. Il faut plus d'un crime, pour t'égaler, toi qui en as tant fait. C'est toi qui as commencé les meurtres, tu dois les expier, et ce festin sera ton festin de funérailles.

ATTILA.

« Gudruna ! c'est toi qui seras brûlée sur un bûcher et qui seras lapidée par le peuple. Voilà quelle sera la fin de l'œuvre que tu voulais accomplir. »

GUDRUNA.

« Attila ! prédis-toi ce malheur pour demain. Il me faut, moi, une plus belle mort pour passer dans le palais d'Odin. »

« C'est ainsi que dans le palais Gudruna et Attila s'enflammaient de colère et se menaçaient de meurtre. La nuit vint. Il restait un fils d'Hognius, le dernier des Nibelungen.

« Ce fut lui qui frappa Attila, lui et Gudruna.

« Attila s'éveille : il se sent blessé et près de mourir. « Qui êtes-vous ? dit-il. Dites la vérité ! Qui êtes-vous, vous qui avez assassiné le fils de Bodlius. Ce sort était peu digne de moi ! Mourir assassiné ! Car je n'ai plus l'espoir de vivre. »

GUDRUNA.

« La fille de Chremhilde ne cachera point son nom.
C'est moi qui suis l'auteur de ta mort, c'est moi et un fils
d'Hognius qui t'ont porté les coups qui te font mourir. »

ATTILA.

« Gudruna, tu as voulu ma mort avec acharnement.
C'est un crime, car tu as trahi l'époux qui s'était con-
fié à toi. Souviens-toi, Gudruna, quand j'ai recherché ta
main.

« Tu étais veuve ; on te disait cruelle, c'était vrai ;
j'en fais l'expérience. Tu vins ici dans mon palais avec un
nombreux cortége. Il y avait une grande pompe, et de
tout genre ; des guerriers illustres venaient te saluer ; des
troupeaux t'étaient offerts pour la table ; toutes choses
enfin en abondance et avec empressement. Je t'ai donné
en douaire de grands trésors, trente esclaves, sept femmes
esclaves de la plus grande beauté.

« Tu as regardé tout cela comme si ce n'était rien. Il
eût fallu pour te contenter abandonner moi-même l'empire de mon père et le céder à ta famille. Tu n'as reçu
aucun de mes présens avec plaisir.... »

GUDRUNA.

« Attila, je ne veux point rappeler le passé. Je ne suis
point, je le sais, une femme paisible et douce ; mais
toi, tu as combattu tes frères ; tu as fait périr la moitié
de ta famille ; tu as tout sacrifié à tes intérêts. — Nous
étions trois, mes deux frères et moi. On disait que nous
étions d'une race invincible. Nous avons quitté notre
pays avec Sigour, pour aller faire des conquêtes, et
nous sommes arrivés en Orient.

« Nous avons tué le roi, et nous nous sommes partagé son pays par le sort. Les commandans se sont livrés à nous, tant nous étions redoutables. Nous avons délivré les prisonniers que nous avons voulu; nous avons fait riches et puissans les hommes qui ne possédaient rien.

« Mais Sigour, de la race des Huns, est mort, et mon destin a changé. Ce fut un deuil pour ma jeunesse. J'étais veuve. Cet homme m'obtint (Attila.) Ce fut un tourment pour moi de venir dans ton palais, Attila; car auparavant j'étais femme d'un héros.

« Mais toi, quand as-tu poursuivi une injure? Quand t'es-tu soumis les autres par les armes! Toujours tu as cédé! Jamais tu n'as résisté! Tout ce que tu as gagné, c'est par la ruse... »

ATTILA.

« Tu mens, Gudruna, tu mens! mais qu'ils soient vrais ou faux, qu'importent tes reproches? Ils ne changeront rien à mon sort ni à celui de tes frères ou de tes enfans. Notre destinée à tous est finie. Ecoute-moi donc. Honore mes funérailles. Que ma sépulture ne soit pas sans éclat. Je me confie pour ce soin à ce qu'il y a de fierté dans ton cœur. »

GUDRUNA.

« J'achèterai une caisse et un coffre de bois peint de plusieurs couleurs; j'enduirai de cire la toile qui t'ensevelira; je soignerai ta sépulture comme si nous étions amis. »

« Attila mourut. Ses parens pleuraient sur son corps. La femme illustre fit tout ce qu'elle avait promis. Ensuite elle résolut de se tuer elle-même; mais les destins ne le permirent pas.

« Heureux dans la postérité quiconque aura une fille aussi courageuse et aussi renommée que la fille de Giuki;

elle vivra dans la mémoire, ainsi que le souvenir de Gudruna et d'Attila, partout où il y aura des hommes pour raconter et pour entendre le récit des grandes actions. »

Je n'ai voulu interrompre ce récit par aucune réflexion afin de lui laisser toute sa suite et toute sa force. Ce qui caractérise surtout cette poésie, à part l'admirable énergie des sentimens, c'est, selon moi, la prééminence des mœurs particulières de la Germanie sur les sentimens généraux. Ainsi, ce qui excite Gudruna, c'est la nécessité de la vengeance. Ses frères ont été tués; c'est un devoir imposé à la famille de venger le meurtre des siens. Le meurtre doit se payer par le sang ou par l'argent. Gudruna ne veut pas recevoir la composition en argent que lui offre Attila ; elle aime mieux se payer par le sang, et elle se venge sur ses enfans et sur Attila lui-même. Quelle scène sombre et terrible que cette querelle entre Attila et Gudruna, cette querelle qui commence par le massacre des enfans d'Attila et leur cœur servi sur la table paternelle, et qui finit par le meurtre d'Attila ! Quelle épouvantable confession des deux époux à l'instant de la mort ! Comme ils s'accusent, comme ils comptent leurs crimes, leurs malheurs, et toutes les fatalités de leur famille !

Quelle mort que celle d'Attila ! Repu de la chair de ses enfans, abreuvé de leur sang, massacré par sa femme et assailli à son heure dernière par l'image de toutes les horreurs que le sort a accumulées sur sa tête ! Point de consolation ! point de pitié ! il meurt en proie à ses ennemis, à leurs injures aussi cruelles, aussi poignantes que leurs coups. Jamais, dans aucune tragédie, l'horreur n'a été portée aussi loin ; mais le héros n'en semble point accablé ; il y a dans les derniers momens d'Attila une résignation qui va jusqu'au sublime. Quoique son sang coule sous le poignard des assassins, quoique sa mort s'approche, quoiqu'il n'ait pour assister à ses derniers momens que la haine et la vengeance de ses ennemis, il reste calme et majestueux. Point de cris, point de gestes, point de désespoir ni de colère; il ne s'emporte pas contre la mort, il se résigne. Un homme comme Attila n'appelle point au secours, il ne se débat pas contre le sort : comme César, quand il est frappé, il s'enveloppe dans sa robe et meurt. Il succombe sous l'effort du destin plutôt encore que sous l'effort du crime de sa femme, et, s'il l'accuse, c'est parce qu'elle a abusé de sa confiance. Toujours l'idée de loyauté et d'honneur, idée dominante dans les institutions et les mœurs germaniques. Qu'elle ait vengé ses parens, c'est bien, c'est selon les mœurs du pays, il n'y a rien à dire; mais avoir trahi la foi jurée, voilà le crime. Puis il songe à sa sépulture, et, pour être enseveli honorablement, il s'adresse à sa femme, à celle qui l'assassine, et alors, quittant le ton de la haine, cette meurtrière lui promet qu'elle achètera une cassette ornée de mille couleurs, qu'elle y ensevelira son corps et fera ce qu'elle doit faire. C'est quelque chose de si sacré que le devoir d'ensevelir les morts qu'Attila ne doute point que Gudruna elle-même ne l'accomplisse, et Gudruna ne s'étonne pas de la prière qui lui est faite. L'assassin et la victime s'entendent et s'accordent sur un pareil sujet, tant la religion des morts est imposante ! Nulle part l'autorité des mœurs sur les sentimens et sur les passions n'est si visible et si manifeste qu'en cet endroit.

Le respect des morts domine dans toute la poésie antique : voyez l'Ajax flagellé de Sophocle. Ajax est fou; et se tue au troisième acte de la pièce : quel sera donc le sujet des deux derniers actes? Un sujet grave, religieux. Ensevelira-t-on Ajax? Il s'est tué, c'est un crime de se tuer; il a manqué à la loi des dieux, faut-il l'ensevelir? voilà ce qui remplit deux actes de tragédie. Voilà ce qui suffit pour émouvoir et attendrir les Grecs.

La sépulture est donc quelque chose qui peut soulever les passions. On peut donc prendre parti pour ou contre les tombeaux! oui, nous le savons, et l'Ajax flagellé, qui paraissait si singulier au dix-huitième siècle, l'est moins aujourd'hui. Les circonstances politiques viennent souvent commenter d'une manière imprévue les auteurs anciens. Elles expliquent, elles font comprendre ce que l'érudition ne concevait qu'à peine, malgré ses efforts. Sophocle a bien pu faire deux actes de tragédie avec une question de sépulture, puisque ces questions deviennent parfois chez nous des événemens.

Nous voilà de l'Edda arrivés à Sophocle et aux Grecs. Profitons de l'excursion pour indiquer une autre analogie entre la Grèce et le Nord, entre Médée et Gudruna. Entre les deux personnages la ressemblance est frappante. Sorcières, magiciennes, enchanteresses toutes deux, toutes deux tuent leurs enfans pour se venger de leurs époux. Médée est de la Colchide, c'est-à-dire du pays qui touche à la Scythie Gudruna est de cette race Germanique sortie de la Scythie. Quel lien y a-t-il entre les traditions helléniques de Médée et les traditions germaniques de Gudruna? Je ne veux point traiter cette question d'érudition. J'engage seulement ceux de mes lecteurs qui aiment les rapprochemens littéraires, à lire, après le passage de l'Edda que je viens de traduire, la scène où Médée, dans Euripide, égorge ses enfans, et surtout la scène qui suit entre Jason et Medée. La scène de l'Edda si courte, si rapide, si pathétique, où le caractère des deux frères et leur amitié sont indiqués par ce trait si beau et si touchant : *Mon frère surtout, disait chacun d'eux, mon frère qui va bientôt être en âge de combattre;* cette scène de l'Edda me paraît supérieure à la scène d'Euripide, quelque belle qu'elle soit[1].

---

(1) Voici quelques extraits de la scène d'Euripide :

PREMIER ENFANT.

Hélas! Hélas! que faire? où fuir la fureur de ma mère.

SECOND ENFANT.

Je ne sais. Ah! mon frère, nous sommes perdus.

LE CHOEUR.

Entendez-vous, entendez-vous les cris des enfans. Malheur! O femme impitoyable! allons, allons empêcher la mort de ces enfans.

Le chœur sort pour défendre les enfans, mais ils sont déjà égorgés. Jason accourt et bientôt Médée paraît. Alors s'engage un dialogue dont quelques traits rappellent le dialogue de Gudruna et d'Attila.

MÉDÉE.

Adieu! j'ai blessé ton cœur comme tu as blessé le mien.

JASON.

Tu ressens aussi le mal que tu m'as fait.

MÉDÉE.

Non, je ne sens point de douleur : je suis vengée.

JASON.

O mes fils! quelle mère cruelle vous avez eue!

MÉDÉE.

O mes fils! c'est le crime de votre père qui vous a perdus!

JASON.

Ce n'est point ma main qui les a frappés.

MÉDÉE.

C'est ton infidélité et tes amours criminelles.

JASON.

Et voilà donc pourquoi tu les a tués.

MÉDÉE.

Crois-tu donc que ce n'est pas la plus cuisante douleur pour une femme?

JASON.

Donne-moi au moins les corps de mes enfans, que je les pleure et que je les ensevelisse.

MÉDÉE.

Non! c'est moi qui les ensevelirai de ma main, dans le bois sacré de Junon, loin des insultes des ennemis.

DE L'ÉPOPÉE

CARLOVINGIENNE.

———

L'Edda et les Nibelungen nous ont conservé les traditions poétiques qui se rattachent aux grands noms d'Hermanaric, d'Attila et de Théodoric. Charlemagne est devenu aussi le héros d'une vaste épopée, dont les fragmens se retrouvent dans les romans connus sous le nom des *Romans des douze pairs de France*.

Après Charlemagne il y a bien encore quelques hommes que la fable emprunte à l'histoire. Aussi nous avons le roman de Beaudoin, comte de Flandres, qui épousa le diable; le roman d'Ernest, duc de Bavière, etc. ; mais ce sont des romans isolés. Autour de Charlemagne, au contraire, viennent se grouper comme en chœur je ne sais combien de romans dont il est le centre. Charlemagne est le dernier héros que l'imagination populaire ait pris pour sujet de ces vastes épopées qui s'enfantent dans la jeunesse des peuples.

Aussi bien avec lui finit l'ère héroïque de l'Europe moderne et commence l'ère de la civilisation. Comme il clôt l'ère héroïque, il clôt aussi l'ère de la poésie; il est donc en même temps le dernier grand conquérant de l'Europe barbare et le dernier héros d'épopée populaire.

L'histoire est presque muette sur Hermanaric et même sur Attila; la fable parle seule. Pour Charlemagne, c'est différent; l'histoire n'est point muette à son sujet. Nous

8

savons ce qu'est le héros dans l'histoire avant de voir ce
qu'il est dans le roman. Nous connaissons donc le point
de départ de la fable, et c'est sur Charlemagne que nous
pouvons étudier, mieux que sur tout autre personnage, le
travail de l'imagination populaire, et comment elle pro-
cède quand elle fait un héros.

Dans la nature, le travail de la cristallisation se fait
successivement ; il y a plusieurs degrés. Quand l'imagination du peuple fait un héros, c'est aussi une sorte de
travail de cristallisation et qui a plusieurs degrés. Les
héros, comme tout le reste, se font lentement, et il
faut subir plusieurs épreuves pour passer du titre de
grand homme dans l'histoire au titre de héros épique.

Le premier degré de cette cristallisation mystérieuse,
c'est le récit et le conte. Des contes et des récitsde toute
sorte, mêlés de vrai et de faux, viennent se presser autour du grand homme ; ces contes et ces récits n'ont encore aucune suite, aucun ordre, aucun enchaînement.

Bientôt ils se groupent, s'enchaînent, se subordonnent
les uns aux autres ; l'imagination comble les intervalles
qui séparaient ces récits divers ; rallie les traditions
éparses. C'est une fable suivie, une narration continue ;
l'homme passe à l'état de héros épique ; c'est le second
degré.

Comment se fait ce passage du premier au second
degré, du conte au poème, de l'anecdote à l'épopée ?
C'est ordinairement à l'aide des sentimens nationaux
ou de l'enthousiasme religieux ; la foi patriotique ou religieuse, telle est la force irrésistible qui réunit les traditions éparses. Les contes erraient çà et là, comme les
atomes d'Epicur ;'impulsion de la foi les assemble, l'é-
popée prend un corps.

C'est ce qui arriva pour Charlemagne. Quand vinrent

les croisades, la mémoire des guerres de Charles-Martel
et de Charlemagne contre les Sarrazins d'Espagne se raviva
au souffle de l'enthousiasme religieux. Les traditions du
huitième et du neuvième siècle grandirent et se déve-
loppèrent ; elles s'enchaînèrent l'une à l'autre ; elles se
donnèrent la main et formèrent le chœur. Charlemagne devint le héros d'une vaste épopée où les souvenirs de la
bataille de Poitiers et l'enthousiasme des croisades, le
passé et le présent, vinrent s'unir, et se confondre comme
deux fleuves puissans, ainsi que parle Homère, qui de
deux montagnes opposées tombent ensemble dans une
vallée profonde. Le bruit de leur union retentit au loin
et l'écume de leurs eaux rejaillit en étincelles sous les
rayons du soleil.

Autour de Charlemagne, autour du héros principal,
viennent se ranger, comme en un jour de bataille, ses capitaines, ses paladins, les douze pairs de France. Ce sont
eux surtout qui devinrent le sujet des différens romans.
La fable en effet aime mieux se prendre aux compagnons
des héros, qu'au héros même ; elle est plus libre avec les
uns qu'avec les autres. Les héros de l'histoire ont autour
d'eux un éclat de vérité qui trouble et déconcerte la fiction. Pour travailler, elle a besoin d'ombre et de mystère : le grand jour lui déplaît. Aussi Hermanaric, Attila,
Charlemagne servent plutôt de centre que de sujet à l'épopée. C'est surtout aux personnages secondaires qu'appartient le mouvement et l'action dans l'Edda et dans les Nibelungen. Dans les poèmes germaniques et dans les romans
carlovingiens, Attila et Charlemagne restent en arrière, et
dans le fond du tableau, comme assis sur leurs trônes d'or
dans un repos majestueux, laissant volontiers aux héros
secondaires le bruit et l'agitation de la vie.

Avant d'étudier Charlemagne dans l'épopée et à l'état

de héros épique, j'ai pensé qu'il serait curieux de l'é-
tudier au premier degré, à l'état de héros d'anecdote et de
conte. C'est de cette manière seulement que nous pour-
rons entrer dans le secret du travail et de l'imagination
populaire, et voir comment se fait un héros de roman ou
de poème. Je citerai donc quelques-uns des contes répandus sur Charlemagne. Ce qui m'y engage surtout, c'est
que chacun de ces contes, pourvu que le choix en soit
fait avec un peu d'attention, offre un type des sortes
d'aventures propres au moyen-âge. Or, rien ne fait si bien
connaître une société que le genre des aventures qui y
ont lieu. Chaque société, chaque époque a trois ou
quatre sortes d'aventures caractéristiques. Sachez-les,
vous connaîtrez ce qu'est la société. Voyons donc quelques-unes des aventures fabuleuses de Charlemagne ; ces
aventures jeteront du jour sur l'histoire intérieure du
moyen-âge.

Je prends d'abord l'aventure de la reine Hildegarde ;
elle se trouve dans le recueil des *traditions allemandes*
des frères Grimm (*Deutsche sagen*).

Charles partant pour une expédition en Saxe recom-
manda la reine Hildegarde sa femme à son frère Talaud.
Mais celui-ci en voulait à l'honneur de la reine ; il ne
cessait donc de la presser de céder à ses désirs. Elle le lui
promit enfin à condition qu'il lui ferait bâtir une belle
chambre nuptiale.

Talaud fit bâtir une belle chambre fermée de trois
portes, et dit à la reine de la venir voir avec lui. Hildegarde y alla et le fit passer devant elle comme par honneur;
puis, quand il eut passé la troisième porte, elle la ferma
aussitôt sur lui et y mit une forte barre. Talaud resta enfermé dans cette tour jusqu'à ce que Charles revint de
Saxe. Hildegarde alors le délivra, le croyant assez puni.

Quand Charles le vit, il lui demanda pourquoi il était si pâle et si maigre. C'est la faute de votre femme, répondit Talaud. Ayant remarqué que je la surveillais avec soin, afin qu'elle ne commît pas d'adultères, elle m'a fait enfermer dans une tour pour se venger.

Le roi se troubla de colère à cette nouvelle, et ordonna à ses serviteurs de prendre Hildegarde et de la noyer. Hildegarde, étant avertie de la colère du roi, s'enfuit chez une de ses amies ; mais le roi l'y fit chercher et conduire dans une forêt où on devait lui crever les yeux. Ensuite elle devait être exilée comme une malheureuse.

Lorsqu'on la conduisait dans la forêt, vint à sa rencontre un noble chevalier de la maison de Freudenberg. Voyant le danger de la reine, il la délivra de ses bourreaux et leur donna son chien, à qui on arracha les yeux, qu'on porta au roi en signe de l'accomplissement de son ordre.

Hildegarde se réfugia à Rome où elle étudia l'art de la médecine et y devint célèbre. Bientôt cependant Dieu punit Talaud par la cécité et la lèpre : personne ne le pouvait guérir. Il apprit qu'il y avait à Rome une femme célèbre pour ces guérisons. Quand Charles alla à Rome, il l'y suivit, demanda la demeure de la femme, y alla et la pria de le guérir. Il ne savait pas que c'était la reine Hildegarde.

Hildegarde lui ordonna d'abord de faire confession et pénitence et qu'ensuite elle le guérirait. Talaud se confessa, fit pénitence, puis revint trouver Hildegarde qui le guérit. Le Pape et l'Empereur furent émerveillés de cette guérison et voulurent voir la femme qui l'avait faite.

Hildegarde promit de venir les voir dans l'église de Saint-Pierre. Y étant venue, elle raconta son histoire en présence de tout le monde. Charles la reconnut et la reprit pour épouse. Il condamna Talaud à mort; mais la reine demanda sa grace et l'obtint.

Telle est l'histoire de la reine Hildegarde. Je l'ai choisie à dessein; voici pourquoi. Cette histoire se retrouve presque mot à mot dans le Miroir historique de Vincent de Beauvais, qui la raconte dans son chapitre des Miracles de la Vierge; les noms seuls ont changé. C'est un empereur romain (quel empereur? le chroniqueur n'en dit rien) qui part pour la guerre et laisse aussi sa femme aux soins de son beau-frère; mêmes détails que dans le conte d'Hildegarde. Comme Hildegarde, l'impératrice est accusée et condamnée à mort: On la mène dans une forêt. Là sa beauté tente ses bourreaux; mais la Vierge envoie un héros qui délivre l'impératrice et l'emmène chez lui. Il lui confie son fils unique, un enfant, afin qu'elle l'élève. Là encore il y a un beau-frère du chevalier que tente là beauté de l'impératrice; mais ne pouvant vaincre sa vertu, il tue l'enfant de son frère pendant qu'il dormait près de l'impératrice et met le poignard dans la main de celle-ci. On l'accuse de la mort de l'enfant; on la chasse jusqu'au bord de la mer; elle trouve un vaisseau et s'embarque. Sur le vaisseau les matelots aussi sont tentés par sa beauté. Cette impératrice ressemble à la fiancée du roi de Garbe, avec cette différence, qui n'est pas petite, qu'elle est toujours au moment fatal sauvée par la Vierge. Cette fois encore elle échappe en se jetant dans la mer où un dauphin la prend et la porte sur un rocher. Sur le rocher elle trouve une herbe qui guérit de la lèpre. Un vaisseau passe, elle y monte; une fois à terre, elle guérit tous les malades à la ronde, et l'histoire finit, comme celle d'Hildegarde, par la guérison, après confession, des deux hommes qui avaient causé son malheur.

Voici donc une histoire qui se retrouve sous des noms et à des époques différentes. Aussi bien, c'est un type d'aventures communes au moyen-âge. C'est le type de la femme innocente, malheureuse et persécutée, sujet rebattu aujourd'hui et dont le mélodrame lui-même ne veut plus; c'est le type de *Griseledis*, de *Geneviève de Brabant*, de *la belle Euriant*, etc. La moitié des femmes qui figurent dans les romans du moyen-âge appartient à ce type; l'autre moitié appartient à un autre type, le type de la femme ambitieuse, hardie, implacable; le type de Frédégonde ou de Gudruna.

Dans les contes et les romans du moyen-âge, la femme joue un grand rôle; ne nous en étonnons point. La femme et le roman se tiennent étroitement. La femme se prête à l'aventure bien mieux que l'homme. Faible, passionnée, objet de convoitise, la femme est sans cesse aux prises avec les passions des autres et avec les siennes. L'homme se discipline, s'encadre et se case aisément; il a un métier, un état; cela lui prend son temps et son esprit. La femme n'a ni métier ni état; elle n'a que des sentimens et des passions à exercer.

Une fois la femme sortie du gynecée antique, le roman est né. L'antiquité n'a point eu de romans, parce que la femme y était esclave. L'antiquité a eu des histoires, parce que l'histoire est le récit des aventures de l'homme. Le roman est l'histoire des femmes; cette histoire n'a pu commencer qu'avec leur pouvoir.

Quiconque veut savoir l'histoire de la femme doit lire les romans. Les premiers romans, ce sont les vies des saintes; c'est comme saintes que les femmes commencent à jouer dans le monde un rôle libre et indépendant; avant les saintes il y a bien les courtisanes qui avaient aussi de l'indépendance, mais les courtisanes sont une exception dans la société antique. Elles ne servent donc guère à l'émancipation authentique des femmes. Les saintes femmes, au contraire, forment dans l'Eglise et ensuite dans l'Etat, un ordre reconnu. Après les saintes et les légendes viennent les dames et les romans du moyen-âge. Les femmes dans les romans du moyen-âge, comme les saintes dans les légendes, semblent encore payer par leurs malheurs et leurs périls le prix de leur liberté et de leur égalité récentes.

A la captivité a succédé l'aventure ; c'est un grand pas de fait. Elles ne sont plus esclaves ; elles sont accusées, condamnées ; elles sont mises à mort ; elles sont même battues. Mais elles sont aimées avec passion, outragées avec ardeur, et surtout enfin elles sont libres, elles sont nos égales ; égalité dont elles ont le titre plutôt que la possession, parce que la société dont elles sont membres n'est pas encore stable et régulière. La femme, au moyen-âge, à voir dans les romans combien sa destinée est en proie à l'aventure, c'est-à-dire au malheur et au désordre, la femme semble un nouvel élément de l'ordre social qui n'a point encore trouvé sa place et son rang, et qui s'agite, se remue, ballotté çà et là. Il en est de la femme à cette époque, comme de la démocratie depuis quarante ans, élément nouveau qui doit aussi trouver sa place dans la société, mais qui la cherche et tantôt la prend trop grande, tantôt la laisse faire trop petite, et alors se lève, s'agite et se déplace de nouveau, jusqu'à ce que la société dont elle est membre s'établisse et s'organise d'une manière stable. Les déplacemens de la démocratie sont des révolutions qui appartiennent à l'histoire. Les déplacemens de la femme ne sont que des aventures qui sont du ressort du roman.

Au moyen-âge commençait pour la femme l'ère de la

liberté ; à la même époque aussi commençait le roman , c'est-à-dire l'histoire de la femme. Le conte d'*Hildegarde*, comme celui de l'impératrice romaine, est un chapitre de cette histoire. Ce conte est venu se grouper autour de Charlemagne parce que c'est le privilége des grands noms de servir de rendez-vous et de ralliement aux traditions populaires. L'imagination populaire est moins libre et moins capricieuse qu'on ne le croit dans ses travaux mystérieux. Elle a des lois qu'elle suit aveuglément, et c'est une de ses lois de rattacher les traditions et les contes épars d'une époque ou d'un pays à quelque nom héroïque. Dans notre Gaule les débris des camps romains sont tous parés du nom de César. Laissez faire l'imagination du peuple et vous verrez , dans quelques lustres , combien de traditions se rattacheront au nom de Bonaparte. N'est-ce pas un conte populaire que Bonaparte, sous-lieutenant d'artillerie, voulut un jour monter dans un ballon et comme on le refusait, il creva le ballon d'un coup de pied ? Il n'en est rien : mais l'imagination du peuple a associé ce conte au nom de Bonaparte, parce qu'il lui a semblé qu'entre cet homme merveilleux et les aérostats qui sont le seul merveilleux de notre siècle incrédule, il y avait je ne sais quels liens et quels rapports secrets. On peut assurer que c'est une des lois de l'imagination populaire de grouper autour des noms extraordinaires les aventures extraordinaires ; c'est ce qu'elle a fait pour Charlemagne. avant d'en faire un héros d'épopée, elle a groupé autour de son nom les cinq ou six sortes d'aventures qui se rencontraient dans la destinée de l'homme au moyen-âge. Dans le conte d'*Hildegarde* nous avons le type des aventures de femmes. Il est d'autres types encore que nous devons signaler rapidement avant de passer du conte à l'épopée, du grand homme au héros, du Charlemagne de l'anecdote au Charlemagne du roman.

Il n'est personne qui n'ait lu une de ces histoires où un chevalier, long-temps absent, reparaît tout à coup et déconcerte les projets tramés par ses ennemis pendant son absence. C'est l'histoire d'Ulysse revenant à Ithaque. Le moyen-âge a beaucoup de ces sortes d'aventures: elles témoignent du désordre de la société. Chez nous on peut quitter sa femme et sa maison sans risquer de trouver au retour sa maison prise et sa femme mariée; chez nous, le droit même de l'absent, c'est-à-dire de celui dont l'existence est incertaine, sont mis à couvert et garantis : au moyen-âge rien de pareil.

Comme l'imagination populaire a groupé autour de Charlemagne les traditions du temps, il y a plusieurs aventures du genre de celles dont nous parlons, dont il est le héros; heureusement il arrive toujours à temps. Ainsi, dans les *Deutsche Sagen*, pendant que Charlemagne fait une expédition contre les païens, en Hongrie, sa femme, pressée par les instances des barons, promet de choisir un époux. C'est dans trois jours qu'elle doit déclarer son choix ; un ange apprend à Charlemagne ces mauvaises nouvelles; comment en trois jours revenir de Hongrie à Aix-la-Chapelle? L'ange lui indique un cheval merveilleux qui lui fera faire la route en trois jours; il arrive à Aix au milieu des fêtes du nouveau mariage; il va s'asseoir dans la cathédrale d'Aix-la-Chapelle, sur le siége où devaient être installés les empereurs (le siége se montre encore à Aix); on le reconnaît et Hildegarde reprend avec joie son époux; tel est le conte allemand.

Le même conte se trouve dans le roman italien la *Spagna historiata,*

Dans le roman les paiens sont les Sarrazins, et au lieu d'un ange qui vient avertir Charlemagne, c'est un démon qui se charge de ce soin ; un démon aussi bien est mieux choisi pour messager d'une mauvaise nouvelle; c'est le même démon qui se change en cheval noir et qui porte Charlemagne à travers les airs. Arrivé au-dessus de la cour de son palais, Charlemagne plein de joie se met à faire le signe de la croix pour remercier Dieu ; ce fut une distraction qui lui coûta cher ; le démon, à ce signe de croix, donna une telle secousse que Charlemagne perdit les étriers et tomba dans la cour ; cependant, quoique un peu brisé, il se releva et se fit reconnaître.

Ainsi, la même histoire se trouve au midi comme au nord ; l'imagination populaire change seulement les détails selon les lieux, prenant pour païens ses ennemis les plus proches ; en Allemagne les Hongrois, dans le midi de la France les Sarrazins d'Espagne.

Il est une dernière sorte d'aventures au moyen-âge ; ce sont les aventures de magie. Charlemagne a la sienne ; Étienne Pasquier en a conservé le récit dans ses recherches ; c'est de là que je l'extrais, en me gardant bien, surtout, d'altérer le style de notre vieil auteur.

« François Pétrarque, fort renommé entre les poètes italiens, discourant en une épître sur son voyage de France et de l'Allemagne, nous raconte que, passant par la ville d'Aix, il apprit de quelques prêtres une histoire prodigieuse qu'ils tenaient de main en main pour très véritable, qui était que Charlemagne, après avoir conquis plusieurs pays, s'éprit de telle façon d'amour pour une femme, que mettant tout honneur et réputation en arrière, il oublia non-seulement les affaires de son royaume, mais aussi le soin de sa propre personne, au grand déplaisir de chacun, étant seulement attentif à

courtiser cette dame, laquelle, par bonheur, commença à
s'aliter d'une grosse maladie qui lui apporta la mort, dont
les princes et les grands seigneurs furent fort réjouis, espérant que par cette mort Charles reprendrait comme devant ses esprits et les affaires du royaume en main.
Toutefois, il se trouva tellement infatué de cet amour,
qu'encore chérissait-il ce cadavre, l'embrassant, baisant,
accolant de la même façon que devant; et au lieu de
prêter l'oreille aux légations qui lui survenaient, il l'entretenait de mille baies, comme s'il eût été encore en vie.

« Ce corps commençait non-seulement à mal sentir, mais
aussi se tournait en putréfaction, et néanmoins il n'y
avait aucun de ses favoris qui osât lui en parler; il advint
que l'archevêque Turpin, mieux avisé que tous les autres,
pensa qu'une telle chose ne pouvait être arrivée sans quelque sorcellerie. A cet effet, épiant un jour l'heure que le
roi s'était absenté de la chambre, il commença de fouiller
le corps de toutes parts; finalement il trouva dans sa
bouche, au-dessous de sa langue, un anneau qu'il lui ôta.
Le jour même, Charlemagne retournant se trouva fort
étonné de voir une carcasse aussi puante; par quoi,
comme s'il se fût réveillé d'un profond sommeil, com-
manda qu'on l'ensevelît promptement; ce qui fut fait;
mais, en contre-échange de cette folie, il tourna toutes
ses pensées vers l'archevêque porteur de cet anneau, ne
pouvant être de là en avant sans lui et le suivant en tous
les endroits; ce que voyant ce sage prélat, et craignant
que cet anneau ne tombât dans les mains de quelque
autre, le jeta dans un lac prochain de la ville; depuis lequel
temps on dit que ce roi se trouva si épris de l'amour du
lieu qu'il ne désempara de la ville d'Aix où il bâtit un
palais et un monastère, en l'un desquels il acheva le reste
de ses jours, et en l'autre il voulut être enseveli. »

Telles sont les principales sortes d'aventures qui caractérisent le moyen-âge. Tel est aussi le premier degré du travail que l'imagination populaire a fait sur Charlemagne. Bientôt passant du conte à l'épopée, elle a fait de Charlemagne un héros épique. C'est à ce second degré, c'est dans les romans que nous devons maintenant étudier le personnage de Charlemagne.

Auparavant, je dois faire une remarque. Les contes que j'ai cités ont-ils précédé les romans ou les ont-ils suivis? Je ne sais pas; mais peu m'importe. Nous cherchons comment s'y prend l'imagination populaire pour faire un héros d'épopée. Selon nous, elle commence par le conte et l'aventure. Il ne s'agit donc pas de savoir si les aventures que j'ai choisies, comme les plus caractéristiques du moyen-âge, sont vraiment les premières que l'imagination populaire attribue à Charlemagne; il s'agit de savoir si la renommée fabuleuse de Charlemagne a commencé, oui ou non, par des contes. Or, il suffit de lire la chronique du moine de Saint-Gall pour décider la question.

Le moine de Saint-Gall vivait cinquante ou soixante ans après Charlemagne. Qu'est-ce que le moine de Saint-Gall? Un conteur d'histoires sur Charlemagne, un compilateur d'anecdotes. La chronique du moine de Saint-Gall est le premier essai qu'ait fait l'imagination pour s'emparer du personnage de Charlemagne et le transformer à sa guise. La date de ce premier essai est certaine. La chronique du moine de Saint-Gall précède d'un siècle au moins les plus anciens romans de Charlemagne.

Il est temps de passer à ces romans et d'étudier dans Charlemagne le héros épique.

Nous savons comment s'est faite cette dernière transformation du grand homme. C'est l'enthousiasme des croisades qui a fait l'apothéose poétique de Charlemagne. Dans tous les romans des Douze Pairs, Charlemagne, que l'imagination du moyen-âge confond avec son grand-père Charles-Martel, est le héros de la lutte entre la foi chrétienne et le mahométisme.

Le plus célèbre de ces anciens romans, c'est sans contredit le fragment connu sous le nom de la *Chronique de Turpin*.

La chronique de Turpin est postérieure à la plupart des romans carlovingiens, ou tout au moins aux traditions qui font le fonds de ces romans. Malgré cela, cependant, elle me paraît digne d'une sérieuse attention. La chronique de Turpin est, à mon avis, l'expression officielle de l'enthousiasme religieux des croisades. Dans les traditions qui l'ont précédée, le sujet principal n'est point encore la lutte du christianisme et du mahométisme, et Charlemagne n'est point encore le représentant de cette lutte. Dans la chronique de Turpin, au contraire, Charlemagne est le héros qui défend l'occident contre les infidèles. Tout se rapporte aux croisades, tout s'y ressent de leur influence. La chronique de Turpin est un essai fait par l'imagination religieuse du xi⁰ siècle pour transformer les traditions précédentes et pour les conformer aux idées de cette époque.

La chronique de Turpin a été faite, dit-on, par des moines et pour des moines. Je n'adopte que la moitié de cet avis. Elle a été faite par des moines, mais elle a été faite pour le siècle des croisades. Elle a été inspirée à quelque moine par les idées de son temps, auxquelles il a mêlé les traditions de Roncevaux et les idées de son couvent. Il y a dans la chronique de Turpin trois influences distinctes : l'influence des croisades, l'influence des traditions aquitaniques, l'influence du couvent qu'habitait l'auteur inconnu de cette chronique.

L'influence du couvent se reconnaît aux miracles bizarres qui sont racontés, à l'intervention de saint Jacques en Galice, aux éloges intéressés donnés à Charlemagne pour avoir fondé force couvens et bâti force églises. C'est là ce qui trahit le moine et le couvent ; mais ce n'est là, il faut le dire, que la forme et l'extérieur en quelque sorte de la chronique de Turpin.

L'influence des croisades se reconnaît à l'enthousiasme religieux qui anime tout l'ouvrage, au voyage supposé de Charlemagne à Jérusalem, au motif pieux de son expédition contre les Sarrazins. Il s'agit de convertir les infidèles, de conquérir des reliques et de délivrer la sépulture de saint Jacques. C'est là le sujet principal de la chronique. Tous les guerriers de la chronique, et Roland, le plus fameux de tous, ne sont pas seulement des héros qui pourfendent leurs ennemis d'un seul coup d'épée ; ce sont aussi des théologiens qui savent disputer contre les Sarrazins sur les points fondamentaux de la doctrine chrétienne. Roland interrompt son combat avec Ferragus pour disputer sur la Trinité que Ferragus ne comprend pas, et Roland finit par le tuer pour clore la discussion. Dans le roman de Fierabras, Olivier interrompt aussi son combat avec Fierabras pour disputer sur la théologie. Cette ardeur religieuse et théologique est un trait de caractère prêté par le douzième siècle aux guerriers du huitième et du neuvième. Les guerriers du huitième et du neuvième siècle étaient braves, hardis, grands pourfendeurs d'ennemis, mais fort médiocres théologiens, j'imagine. Hâtons-nous, cependant, de dire qu'en prêtant de pareils sentimens aux héros des huitième et neuvième siècles, le siècle des croisades ne s'est pas beaucoup éloigné de la vérité. Un grand nombre de guerriers du neuvième siècle ont fini par se faire moines : Guillaume, duc d'Aquitaine, le héros du roman de Guillaume au court nez ; Autchaire, qui plus tard fut chanté sous le nom d'Oger-le-Danois ; Carloman, le frère du roi Pépin, etc.

Reste l'influence des traditions aquitaniques. Ces traditions sont le fonds commun de la chronique de Turpin et des romans des Douze Pairs. L'auteur a cherché à les accommoder aux idées du siècle des croisades. Comme elles vivaient dans le souvenir du peuple, ne pouvant les détruire, il fallait s'en servir. C'est ce qu'a fait la chronique de Turpin. Voulant grandir Charlemagne et en faire le héros de la lutte entre le Christ et Mahomet, elle eût mieux aimé sans doute écarter la tradition malheureuse de Roncevaux qui fait tort à la gloire de Charlemagne. Elle n'a pas pu, tant cette tradition était vivante. Le couvent de l'auteur, les croisades, les traditions aquitaniques, voilà donc les trois influences qui se reconnaissent dans la chronique de Turpin ; celle qui domine c'est l'influence des croisades. C'est cette influence qui, à Roncevaux, au lieu des Gascons, fait des Sarrazins les ennemis et les vainqueurs de Charlemagne. Ce changement d'adversaires s'est perpétué dans tous les romans de Charlemagne et des Douze Pairs ; toujours il s'agit de la lutte entre les Chrétiens et les Sarrazins. C'est, selon moi, de la chronique de Turpin, faite sous l'inspiration des croisades, que date cette substitution des Sarrazins aux Aquitains.

La chronique de Turpin est une œuvre informe ; des traditions du huitième et du neuvième siècle, elle a changé les unes, altéré les autres, jeté çà et là des discussions théologiques et des miracles de couvent. Mais telle quelle est, elle est curieuse ; car elle exprime l'enthousiasme des croisades et surtout c'est dans cette chronique que Charlemagne, chef de la chrétienté et de la lutte qu'elle soutient contre les Sarrazins, a les proportions d'un héros épique. La chronique de Turpin a, selon moi, donné le mot d'ordre aux romans et **aux** poèmes carlovingiens qui nous sont restés ; et c'est d'elle que date la grandeur poétique de Charlemagne et l'idée de grouper autour de lui les divers héros des races et des provinces diverses de la France. La chronique de Turpin a rédigé en corps de doctrine, sous la dictée de l'esprit des croisades, les traditions aquitaniques du huitième siècle et les souvenirs du nom de Charlemagne. C'est une rédaction officielle, et elle en a conservé l'autorité. L'Arioste ne manque jamais de citer Turpin, non qu'il croie à la vérité de la chronique, mais c'est de là qu'il a tiré l'idée de ses inventions, et il aime à donner à ses jeunes mensonges l'autorité des vieux et respectables mensonges de la chronique.

Nous avons étudié le personnage fabuleux de Charlemagne à ses deux degrés, le conte et l'épopée ; nous avons vu comment l'imagination du peuple fait les héros. Avant de finir cette étude il nous reste une remarque à faire. Charlemagne, placé au début du moyen-âge, à l'ouverture de cette époque où se mêlent et se combinent, pour former une société nouvelle, le génie germanique, la civilisation romaine et l'esprit du christianisme, Charlemagne, dans son personnage fabuleux comme dans son personnage historique, représente ces trois élémens divers. Voyez dans l'histoire ; c'est le plus grand conquérant qu'aient eu les nations germaines. Ses mœurs, son langage, sa capitale d'Aix-la-Chapelle, tout est germanique. En même temps il se fait nommer empereur

9

d'Occident, il rédige les capitulaires et abolit les lois
barbares ; son gouvernement est tout romain. Mais par-
dessus tout il est chrétien ; apôtre et convertisseur de
la Saxe, il étend à la fois son empire et l'empire du
Christ.

Dans la fable il a le même personnage ; ses guerres,
ses aventures, ses paladins, leur intrépide audace, leur
amour du péril, tout cela appartient à la Germanie. Sa
généalogie fabuleuse (dans les romans la maison de France
descend des empereurs romains Maximien, Constance-
Chlore et Constantin), son titre d'empereur révèle les
traditions romaines qui sont venues se rattacher à son
nom. Enfin ses guerres contre les Sarrazins, son pré-
tendu voyage à Jérusalem, son goût des reliques, les
discussions théologiques de ses paladins marquent l'empreinte de l'esprit du christianisme.

Ainsi les trois élémens fondamentaux du moyen-âge,
la Germanie, les souvenirs de la civilisation romaine et le
christianisme, se retrouvent dans le personnage de Charlemagne, soit que nous l'étudiions dans l'histoire, soit que
nous l'étudiions dans la fable. On peut même dire qu'ils se
distinguent mieux dans le personnage fabuleux que dans le
personnage historique, et qu'ils y ont laissé une empreinte plus saillante. Cela devait être. Quand Charlemagne paraît dans l'histoire, le moyen-âge commence ; ses caractères sont encore indécis et confus ; aussi ne peuvent-
ils point se peindre et se réfléchir d'une manière complète
dans Charlemagne ; ils s'y laissent pressentir plutôt que
voir. Quand au contraire paraît dans les romans le personnage de Charlemagne, nous sommes au xiie siècle. Le
moyen-âge s'est développé ; ses traits sont formés, ses
caractères sont marqués ; ils devaient donc se dessiner

avec plus de saillie et de relief dans le personnage que le moyen-âge choisissait pour héros de son épopée. Voilà pourquoi dans le Charlemagne du roman, le guerrier germanique a les mœurs du chevalier, et ses fidèles sont des paladins, ce qui marque le progrès de l'ère de la conquête à l'ère du moyen-âge ; et pourquoi enfin le chrétien est un croisé et un théologien.

LITTÉRATURE ALLEMANDE

ET DE GOETHE[1].

—

La diversité est le caractère de l'histoire d'Allemagne ; c'est aussi le caractère de la littérature allemande. Il y a bien dans la littérature allemande un tour commun d'imagination ; on ne peut pas dire cependant qu'il y ait une idée commune et universelle qui préside à la littérature allemande. En France la littérature se fait à Paris ; c'est le foyer commun d'où partent toutes les lumières. En Allemagne au contraire point de capitale ni intellectuelle ni politique ; beaucoup de petites villes ; beaucoup d'universités. De là une instruction plus également répandue, mais de là aussi le défaut de centre ; de là l'indécision et l'impuissance. En Allemagne, avec un peuple plus instruit, plus ami de la lecture et de l'étude que tout autre peuple, la littérature cependant a eu moins d'efficacité qu'ailleurs ; l'esprit a moins fait qu'ailleurs, quoiqu'il ait été plus laborieux. Grace à notre capitale et à notre esprit d'unité, nous nous sommes fait un gouvernement selon nos idées. Rien de pareil en Allemagne.

Gœthe est le type vivant du caractère que j'attribue à la littérature allemande [2]. Gœthe est le roi de la littérature allemande ; il en est peut-être la plus grande et la

(1) Extrait d'un discours prononcé à la faculté des lettres en 1830.
(2) Cœthe n'était pas mort au moment où j'écrivais.

plus belle expression. Eh bien ! que veut Gœthe ? Quelle
idée a-t-il, ou plutôt quelles idées n'a-t-il pas ? Il les a
toutes, sans en avoir une seule qu'il cherche à faire pré-
valoir. C'est une imagination docile à toutes les impressions ; c'est un miroir qui réfléchit toutes les images.
Voyez au contraire chez nous un homme d'une souplesse
de génie égale à celle de Gœthe ; voyez Voltaire. Rien
n'est si varié que les œuvres de Voltaire. Cependant,
partout il y a une idée qu'il poursuit, partout un but qu'il
cherche à atteindre. Dans Gœthe rien de semblable. Le
poète est partout dans les œuvres de Gœthe ; mais l'homme
où est-il ? que veut Gœthe, encore une fois ? quelle influence veut-il exercer ? Je ne sais ; j'ai beau consulter
à ce sujet son théâtre et ses romans, point de réponse.
Il emprunte ses sujets tantôt au génie de la Grèce, tantôt au génie du moyen-âge. Voltaire aussi varie ses sujets ; mais dans tous ses sujets il y a une singulière unité
d'esprit. Alzire, quoique américaine, quoique sauvage,
prêche la philosophie, ce qui est une faute peut-être
contre l'art dramatique, mais ce qui témoigne de l'idée
persévérante de Voltaire.

Voltaire veut avant tout faire régner en France l'esprit
philosophique ; c'est là son but. Dans Gœthe au contraire
point de but ; on dirait même, à observer la suite de ses
ouvrages, qu'il cherche à dérouter sans cesse ses propres
admirateurs. A-t-il, avec une pièce du moyen-âge, passionné toute l'Allemagne pour les anciens chevaliers ?
A-t-il entraîné à sa suite un troupeau d'imitateurs ? Il
regarde derrière lui, et voyant qui le suit, il se dégoûte ;
alors il se jette dans la Grèce, sans cesse changeant, sans
cesse déconcertant son siècle.

C'est Gœthe qui a donné à l'esprit allemand son im-
partialité et son indifférence ; il a ôté l'action à l'esprit

allemand comme il l'a ôtée à son Tasse et à son Iphigénie
en Tauride.

La littérature allemande, telle que Gœthe l'a faite,
quand Gœthe s'éteindra, descendra avec lui au tombeau.
Gœthe est le dernier et le plus admirable mot de cette
littérature panthéiste, qui dans son vaste sein absorbe
tout, mais qui perd son action et se dissipe par son
étendue même. Oui, quand Gœthe mourra, c'en sera fait
de l'ancienne littérature allemande.

Ici je demande pardon si quelques souvenirs person-
nels viennent se mêler à mes réflexions. J'ai vu Gœthe
à Weymar; j'ai vu cette petite et glorieuse ville qui a
été pendant quelque temps l'Athènes de l'Allemagne et
que peuple encore aujourd'hui la présence de Gœthe.
Mais cette vie, qu'elle tient de son grand homme,
commence à s'affaiblir comme le grand homme lui-même.
Quand je visitais Gœthe, quand je voyais ce front encore majestueux, mais qui semblait fatigué de penser,
ces yeux qui commençaient à pâlir, cette bouche qui
n'avait plus ni sa vivacité ni son expression première,
et quand, sortant de l'entretien de l'auguste vieillard, je
parcourais cette ville de Weymar, si brillante autrefois
et si animée, triste aujourd'hui, avec un air de solitude
dans ses rues et d'engourdissement dans ses habitans, je
ne pouvais pas me défendre de croire qu'il y avait entre
Gœthe et Weymar je ne sais quel rapport mystérieux,
que le destin de la ville était lié au destin du poète,
qu'elle avait été florissante et fréquentée quand le poète
était dans le midi de son âge et de son génie : peu à peu
l'éclat du génie s'était amorti ; la ville s'était senti languir,
et à mesure que la vieillesse s'emprégnait sur le front de
Gœthe, elle semblait s'empreindre aussi sur la ville. Et
ne croyez pas que ce soit ici un rapprochement d'ora-

teur ou de rêveur; ce que je dis, chacun à Weymar le
sentait, les hommes les plus simples comme les plus éclai-
rés. Ah! ce n'est plus le bon temps de M. de Gœthe,
me disait-on; son excellence ne peut pas vivre long-
temps encore. Sa mort sera le dernier coup pour notre
pauvre ville.

Weymar et Gœthe sont les deux symboles de l'ancienne littérature et de l'ancienne histoire de l'Allemagne. Gœthe représente la diversité de l'esprit allemand
comme Weymar la diversité des états. Quand Gœthe
mourra, c'en sera fait de Weymar, et en même temps
de l'ancien monde allemand.

HOFMANN.

SON

CONTE DE MARINO FALIÉRO[1].

—

La civilisation semble avoir rétréci l'empire de la fantaisie. Cependant elle a resserré sa puissance, je crois, plus qu'elle ne l'a affaibli. Depuis les grandes routes, les diligences, la police et les gendarmes, adieu les aventures de chevaliers errans et de sorciers; mais ce que l'homme ne fait plus il le rêve, et l'imagination n'a rien perdu, car elle a remplacé les aventures par ces songes charmans que nous faisons tout éveillés, quand nous nous laissons aller au train de nos pensées romanesques.

Alors nous sommes libres; à nous tout l'univers; à nous les plus belles aventures du monde. Puis la *fantaisie* nous quitte-t-elle, nous redevenons Gros-Jean comme devant et nous reprenons les habitudes de notre vie bourgeoise. C'est ce pélerinage perpétuel du monde fantastique au monde ordinaire, c'est ce voyage que nous faisons tous qu'Hofmann excelle à peindre. Montrez-moi l'homme qui n'a jamais rêvé tout debout, l'homme qui n'a jamais fait son roman, celui-là ne goûtera pas Hofmann. Quant à nous, gens de la foule, qui avons tous eu nos songes et nos rêveries, vogue, vogue l'imagina-

(1) Ce morceau a été publié au mois de juillet 1829, avant la publication de l'excellente traduction d'Hofmann de M. Lœve-Weimar.

tion du conteur ! Où qu'il nous mène, ce sera bien ; car, pour nous embarquer avec lui, il nous a promis, non de nous faire réfléchir et raisonner, mais de nous faire faire de beaux rêves.

Vous souvenez-vous de quelque soirée passée au coin du feu, je ne dis pas dans quelque vieux château ou dans quelque auberge déserte ; cela sent l'homme qui amène son merveilleux et qui montre la corde avant de faire jouer sa lanterne magique ; je dis une soirée passée dans votre chambre, au quatrième étage, rue Saint-Jacques ou rue Saint-Denis, où vous voudrez : vous êtes assis dans un grand fauteuil, les pieds sur les chenets ; près de vous votre table de travail ; sur un tabouret votre chien ou votre chat ; vos chaises rangées à leur place ordinaire ; vos rideaux fermés ; dans l'alcôve votre lit déjà prêt et la couverture faite ; dans les chambres voisines vous entendez aller et venir les gens de la maison, dans la rue rouler les voitures ; partout enfin vous êtes entourés de choses et de bruits qui vous rappellent la vie de famille, le monde, la civilisation. Où la *fantaisie* pourrait-elle trouver à se nicher ? Où ? sous votre bonnet de coton même que vous venez d'enfoncer sur vos deux oreilles en vous mettant au lit. C'est là qu'elle s'établit pour troubler vos idées et fasciner vos regards. Voyez, voici déjà dans votre feu des images de toutes sortes de choses, des maisons, des châteaux, des clochers étincelans qui grandissent, grandissent à vue d'œil, puis des pétillemens singuliers ; vous levez les yeux au plafond ; quels bizarres reflets, ou plutôt quelles figures étranges y flottent entrelacées ! Comme tout tremble et s'agite dans votre chambre ; et là-bas, dans ce coin, près de ce meuble qu'on ne dérange jamais, il y a... Est-ce une erreur, une illusion ? Non ; il y a quelque chose qui brille : ce sont comme

deux yeux! ils vous regardent! Chut! Vous entendez
marcher! c'est un bruit de pas!..

Je vous laisse sauter à bas de votre lit, si vous êtes
hardi. ou vous cacher la tête sous votre couverture, si
vous êtes peureux. Qu'il nous suffise seulement de savoir que ces illusions et ces terreurs de la nuit, à côté
d'une scène de ménage, c'est là un des genres de récits
d'Hofmann. Le merveilleux à côté de la vie bourgeoise;
des fantômes, des sylphes à côté d'étudians et de bouti-
quiers; les plus gracieux mystères du monde fantastique
à côté des routines et du commérage des petites gens :
voilà le contraste qu'Hofmann excelle à représenter. Il a
un talent singulier pour découvrir le merveilleux où nous
le soupçonnons le moins; il lui suffit d'un mot, d'une
circonstance indifférente pour éveiller notre imagination.
Tout ce que nous gardons, en dépit de la raison, de penchans crédules, de dispositions peureuses, de sentimens
superstitieux; le frissonnement involontaire que nous
éprouvons à traverser, le soir, une forêt, un cimetière,
à visiter des ruines; la rêverie où nous jette, pendant
la nuit, le son lointain d'une musique ou l'aspect d'un lac
tranquille, tout ce qui enfin est du ressort de l'imagination, tout cela est le domaine d'Hofmann.

Ajoutez-y encore ces rêves d'aventures si chers à la jeunesse, ces romans qu'on fait en marchant et qu'inspirent,
non plus les sylphes et les fées, mais la moindre rencontre, une jeune femme qu'on aura vue à la poste voisine et
qui est descendue légèrement de voiture : « En partant
elle m'a regardé avec un sourire.—Eh! oui, mon ami,
un sourire de moquerie; car qui ne rirait pas de te voir
avec ton air distrait et préoccupé?— Oui, mais quand
l'orage a éclaté, je l'ai retrouvée dans ce mauvais cabaret
qui est sur la route ; elle s'y était réfugiée ; elle était là

avec des gens de mine assez grossière, et quoiqu'elle
eût avec elle deux femmes de chambre et un domestique,
cependant elle paraissait gênée et mal à son aise ; car ce
n'est jamais une protection que des domestiques : en me
voyant elle a paru rassurée. — Alors tu lui as parlé ? —
Non. — C'est elle-même, je vois, qui t'a adressé la parole ? — Non. — Et vous vous êtes quittés comme cela ?
— Oui ; mais, sans qu'elle me l'eût dit, c'est moi qu'elle
avait choisi pendant quelque temps pour son protecteur
et son appui, si elle en eût eu besoin.

Eh bien ! cette simple rencontre qui va suffire au roman de votre route, eussiez-vous cent lieues à faire, il
n'en faut pas non plus davantage à Hofmann pour un
de ses genres de récits. Un jeune homme, une jeune
femme et de l'amour, que faut-il de plus pour défrayer
un conte ? Voyons d'abord le jeune homme : il sera pauvre, plus pauvre que vous n'êtes, et la jeune femme à son
tour sera quelque duchesse ou quelque princesse : de
cette façon l'histoire sera plus romanesque. « Le jeune
« homme est couché à terre, enveloppé de haillons, le
« cou et la poitrine à demi nus. Sa maigreur fait ressortir
« la grace et l'élégance de ses formes ; ses cheveux d'un
« châtain clair flottent en désordre sur son front qui est
« beau et élevé. Ses yeux d'un bleu foncé, obscurcis
« en ce moment par la douleur ; son nez d'aigle, sa bou-
« che gracieuse et ses vingt ans, car il n'en paraît pas
« davantage, tout annonce qu'il est né de bonne famille
« et qu'il n'y a pas encore long-temps que le malheur l'a
« jeté dans la dernière classe du peuple. »

« La jeune femme a dans les yeux et dans tout son
maintien je ne sais quelle tristesse pleine de désirs, je
ne sais quels désirs pleins de rêverie. Près d'elle est un
vieillard avec une longue barbe et des cheveux blancs ;

l'air noble et vénérable : c'est son époux. Appuyée sur la balustrade d'un balcon qui donne sur la mer, pensive elle contemple les flots et semble écouter ces paroles qui retentissent de loin :

Ah ! senza amare
Andare sub mare
Col sposo del mare
Non puo consolare.

Ah ! quand on n'aime pas, se promener sur la mer, fût-ce même avec l'époux de la mer, tout cela ne peut consoler, quand on n'aime pas ! « Ce vieillard, c'est Marino Faliéro ; cette jeune femme, c'est la dogaresse ; ce jeune homme, c'est Antonio, un pauvre gondolier qui aime la dogaresse. Et ces paroles : *senza amare*, c'est en quelque sorte la devise du conte.

En effet, ce qui a frappé Hofmann dans un pareil sujet, ce n'est pas cette conspiration qui faillit changer la destinée de Venise ; ce n'est pas ce qu'il y a d'extraordinaire dans le caractère de ce vieillard qui, à quatre-vingts ans, conspire contre sa patrie ; c'est seulement le sort de cette jeune fille, mariée à un vieillard qu'elle chérit, qu'elle respecte comme un père, mais qu'elle n'aime pas, qu'elle ne peut pas aimer comme elle aimerait quelque jeune homme, fût-ce même un gondolier. Alors l'imagination d'Hofmann invente un jeune gondolier, beau, amoureux, tendre et surtout malheureux : c'est Antonio, et ce sont les amours de la dogaresse et d'Antonio qui deviennent le sujet du conte de *Marino Faliéro*. A peine dit-il un mot en passant de la conspiration, car une conspiration est de toutes les choses du monde la moins fantastique et la moins propre au merveilleux. Aussi Hofmann laisse de côté tout ce qui est politique, haine ou vengeance ; il ne s'occupe que d'Annunciata et d'Antonio : Annunciata est le nom qu'il donne à la dogaresse. Voici sa première entrevue avec le vieux Faliéro. C'est Bodocri, l'oncle de la jeune fille, qui la conduit vers le vieillard : c'est lui qui a fait le mariage.

« Quand le vieux Faliéro vit cette figure d'ange et d'enfant il resta immobile ; tant de beauté troublait ses sens, et c'est à peine s'il put adresser à la jeune fille quelques paroles confuses. Annunciata, selon l'ordre de Bodocri, s'agenouilla devant le vieillard, et la rougeur sur les joues, prit sa main, qu'elle pressa sur ses lèvres, en lui disant d'une voix douce et faible : Monseigneur, vous daignez donc me faire asseoir à vos côtés, sur votre trône ducal? Et moi je me consacre à vous chérir, à vous vénérer, et je veux être votre fidèle servante jusqu'à mon dernier soupir. Faliéro demeura interdit de plaisir et de surprise. Quand Annunciata prit sa main il sentit couler dans tous ses membres je ne sais quel tressaillement ; sa tête s'agita ; tout son corps trembla, et il fut forcé de s'asseoir dans son fauteuil. »

Faliéro épouse Annunciata. « C'était un singulier spectacle de voir le vieux doge avec sa jeune femme ; lui, robuste encore et vigoureux, mais la barbe blanche, le visage d'un rouge foncé et sillonné de rides, le cou droit, mais non sans effort, et la marche pénible; elle, la grace même, une pureté angélique répandue sur le visage, je ne sais quel charme irrésistible dans ses yeux pleins de vagues désirs, un front aussi blanc qu'un beau lis qui s'épanouit et qu'ombrageait sa chevelure noire, un doux sourire sur les lèvres et sur les joues ; la tête inclinée avec une modestie gracieuse, la taille svelte et légère, elle marchait ou plutôt elle glissait comme l'image d'une vierge habitante d'un monde meilleur; un ange

enfin tel que nos anciens peintres savent les imaginer ;
voilà Annunciata. »

Après nous avoir montré cette jeune fille à côté de
son vieil époux, Hofmann retrace l'effet que faisait tant
de grace et de beauté sur le vieux Faliéro : ici il nous
intéresse au vieillard ; il nous le rend aimable. « Depuis
son mariage Faliéro semblait tout changé : il avait perdu
cette bouillante colère qui l'enflammait autrefois au moindre mot, cette fierté sauvage et indomptable qui le rendait terrible. Assis à côté d'Annunciata et vêtu de ses
plus riches habits qu'il semblait maintenant porter avec
une sorte de coquetterie, il souriait doucement, chan-
geait en gracieux regards l'expression sévère de ses yeux ;
quelquefois même il laissait échapper une larme d'atten-
drissement, en demandant si quelque autre pouvait se
parer d'une femme comme la sienne. Il n'avait plus ce
ton dur et impérieux de commandement qu'il avait autrefois ; il parlait avec douceur, remuait légèrement les
lèvres, et nommait chacun son ami. »

Faliéro était heureux ; en vain toute la jeune noblesse
vénitienne s'empressait autour de la dogaresse. Annunciata écoutait, sans en être troublée, tous leurs propos
de galanterie. Eh ! comment concevoir l'idée de ne pas
garder une foi inviolable à Faliéro ? « Il avait pour elle
tant d'amitié et de tendresse même ; il la pressait avec
tant d'affection sur son sein refroidi par les ans ; il la nommait avec tant de plaisir son amour ; il la parait de tout l'éclat
du luxe d'alors : quels souhaits pouvait-elle faire de plus ? »

Cette paix et ce bonheur allaient pourtant bientôt
cesser ; la dogaresse allait voir Antonio.

C'était un jour de fête à Venise. Le peuple se pressait aux portes du palais ducal pour voir sortir le doge
et la dogaresse, qui devaient aller à la place Saint-Marc.

Les trabans (gardes du doge) avaient eu grand'peine à repousser la foule du vestibule, et il ne restait plus qu'un groupe de bourgeois de distinction à qui on ne pouvait pas défendre l'entrée de la cour du château. Au moment où la dogaresse passait, un jeune homme poussa tout à coup un grand cri : Dieu du ciel ! et tomba comme mort sur le pavé de marbre. Tout le monde s'assembla, et la dogaresse ne put voir ce jeune homme. Cependant, quand il tomba, elle pâlit ; ce fut comme si un coup de poignard venait de lui percer le sein ; elle chancela, et sans les flacons des dames qui s'empressèrent autour d'elle, elle se fût évanouie tout-à-fait. Le vieux Faliéro, plein d'effroi et de colère d'un pareil accident, maudissait le jeune homme et son apoplexie ; et soutenant Annunciata, dont les yeux étaient fermés et la tête penchée sur la poitrine, comme une pauvre colombe malade, il la fit rentrer dans ses appartemens.

Ce jeune homme, c'était Antonio. Il avait reconnu dans la dogaresse une jeune fille qu'il avait vue autrefois à Trévise, dans un jardin, et qu'à sa beauté il avait été tenté de prendre pour une apparition. C'était elle, il l'avait reconnue, c'était Annunciata. De son côté, Annunciata avait à son cri reconnu Antonio. Bientôt elle le revoit dans une fête. Le jeudi gras, c'était l'usage à Venise qu'un gondolier, placé dans une machine en forme de barque, fut hissé avec des cordages du bord de la mer au haut du clocher de Saint-Marc, et de là, descendant sur la place, au pied du trône où sont assis le doge et la dogaresse, offrît à celle-ci un beau bouquet de fleurs. Antonio saisit l'occasion : il monte dans cette machine périlleuse, offre le bouquet à Annunciata qui le reçoit, et alors éperdu d'amour et de douleur, il prend la main de la dogaresse, la baise avec transport, et disparaît emporté par sa machine, en s'écriant d'un ton de désespoir : Annunciata!

Ce que n'avaient point fait toute la galanterie et tout l'éclat des jeunes nobles Vénitiens, le souvenir d'Antonio et l'idée de son amour troublent le cœur d'Annunciata. Annunciata est une jeune femme qui, pendant long-temps, a cru que le respect et la tendresse filiale qu'elle a pour son vieil époux suffiraient à son cœur. Elle le croit encore ; car, pleine d'innocence comme elle est, elle ne se rend pas compte de ce qu'elle sent ; elle s'i-gnore encore elle-même. Cependant elle est triste et rêveuse : cette affection et ce respect de fille ne rem-plissent pas son cœur ; il lui manque quelque chose de plus vif et de plus doux, il lui manque d'aimer. Hélas! est-ce d'aimer qu'il lui manque! Non, elle aime, elle aime Antonio ; elle s'en entretient sans cesse avec une vieille femme qui a été la nourrice d'Antonio, et qui a réussi à s'introduire auprès de la dogaresse. Annunciata se rap-pelle cette entrevue passagère du jardin de Trévise. Antonio dormait sous un arbre, et un serpent allait le mordre ; elle est arrivée, et d'un coup de baguette elle a tué le serpent. Alors Antonio s'est éveillé, il m'a prise pour son ange gardien. Il me parlait les mains jointes ; je lui ai répondu que je n'étais qu'un enfant comme lui... Voilà les souvenirs qui font rêver Annunciata ; voilà comment se développe son amour. Ce qui fait son charme, c'est cette simplicité et cette candeur de senti-mens, c'est ce développement insensible de passion ; c'est un personnage tout rêveur, tout pensif ; et Hof-mann sait admirablement inventer les circonstances et les scènes qu'il faut pour mettre en action ce genre de caractère. Voyez cette scène de promenade en gondole.

« Le doge et la dogaresse allaient entrer dans la gondole : Piétro, dit le doge avec un regard de colère, quel est cet étranger ? (c'était Antonio qui avait obtenu de Piétro, son camarade, qu'il le prît comme second rameur.) Pietro jura par tous les saints qu'il avait besoin aujourd'hui d'un compagnon : le vieillard le crut, et la gondole s'éloigna du rivage.

« Antonio était près d'Annunciata ; il touchait sa robe : cependant il savait contenir son bonheur, et ramant avec force, ne regardait qu'à la dérobée celle qu'il aimait, craignant de se trahir par trop d'empressement. Le vieux Faliéro souriait d'un air de gaîté à sa jeune épouse ; il prenait sa main si blanche et si délicate, la baisait, et passait son bras autour de sa taille. Arrivés au milieu de la mer, quand la place Saint-Marc, quand Venise la belle, avec tous ses palais et ses églises, se découvrit tout entière à leurs yeux, le vieux Faliéro leva la tête, et dit en jetant autour de lui un regard de fierté : « Eh bien! mon amour, n'est-il pas beau de se promener sur les flots avec le maître de cette belle ville, avec l'époux de la mer? Entends-tu le doux frémissement de ses vagues? Ce sont des paroles d'amour qu'elle vient murmurer à l'oreille de son époux. Va, n'en sois pas jalouse, ma belle!... » Comme le vieillard disait ces mots, une musique s'éleva dans le lointain, et glissant sur les vagues de la mer, les sons de plusieurs voix arrivèrent jusqu'à la barque. Elles chantaient :

> Ah! senza amare!
> Andare sul mare,
> Col sposo del mare,
> Non puo consolare.

« Quand elles s'arrêtaient, d'autres voix reprenaient les mêmes paroles qui retentirent ainsi pendant long-

temps, répétées dans le lointain par ces chœurs qui semblaient se répondre, jusqu'à ce qu'enfin ces chants se
perdissent dans le bruit du vent.

« Le vieux Faliéro semblait ne rien entendre ; il racontait à la dogaresse l'histoire de la fête de l'Ascension,
quand le doge va sur *le Bucentaure* épouser la mer et
lui jeter son anneau. Mais la dogaresse n'entendait pas
plus le récit du vieillard qu'il n'avait lui-même entendu
cette musique lointaine ; elle était assise immobile, l'esprit occupé de ces doux accens qui semblaient planer
sur les flots, et quand cessèrent les chants, elle demeura
l'œil fixe, l'air étonné ; *senza amare! senza amare!*
non puo consolare! murmurait-elle à voix basse, tandis
que quelques larmes, comme des perles d'Orient, brillaient dans ses beaux yeux, et que des soupirs s'échap-
paient avec peine de son sein. Enfin on arriva à Guidena,
où était la maison de plaisance du doge, le vieillard toujours riant et racontant son histoire, Annunciata toujours plongée dans ses pensées, muette, et tournant vers
le lointain ses yeux humides de larmes. Elle entra ainsi
dans ses appartemens, et se jetant dans un fauteuil, la tête
appuyée sur sa main, *amare! amare! ah! senza amare!*
murmurait-elle doucement. »

Je ne sais si je me fais illusion, mais cette scène est,
ce me semble, pleine de charme. Cette gondole qui glisse
doucement sur les flots avec le doge, avec l'époux de
l'Adriatique, cette joie naïve, cette fierté du vieillard
quand, le bras passé autour de la taille d'Annunciata, il
se sent heureux d'être porté sur cette belle mer qui lui
appartient, le long de cette belle Venise qui est à lui,
puis cette musique lointaine et cette jeune femme qui
tombe dans de si tristes pensées, tout cela inspire je ne
sais quelle douce émotion : et, chose remarquable, à quel

instant Hofmaun place-t-il cette scène de rêverie ? Au moment même de la conspiration ; car c'est à Guidena que se réunissent les conjurés ; c'est là que le doge va délibérer avec eux. Mais Hofmann ne se soucie de la conspiration que parce qu'elle lui sert à ménager une entrevue entre Antonio et Annunciata, et surtout à amener une de ces scènes mystérieuses où il excelle.

D'ordinaire, quand il y a une conspiration dans un roman, c'est elle qui fait l'intérêt principal du récit, et s'il y a des fêtes, des promenades, c'est pour la cacher, c'est pour la déguiser ; c'est à elle enfin que se rapportent tous les ressorts de l'action ; elle est le but de tout ce qui se fait. Ici c'est tout le contraire : la conspiration de Faliéro n'est qu'un épisode, et, ce qui est plus singulier, elle sert de ressort pour amener des scènes d'amour. C'est en quelque sorte le monde renversé. Qu'en dira notre siècle où c'est aujourd'hui la mode de mettre l'amour sur le second plan et la politique sur le premier ?

Autre chose encore qui doit choquer les habitudes d'esprit de notre siècle ; Hofmann ne paraît pas avoir songé à donner à son récit ce que nous appelons la couleur historique. Il a l'air de croire que l'amour, en 1355, devait fort ressembler à l'amour comme il se fait encore de nos jours ; qu'au quatorzième siècle on s'aimait de la même manière à peu près qu'aujourd'hui, et qu'ainsi ce qu'il y a de mieux à faire, c'est de peindre vivement la passion, sans rechercher curieusement toutes les singularités de costumes, de mœurs et de langage des temps et des pays divers. Aussi bien toutes ces curiosités, que nous aimons fort aujourd'hui, toute cette étrangeté qui pique et réveille notre goût, toute cette couleur historique, cette vérité locale, me laissent toujours un scrupule ; c'est de savoir si, parce que je suis dépaysé, je

suis vraiment transporté dans le pays qu'on me dit ; si
parce que je ne me retrouve plus dans mon dix-neuvième siècle, je suis plus sûr d'être dans le quatorzième ou le quinzième. Hofmann ne s'est donc guère
inquiété s'il faisait d'Annunciata une Vénitienne du quatorzième siècle ou une jeune fille allemande du dix-neuvième. Il en a fait un des caractères de jeune femme les
plus naïfs et les plus touchans que je connaisse, qui se
laisse aller peu à peu à la rêverie, puis à l'amour, sans
trouble, sans agitation, tout naturellement et avec une
simplicité singulière de sentimens.

Cependant la conspiration est découverte et Faliéro
est décapité. Hofmann se contente de quelques mots
pour décrire cet événement ; mais Antonio, mais Annunciata, que vont-ils devenir ? Ce sont eux que nous
voulons revoir. Ici je crains bien de détruire l'intérêt
qu'a pu inspirer jusqu'à ce moment le caractère d'Annunciata ; mais que voulez-vous ? Il faut bien faire connaître le dénouement du conte. Si Annunciata était une
héroïne d'ancienne tragédie, elle se tuerait ; cela ne fait
pas de difficulté. De tragédie nouvelle ? elle se retirerait
dans un couvent ; cela serait encore convenable. De
vaudeville ? Elle dirait : plus tard ; nous verrons ; et se
tirerait d'embarras par quelque joli mot ; mais, hélas !
Annunciata est une jeune fille allemande qui ne connaît
pas toutes nos bienséances tragiques et comiques. Elle
aime Antonio, et surtout elle n'aimait pas son époux :
elle est libre ; elle trouve tout simple de partir avec son
amant.

« La tête blanchie du vieux Faliéro venait de tomber.
Antonio alors se réveilla comme d'un songe affreux ; il
jeta un cri terrible, un cri d'effroi : Annunciata ! Annunciata ! et se précipita dans le palais. Personne ne

l'arrêta. Les trabans restaient immobiles et comme frappés de terreur. Il entra dans la chambre d'Annunciata ; elle était renversée à demi morte sur son fauteuil. Antonio se jeta à ses pieds, couvrit sa main de baisers, l'appela des plus doux noms. Enfin elle rouvrit les yeux, lentement, péniblement, et vit Antonio. »

Jusqu'ici, remarquons-le, les bienséances sont gardées ; ainsi elle est évanouie ; chose honnête et convenable ; mais l'amour allemand va tout gâter.

« Elle vit Antonio, et d'abord elle sembla chercher à le reconnaître ; puis tout à coup elle se lève, passe ses bras autour du cou de son amant, le serre sur son sein, le couvre de larmes brûlantes, baise ses joues, ses lèvres ; Antonio ! Antonio ! Ah ! que je t'aime ! et je ne pouvais pas te le dire ! Ah ! il y a donc encore des joies du ciel sur la terre ! Qu'est-ce que la mort d'un père, d'un oncle et d'un époux ; qu'est-ce que tout cela auprès du bonheur de ton amour ? Ah, partons ! quittons ces lieux pleins de meurtre et de sang.

« Alors entre mille larmes et mille baisers ils se jurèrent une foi éternelle ; ils oubliaient la terreur de cette épouvantable journée, et leurs yeux détachés de la terre regardaient vers le ciel, que semblait leur ouvrir le génie de l'amour. Une barque était préparée. Annunciata, suivie de la vieille Marguerite, la nourrice d'Antonio, sort du palais enveloppée d'un voile épais ; elle monte dans la barque, Antonio saisit les rames, et ils s'éloignent du bord. »

Doux et charmant voyage ! Au ciel brillait la lune qui éclairait leur course et faisait jouer ses reflets sur les flots : plus de voix jalouses qui retentissent dans le lointain et qui chantent quel mal c'est que de ne pas aimer. Plus de *senza amare !* Annunciata aime, elle est aimée.

— Eh bien ! sa destinée est remplie, et à peine arrivés à la haute mer, Hofmann fait s'élever une tempête qui submerge la barque et les deux amans. Telle qu'Hofmann l'avait conçue, faite pour aimer, et n'ayant d'autre destin, d'autre loi, d'autre idée que l'amour, Annunciata ne pouvait avoir dans la vie que deux momens, ne pas aimer et puis aimer. Quand de l'indifférence Hofmann l'a conduite peu à peu, par mille rêveries et par mille émotions insensibles, jusqu'à l'amour et jusqu'à cette ardeur de passion qui, à l'heure même de la mort de ses proches et de son époux, ne lui laisse de sentimens et d'idées que pour aimer Antonio, alors il n'a plus rien à en faire : le sort qu'il lui a fait est accompli ; le caractère qu'il lui a donné est épuisé.

Le domaine d'Hofmann, c'est la fantaisie et l'imagination. Ce domaine est vaste, comme on voit. Essaierons-nous d'en énumérer les ressources ? Essaierons-nous de dire de combien d'impressions vagues, mystérieuses, bizarres, superstitieuses, inattendues, romanesques, notre ame est susceptible ? C'est là le fonds inépuisable où puise Hofmann. Tous les sentimens, toutes les idées où la raison et la réflexion n'ont point de part sont de son ressort. Ainsi, dans *le Majorat*, l'intérêt vient d'une apparition surnaturelle ; dans *le Sanctus*, le sujet, c'est la puissance de la musique et de l'enthousiasme indéfinissable qu'elle inspire ; dans *Salvator Rosa*, l'imagination vive et hardie de l'homme de génie ; dans *la Vie d'artiste*, c'est encore le pouvoir singulier de la musique ; dans *le Violon de Crémone*, c'est la liaison et la sympathie mystérieuse qui existent entre la vie d'une jeune fille et une espèce de violon magique ; dans *Marino Faliéro*, c'est tout ce qu'il y a d'aventureux dans les passions amoureuses ; dans *le Bonheur au jeu*, le hasard et ce que sa faveur a de fatal ; dans *le Choix d'une Fiancée*, un personnage mystérieux, qui tient du diable et du juif errant ; dans *le Spectre fiancé*, le magnétisme ; dans *le Pot-d'or* [1], les sylphes, les gnomes et toute la magie orientale ; dans *Mademoiselle de Scudéry*, l'horreur profonde qu'inspirent les grands crimes, comme le meurtre, l'empoisonnement. Les œuvres d'Hofmann, enfin, sont pour ainsi dire un cours complet de toutes les impressions instinctives de notre ame.

Sous ce rapport, l'imagination du romancier n'est pas inutile aux réflexions du philosophe ; elle lui découvre dans notre ame et dans notre intelligence beaucoup de choses dont la raison est toujours tentée de ne pas tenir assez de compte. Il y a pourtant, il faut que la philosophie s'y résigne, il y a hors du cercle de ses recherches habituelles beaucoup d'idées et de sentimens humains qui tiennent, l'histoire le prouve, une grande place dans le monde. Toute philosophie qui les néglige par dédain ou qui les nie par esprit de système est une philosophie incomplète.

(1) Voir dans les notes la traduction d'une partie du *Pot-d'or;* ce conte ne se trouve pas dans le recueil de M. Louis Weimar.

MARCHE

DE

LA PHILOSOPHIE EN ALLEMAGNE,

DE LUTHER JUSQU'A NOS JOURS[1].

———

Au temps du moyen-âge la philosophie et la religion étaient unies sous le nom de théologie. Cependant, dans ce ménage la philosophie était la servante de la religion; et quand par hasard elle se permettait d'avoir de ces caprices qu'on appelle hérésies, le feu faisait justice de sa témérité. Mais enfin de caprice en caprice, d'effort en effort, la philosophie s'enhardit; elle revendiqua ses droits. La première revendication et la plus éclatante, c'est la révolte des Hussites en Bohême et la réforme de Luther. Luther a planté d'une main ferme l'étendard de la liberté de la raison humaine. Cependant, dans ce hardi réformateur que de réserve encore et de timidité! C'est là en général le caractère de tous les réformateurs; ils ont plus de hardiesse de cœur que d'esprit.

Luther, en ébranlant le catholicisme, en laissa subsister beaucoup de choses. Calvin lui succéda et alla plus loin. A cette époque, pourtant, le divorce de la philosophie et de la religion n'est pas encore décidé; la philosophie et la religion vivent ensemble, mais gênées, contraintes et mal à l'aise.

———

(1) Extrait d'un discours prononcé à la Faculté des lettres en 1831.

Le premier qui osa déclarer le divorce c'est Descartes. Descartes sépara pour jamais la philosophie de la religion ; Descartes émancipa la philosophie du joug de la théologie Il prouva que la philosophie était une science et qu'elle avait droit d'être indépendante. La théologie s'accommoda d'abord de cette séparation ; mais bientôt la philosophie ne tarda pas à montrer ce qu'elle ferait de cette indépendance. Qui ne sait sa marche en France ? Elle continua à se séparer de plus en plus de la théologie et de Dieu, s'avança hardiment dans cette route toute humaine et aboutit enfin au matérialisme. L'athéisme a été le dénouement de la marche de la philosophie en France.

En Allemagne sa marche fut toute différente. Deux raisons expliqueront cette différence : d'abord la religion avait été mêlée de philosophie à doses suffisantes par Luther et par Calvin ; son joug était moins pesant à l'esprit de l'homme ; il y avait de la liberté dans la foi même, et la philosophie pouvait, jusqu'à un certain point, vivre dans le même sanctuaire que la religion. Ainsi moins d'esclavage, et partant moins de désir d'indépendance, moins de haine. Autre raison : Luther et Calvin avaient détruit la foi qui vient de l'autorité. La croyance à Dieu, dans une religion d'examen et de discussions comme le protestantisme, ne pouvait donc plus désormais venir de l'autorité ; il fallait qu'elle vînt de l'examen même ; il fallait que la raison retrouvât Dieu. Elle avait perdu le Dieu que lui donnait l'autorité catholique ; il fallait maintenant qu'elle retrouvât Dieu par la philosophie. Aussi la philosophie allemande est-elle profondément religieuse. Toujours elle s'inquiète et de Dieu et de la religion, tandis que la nôtre est impie et moqueuse. Si l'on cherchait une épigraphe pour l'histoire de la philosophie en France et en Allemagne il faudrait mettre sur l'histoire de la philosophie en France : *Comment on arrive à exclure Dieu*, et sur l'histoire de la philosophie en Allemagne : *Comment on arrive à retrouver Dieu*. C'est là la grande différence entre les deux philosophies.

Comment la philosophie allemande a-t-elle retrouvé Dieu? La théodicée de Leibnitz est le premier effort pour faire sortir l'idée de Dieu des réflexions de l'homme.

Son disciple Wolf chercha aussi à bâtir un système de philosophie religieuse où l'entendement tout seul retrouverait Dieu ; il crut avoir réussi, et il réussit pendant quelque temps. Puis arriva un grand destructeur, Kant, qui renversa son système. Kant est tout négatif ; il fait la critique de l'entendement, à qui Wolf avait donné de si hautes prérogatives, et il lui prouve que ses prétentions à connaître Dieu sont mal fondées. L'entendement, dans Kant, n'est plus que la science des objets finis : or, Dieu n'étant pas un objet fini, voilà Dieu hors du domaine de l'entendement. La raison seule est la science de l'infini. La distinction entre la raison et l'entendement est importante, car c'est de cette distinction indiquée plutôt que développée par Kant que jaillit toute la philosophie moderne des Allemands.

Ce qui est curieux et ce qui explique le caractère de la philosophie de Kant, c'est qu'après cette philosophie il y eut en Allemagne quelques conversions éclatantes au catholicisme. La chose devait arriver ainsi : l'entendement, le seul appui de l'homme, la seule manière de retrouver Dieu, selon Wolf, ne le peut plus selon Kant. Comment donc retrouver Dieu? avec la raison? Non, pas plus qu'avec l'entendement : La raison n'a pas encore été examinée, étudiée, approfondie. De là il arriva qu'en désespoir de cause on se rejeta vers l'autorité catholique. Kant, ayant deshérité l'entendement du droit de connaître Dieu, fit rentrer au sein de l'église catholique beaucoup d'hommes qui ne voulaient pas rester privés de Dieu.

Ficht succéda à Kant. Ficht ne s'adressa ni à l'entendement ni à la raison pour retrouver Dieu; il le chercha dans la conscience de l'homme, dans le *moi*. Il disait avec une spirituelle témérité : « Dans la leçon prochaine nous ferons Dieu. » C'est une grande difficulté que de dire comment Ficht faisait Dieu. Qu'était-ce donc de le faire? Essayons cependant.

Il n'y a dans le monde, disait Ficht, que le *moi*. Jusqu'ici nous croyons qu'il y a des objets, un monde extérieurs. Point : le monde extérieur n'existe pas; c'est une illusion, une erreur; c'est un préjugé dont il faut nous défaire : il n'existe que le moi, le moi, seul souverain du monde, despote absolu, mais qui n'a pas de sujets, le *moi*, libre et indépendant. Cependant ce *moi* rencontre des obstacles ; ces obstacles ne lui viennent pas du monde extérieur; le monde extérieur est détruit par arrêt de la philosophie. D'où lui viennent donc ces obstacles, puisqu'il n'y a dans le monde que le *moi?* Ils ne peuvent venir que du *moi*; c'est le *moi* qui doit se créer à lui-même ses propres obstacles et ses propres limites : aussi n'y manque-t-il pas. Le *moi* a des passions, des appétits; ce sont ces passions, ces appétits qui sont les obstacles à l'indépendance et à la liberté du *moi*. La destinée et le devoir du *moi* c'est de s'affranchir de plus en plus de ces obstacles; c'est de rompre ces entraves et d'arriver à sa pleine et entière liberté. Mais quand les *moi* sont arrivés à cette pleine et entière liberté, qu'arrive-t-il? Étant tous parfaitement libres ils sont tous égaux par cette liberté; ils sont identiques

l'un à l'autre ; ils ne font plus qu'un. Ainsi l'accomplissement
de l'ordre moral et du devoir imposé à chacun de nous,
c'est de s'affranchir des obstacles que lui opposent les
passions et les appétits. Cet affranchissement obtenu,
nous arrivons à l'identité des *moi*. L'identité des *moi*,
c'est, selon le monde, la civilisation ; selon la religion
c'est la *communion des saints ;* et cet ordre moral ainsi
accompli c'est Dieu. L'accomplissement de l'ordre moral
dans le monde, le monde arrivant à sa perfection par la
vertu de chacun de nous c'est Dieu ; car la perfection
absolue c'est Dieu. Voilà comment Ficht créait Dieu.

Le système de Fitch est un des plus beaux et des plus
grands systèmes qu'il y ait au monde. Imposer à chacun
le devoir d'être vertueux, montrer que chaque homme
vertueux est un des anneaux de la chaîne qui monte jusqu'à Dieu : quelle hauteur et quelle utilité de pensées !
C'est donc dans la morale que Ficht a cherché Dieu ;
c'est là qu'il l'a trouvé.

Remarquez que dans la philosophie allemande, à toutes
les issues de l'esprit humain, on retrouve Dieu, tant
elle est profondément religieuse ! tant elle a le besoin de
la divinité !

L'entendement et la morale ayant été examinés et
sondés, il ne restait plus que la raison pour y retrouver
Dieu, la raison qui ne dépend pas de nous, qui est en
nous, mais en même temps hors de nous. C'est là que
les derniers philosophes Shelling et Hégel ont cherché
et trouvé l'infini, c'est-à-dire Dieu. Un mot sur ce système.

Dans le système de Hégel la raison est tout Les lois
de la mécanique, les lois de la morale, de la politique,
de la religion, tout enfin est dans la raison. La raison
est une encyclopédie ; c'est le monde, c'est l'univers. La

logique, c'est-à-dire l'explication de la raison, est le système général du monde. Il n'y a rien au monde qui ne soit compris dans la raison, et la raison étant tout, la raison-c'est Dieu. Voilà de cette sorte de théologie absorbée dans la logique. Voyez maintenant le travail qui s'est fait. Au moyen-âge la philosophie est humblement au service de la religion. A notre époque, au contraire, la religion est au service de la philosophie. Les rôles sont changés : la philosophie autrefois servait de commentaire à la religion ; aujourd'hui c'est la religion qui sert de symbole et d'allégorie à la philosophie. La philosophie retrouve dans la religion toutes ses idées, et elle les y retrouve sous la forme vivante et pratique du culte, sous une forme digne du respect et de l'adoration des hommes. Voilà la grande révolution qui s'est accomplie dans les deux rôles : voilà comment ce qui était autrefois esclave, aujourd'hui est souverain.

SOUVENIRS DE VOYAGE.

———

LES VOSGES. — COLMAR. — VIEUX-BRISACH.

Les Vosges ressemblent au Jura ; c'est comme dans le Jura de riantes vallées, des montagnes chargées de bois de sapins, et ces montagnes, ces vallées s'entrelacent, se nouent, se dénouent l'une dans l'autre avec une grace singulière ; c'est à chaque instant des points de vue nouveaux. Je préfère les Vosges au Jura, parce que les Vosges sont plus peuplées. Partout, dans le creux des montagnes, des villages laborieux, et sur les montagnes de vieux châteaux ruinés ; les villages représentent la vie et l'activité du temps présent, les châteaux, la vie et le mouvement des temps passés.

Quand nous traversâmes les Vosges, il pleuvait par torrens ; la pluie et les vapeurs gâtaient beaucoup la perspective. Cependant, lorsque nous eûmes atteint la cime des montagnes, le ciel devint moins sombre ; il faisait beau dans la vallée du Rhin, et ce beau temps que nous voyions percer à l'horizon comme un point lumineux, commençait à lancer jusque dans nos brouillards quelques rayons d'un jour plus pur. Les vapeurs qui remplissaient le fond des vallées remontaient lentement, en glissant de collines en collines, sur la pointe des pins. A chaque pli qui s'ouvrait du rideau de brouillards, se montrait un village caché dans un coin de vallon, un vieux château perché sur la crête d'une montagne, et bientôt nous vîmes dans toute sa beauté la vallée de Sainte-Marie-aux-Mines.

Nous traversions de gros bourgs qui ont de larges maisons carrées avec des fenêtres qui s'avancent en tourelles sur la rue. Je reconnaissais ce genre de village pour les avoir vus dans les tableaux des guerres de Louis XIV. Toute la nature prenait un aspect de calme, d'embonpoint, de bonhomie; nous étions en Alsace, nous étions dans la *France allemande.*

Je me sers à dessein de ce mot. Jamais, depuis que Louis XIV l'a attachée à la France, jamais l'Alsace n'a cherché à redevenir allemande; elle est toute française de cœur. Cependant ses mœurs, son caractère, son langage sont allemands; depuis plus de cent cinquante ans, elle persiste dans son attachement à la langue et au caractère de l'Allemagne. J'aime et j'admire, quant à moi, cette nationalité morale qui survit à la nationalité politique, et loin de trouver qu'il y ait là pour la France et pour son unité le moindre danger, j'y vois un glorieux témoignage de sa grandeur. L'Alsace, qui reste obstinément française et ne garde pas moins obstinément sa vieille langue allemande, est là pour prouver par une expérience de cent cinquante ans qu'il y a des époques où la différence même des langues n'empêche pas l'union des peuples et des territoires sous la même loi, et qu'il y a dans la puissance d'un grand Etat une force d'attraction irrésistible. Les grands Etats n'ont pas besoin de s'assimiler par le langage et par les mœurs les pays qu'ils acquièrent; non! ils se les associent sans les absorber, et il y a en eux une force qui peut porter sans danger quelques différences d'idiomes et de caractères. L'unité d'un grand Etat n'est pas l'uniformité.

L'Alsace, qui est française et garde sa nationalité allemande, témoigne donc, à mon avis, d'une vérité importante dans la philosophie de l'histoire; elle représente une des manières dont s'étendent les grands Etats. Ils s'étendent par l'association, et dans cette association chacun garde son caractère, ses mœurs et son langage. On ne cesse point d'être Allemand, si on est Allemand, Italien, si on est Italien, Flamand, si on est Flamand; seulement on s'associe aux destinées d'une nation puissante au lieu de végéter dans la solitude et dans l'humilité d'un petit Etat. Cologne a gagné à faire partie de la Prusse, comme Strasbourg à faire partie de la France. Cette association a sauvé Cologne et Strasbourg du malheur de devenir de pauvres petites villes de provinces, comme Worms et Spire, jadis grandes et belles, chétives aujourd'hui.

Les montagnes, autrefois, étaient les frontières naturelles des Etats. On a fait des routes et les montagnes se sont trouvées déchues de leurs priviléges. Comment prendre pour une limite et pour une séparation naturelles une belle et riante montagne qu'on traverse commodément en calèche par une route charmante aussi douce qu'une allée de parc? Après les montagnes sont venues les langues; ce sont elles qu'on a décorées du nom de frontières naturelles. Mais les langues s'apprennent de plus en plus. Ajoutez qu'elles se pénètrent et s'imbibent sans cesse les unes les autres, et que peu à peu l'esprit et l'haleine de la langue dominante circulent dans toutes les autres. A l'heure qu'il est, tout le monde, en Europe, écrit en français; les mots sont allemands, anglais, italiens ou espagnols, mais la pensée et le style sont français. Ici donc encore, comme pour les montagnes, les limites s'effacent. C'est à ces époques de communication universelle que le principe d'association déploie sa puissance. Les réunions de peuples et de territoires ne se font plus par groupes de montagnes ou par groupes de langage, mais par groupes d'intérêts et d'opinions, et les grands Etats s'entourent d'une ceinture de peuples qui s'unissent à leurs destinées sans abjurer pour cela leur caractère et leur langage national.

L'Alsace, pour rester française depuis cent cinquante ans, n'a pas eu besoin d'abjurer sa nationalité allemande. Qu'elle la garde précieusement ; c'est par-là qu'elle a un rôle dans les destinées de la France, en montrant quelle est aujourd'hui pour les Etats la voie des agrandissemens.

Pendant que je faisais ces réflexions, et que je rêvais, comme c'est le charme du voyage, sur l'histoire et sur l'avenir du pays que je traversais, j'arrivais à Colmar.

Colmar est une ville ancienne ; ses maisons, par leur forme, par les sculptures gothiques qui les décorent, par les devises religieuses placées au-dessus de la porte d'entrée, rappellent tout-à-fait la vie des anciens temps. Ces devises sont simples ; le propriétaire met sa maison sous la garde de Dieu. *Deus dedit incrementum*, dit l'une de ces inscriptions, *Deus quoque custodiet*. La famille souvent se confond avec la maison ; ainsi dans cette sage et noble devise : *Accrescat domui huic et res et decus !* « Puisse cette maison croître en fortune et en honneur ! » Voilà bien la vraie sagesse du père de famille. L'honneur sans fortune est chose triste ; la fortune sans honneur chose infâme. *Res et decus !* Honneur donc et fortune ! Ailleurs, la maison s'adresse au voyageur : « Tu m'admires, lui dit-elle, moi et ceux qui m'ont bâtie (ici le nom du propriétaire et de l'architecte) ; fais pour moi plus qu'ils n'ont fait encore, prie Dieu qu'il me conserve ! » Voilà une maison sensée ; elle voit de ses sœurs, aussi vieilles qu'elle, aussi riches en sculptures, peintures et devises, qui tombent chaque jour sous le marteau des démolisseurs. La génération actuelle veut être logée à sa guise et selon ses usages. Elle détruit les habitations de ses pères pour s'en faire de nouvelles plus commodes, plus chaudes, mieux distribuées. Je ne la blâme pas ; mais le vœu de la vieille maison, pour être conservée, me touche, et je prie Dieu de grand cœur qu'il soit exaucé.

Colmar a aussi une vieille cathédrale ; elle n'approche point des merveilles de Strasbourg, mais elle a quelques curieux détails de l'art antique. A cet égard, je recommande une petite porte latérale dont les sculptures forment un musée complet de grotesques et de caricatures. Les caricatures sont de tous les temps. Le moyen-âge avait les siennes. Il les sculptait en pierre à la porte de ses églises. A mon avis les grotesques en plâtre de M. Dantan et les caricatures lithographiées qui tapissent les quais et les boulevards de Paris sont moins piquans, moins expressifs, moins bouffons que les grotesques qui sont sculptés sous les portails de nos églises et dans les boiseries de leur chœur. Il y a sous le petit portail de Colmar plus de cent têtes grotesques qui ont chacune leur expression et leur caractère. Ce sont, pour ainsi dire, toutes les manières que l'homme a d'être ridicule.

La boiserie du chœur de Vieux-Brisach a aussi ses grotesques. Là, comme dans beaucoup d'autres églises, ce sont des moines qui sont représentés dans les postures du monde les plus grossières et les plus bouffonnes. On s'est souvent demandé comment de pareilles sculptures se trouvaient dans les églises ; on a parlé de l'esprit de moquerie et d'opposition des artistes du moyen-âge ; l'explication me semble peu naturelle. Les poètes aussi du moyen-âge se moquent souvent du clergé et des moines ; mais leurs vers moqueurs ne se chantaient pas dans les églises en guise de psaumes. Comment donc les sculptures satiriques des artistes faisaient-elles les ornemens des églises? Remarquons d'abord que ce sont toujours des moines qui font les frais de ces caricatures et jamais les prêtres séculiers. Il y avait au moyen-âge une grande rivalité entre les ordres monastiques et le clergé séculier. Les moines se prétendaient plus saints que les prêtres des églises ; le clergé séculier, qui faisait bâtir les églises, se vengeait des prétentions des moines en les livrant à la moquerie des artistes, et le chanoine séculier aimait à voir dans l'église sa stalle au chœur soutenue par la figure grotesque d'un moine.

Vieux-Brisach est de l'autre côté du Rhin ; nous traversâmes le fleuve sur un petit bateau ; c'est, selon moi, la meilleure manière de passer le Rhin. Ce n'est pas bien le passer que de le traverser sur un pont de bateaux, comme à Kehl ou à Mayence. Le pont lui fait perdre une partie de sa grandeur. Ajoutez que le plain-pied de cette sorte de communication fait qu'on se sent moins passer sur une terre étrangère. Quand nous descendîmes sur le rivage pour prendre le bateau qui devait nous transporter à Vieux-Brisach, plusieurs bateaux traversaient le fleuve, pleins d'étudians de l'Université de Fribourg qui venaient en France faire une promenade ; ils chantaient la chanson du Rhin, *am Rhein ! am Rhein !* Nous traversâmes le fleuve à notre tour, et, à Vieux-Brisach, nous montâmes aussitôt à l'église. Elle est bâtie sur une colline qui s'élève au-dessus du Rhin en forme de terrasse. C'est là qu'était la ville de Vieux-Brisach. De la plate-forme de l'église on a sur le Rhin, sur les Vosges et sur les montagnes de la Forêt-Noire une admirable vue. Pendant que nous contemplions cette belle nature, nous entendîmes chanter dans l'église et nous entrâmes.

L'église était pleine; les hommes d'un côté, les femmes de l'autre, un grand nombre ayant encore le costume et le bonnet du pays; ce costume cependant s'en va comme toutes les anciennes institutions.

La messe était chantée en chœur par les enfans de l'école; l'orgue accompagnait. Il y avait plus de cinquante voix et toutes s'unissaient avec un accord merveilleux. J'avais rarement entendu d'aussi beaux chants religieux. Le chœur avec accompagnement d'orgue au cinquième acte de *Robert-le-Diable*, et je rougissais de ce profane souvenir, était la seule chose que j'eusse entendue jusqu'ici qui ressemblât à cette messe de Vieux-Brisach. Mais, grace à Dieu, la messe était plus belle que le chœur de théâtre, et la vérité, là comme toujours, valait mieux que la fiction. Ces voix d'enfans étaient si pures, si fraîches, si expressives! ce peuple qui entendait la messe était si recueilli! Et comme la grande porte de l'église était ouverte, cette nature était si belle et si calme aussi! Les eaux du Rhin, dans les mille détours de ses rivages et de ses îles, semblaient si majestueuses et si graves! Les Vosges et la Forêt-Noire bordaient d'une si belle haie de montagnes noires et sombres cette vallée qui s'épanouissait sous un soleil ardent! Et pour ajouter à l'effet de toutes ces grandeurs, cette église, où se chantait, par la bouche des enfans, cette messe mélodieuse, cette église était le seul édifice debout sur la colline de Vieux-Brisach. Tous les autres bâtimens, maisons, hôtel-de-ville, casernes avaient été détruits par les bombes des Français, en 1793. L'église aussi avait souffert; la voûte s'était écroulée, les habitans l'ont rebâtie. Mais ils n'ont eu de force et de courage que pour leur église, pour la maison de Dieu; tout le reste, ils l'ont laissé tel que la guerre l'avait fait. Rien n'est triste comme le chemin qui fut autrefois la grande rue de Vieux-Brisach ! Des deux côtés du chemin des pans de mur à moitié écroulés, partout l'image de la désolation, et comme le lendemain d'une ville prise d'assaut ; dans le coin des ruines quelques pauvres chaumières et leurs pauvres habitans. Une de ces chaumières est bâtie dans les ruines de l'hôtel-de-ville, dont la porte, ornée de charmantes sculptures du temps de la renaissance, est encore debout. Il y avait là un vieillard avec qui nous entrâmes en conversation.—Et pourquoi les habitans n'ont-ils pas rebâti leurs maisons?— Ils se sont dispersés çà et là ; ceux qui sont restés sont pauvres. —Et sans doute, comme pour s'excuser de sa pauvreté, le vieillard nous raconta qu'il avait autrefois une maison à quatre étages. Une maison à quatre étages ! pour ce pauvre vieillard, ce mot-là exprimait l'ancienne splendeur de Vieux-Brisach et la catastrophe de 1793 ; et certes, en voyant le misérable appentis sous lequel il vivait, je concevais comment il avait mis toute sa douleur et tous ses regrets dans cette parole: Une maison à quatre étages !

Voilà mon entrée en Allemagne ; les chants des étudians sur le Rhin, les chants des enfans dans l'église et les ruines de Vieux-Brisach ; voilà qui pouvait m'apprendre dès le commencement quelle place tient la musique dans la vie domestique et religieuse des Allemands, et les Français dans leur histoire depuis quarante ans.

FRIBOURG EN BRISGAW.

LA CATHÉDRALE. — L'UNIVERSITÉ.

Le Kaiserstuhl est une chaîne de riantes montagnes qui forme la première terrasse des montagnes de la Forêt-Noire. C'est entre le Kaiserstuhl et ces montagnes qu'est situé Fribourg, que sa cathédrale annonce de loin aux arrivans.

Cette cathédrale, bâtie en pierres rouges du pays, est une des plus belles églises gothiques que j'aie vues et surtout une des plus régulières. La tour de Fribourg s'élève au-dessus du portail qu'elle domine en forme de pyramide. Le clocher de Fribourg est une véritable dentelle de pierre. Pour bien en juger il faut monter jusqu'à une plate-forme à moitié de la hauteur de la tour. On s'avance sur cette plate-forme, et alors on voit s'élever en pointe, au-dessus de sa tête, un toit de pierre de 100 à 150 pieds de haut tout au moins, découpé à jour avec une grace et une délicatesse singulières. Ce sont des étoiles de pierre comme attachées les unes aux autres par leurs pointes, et le soleil pénètre dans les jours de cette broderie avec un mélange d'ombre et de lumière vraiment inexprimable. Cette salle est octogone, et huit larges fenêtres donnent vue sur la ville et sur les belles montagnes de la Forêt-Noire.

Cette cathédrale a été bâtie par Erwin de Steinbach, l'architecte de la cathédrale de Strasbourg, un homme de génie qui devrait avoir la renommée de Michel-Ange, ayant construit deux cathédrales comme celles de Strasbourg et de Fribourg. Mais le moyen-âge était insouciant de la gloire humaine, à force de piété, et Erwin de Steinbach s'inquiétait plus de son salut en paradis que de son immortalité dans la mémoire des hommes.

Ces grands ouvrages étonnent notre siècle. Nous avons tant de peine aujourd'hui à élever un monument, que nous nous demandons comment le moyen-âge, ce temps de barbarie et d'ignorance, a pu élever de pareils édifices. C'est que ce temps de barbarie avait, pour faire de grandes choses, mieux que nous n'avons aujourd'hui. Nous avons nos budgets, nos impôts et nos constructions adjugées au rabais ; il avait la foi. C'est avec cela qu'il bâtissait ses gigantesques cathédrales ; c'est cela qui donnait du génie à ses artistes. Quand le moyen-âge construisait une cathédrale il ne faisait pas faire un devis qu'il soumettait au conseil des bâtimens civils, il ne demandait pas aux communes ou aux états-généraux de voter tant chaque année pour l'édifice en projet. Ses évêques annonçaient qu'il y aurait tant de jours d'indulgence pour quiconque viendrait travailler ; les moines prêchaient ces indulgences. De tous côtés alors accouraient des ouvriers ardens, empressés, et l'édifice s'élevait. Les indulgences étaient le fonds commun du moyen-âge pour tous ses grands travaux, une route à faire, un pont à construire, une digue à réparer.

Les ouvrages d'art qui remplissent la cathédrale de Fribourg sont dignes d'elle. Ce sont des vitraux admirablement peints, des sculptures gothiques pleines de naïveté, de grace et de pureté ; ce sont surtout des tableaux d'Holbein. C'est là que j'ai commencé à voir cette ancienne école allemande, oubliée pendant si long-temps et qui méritait si peu de l'être. Le chef-d'œuvre d'Holbein, à Fribourg, est son *saint Augustin*. C'est ainsi que se désigne un tableau placé dans une chapelle latérale. Il y a cinq ermites ou saints ; saint Christophe et saint

Sébastien sur les deux volets ; au milieu saint Roch, saint
Antoine et saint Augustin. Jai vu peu de figures aussi
expressives que celle de saint Augustin. Le contraste de
la figure du saint ermite Antoine et de l'évêque est un
trait de génie. L'ermite a la figure calme et reposée ;
c'est l'homme qui vit au désert ; ses traits ont la monotonie et l'immobilité de la vie contemplative. L'évêque
vit au milieu des agitations du siècle ; sa figure porte
l'empreinte d'une pieuse activité. C'est l'homme qui est
tous les jours sur la brèche, qui lutte contre les passions
des autres et contre les siennes, l'homme qui combat,
qui triomphe, mais qui souffre. Il y a dans ses yeux une
énergie triste et patiente. Le solitaire, d'un regard calme
et terne, contemple le désert et médite ; l'évêque, d'un
œil perçant et ferme, regarde le monde et agit.

De la cathédrale j'allai à l'université.

L'université de Fribourg fut fondée en 1460 par le
duc Albert d'Autriche. Une des solennités de l'université de Fribourg est encore aujourd'hui la fête anniversaire de son fondateur, le 27 juin. Dans ces solennités
littéraires que les universités allemandes conservent avec
soin, les professeurs et les élèves s'assemblent extraordi-
nairement, et là un des professeurs fait un discours.
Les Allemands ont le bon esprit de ne pas demander
que ce discours soit l'éloge du fondateur. Cela reviendrait à l'insipidité de l'éloge obligé du cardinal de Riche-
lieu à l'académie française. Le professeur traite le sujet
qu'il veut, une question de philosophie ou de philologie.
Quelques mots sur la solennité suffisent.

Dans la dernière fête anniversaire du duc Albert, le
27 juin 1833, M. Henri Schreiber, professeur ordinaire de théologie, a, d'après des documens trouvés dans
les archives de l'université, raconté la vie de l'homme

qui a le plus puissamment contribué à sa fondation et qui
fut son premier recteur, Mathieu Hummel Bach. Cette
vie d'un fondateur d'universités nous apprend fort bien
dans quel but elles ont été fondées et à quels besoins
nouveaux de la société elles répondaient.

Mathieu Hummel, né à Villingen, dans la Forêt-
Noire, en 1425, fut de bonne heure célèbre par sa
science. Il était docteur ès-lettres, docteur en médecine,
et se présenta à Heidelberg pour se faire recevoir docteur en droit. Ici s'éleva une difficulté : comme docteur ès-arts il avait droit de porter la robe de soie avec
la broderie d'or ; mais les professeurs en droit demandèrent qu'il prît leur costume plus sévère. Hummel tint
à ses droits de docteur ès-arts. L'esprit de corps s'en
mêla, et chacun s'obstinant de son côté, Hummel ne fut
pas reçu docteur.

Ne pouvant point être docteur en droit à Heidelberg, Hummel alla en Italie et se fit recevoir à Pavie. Il
revint à Heidelberg docteur en trois facultés. Sa réputation était grande en Allemagne ; l'archiduc Albert
d'Autriche, qui voulait créer une université à Fribourg,
nomma Hummel un de ses conseillers et lui confia l'établissement de la nouvelle université. Hummel n'avait
pas encore trente ans.

Le 20 avril 1455 le pape approuva l'érection de l'u-
niversité et nomma légat, à cet effet, l'évêque Henri de
Constance, en le chargeant d'inviter tous ceux qui auraient quelque raison à faire valoir contre le nouvel établissement à se présenter devant lui. L'évêque donna
aux opposans un délai de trente jours pour comparaître.
Le délai s'écoula sans qu'il y eût d'opposition, et l'université fut définitivement autorisée. Ainsi ces sortes

d'établissemens étaient précédés d'une sorte d'enquête *de commodo et incommodo.*

Cinq ans s'écoulèrent avant qu'on pût trouver des professeurs et des élèves. C'est le sort des établissemens nouveaux de ne point inspirer confiance. Il faut que les fondateurs soient patiens et qu'ils sachent attendre. Quand la défiance publique a affaire à un fondateur qui soit disposé à se décourager, l'établissement péril ; quand elle a affaire à un homme persévérant, elle finit par se lasser, et l'établissement se consolide.

Hummel ne se lassa point ; il voyagea pour chercher des maîtres ; il alla à Vienne, en Hongrie, en Italie. Fribourg, qui voulait avoir une université, payait son voyage. Enfin, en 1460, l'université put ouvrir ses cours. Les professeurs s'assemblèrent dans la cathédrale pour nommer leur recteur. Hummel fut nommé. Ensuite on fit une procession solennelle de tous les magistrats et de toute la bourgeoisie.

Hummel, après son élection, fit un discours d'ouverture. Il prit pour texte ces paroles de l'Écriture : *Sapientia sibi œdificavit domum.* Ce discours est curieux.

« Il faut que la sagesse se bâtisse de nouvelles maisons, parce que personne ne la reçoit et ne l'héberge plus, ni les prêtres, ni les laïcs. Les études, soit privées, soit publiques, sont chassées des maisons de l'église par la force et les armes. Au lieu d'étudians et de maîtres, on y trouve des chiens de chasse, des faucons, des chevaux superbement harnachés, des femmes perdues ; au lieu de livres, du linge fin, de la soie, des habits de luxe, des vases d'argent, des lyres, des dés, des cartes. Les bibliothèques de l'église sont couvertes de plaies, au dos, sur le ventre, sur les côtés, et personne ne leur tend la

main pour les guérir. Bientôt elles seront comme Job
sur le fumier; comme Lazare, elles seront ensevelies, et
personne ne leur dira : « Viens, Lazare, relève-toi! »
Dans ces maisons, si quelque vieux livre, quelque ma-
nuscrit saint et sacré se montre par hasard, Pierre, le parjure et l'ignorant, jure qu'il ne le connaît pas, qu'il ne l'a
jamais vu, et alors le vulgaire crie : « Crucifiez-le! crucifiez-le! » Le vieux soldat respecte encore les armes
avec lesquelles il a combattu; mais l'église ignorante livre
ses plus vieux et ses plus savans parchemins aux orfèvres
pour en faire des écrins de bijoux ou s'en sert pour cal-
feutrer les fenêtres. »

Mais peut-être les études vont mieux dans les cloîtres; peut-être la sagesse y a-t-elle un asile. Écoutez ces
phrases courtes et rimées qui semblent un couplet d'une
chanson satirique contre les moines :

> *Greges et vellera,*
> *Fruges et horrea,*
> *Cellæ cum crumenâ,*
> *Potus et patera*
> *Organum et cithara,*
> *Monialiumque assisteria,*
> *Sunt monachorum studia.*

> Les brebis et les toisons,
> Les greniers et les moissons,
> L'argent du voisin,
> La soupe et le vin,
> L'orgue et le lutrin,
> Et rendre visite aux nonnains,
> Voilà le soin des capucins.

Hummel ne traite pas mieux les laïcs.

« A peine leurs fils sont-ils sortis du berceau qu'ils
les élèvent aux parjures, aux blasphèmes, aux plaisirs dés-

honnêtes, aux paroles indécentes. Ils leur apprennent à se bien tenir en selle, à chasser tout le jour, à tenir l'oiseau au poing, à cavalcader dans les tournois : voilà ce qui fait la gloire des laïcs à présent; et celui qui est le plus hardi aux armes, celui qui est le plus prompt aux vanités du monde, ils le préfèrent aux autres et lui donnent un meilleur apanage qu'à ses frères…. Aujourd'hui c'est être bon gentilhomme qu'être bien ignorant. Revenez donc aux vertus de vos ancêtres! Envoyez vos fils aux écoles au lieu de les envoyer au pillage! qu'ils fassent leur butin de la science; c'est la seule noblesse. »

Ces citations font connaître l'état de la société à cette époque et la fermentation des esprits. Le xv⁰ siècle est une époque d'insurrection contre les pouvoirs du moyen-âge, l'église et la noblesse féodale. Partout, en Allemagne comme en France, se remuait et s'agitait une société nouvelle, impatiente de briser le joug. A cette société nouvelle il fallait une éducation nouvelle et toute séculière; de là les universités qui ont été fondées dans un esprit séculier et temporel, afin d'aider à l'émancipation du xv⁰ siècle. Dans la révolte des esprits à cette époque, les universités ont joué un grand rôle. La société nouvelle combattait avec la science séculière des universités l'église ignorante et la noblesse brutale. Les princes encourageaient cette lutte qui affaiblissait leurs deux rivaux de puissance, la féodalité et l'église.

L'instruction se sécularise chaque jour davantage; telle est sa destinée et sa loi. Sans cesse elle étend son cercle afin de recevoir les nouvelles recrues qui se pressent pour entrer. Au xv⁰ siècle elle est sortie des cloîtres et des églises et a fondé les universités ; c'est là l'époque de sa première sécularisation. Aujourd'hui elle sort des colléges pour fonder des écoles de toutes sortes;

c'est une seconde sécularisation plus grande que la première.

L'université était ouverte; dès la première année, de
1460 à 1461, elle eut deux cent quarante-deux étudians;
c'était beaucoup pour un début.

Hummel fut réélu recteur par ses collègues en 1463,
et il les remercia par un discours latin que l'université a
aussi conservé dans ses archives. Dans ce discours, il répète à peu près ce que nous avons déjà vu contre l'église
et les moines. Mais il donne aussi sur les étudians de
cette époque et sur leurs habitudes de singuliers détails.
Les étudians de l'université de Fribourg ont dû sourire
en voyant le portrait de leurs devanciers de 1463. Il est
peu flatté. D'abord des plaintes sur la présomption et la
pétulance des étudians; ils ne respectent pas leurs maîtres. « Quand ils viennent au cours, c'est, les uns par
moquerie, les autres par hypocrisie. De plus, ils sont
malpropres, ne se mouchent pas, tachent les livres sur
lesquels ils étudient, ont les mains pleines de pailles
sales, et marquent avec ces pailles les endroits qui leur
plaisent dans les livres, s'en fiant à la marque plus qu'à
leur mémoire paresseuse. Dans l'hiver, l'un étudie la
tête entre les mains et les coudes sur la table; il se laisse
aller au sommeil, dort sur son livre et sa salive coule sur
les pages. Au printemps, l'étudiant, pour courir les
champs, devient botaniste. Il met dans son livre des
violettes, des roses, des primevères, ce qui enfle le livre
et finit par le faire ressembler à un hydropique. Ajoutez
à cela ceux qui vendent les livres ou les mettent en gage
chez les juifs, chez les hôtelliers, chez les usuriers. »

Hummel ne dissimule pas les plaintes qui s'élevaient
contre les universités et contre ces réunions de jeunes
gens qui se gâtent souvent plutôt que de se corriger l'un

par l'autre. « Ne valait-il pas mieux pour eux vivre in-
nocens et purs dans la maison paternelle, que de venir
corrompre leurs mœurs à l'université sans rien apprendre, certes, qui compense la perte des bonnes
mœurs? Voilà ce qui fait trembler les parens, voilà ce
qui leur fait passer des nuits sans sommeil. » Ces reproches sont les mêmes que ceux qui se font encore aujourd'hui; ils ont en effet un fond de vérité et ils seraient
tout-à-fait justes, si l'innocence primitive pouvait se retrouver, et si, une fois perdue, il ne valait pas mieux la
science qui éclaire les esprits que l'ignorance qui expose
à toutes les séductions. Hummel, pour y répondre, fit
un code de lois universitaires, et opposa la force de la
discipline aux passions des étudians. C'est la bonne discipline qui doit, aujourd'hui comme en 1463, justifier
les grands établissemens d'instruction publique, et diminuer le danger incontestable des réunions de jeunes
gens.

Les dernières années de Hummel furent troublées par
quelques démêlés qu'il eut avec l'université même qu'il
avait fondée. L'archiduc Albert avait donné à l'université de Fribourg les deux tiers de la dîme seigneuriale
de Willingen, sur quoi Hummel devait prélever 70 florins du Rhin (150 fr. à peu près); c'était là ses hono-
raires de professeur. Hummel s'en contenta, mais les
professeurs qu'il appela dans son université furent moins
modestes que lui, et Hummel ne put les déterminer
qu'en leur offrant 100 florins (210 fr.). Il crut pouvoir naturellement élever son traitement à cette somme.
Un professeur, qu'il avait fait venir de Vienne, Arnold
de Scharndocf, prétendit qu'Hummel ayant touché chaque
année 30 florins de plus qu'il ne lui revenait, il devait les
restituer à l'université. Un procès s'engagea, plein d'a-

mertume et de douleur pour Hummel. On trouve dans ses notes ces paroles tristes et nobles à la fois : « Année 1466, j'ai ouvert l'université et les cours d'études générales à Fribourg. J'ai planté là une vigne qui s'est tournée pour moi en aigreur : Que le nom du Seigneur soit béni ! »

L'archiduc Sigismond ajouta au traitement d'Hummel les 3o florins qui faisaient la difficulté ; mais Hummel survécut peu à ce procès ; il tomba malade au commencement de l'année 1477. Ce fondateur d'une université, ce docteur en trois facultés était superstitieux ; il fit tirer l'horoscope de sa maladie par l'astrologue Nicolas. A ses derniers momens, cependant, il fut chrétien et résigné. Il mourut au mois de décembre 1477.

Voilà la vie du fondateur de l'université de Fribourg ; j'ai cru pouvoir la raconter rapidement, parce qu'elle nous montre dans quel esprit furent fondées les universités , contre qui, pour qui, et parce qu'elle nous donne sur l'état des professeurs à cette époque et les habitudes des étudians quelques détails curieux.

BALE.

LA DANSE DES MORTS D'HOLBEIN. — LE PONT DE LUCERNE.

Il est des idées si naturelles à l'homme et si inévitables qu'il semble qu'elles ne devraient point avoir leurs jours de vogue et leurs jours d'oubli. L'idée de la mort me semble, entre toutes, une de ces idées inévitables. Il y a des siècles, cependant, où l'on pense beaucoup à la mort, et d'autres où l'on y pense fort peu. Dans le moyen-âge, l'idée de la mort était sans cesse présente aux esprits. De nos jours on ne meurt pas moins, ni moins soudainement, mais on s'occupe beaucoup moins de cette idée. Pensé-je, sinon en l'écrivant, qu'il n'y aurait rien d'impossible que je mourusse avant de finir la ligne que j'écris!

Pourquoi pensons-nous moins à la mort qu'on ne faisait au moyen-âge? C'est que la mort, pour la plupart d'entre nous, a perdu ce qui en faisait une idée si vive et si inquiète. Nous oublions, ou nous ne croyons plus, que la mort est un compte à rendre. Quand, au moyen-âge, le chrétien croyait que d'un instant à l'autre il pouvait être appelé à rendre compte de sa vie devant Dieu, la mort était pour lui une pensée et une inquiétude de tous les momens, et, loin d'en écarter l'image, il pensait qu'il fallait qu'il l'eût sans cesse devant les yeux, afin que sa conscience fût toujours prête à subir le terrible examen. De là ces peintures de la mort que nous retrouvons dans la littérature et dans les monumens du moyen-âge. En Italie, le Dante fait de la mort le sujet de son poème; l'idée de la mort plane sur la *Divine Comédie*, comme elle planait sur les nombreuses visions qui ont précédé le poème du Dante et qui le lui ont inspiré. Orcagna et les peintres du Campo-Santo font des

Jugemens derniers ; Michel-Ange attache aux murs de la chapelle Sixtine le plus beau et le plus grand de ces poèmes que remplit l'idée de la mort. En deçà des Alpes, l'idée de la mort a, outre les jugemens derniers, une autre forme plus populaire, une forme bizarre et grotesque ; c'est ce qu'on appelle la Danse des Morts.

L'idée de cette danse est juste et vraie. Ce monde-ci est un grand bal où la mort donne le branle. On danse plus ou moins de contredanses, avec plus ou moins de joie ; mais cette danse, enfin, c'est toujours la mort qui la mène, et ces danseurs de tous rangs et de tous états, que sont-ils ? Des mourans à plus ou moins long terme.

Voici un enfant qui vient au monde, bien attendu, bien désiré, bien chéri ; vous appelez cela naître ; mot charmant aux oreilles maternelles, en dépit des douleurs de l'enfantement. Si vous comprenez la poésie de la Danse des Morts, il ne naît pas, il entre dans cette longue chaîne de danse qui traverse le monde d'un abîme à l'autre, de l'abîme qui précède la vie à l'abîme qui la suit, chœur immense qui s'agite, qui tourbillonne, qui se replie sur lui-même sans pouvoir échapper, quels que soient ses replis, à l'élan terrible et inexorable que son conducteur lui imprime. Dansez donc, qui que vous soyez, rois, capitaines, prêtres, courtisanes, savans. Mais ma couronne qui va tomber ! Mais mon épée qu'il va falloir quitter ! Mais ma soutane qui va se déchirer ! Mais ma beauté qui va se passer à mener cette danse rapide ! Mais mes livres que je ne pourrai plus lire ! Pauvres rois, comme si leurs couronnes n'étaient pas faites pour tomber ; pauvres capitaines, comme si leurs épées devaient rester toujours attachées à leurs flancs pour qu'ils se croient invincibles et immortels ; pauvres prêtres, comme si le linceul n'était pas là pour remplacer leurs soutanes usées ; pauvres filles de joie, comme si leur beauté n'était pas faite pour être fanée; pauvres savans, comme si savoir l'ordre et le train de ce monde pouvait l'arrêter! Telle est la poésie de la Danse des Morts, poésie sublime et grotesque, qui respire une si profonde douleur sous une forme si gaie et si ironique.

Je connais deux Danses des Morts, l'une à Dresde, dans le cimetière au-delà de l'Elbe, l'autre en Auvergne, dans l'admirable église de la Chaise-Dieu. Cette dernière est une fresque que l'humidité ronge chaque jour. Dans ces deux Danses des Morts, la Mort est en tête d'un chœur d'hommes d'âges et d'états divers : il y a le roi et le mendiant, le vieillard et le jeune homme, et la Mort les entraîne tous après elle. Ces deux Danses des Morts expriment l'idée populaire de la manière la plus simple. Le génie d'Holbein a fécondé cette idée dans sa fameuse *Danse des Morts* du cloître des Dominicains. A Bâle, c'était une fresque, et elle a péri comme périssent peu à peu les fresques. Il en reste au musée de Bâle quelques débris et des miniatures coloriées. La danse d'Holbein n'est pas comme celle de Dresde et de la Chaise-Dieu une chaîne continue de danseurs menés par la Mort. Chaque danseur a sa mort costumée d'une façon différente selon l'état du mourant ; de cette manière, la Danse d'Holbein est une suite d'épisodes réunis dans le même cadre. Il y a quarante et une scènes dans le drame d'Holbein, et dans ces quarante et une scènes une variété infinie. Dans aucun de ces tableaux vous ne trouverez la même pose, la même attitude, la même expression. Holbein a compris que les hommes ne se ressemblent pas plus dans leur mort que dans leur vie, et que, comme nous vivons tous à notre manière, nous avons tous aussi notre manière de mourir.

Holbein costume le laid et vilain squelette, sous lequel nous nous figurons la mort, de la façon du monde la plus bouffonne, exprimant, par les attributs qu'il lui donne, le caractère et les habitudes du personnage qu'il veut représenter. Chacun de ces tableaux est un chef-d'œuvre d'invention. J'en citerai quelques-uns. Nous avons vu dans un de nos derniers salons de peinture le portement du Pape de M. Vernet ; Holbein a fait aussi dans sa Danse un portement du Pape. Comme dans le tableau de M. Vernet, le pape est placé sur la chaise triomphale (*sella gestatoria*), il a la triple couronne sur la tête ; il a les trois doigts de la main droite levés pour bénir le peuple. Pourquoi donc le Saint-Père a-t-il le visage pâle et défait ? C'est qu'il a vu sans doute quels sont ceux qui portent son triomphe. Quatre morts en habits sacerdotaux et la mitre en tête soutiennent les bâtons de la chaise, et deux autres morts équipés de pied en cap en suisses de la garde pontificale marchent à ses côtés. Il faut voir l'air tranquille et béat des morts-prêtres et l'air fanfaron des morts-soldats ; en même temps sous ces airs de béatitude et de fanfaronnade, un air de profonde ironie vraiment digne de la mort conduisant le triomphe d'un pape.

Il est incroyable avec quel art Holbein donne l'expression de la vie et du sentiment à ces squelettes hideux, à ces figures décharnées. Toutes ses morts vivent, pensent, respirent ; toutes ont le geste, la physionomie, j'allais presque dire les regards et les couleurs de la vie.

Pendant long-temps j'ai cru que cet air de vie répandu sur ses *morts* était un trait d'imagination d'Holbein. Depuis que j'ai visité à Bordeaux les caveaux de l'église Saint-Michel et que j'ai vu les momies rangées autour des murailles, je sais qu'Holbein n'a point créé cet air d'homme et de vivant qu'ont ses squelettes. C'est dans l'étude même des squelettes humains et de leurs attitudes qu'Holbein a trouvé cette indéfinissable expression. Tout le monde sait qu'à Bordeaux, sous la tour de Saint-Michel, il y a un caveau qui a la propriété de conserver les corps. Autour de ce caveau sont rangés une centaine de corps à l'état de momies ; il y en a de toutes les dates, quelques-unes ont plus de six cents ans, dit-on, d'antiquité ; d'autres n'ont que quatre-vingts ans. Dans ce caveau, on marche sur un sol qui n'est autre chose que quinze pieds de poussière d'ossemens humains, et ce sol résonne sous le pied avec un son creux et vide qui fait penser même les moins penseurs. Quand on se sent marcher, soi poussière, sur cette poussière palpitante et sonore ; quand on songe à la faible différence qu'il y a entre la poussière qui foule et la poussière qui est foulée ; quand la vue des momies rangées autour de la muraille vous avertit qu'entre cette poussière et vous il n'y a d'intermédiaire que ces squelettes ; quand toute la destinée de l'homme se montre enfermée dans le cercle de ces trois mots: corps, squelette et poussière, on a besoin, je vous assure, en sortant du caveau, que le soleil soit brillant et que les enfans chantent dans les rues de la ville pour retrouver le sentiment de la vie.

Ce qu'il y a de curieux dans le caveau de Saint-Michel, et ce qui fait penser aux morts d'Holbein, c'est l'attitude et les gestes, si j'ose le dire, de tous ces squelettes. Il y a dans leurs poses, dans le grimacement des ossemens de leurs faces, quelque chose de vivant qui étonne. Je me souviens d'un squelette placé à droite de la porte en entrant ; il est posé sur ses deux fémurs comme un cul-de-jatte ; il a l'air goguenard et ironique ; il semble se moquer des vivans qui entrent dans cette assemblée de momies. En partant, je ne pus m'empêcher de le regarder encore, et il y avait dans le grincement de ses dents décharnées une sorte de sourire qui disait : *Au revoir!* J'ai retrouvé cet affreux cul-de-jatte dans la Mort en boiteux de la Danse d'Holbein.

Je ne doute pas qu'Holbein, qui avait étudié l'homme avec un détail infini, et qui a donné à ses portraits une expression de vie qui les distingue entre tous, n'eût étudié aussi le squelette humain, ses attitudes, ses gestes, ses grimaces, sa physionomie. Il peignait sa Danse des Morts sur les murs d'un cloître où sans doute il y avait, comme dans le cloître de la cathédrale de Bâle, des sépultures, les unes anciennes, les autres récentes encore. Qui sait si cette terre pleine d'ossemens ne montrait pas quelquefois à Holbein, dans les fouilles qui s'y faisaient, la contenance d'un squelette à moitié découvert, son rire décharné, sa grimace ironique? et le peintre transportait sur sa muraille ces traits de physionomie de la mort. Holbein est le peintre de la mort; il l'a étudiée dans toutes ses phases. Il y a de lui, à Saint-Gall, un tableau qui représente le Christ au tombeau. C'est un corps nu, couché sur la pierre, raide, affaissé, la peau verte plutôt que pâle. Cette peinture est impie à force d'être vraie; car c'est un cadavre qu'Holbein a peint, ce n'est pas le corps d'un Dieu enseveli. La mort est trop empreinte sur ce corps pour que la vie y puisse jamais rentrer; et si c'est là le Christ, Holbein ne croyait pas à la résurrection.

Holbein avait ajouté à l'idée populaire de la Danse des Morts. Le peintre inconnu du Pont de Lucerne a ajouté aussi à la Danse d'Holbein. Ce ne sont pas des peintures de prix que les peintures du Pont de Lucerne, mais elles ont un mérite d'invention fort remarquable. Le peintre a représenté, dans les triangles que forment les poutres

qui soutiennent le toit du pont, les scènes ordinaires de
la vie, et comment la mort les interrompt brusquement.
Dans Holbein, la mort prend le costume et les attributs
de tous les états, montrant par-là que nous sommes tous
soumis à sa nécessité ; au Pont de Lucerne, la mort vit
avec nous. Faisons-nous une partie de campagne ? elle s'ha-
bille en cocher, fait claquer son fouet ; les enfans rient
et pétillent, la mère seule se plaint que la voiture va
trop vite. Que voulez-vous ? C'est la mort qui conduit ;
elle a hâte d'arriver. Allez-vous au bal ? voici la mort
qui entre en coiffeur, le peigne à la main. Hâtez-vous, dit
la jeune fille, hâtez-vous ! je ne veux point arriver trop
tard. — Je ferai vite ! Elle fait vite ; car à peine a-t-elle
touché du bout de son doigt décharné le front de la
danseuse, que ce front de dix-sept ans se dessèche aussi
bien que les fleurs qui devaient le parer.

Le Pont de Lucerne nous montre la Mort à nos côtés
et partout ; à table, où elle a la serviette autour du cou,
le verre à la main et porte des santés ; dans l'atelier du
peintre où, en garçon barbouilleur elle tient la palette
et broie les couleurs ; dans le jardin où, vêtue en jardi-
nier, l'arrosoir à la main, elle mène le maître voir si ses
tulipes sont écloses ; dans la boutique où, en garçon marchand, assise sur des ballots d'étoffe, elle a l'air enga-
geant et appelle les pratiques ; dans le corps-de-garde
où, le tambour en main, elle bat le rappel ; dans le carre-
four où, en faiseur de tours, elle rassemble les badauds ;
au barreau où, vêtue en avocat, elle prend des conclusions, le seul avocat, dit la légende en mauvais vers allemands placés au bas de chaque tableau, qui aille vite et
qui gagne toutes ses causes ; dans l'antichambre du ministre où, en solliciteur, l'air humble et le dos courbé,
elle présente une pétition qui sera écoutée ; dans le com-

bat, enfin, où elle court en tête des bataillons, et, pour se faire suivre, elle s'est nouée le drapeau autour du cou.

Toutes ces scènes imaginées avec esprit sont peintes sans beaucoup d'art ni de soin; ce qui montre que c'é-taient des idées populaires qui appartenaient à tout le monde, des espèces de caricatures destinées à amuser le peuple, des caricatures qui ne s'adressaient à personne, mais où chacun pouvait se reconnaître. Avec ces pein-tures, le moyen-âge ridiculisait l'humanité tout entière; il raillait sa faiblesse, son insouciance, sa vanité. Aujour-d'hui nos caricatures frappent sur les individus au lieu de frapper sur l'homme; elles apprennent à l'un qu'il est trop maigre, à celui-ci qu'il est trop gros, à l'autre qu'il est trop petit; ce ne sont guère là de grandes décou-vertes de satire, et lieux communs pour lieux communs, je ne sais pas si je ne préfère point ceux du moyen-âge. Ils indiquent tout au moins une époque plus sérieuse et plus grave, un génie qui voit de plus haut les choses et les hommes, et une imagination qui garde un profond sentiment de poésie dans ses gaîtés même et dans ses caprices.

COLOGNE.

Cologne est une ancienne ville épiscopale; elle en a tous les caractères. Il y a un grand nombre d'églises encore debout; d'autres sont abattues. Quant à ses nombreux monastères, il n'y en a plus que la place, et quelques bâtimens consacrés à d'autres usages. La destruction de ces établissemens religieux donne à Cologne un aspect particulier. La ville est grande, mais déserte. Vous trouverez çà et là de grandes places, d'immenses jardins; ces places étaient des cloîtres autrefois, ces jardins étaient le domaine de l'église. Le catholicisme emplissait cette vaste enceinte; quand il s'est retiré, il l'a presque laissée vide. Les manufactures et les casernes, sortes d'établissemens qui ont hérité presque partout des établissemens religieux, tiennent pourtant moins de place que l'église. A Cologne, on sent le vide; aussi bien c'est là le caractère de toutes les grandes villes ecclésiastiques. C'est la même chose à Erfurth, ville qui appartenait autrefois à l'électorat ecclésiastique de Mayence. Notre siècle, si remuant, si laborieux, si agité, ne suffit pas cependant pour peupler ces grandes enceintes que l'église du moyen-âge animait sans faire effort.

Je ne veux point décrire l'une après l'autre les églises de Cologne. Je ne parlerai que de deux, la petite église de Sainte-Ursule, toute simple, toute modeste, et la grande cathédrale; l'une, à cause des reliques de ces onze mille vierges; l'autre, à cause de l'admirable beauté de sa structure et de la curieuse histoire qui s'y rattache. Commençons par Sainte-Ursule et ses reliques.

Je ne crois pas à la vertu miraculeuse des reliques, mais je crois au respect profond, au culte religieux qu'elles peuvent inspirer. Montrez-moi un homme, un seul, qui soit insensible au souvenir d'un grand homme ou d'un grand événement, aux choses qui le rappellent, aux restes qui s'en conservent, alors j'abjurerai la religion des reliques. Mais comme il n'y a pas un seul homme qui n'ait à ce sujet sa superstition ; comme les incrédules gardent des pièces des rideaux de Voltaire ou des éclats de bois de la table de Rousseau ; comme les cinq ou six cents plumes qui ont signé à Fontainebleau l'abdication de Bonaparte, se sont vendues et vendues cher ; comme il n'est presque personne qui, allant à Waterloo, n'emporte quelque balle ou quelque bouton de la garde impériale en souvenir de la grande bataille, il faut bien reconnaître que le respect des reliques est un sentiment naturel à l'homme. Chaque siècle a ses saints, et tout saint a ses reliques ; Bonaparte a les siennes. Pardonnons donc à Cologne ses onze mille vierges et leurs reliques déposées dans l'église de Sainte-Ursule.

L'église Sainte-Ursule est au milieu d'un ancien cloître. Il faut, pour y arriver, traverser des jardins semés de légumes et des rues habitées par de pauvres gens. L'église est fermée, car on n'y célèbre point la messe tous les jours. Je frappai à une petite porte, et une vieille femme vint m'ouvrir. — « Que voulez-vous ? — Voir l'église. » Cela parut l'étonner. Peu de personnes visitent l'église Sainte-Ursule. Elle prit son paquet de clefs et ouvrit. Je me trouvai dans le vestibule de l'église, vestibule bas et obscur, où sont rangées quatre grandes caisses de pierre, toutes pleines d'ossemens. J'avançai. Plus loin commençaient les armoires vitrées, pleines d'ossemens dorés et festonnés. Les têtes étaient rangées sur un rayon à part, enveloppées de peau, avec les yeux, la bouche et le nez marqués en papier doré, ce qui, de loin, les faisait ressembler à des faces tatouées.

Dans une chapelle près du chœur, est le tombeau de sainte Ursule. La sainte est de marbre blanc, couchée sur son tombeau, les mains jointes; à ses pieds une colombe blanche. Il y a du merveilleux dans l'histoire de ce tombeau. On raconte que saint Cunibert, célébrant la messe, une colombe entra dans l'église, voltigea quelque temps autour de la tête de saint Cunibert, puis, s'abattant, se mit à gratter la terre avec son bec. On creusa à l'endroit même et on découvrit le corps de sainte Ursule.

Après son tombeau vient dans le chœur son histoire et celle de ses onze mille compagnes, représentées dans une suite de petits tableaux. Je ne veux pas faire ici un livret de musée; je ne puis guère cependant ne pas dire quelques mots de cette histoire singulière.

L'an 220 de notre ère régnaient en Grande-Bretagne Dionest et Daria qui n'avaient point d'enfant et priaient Dieu instamment de leur accorder une postérité. C'était un fils qu'ils demandaient afin de perpétuer leur race : Dieu leur donna une fille, et ce fut une sainte qui, dès sa première jeunesse, se consacra à Dieu et promit sur l'autel de ne jamais se marier. Cependant comme elle croissait en grace et en beauté, et que sa réputation s'étendait au loin, Agrippinus, prince germain, la demanda pour son fils. Il envoya des députés avec des présens. Ce n'étaient point présens de noces comme aujourd'hui; on voit les députés arriver avec de grands et lourds chariots attelés de forts chevaux. C'était donc, j'imagine, comme au temps d'Homère, des métaux, des armes, des provisions de toutes sortes.

Dionest était fort embarrassé, connaissant le vœu qu'avait fait sa fille. Mais pendant la nuit, un ange vint permettre cette alliance qui devait servir à la conversion de la Germanie, et Ursule, dit la chronique gravée au bas des tableaux, dicta elle-même les conditions du mariage, selon les avis de l'ange.

Il fallait une suite pour accompagner Ursule. Les choses dans ce temps-là ne se faisaient pas, à ce qu'il paraît, avec économie; on lui donna onze mille vierges des meilleures familles du pays pour cortége d'honneur. Le jour du départ fixé, les onze mille jeunes filles s'assemblèrent sur le rivage. Les vaisseaux étaient prêts; Ursule exhorta ses compagnes à craindre Dieu, à ne pas avoir peur de la mer et leur enseigna les manœuvres navales, dit toujours la chronique; puis les hommes qui étaient sur les vaisseaux s'étant retirés, elles s'embarquèrent. Ce fut, j'imagine, un merveilleux spectacle que celui de cette armée de jeunes filles aux cheveux blonds et aux yeux bleus, en robes blanches, montant sur la flotte, se répandant de la poupe à la proue, se plaçant au haut des mâts, hissant les cordages, tendant les voiles et groupées çà et là sur les vaisseaux comme une gracieuse volée de blanches colombes. Bientôt un vent favorable s'éleva et la flotte s'éloigna en saluant les côtes de la patrie d'un dernier cri d'adieu.

Dieu protégeait cette flotte merveilleuse qui entra sans effort de la mer dans le Rhin et remonta le fleuve jusqu'à Cologne. Aquilinus, préfet romain de la ville, reçut avec de grands honneurs Ursule et ses compagnes. Comme elles avaient résolu le pélerinage de Rome, elles se rembarquèrent bientôt et remontèrent le Rhin jusqu'à Bâle. Là elles furent accueillies par Pantulus, préfet de la ville. La civilisation romaine se piquait d'empressement et de politesse à l'égard des pieuses pélerines. Elles laissèrent leurs vaisseaux à Bâle et traversèrent la Suisse et les Alpes à pied. Pantulus les accompagnait avec une escorte, ayant résolu de faire avec elles le pélerinage de

Rome. Aussi, comme il a partagé leurs travaux, il partage aujourd'hui leurs honneurs, et saint Pautulus, ainsi que quelques-uns des compagnons de ce voyage, saint Valérius, saint Maximus, ont un autel à côté du chœur et près du tombeau d'Ursule.

Toute la caravane cheminait donc à pied à travers ces beaux paysages de la Suisse et des Alpes, comme aujourd'hui encore y cheminent à pied les badauds de l'Europe, et elle descendit en Italie, faisant pour la religion le pélerinage qui se fait aujourd'hui pour les beaux-arts. Arrivées à Rome le pape Cyriaque les baptisa. Elles visitèrent les tombeaux des saints apôtres, puis se préparèrent à retourner sur les bords du Rhin. Le pape Cyriaque renonça au pontificat, dit la chronique, pour les accompagner avec une grande partie du clergé romain.

Jusqu'ici nous n'avons point vu le fils d'Agrippinus; c'est à Mayence qu'Ursule le trouva. Coman était païen; mais une fiancée jeune et belle, qui avait fait le pélerinage de Rome, et qui revenait escortée par un pape, devait naturellement avoir un grand ascendant sur l'ame d'un jeune homme idolâtre. Coman se convertit donc, se fit baptiser, puis les deux fiancés et leur cortége, continuant à descendre le Rhin, arrivèrent à Cologne.

Bientôt les Goths assiégèrent la ville, qui fut prise d'assaut; alors commence la scène du martyre. Les tableaux du chœur sont à ce sujet fort détaillés. Cinq ou six représentent les vierges torturées de mille façons, les unes mises en croix, les autres assommées à coups de massue, d'autres décapitées; mais les deux personnages principaux de cette scène de carnage sont Ursule et Coman. Quelque imparfaite que soit cette peinture, elle conserve cependant ce qui fait le trait caractéristique de cette scène. On voit que ce n'est pas seulement un martyre, mais le martyre de deux fiancés. Coman est déjà percé de coups ; il regar deUrsule, il semble puiser dans ses yeux la force de mourir en chrétien, et dans les regards du néophyte il y a plus d'amour que de résignation, ou, s'il se résigne doucement, c'est parce qu'il meurt avec sa fiancée. Ursule plus sainte, plus détachée des passions de la terre, console Coman de la voix et du geste. Cette peinture grossière rappelle le martyre d'Eudore et de Cymodocée. Ce sont aussi des noces scellées dans les tourmens et qui vont s'achever dans les cieux.

De l'église Sainte-Ursule j'allai au dôme ou à la cathédrale. Je suivais de cette façon la chronologie du christianisme, allant des églises, comme on les bâtissait au temps des légendes, aux cathédrales du moyen-âge. Si cette cathédrale était finie, ce serait la plus belle église gothique de la chrétienté; ce serait le Saint-Pierre du christianisme septentrional. Figurez-vous tout le luxe, toute la hardiesse, toute la bizarrerie, toute la délicatesse du style gothique, ses flèches, ses aiguilles, ses festons, ses découpures de pierre, ses tours élancées vers le ciel, ses nefs hautes, étroites et sveltes, ses croisées en vitraux de couleur, son demi-jour pieux et mélancolique, et quand vous aurez ainsi rassemblé tout ce que votre mémoire ou votre imagination vous représente de plus grand, de plus gracieux, dans le genre gothique, ordonnez-le dans le plan d'un vaste et immense édifice. Telle est, ou plutôt telle serait la cathédrale de Cologne.

Malheureusement ce chef-d'œuvre de l'architecture du Nord n'est qu'à moitié achevé. Des tours du portail, qui devaient avoir cinq cents pieds chacune, une seule s'élève à deux cent cinquante pieds; l'autre s'est arrêtée à vingt pieds de terre. La nef n'a que la moitié de sa hauteur; le chœur seul est fini. Toutes ces constructions impar-

faites sont couvertes d'un toit provisoire qui dure depuis
trois cents ans. La grue elle-même, qui était placée au
haut de la tour pour élever les pierres, est garnie d'ar-
doises et protégée contre l'injure de l'air. Il semble que
quelque pouvoir surnaturel a arrêté ces constructions et
les a condamnées à rester continuellement dans cet état
d'imperfection. Aussi l'imagination populaire, frappée de
la grandeur du plan de la cathédrale et frappée en même
temps de cet inachèvement singulier, n'a point manqué
de mêler là-dedans du merveilleux. Si cette église est
si belle, c'est que ce n'est point l'homme qui en a fait le
plan, mais le diable, et, si elle reste imparfaite, c'est que
le diable ayant été trompé par l'architecte à qui il en
avait donné le dessin, a, pour se venger, condamné l'é-
glise à n'être jamais finie.

Tromper le diable! La chose est-elle possible? Oui,
au moyen-âge. Nous avons fait au diable, depuis quelque temps une réputation d'habileté qu'il n'avait pas autrefois. C'est Goëthe surtout qui a contribué à lui donner
cette renommée. Depuis son Méphistophélès, le diable
est pour nous un personnage d'une malice et d'une puissance invincibles. Il n'en était pas ainsi au moyen-âge.
Au lieu de jouer toujours le rôle de vainqueur, il jouait
souvent celui de vaincu et de dupe. Un moine, un ermite grossier, à qui nous serions tentés aujourd'hui de
donner les rôles de dupes et de niais, dupait le diable
avec toute l'adresse d'un valet de comédie, et le dupait en
toute sûreté de conscience ; car c'était une ruse pieuse et
méritoire que d'attraper l'ennemi du genre humain.
Satan, à cette époque, était souvent représenté comme
une espèce d'intrigant maladroit qui s'embarrassait dans
ses propres ruses et se prenait dans ses filets. Une relique, une goutte d'eau bénite, une simple croix de bois,

employées à propos et dans le moment décisif, suffisaient pour le vaincre.

Je voudrais fort que dans la littérature il se fît, selon ces idées, une réaction contre le diable, qu'on le peignît dupe et ridicule comme un tuteur de comédie, au lieu de le peindre toujours comme un séducteur heureux ; cela serait un nouveau ressort comique. Il y aurait plaisir à voir Satan, avec toute son adresse, battu par un pauvre moine. Le spectacle de la puissance et de l'intrigue vaincues par la simplicité plaît toujours. Le plus difficile, j'imagine, ne serait pas de rendre Satan ridicule, mais le moine intéressant. Comment s'intéresser à un moine ? Comment peut-on être moine ?

Ces réflexions servant comme de préface, j'arrive à l'histoire de la cathédrale de Cologne.

L'archevêque Conrad de Hochstedten, voulant faire bâtir une cathédrale qui effaçât toutes les églises de l'Allemagne et de la France, demanda un plan au plus célèbre architecte de Cologne. Son nom a péri ; nous verrons pourquoi. L'architecte se promenait donc sur le bord du Rhin, rêvant à ce plan, et il arriva, toujours rêvant, jusqu'à l'endroit qu'on appelle la *Porte des Francs*, et où se trouvent encore aujourd'hui quelques statues mutilées. C'est là qu'il s'assit. Il tenait à la main une baguette et dessinait sur le sable des plans de cathédrale, puis les effaçait, puis recommençait à en dessiner d'autres. Le soleil allait bientôt se coucher ; les eaux du Rhin réfléchissaient ses derniers rayons. Ah ! disait l'artiste en regardant ce coucher de soleil, une cathédrale dont les tours élancées vers le ciel garderaient encore l'éclat du jour quand le fleuve et la ville seraient déjà dans la nuit, ah ! cela serait beau ! Et il recommençait ses dessins sur le sable.

Non loin de lui était assis un petit vieillard qui semblait l'observer avec attention. Une fois l'artiste ayant cru trouver le plan qu'il cherchait, et s'étant écrié : Oui, c'est cela ! Le petit vieillard murmura tout bas : Oui, c'est cela, c'est la cathédrale de Strasbourg. Il avait raison. L'artiste s'était cru inspiré ; il n'avait eu que de la mémoire. Il effaça donc ce plan et se mit à en dessiner d'autres. Chaque fois qu'il se trouvait content, chaque fois qu'il avait fait un plan qui lui semblait répondre à son idée, le petit vieillard murmurait en ricanant : Mayence, Amiens ou quelque autre ville fameuse par sa cathédrale, et l'artiste reconnaissait avec dépit que ses inspirations n'étaient que des souvenirs. — Parbleu, mon maître, s'écria l'artiste fatigué de ses ricanemens, vous qui savez si bien blâmer les autres, je voudrais vous voir à l'œuvre. Le vieillard ne répondit rien et se contenta de ricaner encore. Cela piqua l'artiste. — Voyons ! Essayez donc. Et il lui présentait la baguette qu'il avait à la main. Le vieillard le regarda d'une façon singulière ; puis, prenant la baguette, il commença à tracer sur le sable quelques lignes, mais cela avec un tel air d'intelligence et de profond savoir, que l'artiste s'écria aussitôt : Oh ! je vois que vous connaissez notre art ! Êtes-vous de Cologne ? —Non, répondit sèchement le vieillard, et il rendait la baguette à l'artiste. — Pourquoi ne continuez-vous pas, dit celui-ci ; de grace, achevez. — Non, vous me prendriez mon plan de cathédrale et vous en auriez tout l'honneur. — Ecoute, vieillard, nous sommes seuls ! (et de fait le rivage en ce moment était désert, la nuit devenait de plus en plus sombre) je te donne dix écus d'or si tu veux achever ce plan devant moi. —Dix écus d'or ! à moi ! Et le vieillard, en disant ces mots, tira de dessous son manteau une bourse énorme qu'il fit sauter en l'air ; au bruit qu'elle fit, elle était pleine d'or. L'artiste s'éloigna de quelques pas, puis revenant d'un air sombre et agité, il saisit le vieillard par le bras, et tirant en même temps un poignard : Achève-le, dit-il, ou tu mourras. — De la violence ! contre moi ! — Et le vieillard, se débarrassant de son adversaire avec une force et une agilité surprenante, le saisit lui-même à son tour, l'étendit à terre, et levant aussi un poignard : — Eh bien ! dit-il à l'artiste consterné, eh bien ! maintenant que tu sais que ni l'or ni la violence ne peuvent rien sur moi, ce plan que j'ai ébauché devant toi, tu peux l'avoir, tu peux en retirer l'honneur. — Comment ? cria l'artiste. — Engage-moi ton ame pour l'éternité ! L'artiste poussa un grand cri et fit le signe de la croix. Le diable aussitôt disparut.

En reprenant ses sens l'artiste se trouva étendu sur le sable. Il se releva et revint à son logis où la vieille femme qui le servait et qui avait été sa nourrice lui demanda pourquoi il revenait si tard. Mais l'artiste ne l'écoutait pas. Elle lui servit à souper ; il ne mangea point. Il se coucha ; ses rêves furent remplis d'apparitions, et dans ces apparitions toujours se représentait à sa vue ce vieillard et les lignes admirables du plan qu'il avait commencé de tracer. Cette cathédrale qui devait surpasser toutes les autres, ce chef-d'œuvre qu'il rêvait, il existait, il y en avait un plan ! Le lendemain il se mit à dessiner des tours, des portails, des nefs ; rien ne le pouvait satisfaire. Le plan du vieillard, ce plan merveilleux, voilà la seule chose qui puisse le contenter. Il alla à l'église des Saints-Apôtres et essaya des prières. Vains efforts ! Cette église est petite, basse, étroite. Que serait-ce auprès de l'église mystérieuse du vieillard ? Le soir il se retrouva, sans savoir comment il y était venu, sur le ri-

vage du Rhin. Même silence, même solitude que la veille.
Il s'avança jusqu'à la porte des Francs. Le vieillard était
debout, tenant à la main une baguette avec laquelle il
semblait dessiner sur la muraille. Chaque ligne qu'il tra-
çait était un trait de feu, et toutes ces lignes enflammées
se croisaient, s'entrelaçaient de mille manières, et pourtant, au milieu de cette confusion apparente, laissaient
voir des formes de tours, de clochers et d'aiguilles gothiques qui, après avoir brillé un instant, s'effaçaient
dans l'obscurité. Parfois ces lignes ardentes semblaient
s'arranger pour faire un plan régulier, parfois l'artiste
croyait qu'il allait voir resplendir le plan de la cathédrale merveilleuse; mais tout à coup l'image se troublait
sans que l'œil pût rien y reconnaître. — Eh bien! veux-
tu mon plan? dit le vieillard à l'artiste. Celui-ci soupira
profondément. — Le veux-tu? Parle! Et, en disant ces
mots, il dessina sur la muraille en traits de feu l'image
d'un portail qu'il effaça aussitôt. — Je ferai ce que tu
veux, dit l'artiste hors de lui. — A demain donc, à minuit!

Le lendemain l'artiste se réveilla, l'esprit vif et joyeux.
Il avait tout oublié, excepté qu'il allait avoir enfin le plan
de cette cathédrale invisible qu'il rêvait depuis long-
temps. Il se mit à sa fenêtre : il faisait le plus beau temps
du monde. Le Rhin s'étendait en forme de croissant avec
ses eaux qui brillaient des rayons du soleil, et sur ses
bords Cologne semblait descendre et glisser doucement
de la colline sur le rivage, et du rivage dans les flots où
se baignait le pied de ses remparts. Voyons, se disait
l'artiste, où placerai-je ma cathédrale? Et il cherchait des
yeux quelque endroit convenable. Comme il était ainsi
occupé de ces pensées d'orgueil et de joie, il vit sa vieille
nourrice sortir de sa maison; elle était vêtue de noir.
Où vas-tu donc, ma bonne, cria l'artiste, où vas-tu donc

ainsi vêtue de noir? — Je vais aux Saints-Apôtres, à une messe de délivrance pour une ame du purgatoire. Et elle s'éloigna.

Une messe de délivrance! Et aussitôt fermant sa fenêtre et se jetant sur son lit et fondant en larmes : « Une messe de délivrance! Mais moi, il n'y aura ni messe ni prière qui me puisse délivrer! Damné, damné à jamais! damné parce que je l'ai voulu! » C'est dans cet état que le trouva sa nourrice quand elle revint de l'église. Elle lui demanda ce qu'il avait; et comme d'abord il ne lui répondait pas, elle se mit à le prier avec tant de tendresse et de larmes que l'artiste ne pouvant plus résister lui conta ce qu'il avait promis. La vieille femme resta immobile à ce récit. Vendre son ame au démon! cela était-il possible? Il ne se souvenait donc plus des promesses de son baptême et des prières qu'elle lui avait enseignées autrefois! Il fallait aller de suite se confesser. L'artiste sanglotait. Tantôt l'image de la cathédrale merveilleuse passant devant ses yeux fascinait son esprit, et tantôt l'idée de sa damnation éternelle se réveillait si vive et si poignante qu'il tressaillait sur son lit. La nourrice ne sachant que faire résolut d'aller consulter son confesseur. Elle lui conta l'affaire. Le prêtre se mit à réfléchir. Une cathédrale qui ferait de Cologne la merveille de l'Allemagne et de la France! — Mais, mon père... — Une cathédrale où l'on viendrait de tous côtés en pélerinage! — Après avoir bien pensé et bien médité : Ma bonne, dit le prêtre, en lui donnant un reliquaire d'argent, voici une relique des onze mille vierges. Donnez-la à votre maître; qu'il la prenne avec lui en allant à son rendez-vous. Qu'il tâche d'enlever au diable le plan de cette merveilleuse église, avant d'avoir signé aucun engagement, puis qu'il montre cette relique. »

Il était onze heures et demie quand l'artiste quitta sa demeure, laissant sa nourrice en prières et lui-même ayant prié pendant une bonne partie de la soirée. Il avait sous son manteau la relique qui devait lui servir de sauvegarde. Il trouva le diable à l'endroit convenu. Ce soir-là il n'avait pas pris de déguisement. Ne crains rien, dit-il à l'architecte qui tremblait, ne crains rien et approche. L'architecte approcha. — Voilà le plan de ta cathédrale, et voilà l'engagement que tu dois signer. — L'artiste sentit que c'était de ce moment que dépendait son salut. Il fit une prière mentale pour se recommander à Dieu, puis saisissant d'une main le plan merveilleux, et de l'autre tenant la sainte relique : « Au nom du Père et du Fils et du Saint-Esprit, s'écria-t-il, et par la vertu de cette sainte relique, retire-toi, Satan ! retire-toi ! » Et en disant ces mots il redoublait ses signes de croix.

Le diable resta un instant immobile.—C'est un prêtre qui t'a conseillé, dit-il à l'artiste ; c'est une ruse d'église ! Il demeura encore quelques instans, semblant chercher s'il ne pourrait pas reprendre son plan ou se jeter sur l'artiste pour le frapper de mort. Mais celui-ci se tenait sur ses gardes, serrant le plan contre sa poitrine et se couvrant de la sainte relique comme d'un bouclier. Je suis vaincu, cria Satan, mais je saurai me venger malgré tes prêtres et tes reliques. Cette église que tu m'as volée, elle ne s'achèvera pas. Et quant à toi, j'effacerai ton nom de la mémoire des hommes. Tu ne seras point damné, architecte de la cathédrale de Cologne, mais tu seras oublié et inconnu ! Et à ces mots le diable disparut.

Ces dernières paroles avaient fait une singulière impression sur l'artiste. Oublié et inconnu ! Il revint chez lui, triste, quoique maître du plan merveilleux. Cependant, il fit dire le lendemain une messe d'actions de

graces. Ensuite on commença les travaux de la cathédrale. L'artiste, en la voyant chaque jour s'élever davantage, espérait que les prédictions du démon serait trom-
pées, et, quant à son nom, il se promettait de le faire
graver sur une plaque de cuivre scellée dans le portail.
Vaine espérance ! Bientôt les dissensions entre l'archevêque et les bourgeois de Cologne interrompirent les
travaux. L'artiste mourut subitement, et avec des circonstances qui firent croire que le diable avait hâté sa mort.
Depuis ce temps, c'est en vain que l'on a essayé à diverses reprises d'achever la cathédrale de Cologne, et
c'est en vain aussi que les savans d'Allemagne ont fait
des recherches pour découvrir le nom de l'architecte.
La cathédrale reste imparfaite et le nom reste inconnu.
Le gouvernement prussien, depuis quelques années, fait
travailler à cette église ; mais je ne crois pas qu'il lève le
sort attaché à sa construction. Il y a une puissance mystérieuse qui empêche qu'elle soit jamais achevée, une
puissance aussi grande que le diable et qu'on ne peut ni
vaincre ni tromper avec des reliques et des prières, le
manque d'argent. Il faudrait je ne sais combien de millions pour achever la cathédrale de Cologne. Voilà ce
qui confirme d'une manière irrévocable la malédiction
du démon.

MUNICH.

SON ÉCOLE DE PEINTURE.

Si vous êtes d'une bonne santé et si vous croyez que Dieu est en disposition de vous prêter encore quelques années, attendez et ne faites le voyage de Munich que dans cinq ans. Dans cinq ans, les monumens qui s'élèvent à Munich seront finis. La peinture, la sculpture, l'architecture auront achevé leurs merveilles. C'est alors vraiment qu'il faudra faire le pélerinage de Munich, afin de voir cette ville nouvelle consacrée aux beaux-arts. Mais si vous craignez que dans cinq ans l'esprit casanier ne vous prenne et ne vous cloue sur votre fauteuil, alors partez de suite; ne différez pas; car avant tout il faut voir Munich. Il faut voir Munich pour avoir une idée de la vie et du mouvement que les beaux-arts répandent.

Nous avons à Paris des artistes, des expositions; nous avons des monumens qui s'élèvent, quoique lentement; nous avons des arts enfin; mais est-ce là d'où nous vient la vie et le mouvement? Est-ce là ce qui nous occupe et nous anime? sont-ce là les événemens de nos journées? Non certes. Faites le voyage de Munich! vous verrez ce que c'est que vivre et respirer du souffle des arts; vous verrez ce que c'est que l'ardeur et la fièvre des arts, ce que c'est qu'un peuple que tient en haleine un tableau, un bas-relief, un monument. Quelqu'un me demandait ce qu'on pensait à Munich. — A Munich, on ne pense pas; on regarde. Il y a des artistes qui peignent, qui sculptent, qui bâtissent; il y a des curieux qui viennent voir peindre, sculpter, bâtir: voilà Munich. J'ai trouvé à Munich des savans, des érudits, des mystiques, un grand philosophe, M. de Schelling. Tous ces hommes pensent et écrivent; mais ce n'est point, soyez-en sûrs, pour Munich. Munich a des yeux pour voir et non pour lire.

Quand vous entrez à Munich, au premier coup d'œil cette ville en construction vous étonne. J'y arrivais à six heures du matin; de tous côtés des foules d'ouvriers se rendaient à leurs travaux, maçons, charpentiers, tailleurs de pierre. Où vont ceux-ci?—A la Pinacothèque; c'est un Louvre qui s'élève pour recevoir les tableaux. — Et ceux-là? — A la nouvelle résidence. — Et ici quel est cet édifice achevé? — La Glyptothèque, le musée des antiques. — Et cette immense construction? — Une église gothique. — Et ceci? — Une chapelle byzantine. Et cela? — Une bibliothèque. Ailleurs c'était une caserne; ailleurs un ministère. Il y a de quoi rester confondu à voir cette activité. Et qui fait tout cela? —Le roi. — Il a donc une grosse liste civile? — Un peu plus de six millions. Il est économe sur tout le reste et est prodigue pour les beaux-arts. Puis à Munich la vie est bon marché; les artistes n'ont point de luxe; on fait beaucoup avec peu. Donnez au roi de Bavière les cent millions de la loi des travaux publics, il bâtira en marbre une ville aussi grande que Londres.

Les sujets, échauffés par la ferveur du roi, l'ont imité, et de toutes parts se sont élevées des maisons magnifiques. Des rues avaient été hardiment percées dans la campagne; les maisons viendront, s'était dit le roi; les maisons sont venues ou plutôt des palais, et toute une ville nouvelle s'est bâtie à côté de l'ancienne qui s'est elle-même, par émulation, élargie, agrandie, embellie. Tel est Munich aujourd'hui. Ce n'est pas que dans ce monde nouveau il n'y ait encore bien des traces du chaos dont il est sorti. La campagne envahie a laissé çà et là des témoignages qui attestent son ancien domaine, des morceaux de prairie, des pans de gazon, des bouquets de bois. Munich en ce moment est une ville qui se fait sous vos yeux. Vous la voyez croître chaque jour. Faites-vous une absence d'un mois? A votre retour vous trouvez une aile nouvelle au palais du roi, un plafond de peinture achevé à la chapelle byzantine, une salle décorée et sculptée à la pinacothèque. Nulle part je n'ai vu un aussi beau spectacle de travail. Mais il y a de quoi faire trembler quand on pense que toute cette activité tient peut-être à la vie du roi, et que, s'il mourait, Munich resterait suspendu et inachevé comme la cathédrale de Cologne, où la grue qui élevait les pierres est en arrêt encore au haut de sa tour à demi construite.

Ce qui donne au mouvement des beaux-arts à Munich un intérêt particulier, c'est qu'il suit d'un pas égal le mouvement de la science. Tout ce que les fouilles de Pompeï, tout ce que l'étude des vases grecs et des nouvelles statues grecques, telles que la Vénus de Milo, les marbres d'Égine, d'Olympie et d'Athènes; tout ce que les recherches sur l'art des anciens dans la Sicile, dans la Grèce, en Égypte, en Étrurie et sur l'art du moyen-âge, sur l'architecture byzantine et gothique, sur l'ancienne école de sculpture et de peinture en Italie et en Allemagne; tout ce que ces travaux de toutes sortes ont ajouté d'idées nouvelles à la science des beaux-arts, tout cela Munich en profite dans ses monumens. Munich aujourd'hui est la mise en action des idées de l'archéologie moderne. Ailleurs la science est dans les livres, morte, inanimée, sans formes, sans couleurs; ici elle vit et elle respire dans les monumens qui s'élèvent.

Pendant long-temps il était de mode de mépriser l'architecture du moyen-âge, l'architecture byzantine et gothique. Depuis quelque temps on s'est avisé que cette architecture avait son originalité et qu'elle méritait d'être étudiée avec le même respect que l'architecture égyptienne et grecque. Il n'a pas fallu l'étudier long-temps pour l'admirer. L'architecture byzantine, qui a créé Saint-Sernin de Toulouse, et l'architecture gothique qui a créé Notre-Dame de Paris et les cathédrales de Reims, d'Amiens, de Strasbourg et de Chartres, ont une beauté et une grandeur qui frappent tous les yeux. Tous les jours nous bâtissons des monumens sur les modèles des Égyptiens et des Grecs. Pourquoi n'en pas bâtir sur le modèle du moyen-âge? Là-dessus, à Berlin, dans le temps de la ferveur du teutonisme, on se mit à bâtir une église gothique; mais le courage ou l'argent manqua, et la pauvre église gothique, massive et pesante, sans dentelures de pierres, sans aiguilles tailladées, sans arceaux et presque sans ogives, avec un portail étroit et presque plat, qui n'a ni profondeur ni lointain, avec deux clochers mesquins, est restée comme le témoignage d'une imitation impuissante, donnant raison aux railleurs catholiques de l'Allemagne du Midi, qui prétendent que le protestantisme est incapable de produire une grande cathédrale, et qu'il ne sait que gâter les belles églises qu'il a prises au catholicisme au temps de la réforme. A Munich, une église gothique s'élève, déjà grande, déjà imposante, et l'église byzantine est achevée; il n'y a plus qu'à peindre l'intérieur, car elle sera peinte du haut en bas, sur un fond d'or, à la manière byzantine. Les plafonds sont presque finis; il y en a deux, l'un qui représente l'Ancien-Testament; l'autre, le Nouveau. Ces peintures, dans le goût du Cimabuë et des Byzantins, mais d'un dessin plus libre et plus aisé, sont de M. Hess.

A côté de ces monumens byzantins et gothiques s'élè-

vent des palais imités de Florence; ainsi la nouvelle
résidence. La résidence sera à l'intérieur toute couverte
de peintures. Dans les salles d'en-bas, M. Schnorr a
peint les *Nibelungen;* c'est dans ces peintures qu'on
voit surtout le parti qu'il y a à tirer de l'étude des anciennes peintures allemandes.

Les peintres du moyen-âge, quand ils peignaient des
saints, avaient l'avantage d'être, de toutes les manières,
beaucoup plus près que nous ne le sommes de leurs personnages. Saint Bernard ressemblait plus à saint Augustin que ne font nos évêques modernes, et saint François d'Assises rappelait aisément les solitaires de la Thé-
baïde. Chaque siècle a ses figures et ses physionomies.
Comparez les portraits du seizième siècle et ceux du
dix-huitième; les figures ont changé non moins que les
habillemens. Cela est tout simple; les mœurs et les habitudes s'empreignent sur les figures et les changent selon
le siècle. Comme les mœurs et les habitudes religieuses
du moyen-âge ressemblaient beaucoup plus que ne font
les nôtres aux mœurs et aux habitudes des premiers temps
du christianisme, les peintres de cette époque avaient
moins de chemin à faire pour retrouver les figures des
apôtres et des saints. Il en est de même pour les guerriers. Supposez qu'un peintre du moyen-âge voulût
peindre Attila: il y avait dans l'allure farouche des châ-
telains féodaux, dans leur port, dans leurs figures, tout
ce qu'il fallait pour figurer Attila. Qu'un peintre aujourd'hui veuille peindre Attila, quel modèle aura-t-il?
un bel officier·de cuirassiers. Tout a changé, costumes,
mœurs, armes, figures. Ce que nous pouvons faire de
mieux aujourd'hui, c'est d'étudier dans les peintures du
moyen-âge les traits des personnages des temps héroïques de l'Europe moderne. C'est ce qu'a fait M. Schnorr

avec beaucoup de talent. Il n'a pas seulement étudié le costume du moyen-âge, il a étudié les traits des visages de cette époque. C'est de cette manière qu'il a su retrouver les traits des héros des *Nibelungen,* de Sigefrid, de Gunther, d'Attila, de Folker, de Hagen. C'est aussi dans les femmes du moyen-âge, dans ces purs et tranquilles visages de la vieille école allemande et italienne, qu'il a trouvé les figures de sa Chriemhild et de sa Brunehaut.

Une des salles les plus curieuses de la résidence, c'est la salle dite d'Hésiode, et celle des Argonautes, dont le dessin appartient à M. Schwanthaler. Ces peintures sont le meilleur commentaire d'Hésiode que je connaisse, celui qui fait le mieux comprendre le génie de cette vieille poésie ; et elles semblent, quant aux Argonautes, avoir retrouvé quelques fragmens des poëmes cycliques qui chantaient leurs aventures. Ce n'est point le poëme d'Apollonius de Rhodes, du poëte de l'école d'Alexandrie, qui les a inspirées ; c'est un génie plus antique et plus grand. Nulle part ce qu'il y a d'informe, d'irrégulier, de gigantesque, de fantastique dans les commencemens de la mythologie grecque, dans ces personnages moitié dieux, moitié symboles, comme la Terre, la Nuit, l'Érèbe, l'Amour primitif, le Temps ; et ce qu'il y a de gracieux dans quelques-unes des fables qui commencent à naître, Vénus, les Grâces, les Muses, n'est exprimé d'une manière plus frappante et plus ingénieuse. Ces peintures sont vagues et indécises pour les êtres fantasmagoriques, capricieuses, irrégulières, inattendues, terribles, pour les monstres et les géans de la religion grecque ; nettes, précises, majestueuses, belles pour les derniers maîtres de l'Olympe païen, Jupiter, Junon, Minerve.

En dessinant les fresques de la salle d'Hésiode et des

Argonautes, M. Schwanthaler s'est inspiré de l'étude des vases grecs. C'est l'allure, c'est la forme, c'est le contour raide et sévère, c'est le relief expressif des peintures qui se voient sur ces vases. Dans les cartons de M. Cornélius, qu'on voit à l'École des Beaux-Arts, l'Adoration des Mages et le Crucifiement, le peintre a imité la manière de Raphaël dans la Dispute du Saint-Sacrement et l'École d'Athènes; il a cherché aussi à retrouver le grand style de l'École florentine sous Michel-Ange. Partout, enfin, dans les travaux de l'École de Munich, on reconnaît l'inspiration de la science; partout on voit les traces d'une imitation, tantôt de la Grèce antique, tantôt de l'Italie, tantôt du moyen-âge allemand; mais cette imitation est toujours libre, hardie, ingénieuse. Surtout ce n'est point l'imitation d'un seul goût et d'un seul système. L'École de Munich emprunte à tous les siècles et à tous les pays; différente en cela de l'École de David, qui eut le tort d'être exclusive et de trop sacrifier au dessin. De cette façon, cette École rapprocha la peinture de la statuaire, et lui ôta le mouvement et la vie qui lui sont propres, sans pouvoir lui donner ce qui est le partage de la statuaire, la beauté des formes. La statuaire est en même temps l'expression la plus vraie du corps humain, puisqu'elle le montre avec toutes ses formes et tous ses contours, et la plus noble, puisqu'elle le montre dans son calme, image du calme de l'ame humaine qui, lorsqu'elle est vraiment grande, ne permet pas aux passions d'éclater au dehors par la grimace et la contorsion. L'École de Munich est moins exclusive et moins rigoureuse que celle de David, sans être pour cela plus originale, quelle que soit l'ardeur des enthousiasmes qu'elle excite aux bords de l'Isar. Étant plus souple, plus variée, elle peut plaire à plus de monde et plus long-temps. Elle jouit en cela du bienfait de notre siècle qui n'est guère plus le siècle où règnent les principes absolus. Elle est éclectique comme nous le sommes tous d'un bout de l'Europe à l'autre.

On a comparé l'École de Munich à l'École des Carraches. Elle est plus savante et plus sérieuse ; elle est moins habile. Les Carraches furent des éclectiques en peinture ; mais leur éclectisme s'arrêtait à la forme. Ils mêlèrent la manière et le style de toutes les Écoles ; mais cela pour l'exécution plutôt que pour l'inspiration. Ils s'inquiétaient peu de savoir quelles étaient les diverses sources d'inspirations où avaient puisé leurs devanciers, et ils ne cherchaient point à faire de ces inspirations diverses une pensée et une philosophie communes qui fût celle de leur École. Ils étudiaient le tableau plutôt que le peintre, l'œuvre plutôt que l'ouvrier. Les Carraches firent pour la peinture ce que la civilisation fait pour les peuples ; la civilisation donne de l'unité aux peuples en ôtant à chaque province son caractère particulier ; les Carraches donnèrent de l'unité à la peinture en effaçant le caractère particulier de chaque École. Ils centralisèrent la peinture, si j'ose le dire ; ils lui imprimèrent une empreinte ineffaçable d'égalité plutôt que de grandeur. Telle fut l'École des Carraches, venus en Italie après tant de grandes Ecoles, et qui, par son époque, ne pouvait avoir d'autre mérite que celui d'une plus habile exécution.

Telle n'est point l'École de Munich ; elle ne succède pas à deux ou trois grandes Ecoles allemandes, elle succède à une longue éclipse. Elle n'a pas auprès d'elle plusieurs manières et plusieurs styles qu'il s'agisse seulement de généraliser sous une manière et sous un style commun, comme ont fait les Carraches. Elle peut prétendre à un autre mérite que le mérite d'exécution. Aussi s'est-elle mise à étudier les anciens, et les anciens de toutes les dates, cherchant quelle était l'inspiration des diverses écoles et remontant aux sources primitives. L'École de Munich vient, comme est venue en littérature l'École d'Alexandrie chez les Grecs, après une grande époque épuisée et presque passée de la mémoire des hommes. L'époque des Durer, des Holbein, des Cranack, des Hemmling, des Burgmayer, au seizième siècle, est aussi ancienne et aussi reculée pour l'Allemagne que l'époque des Eschyle et des Sophocle pour les Grecs d'Alexandrie. L'Ecole de Munich essaie donc de renouveler la peinture comme l'École d'Alexandrie essaya de renouveler la littérature. Des deux côtés c'est la même étude et la même adoration de l'antiquité. Munich adore le moyen-âge comme Alexandrie adorait la vieille mythologie grecque. C'est des deux côtés peut-être la même défiance de ses forces, la même conscience du défaut d'originalité véritable, et, pour suppléer à ce défaut, la même ardeur à se plonger dans l'imitation des choses antiques. Munich et Alexandrie, l'un par les arts, l'autre par la littérature, cherchent à se vieillir à qui mieux mieux, ayant tous deux une espèce de superstition à ces temps anciens, à ces temps irrévocables, où la foi était naïve et où l'enthousiasme n'avait rien de prémédité.

Ce n'est pas tout. Quoique à Munich le culte du moyen-âge allemand, et à Alexandrie le culte des temps héroïques de la Grèce, soient en grande ferveur, cependant, venues à des époques où tout se communique et se tient, Munich et Alexandrie s'empreignent des reflets, l'un du génie de l'Italie, et l'autre du génie de l'Orient. L'esprit oriental circule dans la poésie des Alexandrins, de même que l'esprit italien du quinzième siècle circule dans l'École de Munich. Placée au pied des Alpes du Tyrol, l'École de Munich semble avoir deux pôles, le moyen-âge allemand et le quinzième siècle italien, Nuremberg et Florence; elle est attirée de l'un à l'autre et cherche à unir les influences qui s'en échappent.

Il y a un trait de l'École de Munich que je me reprocherais de négliger. Je lisais tout récemment dans une excellente *Lettre sur le Vatican,* de M. Delécluze, que toutes les grandes Écoles de peinture et de sculpture ont toujours pour contemporaine quelque École de philosophie. L'École de Munich a aussi à côté d'elle son École de philosophie. Je veux parler de l'École mystique de MM. Gœrres et Bader. MM. Gœrres et Bader sont des hommes d'une grande science et d'une vive imagination qui ont entrepris de renouveler et de rajeunir le catholicisme. Le catholicisme de M. de La Mennais a quelque chose de roide et d'escarpé; c'est un système bâti sur la pointe d'un principe absolu et comme coupé à pic. Le catholicisme de MM. Gœrres et Bader est plus souple, plus étendu, plus élastique. Il se renferme, quant à la pratique, dans l'observation des règles de l'Église; mais, quant à la pensée, il fait entrer dans le catholicisme, à l'aide des symboles, des allégories et surtout des interprétations philosophiques, je ne sais combien de choses que Grégoire VII et Bossuet n'y ont jamais vues.

Tel qu'il est, ce mysticisme catholique, que je ne prétends point juger ici en pleine connaissance de cause, entretient dans les esprits une sorte de fermentation religieuse et philosophique qui ajoute au mouvement des beaux-arts. Les beaux-arts n'ont pas besoin du voisinage d'une philosophie précise et nette. La philosophie platonicienne qui, en Italie au quinzième siècle, inspirait l'École Florentine, et qui a fait faire à Raphaël sa Dispute du Saint-Sacrement et son Ecole d'Athènes, n'était guère un système méthodique et régulier. Mais qu'importait aux peintres florentins? Ils prenaient de la philosophie ses émanations, ses influences, je dirais presque ses parfums et ses vapeurs, sans s'inquiéter de savoir si elle avait des principes et des conclusions formelles. Or, le mysticisme de MM. Gœrres et Bader me semble sous ce rapport un excellent voisin pour l'École de Munich. C'est une philosophie qui exhale plus d'idées qu'elle ne prend de conclusions, qui émeut plus qu'elle ne convainc. Ses pensées sont plutôt à l'état de gaz qu'à l'état de solide; elles ont par cela même quelque chose d'enivrant qui convient aux artistes.

Ce qui étonne dans l'École de Munich, surtout lorsqu'on vient de Paris, c'est de voir combien elle se trouve à son aise et dans son naturel en traitant les sujets religieux. Nos peintres, en France, sont gênés quand ils traitent des sujets religieux; ils ont, dans ces sortes de tableaux, quelque chose de traditionnel et de convenu qui montre qu'ils n'ont pas travaillé d'inspiration. A Munich, l'inspiration dans les sujets pieux est libre, hardie, naturelle; rien de contraint, rien qui sente la besogne plutôt que l'art. Cette disposition des artistes tient un peu à l'influence du mysticisme catholique; mais elle tient surtout à l'esprit religieux qui règne en Allemagne et à la piété des catholiques de Bavière. Dans la guerre de trente ans la Bavière défendait le catholicisme; cette tradition de zèle s'est conservée. Les peintres sont bons chrétiens; le public auquel ils s'adressent est un public de bons chrétiens. Dans cet état des esprits les arts n'éprouvent aucun embarras à se laisser inspirer par la religion. Point de scrupule, point de fausse honte, ils sont sûrs d'euxmêmes et de leur public.

Des études sérieuses qui ont mené à un éclectisme créateur, la piété commune du peuple Bavarois et le mysticisme catholique en guise de levain, voilà les causes de l'École de Munich, d'une École qui doit désormais tenir sa place dans l'histoire de l'art.

AUGSBOURG.

HISTOIRE DE SAINTE AFRE, COURTISANE, PATRONNE D'AUGSBOURG.

Nous aimons fort les romans; c'est aujourd'hui la seule littérature qui ait la vogue. On me saura donc gré, j'espère, d'indiquer à mes contemporains un roman du plus grand intérêt, qui peint l'humanité pendant plus de huit siècles consécutifs, décrivant tous les pays, toutes les époques, tous les états de la société, aussi vaste et aussi varié que le monde et que l'histoire du monde; roman historique, roman passionné, roman fantastique et merveilleux, où tous les caractères, tous les esprits, tous les sentimens, toutes les idées de l'homme sont en jeu; roman admirable en ceci surtout, qu'il a une profonde unité avec une diversité infinie, auquel enfin je ne sais qu'un défaut, c'est qu'il est en cinquante-trois volumes in-folio. Ce roman, c'est la vie des Saints, ce sont les *Acta Sanctorum*, le recueil des bollandistes. Voici un chapitre de ce roman que je prends la liberté de mettre sous les yeux du public en l'accompagnant de quelques commentaires. C'est le récit de la conversion d'une courtisane de la ville d'Augsbourg en Bavière, au quatrième siècle de notre ère.

Le christianisme a beaucoup fait pour la femme et surtout pour la femme pécheresse. Il lui a enseigné qu'elle pouvait se relever par le repentir; il lui a dit qu'elle pouvait être purifiée de ses fautes; il l'a ramenée à l'honneur, en lui rendant un peu d'espoir. Ce fut une grande nouveauté dans le monde que cette doctrine de pénitence et de régénération. L'antiquité n'avait rien de semblable.

Prenons en effet dans la société antique une courtisane, Phryné, Aspasie ou Laïs ; supposons que, dans un instant de fatigue, de dégoût, de dépit, il lui vienne une pensée de repentir. Elle voudrait reprendre une vie meilleure ; elle voudrait se relever de son abaissement. Comment fera-t-elle ? Quel appui trouvera-t-elle dans les doctrines et dans les institutions de sa patrie ? Le sacrifice de ses anciennes passions, sa rupture avec le vice, qui est-ce qui les consacrera ? qui est-ce qui ordonnera à tout le monde, au nom du ciel, d'honorer et de respecter le repentir de Phryné ? Personne, assurément. Il n'y a point, dans la société grecque et romaine, d'institution qui régénère les ames ; point de doctrine qui consacre le repentir et lui donne force de loi. Si Phryné veut se repentir et quitter ses amans, si elle a assez d'énergie pour persévérer dans ses résolutions de sagesse, c'est fort bien ; mais cela la regarde, la société ne s'en occupe pas. Si on insulte Phryné repentante, eh bien ! elle a une action en injures contre son offenseur : la loi protége tout le monde, Phryné repentante comme Phryné coupable. Le repentir, encore une fois, chez les anciens, ne trouve point d'appui dans les institutions et dans les doctrines. Il est laissé à lui-même ; on ne l'encourage pas, on ne l'interdit pas ; on ne le protége ni ne le persécute. Il y a bien dans les mystères quelques traces d'une doctrine de pénitence et d'absolution religieuse, mais ce n'est point quelque chose de populaire et d'accrédité.

Maintenant voyons la société chrétienne. Prenons aussi une courtisane ; mettons-lui au cœur une idée de repentir, un caprice de vertu. Ne voyez-vous pas avec quelle ardeur cette idée fugitive, ce caprice d'un instant, la religion va s'en emparer ? Voilà une femme qui dit : J'ai péché ; mais je me repens ! Au nom de cette seconde parole, les souvenirs de la première s'effacent. La société chrétienne a trouvé le moyen de marquer d'un sceau particulier et d'affermir, en l'honorant, la moindre pensée de vertu, le moindre accès de sagesse.

Ainsi dans la société chrétienne, appui, secours, encouragement donn és àtous les bons sentimens, à toutes les bonnes inspirations. Dans la société antique, indifférence et délaissement ; le repentir y est abandonné à ses propres forces.

L'histoire de sainte Afre va servir de preuve à ces réflexions. Afre était une courtisane, joyeuse, insouciante, comme le sont ces femmes. Le polythéisme d'ailleurs jetait sur les courtisanes je ne sais quel vernis religieux. La prostitution, c'était le culte de Vénus. Afre, fille d'une Chyprienne, née dans l'île de Vénus, consacrée par sa mère au culte de Vénus, Afre était, j'imagine, la Phryné et l'Aspasie de la ville municipale d'Augsbourg, en Rhétie. C'était chez elle que soupaient les jeunes Romains qui venaient s'ennuyer à Augsbourg, sous le titre de préteurs ou de préfets des soldats, n'ayant d'autre occupation que leur fortune à faire aux dépens de la province, d'autre plaisir que la maison d'Afre, la fille de Chypre, qui les aidait à ruiner les provinciaux.

C'est chez elle qu'au temps de la persécution de Dioclétien, l'évêque Narcisse et son diacre Félix entrèrent sans le savoir, cherchant un refuge contre leurs ennemis. Afre, dit la légende, croyant que les deux voyageurs étaient des hommes enflammés d'impurs désirs, apprête un souper et prépare toutes choses, ainsi qu'elle avait coutume de le faire en pareille occasion ; mais l'évêque, s'étant approché de la table, se mit à prier et à chanter le Seigneur. Afre, stupéfaite de ces paroles, qu'elle n'avait jamais entendues, lui demanda qui il était, et elle apprit qu'il était évêque. Aussitôt elle tomba à ses pieds en disant : « Seigneur, je suis indigne de vous « recevoir, et dans toute la ville il n'est pas une créature « plus avilie que moi ! Je ne suis pas digne de toucher le « bord de vos vêtemens. »

L'évêque lui répondit : « Ne craignez rien ; le Sau- « veur, mon Dieu, a été touché par des mains impures et « il est resté sans tache. Ne voyez-vous pas la lumière du « soleil qui éclaire les cloaques et les lieux immondes, « et qui cependant remonte au ciel aussi pure qu'elle en « est descendue ? Ainsi, ma fille, recevez en votre ame « la lumière de la foi, afin que, purifiée de tout péché, « vous puissiez vous réjouir de m'avoir reçu dans votre « maison. » Afre lui dit : « Hélas ! j'ai commis plus de « péchés que je n'ai de cheveux ! comment puis-je laver « tant de souillures ? » Narcisse répondit : « Croyez, re- « cevez le baptême, et vous serez sauvée. »

La légende ne donne que les traits principaux du dialogue entre l'évêque et la courtisane. C'est à nous de pénétrer par l'imagination dans les détails de cette scène singulière, de ce chrétien persécuté entrant la nuit dans cette maison inconnue, la méprise de la courtisane, l'é- tonnement de l'évêque, l'émotion qui saisit cette malheu- reuse en apprenant qu'elle a chez elle un évêque chrétien, un homme pur entre tous, quelqu'un qui, chez elle, prie, parle de Dieu et du salut des pécheurs ! Elle se prend en mépris, en horreur. Alors la pitié vient à l'é- vêque en voyant cette Madeleine pénitente : il la rassure, il lui parle de la pureté du Christ qui peut purifier toutes les souillures ; elle peut, si elle veut, se relever de ses fautes ; elle peut être sauvée !

Être sauvée ! Ne plus être une misérable ! Ne plus vivre

de mépris et de honte ! Voilà l'idée qui transporte de joie cette malheureuse. Elle appelle les filles qui habitaient avec elle et partageaient sa vie infâme ; elle leur montre avec un pieux respect cet homme, cet étranger assis au foyer !

« Cet homme qui est venu vers nous est un évêque « des chrétiens ! Et il m'a dit : Si vous croyez au Christ « et si vous êtes baptisée, tous vos péchés vous seront « remis. Qu'en pensez-vous ? » Digna, Eumenia et Eu- prepia lui répondirent : « Vous êtes notre maîtresse ; « nous vous avons suivie dans le vice : comment ne « vous suivrions-nous pas dans le pardon de nos pé- « chés ! »

Je serai purifiée de mes péchés ! Voilà le mot qui en- traîne Afre vers la foi chrétienne ; c'est ce mot qu'elle répète à ses filles, c'est ce mot qu'elle répète à sa mère Hilaria, quand le matin, après une nuit passée en prières entre l'évêque et les filles, elle va prier sa mère de cacher le saint évêque. L'évêque m'a dit avec promesses : « Je « vous ferai chrétienne et toutes vos fautes vous seront « pardonnées ! » La mère entendant cela : « Puisse Dieu « m'accorder ce bonheur ! » dit-elle pleine de joie. Afre reprit : « Ainsi à la nuit je vous l'amènerai. — Oui, dit « la mère, et s'il s'y refusait, tu le supplieras ! » Lorsque le soir fut venu Afre pria Narcisse de venir, et elle le mena dans la maison d'Hilaria. Dès qu'il fut entré ce fut une grande joie, tellement qu'Hilaria, pendant trois heures, tint embrassés les genoux de l'évêque, en disant : « Je vous en supplie, seigneur ! faites que je sois aussi « purifiée de mes péchés ! »

C'est là le sentiment, c'est là l'idée qui change l'âme d'Afre, de ses filles, de sa mère ; et songeons-y bien, il n'y a rien de si naturel. Les malheureuses ont toujours été méprisées, et méprisées dans l'amour, là où le mépris est le plus poignant! Elles n'ont jamais été aimées qu'avec mépris; elles vivent de mépris; c'est le mépris qui les nourrit. Et tout à coup un homme vient dans leur maison qui leur dit que leurs péchés leur seront remis, qu'elles peuvent retrouver le respect, l'honneur. Le respect! l'honneur! Quelles paroles dans cette maison! et comme elles doivent rafraîchir ces ames flétries! N'être plus infâmes, n'être plus méprisées! quel avenir! quelle vie nouvelle! Songez combien il y a peu de choses qui puisse émouvoir ces femmes! Richesse, plaisirs, tendresse même, s'il y en a sans estime, tout leur a été promis mille fois. Mais l'honneur, mais la pureté comme au jour de leur naissance, voilà la parole imprévue, voilà le mot miraculeux qui les bouleverse et qui les fait chrétiennes!

Cependant la conversion ne se fait pas sans quelque obstacle. Au moment où le saint évêque priait pour ces femmes, un démon apparaît sous la forme d'un Egyptien plus noir qu'un corbeau, nu, le corps tout couvert de lèpre vive; il poussa un gémissement et dit: « Saint « évêque Narcisse, qu'y a-t-il entre toi et moi, et qu'as- « tu à démêler avec mes servantes qui ont toujours été « de mon domaine? Ton Dieu n'aime que les ames pures « et les corps sans souillures; ces femmes m'appartien- « nent; elles ne peuvent être à un autre. Me voit-on « jamais entrer où règne la chasteté? Pourquoi donc ton « Dieu veut-il entrer ici où tout est souillure, corps et « ame? »

Alors l'évêque lui dit: « Je t'ordonne, esprit immonde, « de répondre aux questions que je vais t'adresser. Dis- « moi, damné, tu sais que Jésus Christ de Nazareth, notre « Seigneur, a été garrotté, flagellé, conspué, couronné

« d'épines, moqué, lié, abreuvé de fiel et de vinaigre,
« attaché à une croix ; qu'il est mort et qu'il a été ense-
« veli et que le troisième jour il est ressuscité d'entre les
« morts. Sais-tu tout cela? »

— « Je voudrais bien ne pas le savoir, répondit le dé-
« mon ; car de l'heure qu'il a été crucifié, notre prince a
« fui devant sa face. »

L'évêque Narcisse reprit : « Dis-moi ; en quoi avait
« péché Jésus-Christ notre Seigneur, pour subir tant de
« souffrances ? »

Et le démon répondit : « Il n'a jamais péché. »

L'ÉVÊQUE NARCISSE.

« Et celui qui n'a jamais péché, pourquoi a-t-il tant
souffert ?

LE DÉMON.

Il n'a pas souffert pour ses péchés, mais pour les péchés des hommes.

L'ÉVÊQUE.

Ta condamnation est sortie de ta bouche, esprit immonde. Puisque tu sais que Jésus-Christ notre Seigneur
a été mis à mort, non pour ses péchés, mais pour les péchés des hommes, retire-toi donc de ces femmes ; car il
a souffert aussi pour elles qui ont eu recours à la foi et à
la grace.

LE DÉMON.

La loi enseigne de ne point s'approprier le bien d'autrui. Toi, qui es saint, pourquoi me prends-tu ce qui
m'appartient? pourquoi m'enlèves-tu les ames que j'ai
gagnées.

L'ÉVÊQUE.

Tu es un voleur; tu as volé ces ames à Dieu, leur créateur; je te traite donc comme un voleur et je rends à Dieu sa créature.

LE DÉMON.

Et moi aussi je suis sa créature! rends-moi donc aussi à mon créateur!

L'ÉVÊQUE.

Tu as confessé toi-même que le Christ avait souffert pour les péchés des hommes. Si, comme il a fait pour les péchés des hommes, il avait souffert pour les impiétés des démons, je te rendrais à ton créateur.

LE DÉMON.

Aie pitié de moi! et donne-moi au moins une seule ame!

L'ÉVÊQUE.

Et si je te la donne, qu'en feras-tu?

LE DÉMON.

Je m'en emparerai après avoir tué le corps.

L'ÉVÊQUE.

Demain matin, aux premiers rayons du jour, je te donnerai pouvoir de faire cela.

LE DÉMON.

Jure-moi devant ton Dieu que tu me donneras une ame enfermée dans un corps, afin que je m'en empare.

L'ÉVÊQUE.

Devant mon Dieu, je jure que je te donnerai une âme enfermée dans un corps buvant et mangeant, dormant et veillant.

LE DÉMON.

Laisse-moi rester ici cette nuit!

L'ÉVÊQUE.

Si tu peux rester avec nous, reste !

LE DÉMON.

Si tu n'élèves pas les mains vers le ciel, si tu ne glorifies pas ton Dieu en chantant, je puis rester.

L'ÉVÊQUE.

Rien pour toi, esprit immonde! je me prosternerai devant le Seigneur ; ces femmes aussi fléchiront le genou devant Dieu pendant la nuit entière, et nous chanterons ensemble ses louanges. »

Alors le démon poussa un hurlement affreux et disparut.

Je ne sais si c'est folie de ma part, mais le démon commençait à m'intéresser. Ce n'est pas seulement parce qu'il sait bien son catéchisme et qu'il répond pertinemment aux questions de l'évêque. Il m'intéresse surtout quand, laissant là l'argumentation dialectique qui lui réussit mal, il cherche à émouvoir l'évêque et s'écrie avec une si profonde tristesse : Et moi aussi je suis la créature de Dieu ; rends-moi donc à mon créateur! Pauvre démon, qui n'a pu s'accoutumer à l'enfer, que le mal qu'il a fait sur la terre, seul plaisir qui lui soit permis, n'a

pas su consoler de sa chute, qui se souvient du ciel et
de son bonheur, qui voudrait être rendu à Dieu ; démon
repentant qui s'humilie et que l'évêque convertirait aisément, j'imagine, s'il voulait s'en donner la peine. Rebuté
par l'évêque le démon revient à son caractère de diable,
et demande que par pitié au moins l'évêque lui abandonne une ame, une seule, une petite ame ; l'évêque le
lui promet. Alors le démon demande une autre grace,
c'est de rester encore une nuit dans la maison d'Afre.
La nuit, c'est un temps de triomphe pour le démon
de l'impureté ; l'évêque le refuse et le diable disparaît
enfin. Mais le lendemain, au lever du soleil, il vient
chercher l'ame que l'évêque lui a promise.

« Qu'il te souvienne, saint évêque, du serment que tu
« as fait devant ton Dieu ! Donne-moi une ame, que je tue
« son corps et que je l'emporte. » Le saint évêque Narcisse répondit : « Et toi, jure-moi, au nom de mon Dieu,
« que tu tueras aussitôt celui que je livrerai en ton pou-
« voir, et que si tu ne le tues pas, tu veux être précipité
« dans l'abîme. »

Et le démon lui dit : « Par celui qui nous a vaincus
« avec notre prince, je ne serai pas précipité dans l'abîme ;
« car je tuerai aussitôt celui que tu auras livré en mon
« pouvoir ! »

Et l'évêque lui dit : « Va donc auprès de la fontaine des
« Alpes-Juliennes dont personne ne peut boire l'eau, ni
« homme, ni troupeau, ni bête sauvage, à cause du dra-
« gon qui habite dans cette fontaine et dont le souffle
« donne la mort. Va, tue ce dragon et empare-toi de son
« ame. » Alors le démon s'écria en disant : « O évêque
« menteur ! il m'a engagé par un serment à tuer mon ami
« le dragon de la fontaine, et si je ne le tue pas il me

« précipitera dans l'abîme. » Le démon se résigna donc ; il tua le dragon et la fontaine fut libre, à l'usage de tous, jusqu'à nos jours.

Une fois le démon vaincu, la conversion se fit, et Afre fut baptisée avec ses filles et Hilaria sa mère.

Dans les légendes, le démon joue ordinairement un rôle important, quoiqu'il finisse toujours par être vaincu. Ces apparitions, aujourd'hui, nous semblent de pures fantaisies d'imagination, des visions de moines superstitieux. Qu'il nous soit permis de faire à ce sujet une réflexion. Toutes les fois que l'homme lutte contre ses passions et qu'il s'efforce d'en triompher, n'est-il pas vrai qu'il s'engage en quelque sorte un dialogue entre ses bons et ses mauvais sentimens ? Voyez les monologues de nos tragédies ; c'est le dialogue des passions entre elles, les mauvais sentimens argumentent contre les bons.

Video meliora proboque ;
Deteriora sequor ;

dit Médée. Elle se sent entre son bon et son mauvais génie et elle cède au mauvais. Le démon, dans la vie des saints, représente les passions qui luttent et qui résistent. Encore une ame, dit le démon à l'évêque Narcisse ; donne-moi encore une ame ! ce sera la dernière ! Que nous dit souvent la passion au moment où nous voulons revenir à la vertu ? Encore un péché et ce sera le dernier ! Voilà comme il faut entendre, dans la vie des saints, ces apparitions du démon. C'est la personnification de la passion qui lutte contre la vertu.

Le démon de l'impureté lutte, dans l'ame de sainte Afre, contre la pureté de la foi chrétienne. Cette fantasmagorie n'est que le dialogue entre ce qu'il y a de bon et ce qu'il y a de mauvais chez nous. Au lieu d'expliquer froidement cette lutte par des réflexions, au lieu de faire une minutieuse description morale de l'état de l'ame, au lieu de dire : Elle flottait entre le bien et le mal et ne savait auquel céder ; ces moines, ces légendaires, grossiers rédacteurs de la vie des saints, ont personnifié hardiment, sous la forme du démon, cette résistance nécessaire des mauvais penchans. Au lieu de faire une analyse métaphysique des passions, ils les ont mises en action et en drame.

LES VOYAGEURS EN SUISSE.

Genève et Schaffouse sont comme les deux portes de la Suisse, l'une au midi et l'autre au nord. C'est là que se rencontrent les voyageurs qui entrent et les voyageurs qui sortent, ceux qui ont encore toute la curiosité, toute l'inexpérience des novices, et ceux qui savent déjà ce que c'est qu'un voyage en Suisse. Je me souviens toujours à ce sujet d'un souper que nous fîmes à Schaffouse, l'année dernière. C'était à table d'hôte, entre gens qui la plupart avaient fini leurs courses. Voici qu'entre dans la salle à manger un jeune homme, la valise sur le dos, le bâton ferré à la main, ayant l'air d'un homme qui se prépare aux aventures, et qui s'émerveille d'avance du courage qu'il va déployer. Chacun de ses gestes, chacun des traits de sa figure semblait dire : N'est-il pas étonnant que je sois ici, le sac sur le dos, le bâton à la main, moi Parisien, moi homme de ville et de salon? A peine prit-il le temps de se mettre à table, il voulait aller dès le soir à la chute du Rhin ; et remettant aussitôt sa valise sur son dos, il quitta la salle à manger avec la contenance d'un homme qui va commencer quelque grande entreprise et qui en a déjà le sentiment sur le visage.

Nous ne manquâmes pas de rire de ce bon jeune homme qui se croyait déjà un peu héros, et qui se préparait intrépidement aux aventures. Il n'est pourtant personne qui, à son entrée en Suisse, n'ait eu un peu les mêmes idées et les mêmes sentimens ; personne aussi, à Paris, qui, si on lui parle du voyage de Suisse, ne se figure des précipices, des torrens, quelque chose enfin de beau et d'admirable, mais qui a ses dangers, et qu'il y a du courage ensemble et du plaisir à affronter. J'ai vu

à Berne, à la veille du voyage de *Thun*, et près d'entrer dans les Alpes de l'Oberland, j'ai vu des jeunes
femmes qui s'applaudissaient d'avance des périls qu'elles
allaient braver, des mauvais châlets où il leur faudrait
coucher. Quel plaisir, quand ce n'est pas habitude, de
coucher sur un lit un peu dur, de manger pour toute
nourriture du pain et du lait, de marcher à pied, ap-
puyé sur un grand bâton ferré; et qui sait même? il y en
a qui ont eu le bonheur de recevoir une averse de neige
sur la montagne! Ajoutez à cela les glaciers, les crevasses,
les avalanches, tout ce qui effraie, tout ce qui charme
à l'idée d'être protégée dans le péril par un jeune mari;
car le voyage de Suisse est souvent le voyage de la
lune de miel. Souvent même, dans un mauvais pas,
quand la pluie arrive en tourbillon, quand les chevaux
perdent pied, vous voyez tout à coup survenir un ou
deux jeunes gens en blouse et le sac sur le dos; mais ne
vous y trompez pas, c'est en Suisse l'habit de bon ton.
L'un est Français, l'autre Anglais, et ils portent secours
à quelque jeune Allemande (ce pays est un rendez-vous
de toutes les nations); ils arrêtent les chevaux, ils les
conduisent en bride; ils rassurent les voyageuses. J'ai
vu des intrigues commencer sur la montagne et s'achever
dans la vallée. De ce côté, la Suisse ressemble un peu
au bal de l'Opéra. Tout le monde s'aborde, se parle sans
se connaître, sans se demander son nom, sans croire
qu'on se reverra jamais. C'est un incognito et comme
un tutoiement général.

Suivons une caravane qui part pour Thun. — Eh bien!
où sont donc les précipices? Patience, mesdames, patience! Cependant la route est belle, presque sablée
comme une allée de jardin, et animée par je ne sais combien de voitures légères qui vont et qui reviennent.

Jusqu'ici c'est plutôt la route du bois de Boulogne, un des jours de Longchamps, que la route qui mène aux avalanches et aux glaciers. Du reste, les Alpes en perspective, rangées en amphithéâtre; et par-dessus leurs sommets blancs ou gris, selon que l'été a découvert le rocher ou que la neige le couvre encore, apparaît le sommet toujours glacé de la Jung-Frau.

Jusqu'ici tout est admirable et rien n'est dangereux. C'est du plaisir sans péril. On arrive à Thun. C'est ici que commencent les montagnes; c'est, pour ainsi dire, la porte des Alpes bernoises. Bon Dieu! que de voitures arrêtées et rangées en file comme un jour d'opéra! On descend dans un hôtel du meilleur ton; on s'assied à une table servie avec beaucoup d'élégance; voilà un voyage de périls qui s'ouvre d'une manière commode. A demain, je l'espère, à demain les dangers, les mauvais repas et les mauvais couchers! Le lendemain on s'embarque sur le lac de Thun, dans des bateaux numérotés comme nos cabriolets de Paris; à la sortie des bateaux, des cochers de petites voitures se disputent à qui vous mènera à Unterseen. De là jusqu'à Interlachen de jolies maisons, en vue du lac, qui se louent par appartemens garnis. Le soir à Interlachen, sur une vaste pelouse, des sociétés assises, comme au boulevard de Gand, des chanteurs italiens, des musiciens, toutes les habitudes enfin de Paris, en face des Alpes.

Ce n'est pas là encore ce que nous croyions : allons plus loin, et nous voilà dans la vallée de Lauterbrunn, une vallée d'à peine un quart de lieue de largeur, entre des rochers de trois et quatre mille pieds de haut, les uns taillés à pic et nus comme un mur, les autres chargés de forêts suspendues, on ne sait comment, sur leurs pentes escarpées. De là tombent dans la vallée des cas-

cades de mille sortes, les unes en nappes immenses, avec
des rebonds admirables de rochers en rochers ; les autres
se dispersant en l'air et flottant comme des écharpes
nuancées de toutes couleurs. Au fond de la vallée, et
pour fermer le tableau, les neiges de la Jung-Frau. Ah !
voici enfin la Suisse avec ses horreurs et ses déserts,
voici la belle nature sauvage. — Prenez garde : la civilisation s'est glissée aussi dans cette vallée, dans cette
fente étroite de rochers. Elle a numéroté les chars qui
vous y portent, aplani la route qui vous y mène et où
vous vous étonnez de rouler doucement comme dans les
allées d'un beau parc ; elle a placé des jeunes filles sur
là route pour vous vendre des bouquets, des mendians
pour vous demander l'aumône ; elle a grimpé sur ces rochers, bâti des escaliers et des balcons près de ces cascades, afin qu'on puisse en avoir à son aise le spectacle ;
il n'y manque presque que des premières et des secondes
loges ; surtout il n'y manque ni ouvreurs ni ouvreuses.
Les uns ont fait bâtir l'escalier, les autres ont taillé le
rocher ; ceux-ci vous soutiennent, ceux-là portent votre
bâton. Il y en a pour vous offrir un verre de lait au premier repos, pour vous avertir de regarder quand il faut,
quelques-uns aussi qui ne font autre chose que de vous
regarder, et tous demandent quelque chose pour leur
peine. Ne croyez pas que toutes ces exploitations de la
curiosité des voyageurs se fassent sans règles et au hasard,
que les grottes, les cascades et les glaciers soient au premier occupant. A Dieu ne plaise ! ce sont des choses que
les communes louent et afferment. Il y a des enchères
pour les grottes, des baux pour les glaciers. A tant la
cascade ! Personne ne dit mot ; adjugé ! Voilà la belle
nature sauvage !

Admirons-la donc, et commodément, pendant que

15

dure le jour. Le soir venu, nous rentrons à l'hôtel. On
soupe. Il y a de la recherche et de l'élégance à ces sou-
pers faits dans les montagnes. Toute la matinée on a
couru de cascades en cascades. Le soir on fait sa toilette,
les femmes surtout. Il y a des négligés pour ces occasions. La familiarité est vite établie entre gens qui sont
venus dans le même but, pour s'amuser, qui dans la
journée ont vu les mêmes choses, qui se sont déjà ren-
contrées à Interlachen, et qui se rencontreront à Grindelwald et à Mayringen. Car on voyage en quelque sorte
par caravanes ; on se retrouve tous les soirs, et cela pendant les cinq ou six jours que dure le voyage de l'Oberland. Si quelqu'un reste un jour de plus quelque part, il
passe dans une autre caravane, et le voilà membre
d'une autre société, composée à peu près comme la première ; car toutes se ressemblent ; des artistes français,
des oisifs de toutes nations, et parfois, et par malheur,
des étudians allemands. Je dis par malheur, car les étudians allemands portent dans leur voyage de Suisse la
rusticité systématique des mœurs universitaires.

Arrivent-ils dans une auberge, ils s'emparent de la
salle commune par leurs chants et par l'odeur de leurs
pipes. Bientôt les dames désertent et l'hôtel ressemble
alors à quelque auberge du temps de la guerre de Trente-
Ans. Pauvre triomphe du moyen-âge sur la civilisation,
mais qui plaît à l'imagination de nos étudians. Ils
poussent alors joyeusement sous leurs longues mous-
taches les bouffées de fumée de leurs pipes ; ils s'en
croient plus énergiques. Si l'esprit romanesque de ces
jeunes gens visait à la grace et à la délicatesse, ils se
feraient Céladons et prendraient les mœurs de l'Astrée.
Comme ils visent à la force et à l'énergie, ils se font barbares, et pour cela, en attendant la vigueur de caractère,

ils laissent croître leur barbe, afin de fortifier leur ame.

Il y a beaucoup de choses en Suisse que je préfère à la rencontre des étudians allemands; par exemple, j'aime mieux la pluie. La pluie sur la montagne amène les scènes du monde les plus piquantes. Tantôt c'est une caravane que vous voyez passer; et au seul aspect vous pouvez dire quelle nation y est en majorité. Si elle est calme et résignée, si chaque voyageuse est enveloppée dans son manteau, ne pressant point le pas de son mulet qui, la tête baissée sous la pluie, suit doucement la trace des montures qui ont passé le matin; si personne ne dit mot ni pour s'encourager, ni pour rire du mauvais temps, si les hommes marchent gravement à pied appuyés sur leurs longs bâtons, de l'air de gens qui accomplissent un devoir et ne s'en plaignent pas, à ces signes, soyez-en sûrs, c'est une caravane anglaise. Les Anglais semblent parfois voyager moins par plaisir que par acquit de conscience. D'ailleurs, tenant à honneur d'être le peuple qui sait le mieux voyager, comme il est aussi celui qui sait le mieux jouer au whist, ils prennent en patience les accidens de la route. Ils ont là-dessus une espèce de fatalisme oriental. *Dieu le veut*, dit le Musulman quand il arrive quelque malheur; cela répond à tout. *Que voulez-vous?* dit l'Anglais assailli par la pluie, *quand on est en voyage!* et cela répond à tout. La caravane est-elle gaie jusqu'à la folie, ou maussade jusqu'au ridicule? entendez-vous rire jusqu'aux larmes, ou protester en grondant qu'on ne reviendra plus dans ce maudit pays? la caravane est française. Enfin, a-t-elle l'air de défier l'intempérie du ciel, prenant la chose en vrais héros et se disant tout bas qu'on en voyait bien d'autres au moyen-âge? ce sont des Allemands.

Parfois les trois nations mouillées et trempées se rencontrent dans un mauvais châlet de bergers. Alors c'est le plus singulier mélange de résignation méthodiste, de gaîté extravagante et de magnanimité héroïque. Tous ces sentimens divers se confondent et s'exhalent en exclamations de toutes sortes. Bientôt la familiarité s'établit et chacun raconte son histoire de la matinée. Les uns se sont égarés et se sont tout à coup trouvés emprisonnés dans une vallée fermée de glaces et de rochers ; d'autres n'ont point perdu leur route, mais ils racontent avec une sorte d'orgueil les soins qu'ils ont pris pour ne pas perdre la trace. Chacun enfin a eu ses petites aventures. Pendant ce temps, de gros quartiers de sapin brûlent dans la cheminée et éclairent la cabane. Les femmes rangées auprès du feu ont ôté leurs manteaux et réparent un peu le désordre de leur toilette. La flamme se réfléchit de mille manières sur leurs visages, ranime leurs traits que la pluie a pâlis. Les hommes vont de temps en temps à la porte voir si le ciel s'éclaircit. « Il va faire beau, car le temps devient plus clair dans la vallée. — Oh ! oh ! mauvais signe ! C'est quand les montagnes commencent à se montrer que le beau temps est près de venir. » — Et l'on consulte là-dessus le berger ; mais le berger, en homme qui sait vivre et qui ne veut mécontenter personne, répond oui à toutes les questions.

Enfin, malgré la pluie, on se remet en route et on arrive au gîte. C'est une scène nouvelle que l'arrivée des caravanes. Les voyageurs que le mauvais temps a retenus à l'hôtel observent avec une sorte de joie maligne les voyageurs qui descendent de la montagne tout trempés de pluie et brisés de fatigue. Voilà pourtant, disent-ils, comme nous serions, si nous n'avions eu le bon esprit de rester. Ne leur envions pas cette joie, car c'est de toute leur journée la première distraction qu'ils aient eue. Je me souviens d'avoir eu à Chamouny le spectacle du désœuvrement de vingt ou trente voyageurs arrêtés par la pluie. C'était un tableau curieux : le matin, d'abord, incertitude générale, délibérations dans chaque coin de la salle commune; partira-t-on, ne partira-t-on pas? On va à la fenêtre. « Voyez-vous le Mont-Blanc? — Non. — Oh! la journée sera mauvaise. » On consulte les guides. «Il fera beau,» disent-ils. Je le crois bien; s'il ne faisait pas beau ce serait une journée de perdue. Les garçons d'auberge sont là-dessus d'un avis différent : « Les voyageurs partiront s'ils veulent, mais il pleuvra toute la journée. » Cependant, là comme ailleurs, la séparation se fait entre les timides et les hardis. Les timides attendent l'heure de midi. « A cette heure, disent-ils, nous verrons. » Les gens hardis partent la tête haute, quelques-uns pourtant le parapluie sur l'épaule. A midi même temps, même pluie, même obscurité sur les montagnes. Alors chacun s'arrange pour sa journée. Les uns se mettent au coin du feu et lisent le livre des voyageurs, singulier recueil de niaiseries à l'occasion du Mont-Blanc et de la mer de glace. Il y a là des sottises en toute langue; en vérité, pour être petit à côté des Alpes, l'homme n'avait pas besoin d'écrire les pensées qu'elles lui inspirent. Cependant, ce livre, tout niais qu'il est, n'est pas dépourvu, qui le croirait? d'une sorte d'intérêt historique. La révolution française a trouvé le moyen de marquer sa trace là comme ailleurs. Ainsi, en 1794, les pages se remplissent des pensées d'officiers et de soldats français qui envahissent la Savoie, et qui en passant viennent voir une de leurs conquêtes, le Mont-Blanc. Plus tard ce sont des administrateurs qui passent en Italie pour aller la gouverner. Enfin arrive 1814, et le livre, jusqu'alors écrit presque exclusivement en français, devient une espèce de recueil polyglotte ; l'Anglais, l'Allemand viennent y déposer leurs pensées. Ce recueil, le plus fastidieux du monde, devient ainsi une espèce de journal européen, où se lit l'histoire de notre siècle.

Les jours de pluie, on dîne de meilleure heure, car c'est un moyen d'occuper la journée. Aussi, dès quatre heures, la table se met ; le soir, même désœuvrement que le long du jour. Cependant il y a moins de mauvaise humeur sur les visages : la journée est passée, on a pris son parti ; puis, pendant la nuit, le temps changera, il fera beau demain, et chacun se retire dans sa chambre avec l'espérance de voir au matin le soleil briller sur les neiges du Mont-Blanc.

Si les premiers voyageurs qui ont parcouru la Suisse et qui ont mis en réputation ses lacs, ses montagnes et ses vallées, revenaient au monde et recommençaient leur voyage, ils seraient, j'imagine, bien étonnés. Ils trouveraient leur Suisse singulièrement changée, et peut-être s'en plaindraient-ils ; peut-être diraient-ils qu'ils l'aimaient mieux telle qu'elle était autrefois, sauvage et agreste. Aujourd'hui, semée d'auberges excellentes, traversée jusque dans ses plus étroites vallées par des chemins entretenus avec soin, familiarisée avec le monde, habituée aux gains faciles que procure la curiosité des oisifs, une partie de la Suisse a perdu sa physionomie originale. Quelques-uns même de ses cantons ne sont plus, pendant quatre mois de l'année, qu'une espèce de jardin public où l'on vient de toute l'Europe, une guinguette enfin de bonne compagnie, passez-moi le mot. L'imagination, nous l'avouons volontiers, peut se plaindre de cette métamorphose. Quant à nous, nous sommes prêts à nous en applaudir ; car n'est-ce pas une grande et belle chose qu'un honnête bourgeois de Paris ou de Londres puisse quitter sa maison, faire deux cents lieues, voir le Mont-Blanc face à face, fouler la mer de glace, visiter les cascades les plus sauvages, et revenir enfin chez lui, le tout commodément et sans avoir dérangé ses habitudes, sans presque même s'être désheuré? N'est-ce pas là, après tout, une des fins de la civilisation?

RÉCITS
ET CONTES DIVERS.
—

TRADITIONS CELTIQUES.

Les histoires tant soit peu fabuleuses que compilaient les moines du moyen-âge ne méritent ni tout le mépris, ni tout l'oubli où elles sont tombées aujourd'hui. Il serait digne d'un siècle où la critique est hardie et novatrice, d'examiner ces chroniques dédaignées, et de voir si l'on ne peut pas en tirer quelques renseignemens sur l'ancien état de la Gaule.

Quelques détails dans Tite-Live sur les invasions des Gaulois en Italie et en Grèce, *les Commentaires de Jules-César*, voilà toute l'histoire ancienne de notre pays. Les peuples de la Gaule n'avaient-ils pas, outre l'histoire de leur conquête conservée par les Romains, une histoire intérieure? N'avaient-ils pas eu leurs révolutions? Ces événemens n'ont-ils laissé aucun souvenir? N'y avait-il pas chez nous des récits et des traditions antérieurs à Jules-César? Ces traditions n'ont-elles été recueillies par personne? Le moyen-âge, plus rapproché que nous des temps anciens, n'en a-t-il pas gardé quelques récits? Voilà des questions curieuses sur lesquelles l'étude des chroniqueurs fabuleux du moyen-âge peut jeter quelque jour. C'est dans cette idée que je m'occupe de l'histoire du Hainaut de Jacques de Guyse.

Je trouve dans cette *Histoire du Hainaut* une nomenclature fort longue des différens chroniqueurs de nos provinces septentrionales. Ainsi Nicolas Rucler, Clérambault, Lucius de. Tongres, Hugues de Toul, voilà quatre auteurs, et il y en a d'autres encore cités dans Jacques de Guyse, qui ont écrit d'anciennes chroniques. C'est d'après ces auteurs que Jacques de Guyse a fait l'*Histoire du Hainaut* à partir de l'année 1228 avant Jésus-Christ. Il est fort honorable pour le Hainaut d'avoir une histoire 1228 ans avant Jésus-Christ. Le Hainaut, selon notre moine, a été peuplé par une colonie venue de Troie; au moyen - âge tout vient de Troie. Il s'était conservé dans la mémoire des peuples une espèce de souvenir de la poésie homérique. C'est de ces souvenirs confus d'Homère et de Virgile que s'était formée une tradition qui rattachait tant bien que mal l'histoire des peuples du Nord à l'histoire de Troie. C'est donc un prince troyen, nommé Bavo, qui vient fonder Belgis sur la montagne de Bel. Tout cela est fabuleux, fantastique; de plus tout cela aussi, et c'est un grand défaut, est ennuyeux. Pourquoi donc en parlé-je? Pourquoi y attaché-je une si grande importance? Voici pourquoi.

De nos jours nous avons changé la manière de faire l'histoire; nous avons inventé une espèce de formulaire historique. L'histoire n'est plus seulement la suite des faits et des événemens; nous avons pensé qu'il y avait dans les événemens quelque chose qui pouvait être ramené à des formules générales.

Il y a dans l'histoire une première époque où les hommes sont soumis au joug des théocraties; ces théocraties sont poétiques et savantes; c'est l'époque sacerdotale. Après l'époque sacerdotale vient l'époque guerrière. Dans la Bible, ce dépôt authentique des origines de l'espèce humaine, si nous cherchions des noms pour exprimer ces deux époques, nous trouverions Samuel comme

représentant de l'époque sacerdotale, et Saül comme
représentant de l'époque guerrière. Partout, dans
l'histoire profane comme dans l'histoire sacrée, ces deux
époques fondamentales de l'humanité sont exprimées.
Partout il y a des traces de la lutte entre les prêtres et les
guerriers ; l'histoire et la philosophie rendent à ce sujet
le même témoignage.

Eh bien! chose singulière! le moine de Valenciennes,
qui vivait au fond de son couvent, et qui est mort en
1399, a travaillé comme s'il savait la philosophie de l'histoire. Son roman de Bavo et de Belgis, c'est l'histoire
de l'humanité; et les deux époques fondamentales s'y
trouvent exprimées. Voici donc un problème curieux.
Jacques de Guyse et ses devanciers, tels que Rucler,
Clérambault, Lucius, Hugues, ont-ils devancé les
philosophes de nos jours? Ont-ils vu que l'histoire
de l'humanité pouvait se rapporter à certaines formules
générales? Possédant à la fois le génie philosophique et
le génie dramatique, ont-ils, après avoir créé un système philosophique plein de hardiesse et de force, su
animer ce système et en faire un roman historique plein
d'intérêt et de curiosité? Je ne demande pas mieux que
de croire au génie de Jacques de Guyse : mais je ne crois
pas cependant qu'il ait deviné à la fois l'histoire philosophique telle que les Allemands l'ont faite, et le roman
historique tel que nous l'a donné Walter Scott.

Que faut-il donc croire? Ne faut-il pas nécessairement
penser que de Guyse et ses devanciers ont écrit d'après
des traditions plutôt que d'après leur imagination? Ces
chroniqueurs du moyen-âge, si ridicules, si fabuleux,
si méprisés, auraient donc conservé comme par miracle
un souvenir des événemens qui ont précédé l'invasion
de César. Les fables de ces auteurs pourraient donc aider

à retrouver une espèce d'histoire antérieure à l'ère chrétienne dans les Gaules : cette conclusion est nécessaire. En effet, ou Jacques de Guyse et ses devanciers sont de profonds philosophes· et d'admirables romanciers, ce que je ne crois pas, ou bien ce sont de sincères et naïfs interprètes des récits qui se sont gardés dans la mémoire des peuples. Il faut que nous adoptions l'une ou l'autre de ces deux conclusions ; il faut que nous croyons au génie de Jacques de Guyse ou à l'authenticité quelconque de ses écrits.

Après avoir ainsi justifié notre chroniqueur, après avoir montré que ses fables ne sont pas toutes méprisables, et que l'on peut y trouver quelques utiles renseignemens sur l'antique histoire des Gaules, j'arrive à sa chronique même et j'en extrais quelques passages à l'appui de mes idées.

Je prends l'époque où le pouvoir fut transféré du sacerdoce à la royauté. Le sacerdoce était investi du pouvoir suprême dans la ville de Belgis. Il perd cette autorité qui passe à des rois. Vous le voyez, c'est l'histoire de Samuel et de Saül.

A la mort du grand-prêtre Herisbrandus, il y avait dans la ville de Belgis un grand et célèbre chasseur (tous les anciens héros sont des chasseurs) qui s'appelait Ursus. Le peuple fatigué de la domination sacerdotale le nomme roi. Voici le portrait que Jacques de Guyse fait d'Ursus.

« Cet Ursus était d'une conformation extraordinaire; « robuste et couvert de poils comme un ours, sa ressem- « blance avec cet animal féroce lui en avait fait donner « le nom. Sa taille était belle et élevée, car il surpassait « de près de deux coudées les plus grands citoyens de « Belgis. Sa figure inspirait la terreur, mais elle n'était « pas sans beauté. Il avait un courage et une audace que

« rien ne pouvait ébranler. Il était léger et agile de
« corps, d'un esprit vaste et intelligent, cruel dans ses
« affections, horrible à voir et rusé dans ses discours.
« On rapporte qu'il mit de ses propres mains cinq ours
« en pièces, qu'il attaquait seul les sangliers et les autres
« bêtes sauvages, et qu'il lui suffisait de ses propres
« forces pour les dompter. »

Voilà le roi que les citoyens de Belgis élurent à une
fort honorable majorité. Mais l'ordre des prêtres, le
clergé de Belgis, cherche à secouer cette domination
laïque. La lutte s'engage entre les prêtres et les guerriers :
Ursus extermine la race des prêtres. Pour exterminer
la tribu sacerdotale, avec qui s'allie-t-il ? Avec les Germains. Chose remarquable ! Les Germains, dans l'histoire du nord, sont le peuple guerrier par excellence ; ils représentent l'époque où le pouvoir devint
l'apanage du glaive et tomba des mains de la caste sacerdotale. Toutes les institutions germaniques sont des institutions guerrières : pas de caste sacerdotale, aucune
trace de théocratie, enfin tout ce qui caractérise une
tribu toute guerrière. Si l'histoire de Jacques de Guyse
est une fable, cette fable, il faut l'avouer, cadre admirablement avec la philosophie de l'histoire. Elle raconte
une révolution qui se trouve dans l'histoire de tous les
peuples, et elle choisit pour instrument de cette révolution le peuple que ses institutions rendent le plus propre
à jouer ce rôle.

Ursus transporte à Trèves le siége de l'empire belge ;
c'est une politique habile, quand on veut faire une révolution dans un État, d'en changer la capitale. Toutes
les grandes révolutions ont adopté de nouvelles capitales.
Quand Constantin a mis le christianisme sur le trône, il
a quitté Rome ; il a senti qu'à un nouvel empire il fallait

une nouvelle ville, et il a transporté le siége de l'empire à Byzance. Dans l'antiquité, Romulus avait transporté la suprématie d'Albe à Rome. Albe était la ville sacerdotale, la ville du pieux Énée, de ce guerrier-prêtre qui, lorsqu'il propose aux peuples du Latium de s'unir à ses Troyens et de ne plus faire qu'une seule nation, leur dit ces mots qui n'ont pas été assez remarqués :

Sacra deosque dabo.

« C'est moi qui donnerai les dieux et le culte. » Rome rivale d'Albe est la ville guerrière, la ville de Romulus, brigand, chasseur, héros; c'est tout un. Enfin lorsque Pierre-le-Grand veut fonder une nouvelle Russie, il fonde Saint-Pétersbourg et abandonne Moscou. Saint-Pétersbourg est la ville qui marque l'avénement de la Russie en Europe. Moscou est la vieille Russie, la Russie encore toute orientale.

Les changemens de capitale ne sont donc pas des choses indifférentes, et les villes ne sont pas seulement des monceaux de pierres; ce sont aussi des symboles, des signes, des emblèmes caractéristiques de la destinée des peuples.

Belgis, déshéritée de son titre de capitale, murmure, se plaint et bientôt il y a une révolte. Les insurrections ont, on le voit, en Belgique des précédens respectables; car voici une insurrection belge qui date de quelques mille ans avant Jésus-Christ. Le roi avait publié un décret par lequel il ordonnait que la ville de Belgis et toutes les cités et places fortes de son royaume deviendraient à jamais sujettes de la ville de Trèves, et que toute personne qui se montrerait rebelle à ce décret serait écorchée toute vive. Plusieurs cités répondirent sagement que, si la ville de Belgis, qu'elles considéraient toujours comme leur métropole et leur souveraine, quoiqu'elle fût déchue pour un temps de sa grandeur, consentait à recevoir ce decret et à obéir, elles imiteraient son exemple. Mais lorsqu'il fut publié au théâtre de Bel devant la grande statue, le peuple et surtout les femmes poussèrent des cris et des hurlemens si terribles qu'on eût dit qu'elles étaient devenues entièrement folles. Elles se jetèrent avec furie sur celui qui publiait l'édit et sur les quatre fils d'Ursus qui l'assistaient; elles les déchirèrent tous les cinq à coups de dents et d'ongles en autant de morceaux qu'elles étaient de personnes. Puis, courant avec impétuosité par toute la ville, elles égorgent sans pitié tous les hommes et toutes les femmes qui s'étaient montrés favorables à Ursus.

Dès le matin du jour suivant, les hommes de la ville s'assemblèrent dans l'amphithéâtre de Bacchus. Mais comme ils étaient pour la plupart jeunes, timides, sans aucune expérience et sans résolution, ils ne purent prendre aucun parti convenable aux circonstances, ni trouver un chef qui se chargeât de gouverner la cité. Les femmes qui s'étaient aussi rassemblées dans le temple de Bel, ayant connu cette faiblesse des hommes, les forcèrent de quitter l'amphithéâtre de Bacchus et de céder leurs places aux veuves de Belgis qui s'y rassemblent toutes avec un grand nombre de femmes mariées. Elles délibèrent et élisent pour leur reine la jeune Ursa qui était fille d'Hérisbrandus, autrefois prince des prêtres. Vous le voyez; c'est la tribu sacerdotale qui résiste; c'est de son sein que sort le chef de l'insurrection. Il ne resta plus alors dans la ville que ceux qui étaient restés fidèles au culte des dieux et aux anciennes lois de Belgis, et les enfans de ceux qui avaient été tués. La reine fit le recensement de toutes les femmes, depuis l'âge de vingt ans jusqu'à celui de quarante-cinq, et on en trouva plus de deux cent mille capables de porter les armes, sans comprendre dans ce nombre celles qui étaient enceintes, malades ou infirmes. Elles jurèrent toutes par les dieux qu'elles défendraient avec leur reine les libertés de Belgis contre Ursus et contre les Trévirois, ou qu'elles perdraient la vie.

Voilà l'insurrection féminine de la ville de Belgis, 1000 ans avant l'ère chrétienne.

Ursa régna avec gloire, si l'on en croit les détails donnés par J. de Guyse. Ursa est une espèce de Sémiramis flamande. La guerre s'engage entre Ursus et Ursa ; les amazones de Belgis demeurent victorieuses. Cependant elles appellent à leur secours les barons de la Bretagne. Ce titre de barons se trouve singulièrement placé à cette époque ancienne. Les barons de Bretagne, voyant ces femmes combattre avec tant de courage qu'elles n'avaient pas besoin d'aide, se contentèrent de les regarder et de les admirer, sans vouloir avoir aucune part à leur gloire ; puis après le combat, ils leur envoyèrent une députation pour demander en mariage un grand nombre de ces nobles amazones. On leur accorda deux mille jeunes filles qui devinrent de cette manière baronnes de Bretagne.

Telle est, dans Jacques de Guyse, l'histoire de la lutte entre les prêtres et les guerriers, entre Ursus, chef de guerriers, allié des Germains, et Ursa, héritière de la tribu sacerdotale. Les efforts d'Ursa pour relever le pouvoir sacerdotal furent infructueux. Enfin l'autorité souveraine, après avoir été théocratique sous les prêtres, après être devenue monarchique sous Ursus, devient élective sous un des successeurs d'Ursus. Telle est la marche des choses, tel est l'ordre des métamorphoses que le pouvoir subit dans les sociétés. D'abord despotique, illimité, dominant les consciences et les corps, puis monarchique, régulier, limité ; puis électif ; puis enfin la royauté aboutit au consulat. Telle est aussi l'histoire de Belgis dans Jacques de Guyse.

Voila donc un roman du quatorzième siècle, fait avec des lambeaux d'anciens auteurs, qui est vrai et authentique, si nous en croyons la philosophie de l'histoire.

Je ne veux pas m'arrêter plus long-temps sur Jacques de Guyse et sur ses devanciers ; j'ai seulement voulu donner une idée de l'intérêt que peuvent avoir des recherches faites avec soin dans les chroniqueurs du moyen-âge. Les fables qu'ils ont racontées ne sont pas à dédaigner ; consultées avec discernement, elles peuvent donner des lumières imprévues sur l'histoire des peuples celtiques.

RÉCITS DE LA SCYTHIE.

LE TOXARIS DE LUCIEN.

Les écrivains de l'antiquité ne se sont guère occupés des peuples du Nord, de ces Scythes, de ces Gètes, de ces Sarmates, qui, sous tant de noms divers, erraient des Alpes au Caucase. Ces barbares sont nos ancêtres; c'est de ces barbares que descendent toutes les nations modernes. Il est donc curieux de rechercher dans l'antiquité leurs traces éparses çà et là. C'est sous ce rapport que le Toxaris de Lucien me semble avoir un intérêt particulier.

Quand on connaît quelque peu le caractère de la littérature grecque et romaine, on est frappé, toutes les fois que les écrivains grecs et romains parlent des peuples du Nord et les mettent en scène, de voir quelle originalité de mœurs et d'idées éclate tout à coup dans leurs ouvrages. Ce n'est plus l'allure ordinaire; c'est quelque chose de plus fier, de plus énergique, de plus sauvage; on sent que le génie du Nord a passé par-là. Lisez le quatrième livre d'Hérodote, qui traite de l'origine, de l'histoire, des mœurs et du pays des Scythes. Ce n'est plus l'esprit grec élégant, gracieux, policé; ce sont des fables pleines d'un merveilleux étrange et sombre, comme il s'en trouve dans la mythologie scandinave; ce sont des scènes de vengeance sauvage; ce sont des peuples qui se jettent violemment les uns sur les autres Fictions, mœurs, événemens, tout enfin a une autre taille et une autre physionomie que les fictions, les mœurs et les événemens de la Grèce. On se sent dans un monde nouveau; pour retrouver ce monde après Hérodote, il faut descendre jusqu'au quatrième ou cinquième siècle. C'est

16

là que reparaît de nouveau ce monde barbare dont Hérodote avait cherché l'histoire jusqu'au fond des déserts
et qui en sort maintenant pour venir commencer un autre
monde, à la place du vieux monde grec et romain désormais épuisé.

Lucien, qui vivait sous Trajan, au commencement du
second siècle de l'ère chrétienne, à l'époque de la guerre
des Daces, Lucien qui avait visité la Gaule et la Macé-
doine, devait connaître mieux qu'Hérodote ces peuples
du Nord qui frémissaient chaque jour de plus près sur les
frontières de l'empire romain. Aussi son dialogue de
Toxaris contient quelques traits et quelques récits où les
mœurs du Nord sont vivement exprimées. Lucien est
un rhéteur, et à ce titre peu curieux de recherches
historiques. Ce qu'il cherche avant tout, c'est le goût
et le style grecs. Cependant, tout rhéteur qu'il est, le
contraste du génie grec et du génie septentrional se fait
sentir d'une manière frappante dans son dialogue. Le
dialogue est entre le Scythe Toxaris et le Grec Mnésippe,
et a pour sujet l'amitié; il s'agit de savoir quel est celui
des deux peuples, les Scythes ou les Grecs, qui sait le
mieux pratiquer l'amitié. Pour décider la question, chaque interlocuteur raconte cinq histoires d'amitié, après
s'être mutuellement juré de ne mentir en rien. Les cinq
histoires racontées, comme il n'y a pas de juge qui puisse
décider la question, sans s'inquiéter davantage de savoir
si les Grecs sont meilleurs amis que les Scythes ou les
Scythes que les Grecs, ils se jurent l'un à l'autre une
éternelle amitié.

Tel est le dialogue de Toxaris.

C'est déjà un témoignage rendu aux mœurs et aux institutions des peuples du Nord que ce débat sur l'amitié
entre un Grec et un Scythe. En prenant un Scythe pour

interlocuteur, Lucien montré qu'il avait quelque notion de ces amitiés particulières aux peuples du Nord et dont la fidélité du vassal envers son seigneur a été la dernière forme. Voyez Tacite, dans ses mœurs des Germains, comme il décrit avec éloquence cette institution des Leudes et des fidèles, dont est sortie la féodalité! « Quand un guerrier s'est distingué par son courage, les jeunes gens s'associent à lui et se font ses compagnons, *ses fidèles*. Chaque chef a sa bande qu'il doit armer et qu'il doit nourrir et avec laquelle il marche au combat. Les fidèles sont unis au chef par des liens sacrés, et il y a infamie pour le fidèle qui survit à son chef mort dans une bataille. » Plus tard aussi, dans les lois féodales, ce fut un cas de déchéance du fief que d'avoir abandonné son seigneur dans le combat. Toxaris, dans Lucien, décrit de la même manière l'amitié chez les Scythes : « La gloire du Scythe, dit-il, c'est d'avoir des amis, de les aider, de partager leurs malheurs et leurs périls, et l'infamie c'est d'avoir abandonné son ami. Quand nous voyons quelque homme de courage qui se montre capable de faire de grandes choses, nous briguons tous son amitié; et une fois qu'il a fait son choix, alors c'est entre lui et celui qu'il a choisi un traité et un serment solennels de vivre ensemble, d'avoir même fortune et de mourir l'un pour l'autre s'il le faut; et voici comme le traité se conclut : Nous nous faisons une légère blessure au doigt et nous versons le sang dans une coupe ; puis, après y avoir trempé la pointe de nos épées, nous buvons ensemble le sang. Ainsi fait, le traité est inviolable. »

Voilà l'amitié chez les Scythes où personne ne pouvait avoir plus de trois amis. Chez les Germains l'institution est déjà plus étendue; l'amitié est une bande organisée sous un chef. Vient enfin le moyen-âge où le

chef est un suzerain et ou les amis, les fidèles, sont des vassaux. Ainsi nous trouvons chez les Scythes le principe de
ces liens sacrés qui unissaient le seigneur et le vassal, et
de cette fidélité qui enfanta tant de glorieux dévouemens ;
ainsi nous voyons comment des Scythes au moyen-âge,
en passant par la Germanie, un sentiment est devenu
une institution.

Certes, cette amitié solennelle et sacrée, qui a enfanté
une société tout entière, la société féodale, vaut mieux
que cette amitié « qui, chez vous autres Grecs, dit Toxaris,
naît de l'habitude de s'asseoir à la même table ou de la
ressemblance d'âges, ou du voisinage des maisons. »
Amitié banale et d'accident, Toxaris a raison, espèce
de camaraderie éphémère, que le hasard détruit comme
il l'a formée, et qui est à peu près aussi sainte que chez
nous autres Français d'aujourd'hui l'amitié qu'on appelle
politique. Il y a dans le dédain que Toxaris a pour l'a-
mitié grecque et pour les récits que Mnésippe vient de
lui en faire, une fierté sauvage qui sent tout-à-fait l'homme
du Nord et le barbare qui fait fi de toutes les choses de
la civilisation. Nulle part peut-être, dans l'antiquité, le
contraste des mœurs grecques et des mœurs barbares, ce
contraste dont la littérature d'un peuple égoïste et épris
de lui-même cherchait rarement l'occasion, n'est exprimé d'une manière si vive et si pénétrante que dans les
paroles de Toxaris. « N'attends de moi aucun récit du
genre de ceux que tu m'as faits ; tu m'as parlé d'hommes
qui épousent une femme laide et pauvre, qui donnent
une petite dot à la fille de leur ami ou qui vont en prison, sachant bien qu'on les en fera bientôt sortir ; ce sont
là tes héros d'amitié ; je ne vois rien dans tout cela de
grand, de viril, d'héroïque. Moi je te parlerai de guerres,
de meurtres, de carnages faits pour sauver ou venger des

amis. Je ne vous blâme pas d'admirer ce que tu m'as conté. Avec la vie pacifique et molle que vous menez, vous n'avez point d'autre occasion de faire éclater vos amitiés. Mais nous chez qui la guerre est de tous les jours, qui tous les jours envahissons ou sommes envahis, qui combattons sans cesse pour les pâturages de nos bestiaux ou pour gagner du butin, il nous faut des amitiés viriles et fortes, à l'épreuve des périls et des malheurs. »

Après cette fière et dédaigneuse préface, Toxaris raconte cinq histoires d'amitiés scythes. Chacune de ces histoires contient une peinture expressive des mœurs barbares. Je me contenterai de traduire la plus intéressante, celle d'Arsacome. C'est un véritable récit de Grammaticus Saxo, le compilateur des Sagas scandinaves, enchâssé dans un dialogue de rhéteur grec.

« Arsacome, Macentas et Lonchate étaient amis. Arsacome était amoureux à mourir de Mazée, fille de Leucanor, roi du Bosphore. Il avait été envoyé par les Scythes dans le royaume du Bosphore, pour réclamer le tribut que devait payer ce royaume. C'est dans cette ambassade qu'il vit Mazée et en devint vivement épris. Arsacome avait réglé avec Leucanor ce qui avait rapport au tribut réclamé, et le roi lui donnait un festin d'adieu.

« C'est la coutume dans le royaume du Bosphore que ce soit à table que les prétendans à la main d'une fille la demandent pour femme ; c'est là qu'ils disent quels sont leurs titres de fortune ou de naissance pour prétendre au mariage qu'ils désirent. Au festin de Leucanor assistaient des rois et des fils de roi qui prétendaient à la main de Mazée, et entre autres Tigradates, prince des Lazes, et Adirmaque, chef des Machlènes. Voici comment se fait la demande. Chacun, en se présentant au festin, dit qui il est et qu'il vient comme prétendant, puis il s'asseoit à table avec les autres et garde le silence. Le repas fini, il prend un flacon, fait une libation de vin sur la table, demande la main de la fille qu'il veut épouser, et se vante en disant quelle est sa naissance, son rang, sa puissance, sa richesse.

« A ce festin donc plusieurs firent la libation et demandèrent la main de Mazée, en vantant leur puissance et leur richesse. C'étaient des royaumes, c'étaient des trésors qu'ils offraient. Arsacome prit aussi un flacon, mais il ne fit point la libation ; car ce n'est point l'usage chez nous de répandre ainsi le vin ; nous croirions outrager les Dieux qui nous l'ont donné pour un meilleur usage. Il versa le vin dans une coupe, et y trempant les lèvres : « Roi du Bosphore, dit-il, donne-moi pour femme ta fille Mazée ; car je l'emporte sur tous ses prétendans en puissance et en richesse. » Ces paroles étonnèrent Leucanor ; il savait qu'Arsacome était pauvre et qu'il n'était point noble parmi les Scythes. « Combien donc as-tu de troupeaux, Arsacome, reprit-il, et combien as-tu de chariots ? car ce sont là vos richesses. — Je n'ai ni chariots ni troupeaux, mais j'ai deux amis honnêtes et braves ; aucun autre Scythe n'en a de pareils. »

« A ces mots il s'éleva une risée universelle ; chacun se moqua d'Arsacome : « Il est ivre, disait-on. » Le lendemain matin Leucanor choisit Adirmaque pour mari de sa fille, et Adirmaque se prépara à l'emmener chez les Machlènes. Arsacome revint chez lui et annonça à ses deux amis comment il avait été refusé par le roi et insulté par tous, en plein repas, parce qu'on le croyait pauvre ; « et cela, parce que je leur avais dit quelle est ma richesse, c'est-à-dire vous, mes amis, Lonchate et Ma-

centas, vous et votre affection plus forte et plus puissante que tout le royaume de Bosphore ; et quand j'ai
parlé ainsi, Leucanor s'est moqué de moi avec dédain et
il a dit à Andirmaque d'emmener Mazée dans son pays,
qu'elle était sa femme, parce qu'il s'était vanté d'avoir
des flacons d'or pur, quatre-vingts chariots à quatre
bancs et une foule innombrable de bœufs et de moutons.
C'est donc ainsi qu'on préfère à la richesse de l'amitié la
richesse des bestiaux, des vases ciselés et des chariots
de bois. Amis, je souffre cruellement parce que j'aime
Mazée, et parce que l'injure qui m'a été faite au milieu
de tant d'hommes assemblés m'a blessé au fond de l'ame ;
mais l'injure vous est commune avec moi. Vous êtes
pour un tiers dans mon déshonneur ; car depuis notre
amitié nous ne sommes plus qu'un seul homme pour les
peines comme pour les joies. »

« L'injure, dit Lonchate, retombe tout entière sur
chacun de nous. Que faire donc dans cette circonstance?
dit Macentas. Partageons-nous la peine, reprit Lonchate ;
moi, je promets à Arsacome de lui apporter la tête de
Leucanor ; toi, il faut que tu lui amènes Mazée. — C'est
bien, dit Macentas. Et toi, Arsacome, reste ici, rassemble de l'infanterie et de la cavalerie, le plus de
monde que tu pourras ; car ce que nous allons faire doit
amener la guerre. Tu rassembleras aisément une bande
nombreuse ; on sait ta valeur, et nous avons beaucoup
de partisans. Pour réussir, place-toi sur la peau de
bœuf. »

« Aussitôt Lonchate partit pour le royaume de Bosphore et Macentas pour le pays des Machlènes. Arsacome resta, parla aux hommes de son âge et rassembla
une bande, en allant se placer sur la peau de bœuf. Voici
quel est cet usage. Quand quelqu'un a reçu une injure et

qu'il n'est pas assez puissant pour s'en venger, alors il immole un bœuf, coupe les chairs et les fait rôtir, puis, étendant la peau sur la terre, il s'asseoit dessus, les mains derrière le dos, comme un captif enchaîné : c'est là chez nous la supplication la plus pressante. Les chairs rôties sont placées sur des plats à côté de la peau ; chaque parent, chaque ami, chaque Scythe, fût-il même inconnu du suppliant, s'approche, prend une part des viandes et touche la peau du pied droit. Chacun promet ce qu'il peut, l'un cinq cavaliers qu'il nourrira lui-même, l'autre dix, celui-ci davantage, celui-là autant de soldats à pied qu'il pourra en rassembler ; les pauvres s'engagent eux-mêmes. Souvent, de cette manière, sur cette peau de bœuf on lève une armée innombrable, et cette armée est liée au service militaire par un serment solennel. Arsacome s'assit donc sur la peau de bœuf, et, comme il était bien aimé de tous, il eut bientôt une bande de cinq mille cavaliers et de vingt mille fantassins.

« Cependant Lonchate était arrivé dans le royaume du Bosphore. Il va trouver le roi et lui dit qu'il vient au nom des Scythes, mais qu'il a aussi en son propre nom des choses importantes à lui communiquer. « Parlez, lui dit Leucanor. — Au nom des Scythes, je vous déclare d'abord qu'ils défendent à vos troupeaux de venir paître jusque dans leurs plaines. Quant aux brigands qui infestent votre pays, les Scythes déclarent qu'ils n'autorisent point leurs brigandages, et si vous en pouvez prendre quelques-uns, traitez-les comme il vous plaira. Voilà toutes les paroles que les Scythes m'ont chargé de vous porter, mais moi je vous en dirai davantage. Arsacome, fils de Marantas, se prépare à envahir votre pays ; il vous a demandé votre fille pour en faire sa femme et vous l'avez refusé. C'est là ce qui l'excite, et voilà sept jours qu'il est ass issur la peau de bœuf, et il a déjà autour de lui une bande nombreuse. »

« Je savais, reprit Leucanor, qu'un Scythe s'était assis sur la peau de bœuf et rassemblait une armée, mais je ne savais pas que c'était contre nous, et qu'Arsacome était chef de l'entreprise. — Oui c'est contre vous, dit Lonchate. Arsacome est mon ennemi; il me hait parce que je l'emporte sur lui dans l'esprit de nos vieillards. Écoute donc ce que je vais te dire : Si tu veux me donner pour femme ton autre fille Barcétis, et je ne suis pas, crois-moi, indigne de ton alliance, je reviendrai bientôt et je t'apporterai la tête d'Arsacome. — Je te donne ma fille Barcétis, dit Leucanor; car il avait peur de la colère d'Arsacome et de la puissance des Scythes. — Jure donc que tu seras fidèle à la promesse que tu viens de me faire, comme je serai, moi, fidèle à la mienne. Leucanor levait les yeux et la main vers le ciel pour prêter le serment. —Ne jure pas ici, dit Lonchate; en nous voyant prêter ce serment on pourrait deviner nos projets; entrons plutôt dans le temple de Mars, fermons-en la porte et prêtons-nous serment l'un à l'autre sans témoins indiscrets. Car si Arsacome apprenait quelque chose de tout ceci, il me ferait tuer aussitôt, ayant déjà une bande nombreuse à ses ordres. —Entrons donc; et vous, dit le roi à ses gardes, tenez-vous loin du temple et que personne ne vienne si je ne l'appelle. » Ils entrent et les gardes s'éloignent. Alors Lonchate, tirant son épée, d'une main ferme la bouche du roi afin de l'empêcher de crier, tandis que de l'autre il lui plonge l'épée dans la poitrine; puis il lui coupe la tête qu'il cache sous son manteau et sort en ayant l'air de causer encore avec Leucanor et disant qu'il allait revenir à l'instant. Son cheval était à quelque distance de là ; il monte dessus et s'éloigne au grand galop. Personne ne le poursuivit sur l'heure ; car personne ne savait ce qui s'était passé dans le temple, et lorsque les gardes étonnées de ne pas voir paraître le roi se décidèrent enfin à entrer, il était trop tard. Ajoutez que tout aussitôt des querelles s'élevèrent pour savoir qui succéderait à Leucanor. Voilà ce que fit Lonchate et il tint la parole qu'il avait donnée à Arsacome, en lui présentant la tête de Leucanor.

« Voyons ce que fit Macentas. Ayant appris en chemin la mort de Leucanor, il va l'annoncer lui-même à Adirmaque et lui dit que c'est lui, comme gendre du roi, que le peuple veut élever au trône. « Hâte-toi donc ! Saisis le pouvoir avant qu'un autre s'en empare. Ordonne que ta femme te suive de près ; car il est bon de montrer au peuple du Bosphore la fille de son roi, afin de le décider à te donner la couronne. Moi, je suis de la nation des Alains et parent de ta femme par sa mère. La femme de Leucanor, Matréra, était de ma famille et ce sont ses frères qui m'envoient vers toi pour te conseiller de t'emparer au plus tôt du Bosphore et de te hâter afin que le frère bâtard de Leucanor, Eubiotas, ne s'empare pas du trône. Nous sommes ennemis d'Eubiotas ; car il favorise les Scythes et hait les Alains. » Ainsi parlait Macentas. Il était vêtu comme les Alains et parlait leur langue.

« Il n'y a en effet aucune différence entre les Scythes et les Alains, si ce n'est que les Alains portent les cheveux moins longs que les Scythes. Adirmaque prit donc confiance en ces paroles ; et Macentas reprenant : « Emploie-moi, dit-il, comme tu voudras ; veux-tu que je parte avec toi pour le Bosphore ? Veux-tu que je reste ici et que je t'amène ta femme ; je ferai ce que tu m'ordonneras. —

Puisque tu es parent de Mazée, c'est toi qui l'accompagneras. » Bientôt Adirmaque part et confie Mazée, qui était encore vierge, à la foi de Macentas. Macentas partit avec elle ; pendant tout le jour il la mena sur son char. Mais quand la nuit fut venue, il la fit monter à cheval avec lui et courant sans s'arrêter ni nuit ni jour, sauf quelques heures pour faire reposer la jeune fille, il arriva en trois jours chez les Scythes, et à peine arrivé son cheval tomba mort de fatigue. « Voici ce que je t'ai promis, » dit-il à Arsacome en lui remettant Mazée, et comme Arsacome, ravi de surprise et de joie, remerciait son ami : « Cesse, dit Macentas ; nous ne faisons qu'un, et me remercier, c'est comme si la main gauche remerciait la droite de l'aider. Ne serait-il pas ridicule, ne faisant qu'un corps et qu'une ame depuis long-temps, que nous crussions avoir fait quelque chose de grand et de beau parce que nos membres se sont fidèlement servis l'un l'autre. »

« Cependant Adirmarque ayant appris le piége où il était tombé rassembla une grande armée contre les Scythes. Eubiotas fit de même pour venger son frère auquel il avait succédé. Bientôt nous vîmes marcher contre nous une armée de quatre-vingt-dix mille hommes. Nous avions pour résister trente mille hommes levés sur la peau de taureau et Arsacome pour les commander. Nous livrâmes le combat. Notre armée était déjà presque défaite. Lonchate était blessé à la cuisse, Macentas à la tête et à l'épaule. Arsacome, qui combattait d'un autre côté, apprend le danger de ses amis ; aussitôt enfonçant ses éperons dans le ventre de son cheval, il accourt l'épée haute et se fait jour à travers les ennemis épouvantés de sa fureur. Adirmaque pressait Macentas. Arsacome s'élance sur lui et d'un coup de son cimeterre lui fend la tête jusqu'à la ceinture. La mort d'Adirmaque jeta l'effroi dans l'armée ennemie et nous rendit la victoire. C'est ainsi qu'Arsacome sauva ses amis de la mort, et c'est ainsi qu'on s'aime chez nous autres barbares. »

RÉCITS SCANDINAVES.

L'HAMLET DE GRAMMATICUS SAXO.

Tout le monde connaît l'Hamlet de Shakspeare. Peu de personnes, je crois, connaissent l'histoire d'où Shakspeare a tiré sa pièce. C'est l'histoire des Danois de *Grammaticus Saxo*. Saxo mourut en 1203. Comme il était fort savant, on lui donna le surnom de *Grammaticus*, qui veut dire à peu près homme de lettres. Son histoire est écrite d'un style pur et élégant; il imite beaucoup les historiens et les orateurs latins; c'est là peut-être ce qui le fit admirer par ses contemporains. Ce qui le rend précieux aujourd'hui, c'est moins l'élégance laborieuse de son style que les matériaux de son histoire. Il a en effet composé son histoire des premiers temps du Danemarck avec les poèmes et les chants épiques des anciens poètes du pays. Il a malheureusement altéré ces poèmes et ces récits en leur donnant le ton et la forme de l'histoire de Tite-Live ou de Salluste. Cependant, il n'a pas pu en changer tout-à-fait la nature et le caractère, et son livre est, sous ce rapport, un recueil curieux pour l'étude de la poésie des peuples du Nord.

C'est parmi ces fables et ces contes épiques que se trouve l'histoire d'Hamlet. J'ai été frappé en la lisant des changemens que Shakspeare a faits à l'histoire originale. Dans *Grammaticus Saxo* Hamlet est une espèce d'Ulysse qui fait le fou pour tromper les soupçons de son beau-père et se dérober à sa cruauté, mais qui a du reste une force et une netteté de jugement remarquables. Sa feinte folie n'a point eu prise sur lui; il ne s'est point perverti le bon sens à force de jouer son rôle d'homme égaré; c'est un fourbe profond. Dans Shaks-

peare, Hamlet, si je ne me trompe, est tout différent ; il
n'a point feint impunément la folie pendant plusieurs
années ; son rôle a empiété sur son véritable caractère.
Je ne sais quelle sombre mélancolie s'est emparée de son
esprit. Il est crédule, il est superstitieux ; c'est enfin un
personnage singulier, mystérieux, indéfinissable, propre
au drame et aux péripéties théâtrales ; car personne ne
peut prévoir ce que voudra ce caractère bizarre. Hamlet,
dans Shakspeare, est une sorte d'Oreste, accablé par le
chagrin, ayant une vengeance solennelle à accomplir. Il
n'a pas la majesté de l'Oreste antique ; car les anciens
ont presque emporté avec eux l'art de donner à leurs
héros, en dépit des passions diverses dont ils sont agités,
je ne sais quelle admirable unité de caractère. L'Oreste
shakespearien n'est pas un, il s'en faut ; il est plein de
contrastes et de diversités. Il est à la fois tendre, brutal,
amoureux, indifférent, bouffon, mélancolique, le plus
profond des philosophes, le plus insensé des princes. De
là, dans toute la pièce, la marche capricieuse et acciden-
telle des événemens. Point de suite, point d'intrigues,
point de projet ni de complot arrêté contre l'assassin de
son père ; des actions brusques, imprévues, de véritables
accès de manie ou des inspirations divines. Cette dé-
raison des choses et des idées finit par devenir conta-
gieuse ; la pauvre et jeune Ophélie n'y peut point résister ; elle devient folle aussi ; et le délire, moitié calculé,
moitié involontaire d'Hamlet se répand sur elle, et finit
par la perdre.

Tel n'est point l'Hamlet de l'historien danois. Dans
Grammaticus Saxo, Hamlet a toute sa raison, mais il la
cache ; il a un bon sens supérieur, mais il l'enveloppe à
dessein. Comme Ulysse, auquel nous l'avons déjà comparé, il a cette profondeur d'invention, cette fécondité

dé ruses compliquées qui nous étonne dans les fourbes de l'antiquité. En effet, qu'est-ce que nos ruses d'aujourd'hui? Qu'est-ce que toutes les combinaisons de notre diplomatie auprès des incroyables ressources de patience et d'adresse qui se remarquent dans les fourbes célèbres de l'antiquité. Le plus fin et le plus habile des diplomates européens n'est qu'un enfant auprès d'Ulysse, de Sinon, d'Hamlet. Nous croyons avoir perfectionné l'art de fourber comme toutes les autres choses ; c'est une erreur ; nous avons dégénéré. Nous savons mentir, dire *non* au lieu de *oui ;* le beau talent ! Mais combiner un projet, le développer en dépit de tous les obstacles, s'envelopper sans cesse de ruses, se résigner pendant de longues années à des efforts extraordinaires de patience et de discrétion, ne jamais se trahir par un mot ni par un geste, se permettre à peine quelque allégorie obscure et sententieuse quand l'ame est trop étouffée sous le poids du secret, marcher à son but par les détours les plus longs sans jamais le perdre de vue, avoir une fécondité de ressources inépuisables et ne jamais s'égarer ni ne se brouiller au milieu des combinaisons les plus laborieuses, voilà ce que faisaient les Ulysse et les Hamlet dans des temps grossiers et barbares, comme nous disons ; voilà ce que sont seuls capables de faire aujourd'hui les sauvages de l'Amérique du Nord ou les habitans de Java ; et encore, quand on songe que les Indiens du Nord sont près d'être effacés de ce monde, enveloppés et pressés de toutes parts par la race européenne ; quand on songe que les Javanais ne résistent qu'avec peine aux Hollandais, cela fait frémir en vérité sur l'avenir de la grande et de l'antique fourberie qui va bientôt disparaître d'ici-bas et ne plus laisser de souvenirs que dans l'histoire.

Hâtons-nous donc avant que ce sort s'accomplisse,

hâtons-nous de recueillir la mémoire de ces héros profondément rusés, dont la poésie épique a gardé le souvenir. Hamlet, dans Grammaticus Saxo, est un de ces hommes.

Feggon avait tué son frère Horwendille et épousé sa femme. Hamlet, fils d'Horwendille, craignant la cruauté de son beau-père, feignit d'être fou. On le voyait tous les matins dans le palais aller chercher les plus sales ordures et s'en couvrir tout le corps. C'était, disait-il, pour s'oindre le corps comme les athlètes avant le combat. Toutes ses actions et toutes ses paroles étaient d'un fou. Souvent, assis au coin du feu, il remuait les charbons avec sa main ; puis taillait des morceaux de bois en pointe et les faisait durcir au feu. Il y avait de ces morceaux de bois en pointe dont le bout avait des entailles faites en sens contraire les unes des autres. Tout ce travail paraissait fort ridicule, et quand on lui demandait ce qu'il voulait faire de ces morceaux de bois, il répondait que c'étaient ses flèches pour venger son père et que plus tard il ferait l'arc et la corde, ce qui faisait rire encore davantage tous les gens de la cour.

Hamlet disait vrai : tous ces morceaux de bois devaient lui servir à venger son père, comme la suite le prouva.

Quelques personnes cependant pensaient qu'Hamlet avait plus d'esprit qu'il n'en voulait montrer et qu'il n'était ni fou ni insensible, mais qu'il feignait de l'être. Elles le dirent au roi qui résolut d'éprouver sa folie. L'épreuve qui fut imaginée est ingénieuse et délicate ; on résolut de lui amener une jeune fille d'une grande beauté ; s'il restait insensible, alors il serait tenu pour fou, sans qu'il n'y eût plus aucun doute à ce sujet. S'il se laissait toucher, l'amour lui ferait oublier sa ruse ; il pese surveillerait plus avec un soin si scrupuleux ; il laisserait là son rôle de folie pour ne plus songer qu'à sa passion et à son bonheur. L'épreuve, comme on voit, n'est ni grossière ni maladroite ; éprouver une feinte folie par une passion qui rend fou aussi, mais vraiment fou, cela n'est pas mal inventé, surtout à l'égard d'un jeune homme, et Hamlet était tout jeune encore.

On arrange donc une partie de chasse ; au milieu de cette chasse les compagnons d'Hamlet devaient peu à peu le quitter ; alors il rencontrerait une jeune fille. Voyons comment Hamlet parvint à déjouer toutes les malices de ses ennemis.

On part ; comme Hamlet se doutait de quelque chose, il résolut de jouer son rôle mieux encore qu'à l'ordinaire ; aussi quand on lui présenta le cheval qu'il devait monter, il sauta brusquement dessus, et, se plaçant le dos tourné à la tête du cheval, il saisit sa queue en guise de bride et le fit partir au galop, tout le monde riant et le regardant comme plus insensé que jamais.

Ses compagnons en route se moquaient de lui ; ayant rencontré un loup dans la forêt : Hamlet, lui dirent-ils, voici un beau cheval ! —Oui, répondit Hamlet, et il faudrait en mettre quelques-uns de cette espèce parmi les troupeaux de Feggon !

Plus loin, on trouva sur le bord de la mer le gouvernail d'un vaisseau naufragé ; les jeunes gens lui dirent que c'était un grand couteau. — Cela ne m'étonne pas, reprit Hamlet, il faut un grand couteau pour couper un grand jambon, désignant la mer que fendait le gouvernail du navire.

Ayant descendu quelques dunes, arrivé au bord de la mer, on voulut lui faire croire que le sable blanc était de

17

la farine: Oui, dit-il, et ce sont les tempêtes qui la mouillent et qui la pétrissent!

Je ne prétends pas donner toutes ces réponses pour des saillies ingénieuses; je prie seulement ceux de mes lecteurs qui ont lu la vie d'Esope et les mots qui sont rapportés de lui, de comparer la sagesse d'Ésope et la sagesse d'Hamlet. C'est le même caractère, c'est un sens vrai enveloppé dans une allégorie fantastique, c'est un trait de raison caché sous un emblème mystérieux; c'est enfin une pensée qui se déguise et se dissimule soigneusement. Telle est aussi la sagesse orientale. Ajoutez que ces mots, qu'Hamlet laisse échapper, ont dans le récit un intérêt singulier. Ils démentent sa folie prétendue; ils laissent éclater sa pensée; ils prédisent sa vengeance future. En même temps leur bizarrerie prévient et déconcerte les soupçons. Que peut-on craindre d'un pareil bouffon? La bouffonnerie, dans les temps difficiles, est le passeport de l'esprit et de la raison. C'était là le talent des fous des rois, farceurs profonds, qui disaient la vérité la marotte à la main. Les mots d'Hamlet ressemblent aux mots de quelque fou de rois; ils ont, comme ceux-là, le mérite de changer subitement les rôles, de duper le railleur insipide qui prétendait duper autrui, et de punir la sotte ironie de la demande par l'éclat et la force inattendue de la réponse.

Arrivons à la manière dont Hamlet élude le piége qui lui était tendu. Ses compagnons l'avaient quitté; il rencontra alors la jeune fille. Elle cherche à lui plaire; elle lui plaît. Il va oublier son rôle de fou et d'insensible, quand tout à coup il voit se poser près de lui une grosse mouche, ayant une paille attachée aux pattes. Que voulait dire cela? C'était un avertissement que lui envoyait

un de ses compagnons qui avait de l'amitié pour lui ; le
message était d'un sens subtil et difficile à comprendre à
tout autre qu'Hamlet. Hamlet le comprit de suite ; il vit
que cette mouche et cette paille étaient un emblème de
son état ; la paille qui empêchait la mouche de voler librement signifiait qu'il y avait aussi un obstacle qui devait l'empêcher de s'abandonner librement à son amour.
Voilà ce qu'Hamlet comprit tout de suite ; et, à ce sujet,
je ne puis pas assez m'émerveiller de cette singulière fa-
cilité qu'avaient les anciens de s'entendre par emblèmes
et par énigmes.

Si, en 1812, les Russes se fussent avisés d'envoyer à Napoléon un oiseau, une grenouille et cinq flèches, comme
autrefois les Scythes à Darius, qui se fût trouvé dans
toute notre armée capable d'expliquer que cela voulait dire qu'il fallait fuir comme les oiseaux ou se cacher
comme les grenouilles, sans quoi on périrait par les flèches
des ennemis ? Qui de nous, enfin, allant à un rendez-
vous, s'il trouvait une mouche avec une paille sous les
pattes, s'imaginerait que cela veut dire qu'il y a un obstacle à ses plaisirs ? Les Perses, cependant, entendirent
aisément l'emblème de l'oiseau et de la grenouille, Hamlet
l'emblème de la mouche et de la paille.

Mais, et c'est là de sa part, à mon avis, une plus grande
habileté que d'avoir compris l'énigme en question, il ne
renonça pas pour cela à l'amour de la jeune fille, et fit si
bien qu'il trompa les regards de ses espions, fut heureux
loin de leurs yeux et détermina la jeune fille à ne trahir
ni le secret de son amour ni le secret de sa fausse folie.
C'est là, certes, un beau succès que de manger ainsi
l'appât sans être pris à l'hameçon.

Quant à la jeune fille, je conçois aisément sa discrétion. C'est une douce chose d'avoir un amant qui est

fou et insensé pour tout le monde, excepté pour soi ; un amant qui cache à tous les yeux sa faculté d'aimer et d'être aimé, et qui ne laisse éclater ses sentimens qu'aux pieds de sa maîtresse. C'est là seulement qu'il ose être ce qu'il est ; c'est là qu'il jouit de toute la liberté de son génie ; ailleurs, il étouffe sous son masque, il gémit de son rôle ignoble. Mais auprès d'elle il respire librement, il parle, il entend, il est homme ; il n'est plus un pauvre fou, ni un misérable bouffon. Qu'on le méprise ailleurs, qu'on le raille, qu'on l'insulte ou bien qu'on l'espionne ! Il a un lieu dans le monde où venir se consoler des mépris et des soupçons ; un lieu où on sait ce qu'il vaut, où les regards qu'il rencontre brillent d'amour et de confiance, où ses yeux peuvent briller aussi de tendresse et d'orgueil, où ils ne sont plus forcés de se baisser vers la terre ou de rester immobiles et stupides pendant que son ame bouillonne. Seule au monde, cette jeune fille connaît le prince de Danemarck ; les autres ne connaissent que son ombre et son nom ; seule, elle sait tout ce qu'il est, et, si elle le sait, ce n'est pas qu'elle l'ait découvert à force d'espionnage ; non, c'est lui même qui s'est découvert à elle, parce qu'il l'a aimée, parce qu'il l'a trouvée la seule digne d'être exceptée de cette comédie qu'il joue pour tout le monde, la seule digne de ne pas être trompée en méprisant, comme tout le monde, ce prince qui livre dédaigneusement sa personne et son nom aux railleries du public. Tout ce qu'il a jamais rêvé de grand, de hardi et de tendre, c'est devant elle qu'il le laisse se répandre ; c'est pour elle qu'il le réservait caché dans le fond de son cœur. Certes, cette jeune fille est heureuse entre toutes ; mais il y a un jour où elle cessera de l'être, le jour où tout le monde croira qu'elle l'est plus que jamais ; ce sera quand, vainqueur de ses ennemis et jetant son masque d'insensé, Hamlet sera roi pour tout le monde ; car alors elle partagera avec le Danemarck ce qu'elle a possédé seule pendant long-temps.

Quand Hamlet revint le lendemain au château, les courtisans lui demandèrent en riant où il avait couché. J'ai couché, dit-il, sur la corne d'un bœuf : j'ai couché sur la crête d'un coq ; j'ai couché sur la poutre d'un toit. Cette réponse excita de grandes risées ; Hamlet en parlant de la sorte éludait de répondre et pourtant il ne mentait point, car il avait caché dans ses vêtemens un morceau de corne de bœuf, une crête de coq et un éclat de poutre. On demanda aussi à la jeune fille ce qui s'était passé ; elle répondit en niant ce qu'on cherchait à savoir. L'ami qui lui avait adressé un avertissement secret assura qu'il n'avait pas cessé d'avoir les yeux sur Hamlet, et lui demanda s'il l'avait vu ; à quoi Hamlet répondit qu'il avait vu un porteur de paille qui était arrivé à lui à tire d'ailes et qui portait sa paille sous le corps. Ce mot fit encore éclater de rire tous les assistans ; mais il réjouit l'ami d'Hamlet qui connut par-là toute sa prudence.

Encore un coup, que la bizarrerie de tout ceci et l'absurdité apparente de toutes ces réponses ne rebutent pas les lecteurs. Il y a, je dois le répéter encore, il y a entre la fourberie ancienne et la fourberie moderne une énorme différence d'allures. La fourberie moderne est étroite et mesquine ; on dirait qu'elle vise à l'économie ; elle fait ce qui est nécessaire et tout au plus ; jamais de luxe, jamais de superflu. Telle n'est point la fourberie ancienne ; elle est prodigue de ruses et de stratagèmes ; elle est pleine d'imagination ; elle aime à s'envelopper des plus épais nuages pour les percer tout à coup par quelque trait de clarté imprévue ; elle répand à pleines mains la métaphore, l'allégorie, l'équivoque; elle se joue avec la ruse; elle en fait parade comme un maître d'armes avec l'escrime. Chez nous la fourberie est un métier, chez les anciens c'est un art. De là notre parcimonie et notre gêne; de là la fécondité et le faste des anciens. Nos fourbes, voire même nos valets de comédie, semblent s'épargner en cette matière; ils ne font que tout juste ce qui est utile. La fourberie, dans l'antiquité, se fait avec une sorte d'appareil et de magnificence. C'est un riche à qui rien ne coûte et qui ne craint pas d'épuiser ses trésors. La fourberie ancienne semble travailler pour se satisfaire elle-même, indépendamment du but qu'elle poursuit. Voilà comme il faut considérer la grande fourberie chez les anciens. A la juger selon notre point de vue d'aujourd'hui, elle semble avoir quelque chose d'excessif et d'inutile, quelque chose qui sent le caprice et la fantaisie. Il faut changer de point de vue; sinon nous condamnerons sans les comprendre les Ulysse, les Palamède, les Sinon, les Hamlet et Mercure enfin, le type idéal et divin de la fourberie.

J'ai dit que nos valets de comédie, quand on les compare aux fourbes anciens, étaient mesquins et petits; que leur fourberie manque en général de verve, d'éclat, de faste, et de cette sorte de prodigalité de ruses qu'ont les anciens. J'ai raison, je crois, pour les Crispins, les Scapins, les Champagnes et les Comtois; j'ai tort pour un seul, j'ai tort pour Figaro. Figaro fait de l'intrigue, non pas un métier seulement, mais un art. Il aime l'intrigue comme un peintre aime la peinture, non pour ce qu'elle rapporte, mais pour elle-même. Offrez à Figaro d'arriver à son but par le droit chemin, sans détours, sans stratagèmes, sans intrigues, il refusera; il lui faut de l'intrigue pour déployer son génie. Le sculpteur aussi pourrait se contenter de mouler sa pensée en terre cuite ; il veut du marbre pourtant, afin de tailler et de ciseler son idée. Tel est Figaro ; aussi il mêle et croise sans cesse ses intrigues ; il lui en faut deux ou trois à la fois ; il est, en fait de ruses et de mensonges, fastueux et prodigue ; il donne enfin l'idée de la fourberie antique. Seulement sa fourberie est gaie, spirituelle, moqueuse, comme la veulent les modernes, au lieu que la fourberie des anciens est fantastique et merveilleuse. Cela dépend des changemens qui se font dans le goût des siècles, les uns aimant mieux l'esprit, les autres l'imagination.

J'avais à cœur de réparer mon oubli à l'égard de Figaro ; maintenant revenons aux épreuves d'Hamlet.

Il y avait toujours des gens qui doutaient de sa folie. Ils résolurent de l'éprouver encore ; la première fois il avait été éprouvé à l'aide de l'amour ; cette fois ce fut à l'aide de la confiance d'un fils envers sa mère. Feggon feignit de partir pour un long voyage ; Hamlet fut enfermé dans son appartement avec sa mère ; mais auparavant un espion se glissa dans cet appartement et se cacha sous le lit. On pensait que, de cette manière, si Hamlet avait sa raison et formait quelque projet, il en parlerait à sa mère et ne se défierait de rien. Hamlet était toujours sur ses gardes. A peine entré dans l'appartement, craignant qu'on n'eût apposé quelqu'un pour écouter ses paroles, il se mit à faire ses folies ordinaires, à chanter en imitant le cri d'un coq, à agiter ses bras en guise d'ailes ; puis enfin, montant sur son lit, il se mit à se balancer pour sentir s'il n'y avait pas quelqu'un de caché. Sentant quelque chose sous ses pieds, il perça le lit d'un grand coup d'épée, et avec le lit l'homme qui était caché dessous ; puis, le tirant de sa retraite, il l'acheva, coupa son corps par morceaux, le

fit bouillir et le donna aux porcs. Cela fait, il entra dans
la chambre de sa mère. Comme celle-ci se mettait à déplorer la folie et l'imbécillité de son fils, Hamlet l'interrompant : « Femme, dit-il, pleurez sur votre crime,
« pleurez sur vous qui avez passé dans le lit de l'assassin
« de votre époux. Vous avez fait comme les génisses
« qui se donnent au vainqueur du troupeau. Eh bien !
« me croyez-vous encore fou et insensible ! J'ai feint de
« l'être ; il le fallait, car sans cela l'assassin de mon père
« ne m'eût point épargné. Mais l'idée de me venger ne
« me quitte ni nuit ni jour ; j'attends, je veille ; l'occasion
« venue, je frapperai. Cessez donc de déplorer ma folie
« prétendue, pleurez sur vous ! et avant tout songez à
« taire ce que vous avez vu et entendu de moi ! »

Quand Feggon revint, il chercha où était son espion
et ne le trouva plus. Hamlet dit qu'il était tombé dans un
égoût et avait été dévoré par les porcs qui passaient.
C'était la vérité, car Hamlet ne mentait jamais ; mais cela
parut si absurde qu'on le prit pour une folie.

Cependant Feggon voulait à toute force faire périr
Hamlet. Ne le pouvant pas en Danemarck, parce que sa
femme ne l'aurait point souffert, il résolut de l'envoyer
en Angleterre et d'écrire au roi de ce pays de le faire
périr. Quand Hamlet fut près de partir, ayant pris sa
mère en particulier, il lui ordonna de faire une tapisserie
pour la salle du festin et de célébrer ses funérailles au
bout d'un an, comme s'il était mort en pays étranger.
C'est à cette époque qu'il devait revenir. Feggon fit partir avec Hamlet deux affidés ayant une lettre écrite sur
bois, qui priait le roi d'Angleterre de faire périr le jeune
homme à son arrivée. Mais Hamlet, pendant leur sommeil, surprit cette lettre, et, l'ayant lue, il effaça ce qui
était écrit, et mit à la place qu'il fallait faire périr les

hommes qui remettraient au roi ce message ; il y ajouta que le roi de Danemarck priait le roi d'Angleterre de donner sa fille en mariage au jeune prince qu'il lui envoyait, jeune prince plein de sagesse et de prudence.

Arrivés en Angleterre, les envoyés de Feggon remettent au roi leur message, ne se doutant pas de ce qui y était écrit. Le roi, dissimulant son projet, les invita à un grand repas. C'était un festin splendide, et il y avait une singulière profusion de mets délicats. Hamlet cependant n'en voulut goûter aucun et s'abstint aussi bien de boire que de manger. Tout le monde s'étonnait de voir ce jeune homme, venu d'un pays grossier et barbare, dédaigner toutes les délicatesses de la table royale, comme si c'était un dîner de paysan. Le festin fini, on se retira ; alors le roi fit écouter par un espion ce que disaient ses hôtes. Les compagnons d'Hamlet ne manquèrent pas de lui demander pourquoi il n'avait voulu goûter ni des boissons, ni des mets du roi. Était-ce qu'il craignait qu'ils fussent empoisonnés ? Hamlet répondit : « Son pain sent le sang, ses boissons sentent le fer, ses « viandes sentent le cadavre. Le roi a des yeux d'es- « clave, la reine a fait trois gestes de servante. » Ces paroles attirèrent à Hamlet, de la part de ses compagnons, de grands reproches et de grandes risées ; ils le traitèrent d'homme grossier et de fou.

Mais le roi, apprenant ces paroles par son espion, vit bien qu'elles n'avaient pu être dites que par un homme d'une sagesse ou d'une folie extrême. Il résolut donc de s'informer. Il fit venir le fermier qui lui vendait son blé et lui demanda où était venu le blé avec lequel avait été fait le pain de son repas. Le fermier répondit que ce blé était venu dans un champ plus fertile que tous les autres champs voisins, parce qu'il s'y était donné autrefois une grande bataille et que la terre y était pleine d'ossemens humains. Le roi, à ces mots, soupçonnant qu'Hamlet avait peut-être dit la vérité en toutes choses, demanda au fermier d'où venait le lard qu'il lui avait aporté. Le fermier répondit que ses porcs, s'étant échappés par la négligence du gardien, avaient dévoré le cadavre d'un voleur tombé du gibet. Le roi demanda encore comment avait été faite la boisson de sa table. — Avec du blé et de l'eau (c'était de la bière). — Et où est la source où l'eau a été puisée? Le fermier l'indiqua; alors le roi, ayant fait creuser dans cet endroit, trouva plusieurs épées rouillées. Émerveillé de la justesse des paroles d'Hamlet, le roi commença à s'inquiéter de ce qu'il avait dit qu'il avait des yeux d'esclave. Il prit donc sa mère en particulier et lui demanda de qui il était né. Sa mère commença par assurer, avec serment, qu'il était né du feu roi son mari ; mais, l'ayant menacée, elle lui avoua qu'il était fils d'un esclave. Bientôt il apprit que la reine était née d'une servante. Confus de toutes ces découvertes et ravi en même temps de la sagesse d'Hamlet, il l'interrogea pour savoir quels gestes de servante il avait remarqués dans la reine. « Trois, répondit Hamlet : le premier de « s'être couvert la tête de son manteau comme font les « servantes ; le second d'avoir relevé sa ceinture pour « marcher plus lestement; le troisième d'avoir ôté avec « un cure-dents les petits morceaux de viande arrêtés « dans ses dents et de les avoir mangés au lieu de les « poser sur son assiette. »

Le roi, regardant Hamlet comme inspiré du ciel, lui donna sa fille en mariage et ensuite fit pendre ses compagnons, comme l'en avait prié le roi de Danemarck. Hamlet, feignant d'être offensé de cette mort, dont il se réjouissait au fond du cœur, reçut à titre de composition plusieurs livres d'or, qu'il fit fondre et enfermer dans des bâtons creux.

Beaucoup de personnes seront tentées, j'imagine, de ne pas regarder comme des traits de sagesse tout ce que nous venons de raconter d'Hamlet. J'avoue volontiers qu'on est sage aujourd'hui à meilleur marché et que, pour avoir cette réputation, il ne faut pas deviner, en mangeant son pain, dans quel champ est venu le blé dont il est fait. Souvenons-nous cependant de Zadig ; sa sagesse est du genre de celle d'Hamlet, sagesse mystérieuse, espèce de divination. Ainsi il sait que « la petite chienne de la « reine boite du pied gauche de devant et a de longues « oreilles. « Comment sait-il si bien tout cela ? » Parce « qu'il a vu sur le sable les traces d'un animal et qu'il a « jugé aisément que c'étaient celles d'un petit chien. Des « sillons légers et longs, imprimés sur de petites émi-« nences de sable, entre les traces des pattes, lui ont fait « connaître que c'était une chienne dont les mamelles « étaient pendantes et qu'ainsi elle avait fait des petits il « y a peu de jours. D'autres traces, en un sens différent, « qui paraissaient avoir toujours rasé la surface du sable, « à côté des pattes de devant, lui ont appris qu'elle avait « les oreilles très longues ; et comme il a remarqué que « le sable était toujours moins creusé par une patte que « par les trois autres ; il comprit que la chienne de notre « auguste reine était un peu boiteuse, s'il ose le dire. »

La sagesse de Zadig émerveille la cour de Babylone, comme celle d'Hamlet émerveille le roi d'Angleterre. Voltaire, dans son conte, a deviné admirablement le ca-ractère de la sagesse orientale, et ni ses habitudes d'ex-trême civilisation, ni ses manières de voir philosophi-ques n'ont en cela nui à la souplesse de son génie. Il a fait de Zadig un vrai sage d'Orient, un sage qui observe et se tait, qui devine des énigmes, qui parle par allégories. Il y a une grande différence entre le sage chez les anciens et le sage chez les modernes. Le sage chez les anciens est surtout celui qui sait se tirer d'affaires, celui qui sait faire son chemin. C'est ainsi que Cardan, un des hommes les plus spirituels du seizième siècle, entend la sagesse dans son livre *de sapientiâ*. Il cite comme exemple de la sagesse, non pas des prédicateurs, des philosophes, des théologiens, mais un Français nommé *Grangis*, qu'il avait vu gisant dans la rue, malade et moribond; on le porta par pitié à l'hôpital où il guérit. « Quelques années après je le « vis ayant château, terres, argent, hôtel à la ville, service « superbe, chevaux, domestiques; il avait été nommé « interprète d'ambassade en Suède; l'ambassadeur étant « mort, il avait fait les affaires du roi de France avec « tant d'habileté, qu'ayant obtenu sa faveur par ses ser- « vices, il était devenu riche et puissant. » Voilà le sage au dire de Cardan; voilà le sage dans l'antiquité et surtout dans l'Orient.

Les différences qu'il y a, selon les siècles, dans l'idée que le monde a des choses, servent de lumière pour connaître les civilisations diverses. Quelle était donc la civilisation de l'Orient, à en juger par l'idée qu'on y avait du sage? La société orientale était, nous pouvons le croire, une société grossière et barbare, où la force brutale dominait, où l'homme était sans cesse exposé à mille périls et à mille embûches, où les lois n'avaient point de puissance. Au milieu d'un pareil état de choses, que devait être le sage? Il devait avant tout être un homme prudent, discret, patient, habile à tout observer et toujours sur ses gardes. Les récits qu'on nous fait du luxe de l'Orient ne doivent pas nous faire illusion sur l'état de la société orientale. L'Orient était barbare; c'était la

société à peine sortie de l'état sauvage; la sagesse de
l'Orient devait donc beaucoup ressembler à la sagesse du
Sauvage, c'est-à-dire être la sagesse des sens en quelque
sorte, plutôt que la sagesse de l'ame, la science de l'œil et
de l'oreille ou l'habitude de voir et d'entendre avec beaucoup de finesse plutôt que la philosophie et la théologie.
La civilisation moderne a développé notre esprit et notre
ame, mais elle a émoussé nos sens; elle a écarté de nous
je ne sais combien de dangers, mais en même temps elle
a supprimé une science, la science des sens. Nos pieds
sont devenus plus lourds, nos oreilles moins fines, nos
yeux moins perçans, notre tact moins délicat. La civilisation a donné à nos idées et à nos sentimens ce qu'elle
a retiré à nos sens, et la langue, comme de raison, a suivi
cette marche. Ainsi on dit aujourd'hui de quelqu'un qu'il
a un tact délicat, un coup d'œil perçant, et tout cela se
dit à propos des idées et des sentimens.

Quant au langage énigmatique et sententieux, qui est
propre aux sages de l'Orient, c'est encore une suite de la
civilisation de ce pays. La civilisation y est toute religieuse et toute sacerdotale, et l'allégorie et la sentence
sont le langage naturel du sacerdoce.

Hamlet avait échappé aux embûches de ses ennemis,
et, de plus, il avait fait un beau mariage. C'était déjà de
la sagesse. Il lui restait à venger la mort de son père.
« Il y avait déjà un an qu'il était en Angleterre; il demanda la permission de retourner dans sa patrie. Il n'em-
porta rien des richesses de son beau-père que les bâtons
creux remplis d'or. Arrivé en Danemarck, il reprit ses
habitudes de folie et entra dans le château de Feggon
couvert de haillons. On faisait en ce moment le festin de
ses funérailles, comme il en était convenu avec sa mère.

Son entrée effraya tout le monde; mais bientôt l'effroi se changea en gaîté et chacun se mit à rire de ce qu'ils étaient tous occupés de célébrer les funérailles d'un vivant. Feggon lui demanda ce qu'il avait fait de ses deux compagnons. Alors montrant ses bâtons : « Voici l'un, « dit-il, et voici l'autre. »

C'était vrai; les bâtons contenaient le prix du meurtre de ses compagnons. Pour redoubler la gaîté, il se mit à faire l'office d'échanson, et, courant autour de la table, il fit boire tous les convives, si bien qu'étant bientôt ivres, ils s'endormirent dans la salle du festin. Alors Hamlet, voyant que tout était prêt pour sa vengeance, alla chercher les morceaux de bois pointus qu'il avait préparés, puis rentrant dans la salle, il ôta les chevilles qui tenaient suspendue aux murailles la tapisserie qu'avait tissée sa mère. Alors la tapisserie étant tombée sur les convives endormis, il la fixe à terre à l'aide de ses pieux, si fortement qu'aucun de ceux qui étaient dessous ne la pouvait soulever malgré leurs efforts. Puis il met le feu au palais. L'incendie se répand et consume les convives enchaînés sous la tapisserie. En même temps Hamlet court à la chambre de Feggon qui s'était retiré de la salle du festin avant la fin du repas, et venge par sa mort l'assassinat de son père. C'est ainsi que ce héros, par sa feinte folie qui cachait une sagesse supérieure aux mortels, échappa aux embûches de ses ennemis et vengea son père.

Hamlet est marié; son père est vengé. Son histoire semble devoir être finie. Cependant les traditions danoises ne quittent pas encore leur héros; elles racontent ses amours et son mariage avec la reine d'Écosse. Aussi bien, à ce qu'il paraît, un des caractères des sages de l'antiquité, c'est d'être fort volages en amour et de se faire aimer de toutes les femmes ; témoin, dans l'antiquité profane, le sage Ulysse qui fut aimé de Calypso et de Circé ; et, dans l'antiquité sacrée, le sage Joseph qui était aimé, disent les écrits apocryphes, de toutes les femmes et de toutes les filles de l'Égypte. Il nous reste donc à voir les derniers traits de la sagesse d'Hamlet.

Les Danois, ravis de la sagesse d'Hamlet et reconnaissant ses droits à la couronne, l'avaient pris pour roi. Il resta pendant quelque temps en Danemarck pour mettre ordre au gouvernement ; puis il fit équiper trois vaisseaux et partit pour l'Angleterre afin de revoir son beau-père et sa femme. Ses vaisseaux étaient pompeusement décorés ; il était suivi d'une brillante jeunesse couverte d'armes éclatantes. Autant son équipage autrefois avait été modeste et mesquin, autant il voulait maintenant qu'il fût éclatant. Il avait un bouclier sur lequel était sculptée l'histoire de sa vie. Ses compagnons portaient des boucliers dorés.

Le roi d'Angleterre reçut Hamlet avec grand plaisir et traita toute sa suite avec la plus grande hospitalité. Pendant le festin, il demanda si Feggon vivait encore et était toujours roi. Hamlet lui apprit qu'il avait été tué. Alors le roi demandant avec instance quel avait été son meurtrier : « Celui qui vous apprend la chose, répondit Hamlet, « est celui même qui l'a faite. » A ces paroles le roi fut troublé et garda tristement le silence. Il y avait en effet entre lui et Feggon un serment solennel par lequel le survivant devait venger la mort de l'autre. C'était à lui à venger la mort de Feggon. Mais sur qui la venger ? sur son hôte, sur le mari de sa fille ? Il réfléchit pendant longtemps. Enfin la foi du serment et la parole donnée l'emportèrent sur la parenté ; il ne songea plus qu'à venger celui que la religion lui ordonnait de venger, puisqu'il

l'avait juré ainsi. Mais comme la religion lui défendait en
même temps de violer les droits de l'hospitalité, il résolut de faire accomplir sa vengeance par d'autres mains.
Sa femme venait de mourir. Il pria donc Hamlet d'aller
en son nom demander la main de la reine d'Écosse, disant qu'il ne doutait pas que sa sagesse ne le fît réussir
dans cette négociation.

La reine d'Écosse était belle; mais elle était aussi orgueilleuse et aussi cruelle que belle. Comme elle haïssait
le mariage et voulait rester vierge toute sa vie, c'était
s'exposer à une mort certaine que de demander sa main.
Beaucoup l'avaient fait jusqu'ici et ils avaient péri.

Hamlet connaissait tous les dangers d'une pareille négociation. Il résolut cependant de ne pas la refuser et
partit suivi d'une partie de ses compagnons. Arrivé en
Écosse, il s'arrêta non loin de la demeure de la reine,
dans un pré qui était voisin de la route. Il avait dessein
d'y faire seulement reposer ses chevaux; mais ravi du
charme de ces lieux, il se laissa aller au plaisir d'y de-
meurer et bientôt s'endormit auprès d'un ruisseau dont
le murmure l'avait aidé au sommeil. La reine, apprenant son arrivée, avait envoyé des jeunes gens pour
observer les étrangers. Un d'eux, plus adroit et plus rusé
que les autres, trompant la vigilance des gardes, se glissa
auprès d'Hamlet, lui déroba son bouclier et la lettre du
roi d'Angleterre. Il apporta le tout à la reine. La reine,
examinant avec soin le bouclier, comprit l'histoire
d'Hamlet et admira sa sagesse et son génie; ensuite elle
lut la lettre par laquelle le roi d'Angleterre la demandait
en mariage et elle l'effaça, car elle haïssait surtout l'union
avec un vieillard. Elle écrivit à la place que le roi d'Angleterre la priait d'épouser celui qui lui remettrait ce
message. Cela fait, elle ordonna de remettre le bouclier

et la lettre dans l'endroit où ils avaient été pris, et surtout de faire en sorte qu'Hamlet ne s'aperçût de rien.

Hamlet s'étant aperçu qu'on lui avait dérobé son message et son bouclier feignit de se rendormir. Il pensait que la reine, qui avait fait faire le larcin pour savoir qui il était et ce qu'il venait faire, lui ferait remettre le tout pendant son sommeil afin que plus tard elle pût lui dire qui il était sans qu'il sût d'où elle connaissait son histoire. Cela ne manqua pas. A peine était-il endormi que le voleur vint remettre le bouclier. Aussitôt Hamlet se lève, le saisit, et, le chargeant de chaînes, lui fait tout avouer. Ensuite il se rend avec sa suite au palais de la reine; il la salue au nom de son beau-père et lui remet son message. Alors Hermatrude, c'était le nom de la reine, se met à louer la sagesse extraordinaire d'Hamlet, sa feinte folie et la vengeance qu'il avait tirée de la mort de son père; puis continuant, elle dit qu'elle s'étonnait comment un homme si sage avait pu se tromper dans le choix de sa femme et faire un mariage indigne de lui. Sa femme n'était-elle pas fille d'esclaves, quoique la fortune eût de ces esclaves fait un roi et une reine? L'homme sage doit, en se mariant, regarder à l'éclat, non de la beauté, mais de la naissance. Hamlet ne pouvait-il pas choisir entre des femmes dignes de son rang et ses égales? Elle finit par dire qu'elle était elle-même d'un sang noble, reine et presque roi par sa fierté; qu'elle offrait sa main à Hamlet; qu'il songeât qu'elle lui offrait ce qu'elle avait puni les autres d'espérer.

Hamlet, charmé de ces paroles, embrasse la reine en protestant de la joie qu'il ressent d'une pareille proposition. On dresse la table du festin, on appelle les courtisans, et la noce se célèbre. Le mariage fait, Hamlet retourne en Angleterre avec sa femme, ayant à sa suite

18

une garde nombreuse d'Ecossais pour se défendre contre les dangers qu'il prévoyait. La fille du roi d'Angleterre, sa première femme, vint à sa rencontre ; elle supportait avec peine qu'Hamlet lui eût donné une rivale ; mais la haine qu'elle avait pour l'étrangère ne l'emportait pas dans son cœur sur la tendresse qu'elle avait pour son mari. Elle lui dit qu'elle lui découvrirait toutes les embûches qui lui seraient dressées ; elle avait un fils, gage de leur amour ; pouvait-elle, en regardant son fils, ne point se souvenir de ses devoirs d'épouse? « mon fils « pourra haïr la rivale de sa mère ; moi, je dois aimer « cette rivale puisque vous l'aimez. Non, il n'y a ni mal- « heur ni injustice qui puisse détruire ma tendresse pour « vous ; je vous protégerai, je vous sauverai des dangers « qui vous menacent. Prenez garde à votre beau-père : « il a à se venger de vous ; en vous parlant ainsi je suis « plus épouse que fille. »

Quoique je me sois promis de ne point faire de ré- flexions, afin de laisser toute sa suite à cette histoire, je ne puis point m'empêcher de remarquer l'admirable beauté de ce caractère de femme. Cette résignation pleine de tendresse, cette patience contre le genre de tourmens où la patience est le moins ordinaire aux femmes, les tourmens d'amour, cette déférence héroïque envers sa rivale, parce que son mari l'aime, et qu'en amour, n'y ayant pas d'autre titre que d'être aimée, la maîtresse aimée devient bientôt l'égale de la femme légitime, cette rancune léguée à son fils, et ce droit qu'il aura de haïr la rivale de sa mère, seul mot qui laisse deviner les an- goisses de son ame, tout cela me semble un caractère achevé. Cette femme d'Hamlet rappelle Griselidis, si sou- mise aussi et si résignée. Un cœur de femme qui se sur- monte et se maîtrise dans la jalousie, c'est-à dire dans le

sentiment le plus naturel, le plus fort, le plus juste, qui
s'humilie sous la préférence qu'un mari donne à une rivale, comme une ame pieuse sous les malheurs qui lui
sont envoyés de Dieu, qu'il y a là-dedans de magnanimité! et point de cette magnanimité des hommes, toujours un peu haute et froide, mais de cette magnanimité
de femme, tendre, amoureuse, passionnée, qu'on n'admire pas, le mot est trop sec, qu'on adore!

L'antiquité n'a point connu ces caractères de femmes
résignées et tendres. Ce sont des caractères tout modernes et dont le plus beau type est Griselidis. Je trouve
cependant dans Grégoire de Tours une histoire qui a
du rapport avec cette partie de mon conte d'Hamlet.
« Clotaire était marié à Ingunde et l'aimait d'insigne
« amour. Il reçut d'elle en secret une prière en ces
« termes : Mon seigneur a fait de sa servante ce qu'il lui
« a plu, il m'a appelée à son lit. Maintenant, pour ache-
« ver le bienfait, que mon seigneur écoute ce que lui de-
« mande sa servante. Je vous prie de procurer un mari
« puissant et riche à ma sœur, afin que je ne sois pas
« humiliée par un mariage indigne de l'honneur que vous
« m'avez fait, et qu'au contraire, élevée par la faveur que
« vous aurez accordée à ma sœur, je puisse vous servir
« encore plus fidèlement. » Ces paroles firent que le roi
prit en pensée d'aimer Aregunde, la sœur de sa femme ; il
alla à la maison de campagne où elle habitait, et se l'unit en
mariage. L'ayant ainsi épousée, il retourna vers Ingunde
et lui dit : « J'ai songé à t'accorder la grace que ta dou-
« ceur m'a demandée, et, cherchant un homme riche
« et sage que je puisse unir à ta sœur, je n'ai trouvé rien
« de mieux que moi-même. Ainsi sache que je l'ai prise
« pour femme, ce qui, je l'espère, ne te déplaira pas. »
Alors elle lui dit : « Que ce qui paraît bon à mon seigneur

« soit ainsi fait, seulement que sa servante vive toujours
« avec la faveur du roi! »

Je reviens à l'histoire d'Hamlet; son beau père ne
manqua pas de lui tendre des embûches; Hamlet échappa
aux dangers, « grace à sa prudence accoutumée, et le roi
« d'Angleterre ayant fini par l'attaquer à force ouverte,
« Hamlet le vainquit, s'empara de ses trésors et revint en
« Danemarck avec un grand butin et ses deux épouses. »

Wiglet s'était emparé du trône. Hamlet le trompa
d'abord, puis le vainquit; mais bientôt Wiglet, ayant
recruté des soldats en Scandinavie, envoya à Hamlet un
défi de bataille. Hamlet savait, par l'art des devins, que,
s'il acceptait le défi, il perdrait la vie; mais sa conscience
lui disait que, s'il le refusait, il perdrait l'honneur. Que
faire donc? Il aima mieux sauver sa gloire. La seule
chose qui l'arrêtait, c'était l'amour qu'il avait pour Hermatrude. Il s'inquiétait plus de son veuvage que de sa
propre mort et cherchait quel époux il lui pourrait
destiner; mais Hermatrude, montrant une mâle hardiesse, déclara qu'elle suivrait son mari au milieu même
du combat, disant que la femme méritait d'être maudite
qui craignait de mourir avec son mari. Hamlet alla combattre Wiglet et fut tué. Que fit alors Hermatrude? Elle
épousa Wiglet.

Sur quoi Germanicus Saxo, ou l'ancien scalde, dont
il a traduit l'histoire d'Hamlet, s'écrie: « Telle est la
« femme; soumise aux changemens de fortune, chan-
« geant selon le temps, facile à promettre, lente à tenir,
« toujours prête à céder au plaisir, ardente dans ses nou-
« veaux désirs, oubliant aisément le passé et ayant tou-
« jours les passions en haleine! » Le vieux scalde a tort
de dire : Telle est la femme! Il a oublié la première
femme d'Hamlet.

Hamlet a eu ainsi dans ses deux femmes les deux types les plus célèbres de la femme, Griselidis et la Matrone d'Ephèse. Quelle est celle qu'il aima le mieux? C'est la Matrone d'Ephèse, c'est Hermatrude, soyez-en sûr. C'est pour elle qu'il s'inquiète et qu'il s'afflige à la veille de sa mort. Il voudrait, avant de mourir, lui trouver un mari; le pauvre homme! Et voilà bien de quoi réfléchir à la faiblesse de l'humanité et à l'admirable vérité de notre conte d'Hamlet. Hamlet est un sage; il a déjoué toutes les ruses, esquivé toutes les embûches, évité tous les dangers; sa renommée de prudence est grande dans le monde; mais cependant il est homme, et, à ce titre, il paie son tribut à l'humanité. Lui qui prévoit et qui pénètre tout, il ne prévoit pas de quelle courte durée sera cette fidélité qu'on lui dit éternelle. Pourquoi cet aveuglement dans un homme si clairvoyant? Parce qu'il aime d'abord, et ensuite parce qu'il s'agit ici de mensonges de femmes, et que ces mensonges sont d'un genre particulier. La femme, en effet, ne ment pas; elle se séduit elle-même. Hermatrude croyait de bonne foi qu'elle aimait Hamlet jusqu'à mourir avec lui. Les mensonges des femmes sont des illusions dont elles sont les premières dupes. C'est de cette manière que les femmes trompent beaucoup et mentent rarement, au contraire des hommes qui mentent plus souvent qu'ils ne trompent.

RÉCITS SUR LES FRANCS. — GRÉGOIRE DE TOURS.

Il est un genre d'ouvrage que je n'estime guère; ce sont ces recueils d'anecdotes, ces ana historiques si chers aux oisifs et aux habitués des cabinets de lecture. Cependant c'est un ana que je veux faire aujourd'hui; mais c'est un ana du sixième et du septième siècle de l'ère chrétienne. De cette façon l'antiquité donnera du prix au travail; nous sommes ainsi faits. Un jouet d'enfant trouvé à Herculanum ou en Égypte nous est précieux.

L'histoire anecdotique, d'ailleurs, fait mieux connaître une société que l'histoire politique; elle pénètre dans l'intérieur; elle entre dans les détails. Tel est le mérite de Grégoire de Tours. C'est surtout un historien anecdotique et les traits qu'il raconte naïvement peignent l'état des mœurs sous les Mérovingiens.

D'abord un mot sur Grégoire de Tours. Grégoire de Tours était d'une ancienne famille consacrée depuis long-temps à l'église; son père et sa mère étaient arrière-neveux de saint Grégoire, évêque de Langres. Tous ses aïeux étaient des saints ou des évêques. Grégoire de Tours explique lui-même dans sa préface les motifs qui lui firent entreprendre son *Historia Francorum:* « La « culture des lettres, dit-il, périssant dans les cités de la « Gaule, il ne s'est rencontré aucun grammairien, ha- « bile dans l'art de la dialectique, qui ait entrepris de « décrire les choses de notre temps, soit en prose, soit « en vers. Aussi beaucoup d'hommes gémissent, disant: « Malheur à nos jours! l'étude des lettres périt parmi « nous et on ne trouve personne qui puisse raconter « dans ses écrits les faits d'à présent. Voyant cela, j'ai « jugé à propos de conserver, bien qu'en un langage

« inculte, la mémoire des choses passées, afin qu'elles
« arrivent à la connaissance des hommes à venir. »

Cette préface a toutes les conditions d'une préface
d'autrefois; elle est simple, modeste; elle ne pourrait
plus servir de modèle. Après la préface vient une profession de foi : «Je crois, dit-il, en Dieu le Père tout-
« puissant, je crois en Jésus-Christ son Fils unique; »
enfin tout le *Credo*.

Cela peut sembler fort ridicule, car enfin le *Credo* au
commencement d'une histoire des Francs! La croyance
à la Trinité pour début aux annales des Mérovingiens!
Passe encore s'il avait dit dans sa profession de foi, comme
font tous les historiens du siècle de Louis XIV, qu'il n'y
a pas de meilleur gouvernement que le gouvernement
d'un seul, ou, comme sous Louis XV, que la philosophie seule peut rendre les peuples heureux, ou si, enfin,
comme les historiens d'aujourd'hui, il avait d'abord témoigné hautement de son amour pour la liberté et de sa
haine pour l'arbitraire ; voilà des manières d'écrire rai-
sonnables; mais le *Credo!* — *Credo* pour *Credo*, j'aime
autant, quant à moi, le *Credo* catholique de Grégoire
de Tours que les *Credo* de notre temps. Chaque auteur,
pour se concilier les lecteurs, commence par faire sa
profession de foi; c'est son *Credo*. Le *Credo* de Grégoire de Tours n'est pas plus ridicule et plus inopportun
que nos déclarations de principes d'aujourd'hui; il veut
aussi inspirer confiance à ses lecteurs.

Dans son histoire, tout témoigne de sa sincérité et de
son amour pour la vérité; c'est un honnête homme; de
plus c'est un homme naïf. Il a par conséquent les deux
qualités nécessaires à l'histoire ; l'honnêteté qui fait qu'on
n'altère pas sciemment la vérité, et la naïveté qui fait
qu'on ne l'altère pas malgré soi. Il ne faut pas lui en de-

mander davantage. Il y a des fables dans Grégoire de
Tours, cela est vrai ; ne nous en prenons pas à l'historien, mais à son temps ; il a cru ce que croyait son temps.
Quelque génie que nous ayons, nous ne faisons pas autre
chose encore aujourd'hui.

La première chose qui frappe, dans l'histoire de Grégoire de Tours, c'est l'état incertain et précaire de la
propriété et de la liberté sous les Mérovingiens. Nous ne
concevons pas aujourd'hui une société où ces deux intérêts ne sont pas garantis et protégés par les lois. A la
lecture de Grégoire de Tours, nous voyons que la propriété et la liberté étaient livrées à l'arbitraire et au caprice de la force, que personne n'était sûr de ne pas se
réveiller dépouillé de son domaine ou de sa liberté,
pauvre ou esclave. Presque toutes les lois barbares ont
des titres pour prévoir l'invasion de la propriété. Ainsi,
dans la loi des Visigoths, nous voyons : « Que la maison
de personne, pendant son absence ou pendant son service militaire, ne soit inquiétée. » Dans la loi saxonne,
je vois un titre intitulé : *De terrâ invasâ, de l'invasion
de la propriété.* Voilà dans les lois barbares un premier
témoignage de l'état précaire de la propriété à cette époque. Si la propriété immobilière était en proie à la violence, que devait-ce être de la propriété mobilière qui
s'enlève plus vite et plus aisément ? Que devait-ce être
aussi de la liberté ?

Aujourd'hui l'esclavage est aboli à ce point que l'idée
même s'en est presque effacée. Il n'y a personne de nous
qui se soit jamais avisé de songer qu'il pourrait être esclave ; je ne parle pas ici de l'esclavage politique, de
l'esclavage sous l'empire, sous la restauration et autres esclavages métaphoriques, je parle de l'esclavage domestique, de l'esclavage tel qu'il était chez les anciens, c'est-

à-dire de l'aliénation complète de la volonté d'un homme au profit de la volonté d'un autre homme. L'homme alors ne s'appartient plus, il devient une chose. Cet état, qui nous semble si étrange, si hors de toute vraisemblance humaine, était dans l'antiquité une chose publique et qui n'étonnait personne.

Qu'on nous dise aujourd'hui qu'un de nos amis vient de tomber malade, cela nous afflige, mais cela ne nous étonne pas; nous savons que la maladie est dans la condition de l'humanité, que notre vie est une alternative de santé et de maladie. Mais si l'on venait nous dire: Un de vos amis est esclave, qu'en penserions-nous? Chez les anciens on annonce que Platon est esclave : eh bien! un de ses amis le rachètera. En effet, Dion le rachète, et ni Platon qui avait été esclave, ni Dion qui avait racheté Platon, ne s'étonnaient de pareille chose. Qu'y avait-il là en effet d'étrange, d'inconcevable? L'esclavage était une des chances que courait l'homme; c'était purement et simplement une maladie de plus.

L'esclavage est le lieu commun de la société ancienne, et personne ne s'avisait alors de croire qu'on pût jamais contester une chose aussi simple et aussi ordinaire que l'esclavage. Aristote dit :

« Entre les instrumens, les uns sont inanimés, les au-
« tres animés. L'esclave est en quelque sorte une pro-
« priété animée... L'esclave est pour ainsi dire partie du
« maître; c'est comme une partie animée de son corps...
« Si chaque outil pouvait, quand on le lui commande
« ou même sans attendre l'ordre, exécuter la tâche qui
« lui est propre, si la navette pouvait elle-même tisser
« la toile, on n'aurait pas besoin d'esclaves... Il y a peu
« de différence dans les services que l'homme tire de

« l'esclave et de l'animal... La nature a voulu marquer
« d'un caractère différent les corps des hommes libres et
« ceux des esclaves, en donnant aux uns la force qui
« convient à leur destination, et aux autres une stature
« droite et élevée. »

Sont-ce là des paroles sérieuses? Aristote n'a-t-il pas
fait pour l'esclavage ce que Montesquieu a fait pour la
traite des nègres! Cette justification n'est-elle pas une
critique, cette apologie une sanglante ironie? On voudrait
aujourd'hui mettre l'esclavage sur la scène; c'est de cette
manière qu'on ferait raisonner le maître, et le parterre
rirait. Voilà pourtant ce qui se croyait, ce qui se disait
chez les anciens, sans que personne se mît à rire ou ré-
clamât. Aussi bien il n'y a pas long-temps que l'esclavage
était en Europe un accident ordinaire. Au seizième et au
dix-septième siècle, il y avait des hommes qui tombaient
en esclavage chez les Barbaresques. Les romans de Cer-
vantès sont pleins de pareilles aventures. Un de nos auteurs dramatiques, Regnard, fut esclave. Ainsi la chance
de l'esclavage n'est pas encore aussi éloignée de nous que
nous pourrions le croire. A l'époque de Grégoire de
Tours, au milieu du débordement de la société, il ne
pouvait guère y avoir de protection pour la liberté. Aussi
les aventures d'esclavages sont fréquentes. Voyez l'aventure d'Attalus, citée par M. Thierry dans ses lettres sur
l'histoire de France, et par les frères Grimm dans leurs
traditions allemandes; c'est un des plus touchans récits
d'évasion que je connaisse.

A cette époque, le caractère de la vie privée, c'est l'a-
venture, c'est-à-dire le malheur. En effet, toutes les fois
qu'il y a du désordre dans la société, la vie privée devient sujette aux aventures.

La vie aujourd'hui est parfaitement réglée; la carrière est tracée; chacun marche dans une route qu'il connaît d'avance; la loi règne, les aventures s'en vont. La civilisation a rétréci le cercle de la vie aventureuse. Ce n'est pas que l'envie manque à beaucoup de gens d'avoir des aventures, mais comment en avoir? Autrefois quelqu'un qui se mettait en voyage avait quelques chances; voyageur ou aventurier c'était la même chose. Aujourd'hui avec les grandes routes, les auberges, les passeports, les gendarmes et toutes les protections que la société a imaginées, il n'y a plus lieu d'avoir des aventures. Il faut le dire, l'aventure est tout-à-fait en décadence; c'est un grand bien. L'aventure est une preuve de la faiblesse des lois et du désordre de la société.

Dans Grégoire de Tours, au contraire, à chaque instant nous voyons des hommes dont la vie est tout à coup bouleversée. C'est le sort commun des petits comme des grands. Prenons, par exemple, le fils du roi Chilpéric, Mérovée. S'il y a parmi mes lecteurs quelques personnes qui aient de la vocation pour faire des romans, je leur recommande les aventures du prince Mérovée, fils de Chilpéric. Je vais esquisser rapidement quelques traits de sa vie afin de justifier ma recommandation.

Figurez-vous donc l'année 575; le roi Sigisbert venait d'être assassiné à Vitry; sa femme Brunéhault était exilée et prisonnière à Rouen; ses filles étaient renfermées à Meaux. Ainsi Brunéhault, et ce serait dans notre roman l'héroïne principale, Brunéhault, à cette époque, est réduite au plus grand abaissement. Mais il va lui venir un vengeur et c'est dans la maison même de ses plus grands ennemis qu'elle va le trouver. Chilpéric avait eu

d'une de ses femmes un fils nommé Mérovée. Je laisse
le caractère de Mérovée à décrire au romancier futur ; je
l'engage seulement à n'en pas faire un jeune prince de
fantaisie, un Xipharès, un Britannicus, un prince malheureux et intéressant. Il y a dans Grégoire de Tours des
traits qui peuvent donner du relief au caractère de Mérovée. Il était généreux et léger, il avait de grands sentimens et point de caractère. Ce jeune prince était à la
tête d'une armée envoyée par son père pour soumettre
l'Auvergne, quand il apprend qu'une reine de sa famille,
une reine encore jeune et belle, est exilée à Rouen. Voilà
aussitôt sa tête qui s'enflamme. Il va d'abord à Tours,
et, mêlant toutes choses, c'est là le caractère de Mérovée,
il commence par passer en prières les fêtes de Paques,
puis court à Rouen et épouse Brunéhault. Aussitôt que
Chilpéric apprend ce mariage, il s'irrite et marche contre
Brunéhault et son fils.

Je laisse parler Grégoire de Tours : « Comme ils re-
« connurent qu'il avait l'intention de les séparer, ils se
« réfugièrent dans la basilique de Saint-Martin, cons-
« truite en planches sous les murs de la ville. Le roi étant
« arrivé s'efforça par beaucoup d'artifices de les engager
« à en sortir ; et comme ils ne le croyaient pas, pensant
« bien que ce qu'il faisait était pour les tromper, il leur
« fit serment, en disant : Puisque c'est la volonté de
« Dieu, je ne les forcerai point à se séparer ! Ceux-ci
« ayant reçu son serment sortirent de la chapelle ; il
« les embrassa, les reçut honorablement, leur fit des
« festins. Peu de jours après il retourna à Soissons, em-
« menant avec lui le roi Mérovée. »

Chilpéric avait pardonné à Mérovée, c'est-à-dire qu'il
gardait contre lui sa rancune : Frédégonde, implacable

rivale de Brunéhault, et belle-mère de Mérovée, excitait sa colère. Chilpéric résolut dònc de prévenir toutes
les entreprises de Mérovée, et pour cela il en fit un
prêtre : il le fit tonsurer ; c'était le dégrader que de
lui couper les cheveux, signe de la royauté Mérovingienne. Après l'avoir tonsuré on l'envoya dans un
monastère du Mans, à Saint-Calais. Je recommande au
romancier ce voyage. Il y avait autour de Mérovée une
escorte composée de clercs et de laïcs ; en route force
conversations théologiques. On instruisait Mérovée,
quand tout à coup, supposons que c'est au détour d'un
chemin creux, on entend des cris : *Aux armes !*
C'était n des fidèles de Mérovée, Gaïlen, qui s'élance
contre l'escorte, la disperse aisément, donne un cheval
à Mérovée. Mérovée monte à cheval, couvre d'un casque sa tête tonsurée, s'arme, et le voilà de nouveau en
campagne. Après cette délivrance, il se réfugie à Tours,
dans la basilique de Saint-Martin.

Gégoire de Tours donne quelques détails curieux sur
le séjour du jeune prince à Tours. Le saint évêque prévoyait le sort du prince ; il le protégeait comme un réfugié de la basilique de Saint-Martin ; mais il blamâit ses
fautes. Voici une scène intéressante : « Mérovée racon-
« tait beaucoup de crimes de son père et de sa belle-mère,
« et bien qu'ils fussent vrais en partie, je ne crois pas
« qu'il fût agréable à Dieu qu'ils fussent divulgués par un
« fils. En effet, je le connus bien par la suite ; car un
« jour que j'avais été invité à sa table, comme nous étions
« assis l'un près de l'autre, il me demanda avec instance
« de lui lire quelque chose pour l'instruction de son ame,
« et ayant ouvert le livre de Salomon, je pris le premier
« verset qui me tomba sous les yeux, contenant ces pa-
« roles : — Que l'œil de celui qui insulte son père soit

« arraché par les corbeaux des torrens et dévoré par
« les enfans de l'aigle ! — Il ne comprit pas ; mais je re-
« gardai ces paroles comme une prédiction du Seigneur
« à son sujet. »

Il y avait près de Mérovée, à Saint-Martin de Tours,
un autre réfugié, le duc Gontran, un leude (seigneur)
puissant, qui s'était attiré la colère du roi. La reine Frédégonde envoya vers lui, et lui fit dire : « Si tu peux
« faire sortir Mérovée de la basilique, afin qu'on le tue,
« je te ferai un grand présent. » Gontran, croyant que
les assassins étaient près de là, dit à Mérovée : « Pour-
« quoi restons-nous ici comme des paresseux et des
« lâches ? D'où vient que, semblables à des hommes fai-
« bles, nous nous cachons autour de cette basilique ?
« Faisons venir nos chevaux, prenons des faucons, al-
« lons à la chasse avec des chiens, et jouissons de la vue
« des lieux ouverts. Ce qu'il disait par artifice, afin
« de l'éloigner de la sainte basilique. Gontran avait
« certainement de bonnes qualités ; mais il était toujours
« prêt au parjure, et il ne faisait jamais un serment à l'un
« de ses amis qu'il ne le violât aussitôt. Ils sortirent
« donc de la basilique et se rendirent à Jouay, maison
« près de la ville ; mais personne ne se trouva pour
« faire du mal à Mérovée. »

A quelque temps de là, le roi Chilpéric envoya au
tombeau de Saint-Martin des messagers avec une lettre
écrite à ce saint, le priant de lui mander par sa réponse
s'il lui était permis de tirer Gontran de la basilique. Le
diacre Baudégésile, chargé de cette lettre, la mit avec une
feuille de papier blanc sur le saint tombeau ; mais après
avoir attendu trois jours sans recevoir aucune réponse,
il retourna vers Chilpéric. Mérovée voulut aussi consulter Saint-Martin sur le sort qui lui était réservé. Il mit

sur son tombeau trois livres, savoir : le *Psautier*, les *Rois* et les *Évangiles*, et demanda au bienheureux confesseur de lui découvrir ce qui devait arriver. Il passa trois jours dans le jeûne, les veilles et l'oraison, et, revenant de nouveau à la sainte tombe, ouvrit un des livres qui était celui des *Rois*; il tombe sur un verset qui semble lui prédire des malheurs. Il ouvre les *Psaumes*, mêmes menaces. Il lui restait à consulter l'*Évangile* : il l'ouvre et lit : « Vous savez que la Pâque se fera dans « deux jours, et que le fils de l'homme sera livré pour être « crucifié. » Consterné de ces réponses, il pleura très long-temps auprès du .sépulcre du saint évêque, puis ayant pris avec lui le duc Gontran, il s'en alla avec cinq cents hommes et davantage.

Il est temps d'arriver au dénouement de l'ouvrage, la mort de Mérovée, dénouement dramatique et terrible. Poursuivi par son père, abandonné par tous ses amis, n'étant pas même aimé de Brunéhault, à qui il avait tout sacrifié, réduit au désespoir, dédaignant de défendre sa vie, il fut pris par les gens de Thérouane qui l'enfermèrent dans une métairie et envoyèrent des messagers à son père. Celui-ci, apprenant cette nouvelle, se dispose à se rendre sur le lieu: mais Mérovée, retenu dans cette petite maison, craignant de satisfaire par beaucoup de tourmens à la vengeance de ses ennemis, appela à lui Gaïlen, un de ses familiers, et lui dit: « Nous n'avons eu jusqu'ici qu'une ame et qu'une vo- « lonté; ne souffre pas, je t'en prie, que je sois livré « entre les mains de mes ennemis, mais prends une « épée et enfonce-la dans mon corps. » Celui-ci, sans hésiter, le perça de son couteau. Le roi, en arrivant, le trouva mort. Il y eut des gens qui soutinrent que les

paroles de Mérovée que nous venons de rapporter
avaient été supposées par la reine, et que Mérovée avait
été tué par Gaïlen lui-même, gagné par Frédégonde,
dernier trait qui achève et couronne le malheur de ce
jeune prince, abandonné par sa femme et trahi par son
ami.

Un des fléaux de la société sous Grégoire de Tours, ce
sont les guerres privées. A cette époque les guerres privées tiennent sans doute à la violence des passions du
temps, à l'indiscipline des grands, mais surtout au principe de la constitution germanique, qui était l'indépendance de l'individu. En Germanie, chaque individu, la
main sur son épée, était roi et souverain. Cette constitution fut transplantée de la Germanie dans les Gaules.
Mais quelle différence! Jetée au milieu de la civilisation
romaine et de ses biens, la convoitise de ces hommes
sauvages s'enflammait à chaque instant. Ne reconnaissant
d'autre droit que leur épée, ils se servaient de cette épée
pour acquérir tout ce qui était à leur convenance. La
conquête fut donc une corruption et une décadence nécessaires de la constitution germanique. En Germanie,
l'individu défendait la terre salique, la terre héréditaire;
chacun avait la sienne; personne ne pensait à empiéter.
En Gaule, il y avait un territoire immense à se partager;
que d'occasions d'empiétemens et de luttes! Que de
causes de procès, et partant de guerres, à une époque où
les procès étaient vidés les armes à la main!

Platon, dans son troisième livre des lois, fait
remarquer comment la confédération dorienne, qui,
sous beaucoup de rapports, ressemble à la société germanique, périt après les conquêtes faites par les
Achéens, non pas assurément faute de courage guer-

rier, les lois doriennes avaient exclusivement en vue le
courage guerrier, mais faute d'institutions capables de
consacrer et d'entretenir cet autre courage tout autrement important qui consiste à maîtriser les passions, l'envie, la cupidité, l'ambition; ce courage, c'est la tempérance, vertu aussi nécessaire aux Etats qu'aux individus.
La confédération dorienne périt faute de tempérance.
Or, qu'est-ce que la tempérance? C'est tantôt une vertu,
tantôt un gouvernement. Quand c'est une vertu, il n'y a
pas besoin de gouvernement. En effet, ôtez aux hommes
la convoitise de la propriété d'autrui, il n'y aura plus besoin de gouvernement; car le gouvernement n'est institué
que pour tempérer et pour contenir les passions. Mais
les hommes n'ayant pas tous cette vertu angélique, la
tempérance, il faut qu'un gouvernement vienne y suppléer et mette l'équilibre entre les passions rivales. Le
but du gouvernement, c'est d'établir la tempérance. Le
problème que cherche la société mérovingienne, c'est
d'établir un gouvernement qui tempère et contienne les
passions violentes des barbares; elle cherche à créer un
centre d'autorité et à grouper la société autour de ce
centre. Elle ne peut pas y réussir. Il est curieux de voir
combien d'efforts se font, et tous impuissans. Les individus sont plus forts que l'Etat. La vieille constitution
germanique, si favorable à l'individu, résiste aux entreprises que fait la royauté pour fonder une autorité cen-
trale. Quand la mort enlève un roi, la société semble
prête à retomber dans le chaos.

Voyez l'effet que produit la mort de Chilpéric. « Lors-
« que Chilpéric, dit Grégoire de Tours, eut trouvé la
« mort, les Orléanais et les Blaisois réunis se jetèrent sur
« les gens de Châteaudun et les massacrèrent à l'impro-
« viste. Ils incendièrent les maisons, les provisions et tout

« ce qu'il leur était difficile d'emporter. Ils s'emparèrent
« des troupeaux et pillèrent tout ce qu'ils purent enlever.
« Pendant qu'ils se retiraient, les habitans de Châteaudun
« et de Chartres s'étant réunis et ayant suivi leurs traces,
« leur firent subir le même traitement qu'ils en avaient
« reçu, et ne laissèrent rien dans les maisons ni dehors. »

Voilà la condition de la société à cette époque ; point
de pouvoir stable qui tempère les passions, qui réprime
les désordres. La mort d'un roi est une cause de trouble.
Le gouvernement étant tout dans un homme, quand
l'homme manque, la confusion arrive. D'ailleurs, que pouvaient les rois, même pendant leur vie, pour fonder un
gouvernement ? Sans cesse menacés, en butte à toutes les
perfidies, entourés de poignards, occupés de défendre
leur vie, comment auraient-ils pu maintenir l'Etat et gouverner la société ? Le roi Gontran, dans Grégoire de
Tours, exprime ses inquiétudes d'une manière touchante. Il n'allait jamais à l'église ou dans quelque autre
des lieux qui lui plaisaient sans être accompagné d'une
garde considérable. Il arriva qu'un certain dimanche,
après que le diacre eut fait faire silence au peuple pour
qu'on entendît la messe, le roi, s'étant tourné vers le peuple, dit : « Je vous conjure, hommes et femmes qui êtes
« ici présens, gardez-moi une fidélité inviolable et ne me
« tuez pas comme vous avez tué dernièrement mes frères.
« Que je puisse au moins pendant trois ans élever mes
« neveux, que j'ai faits mes fils adoptifs, de peur qu'il
« n'arrive, ce que veuille détourner le Dieu éternel ! qu'a-
« près ma mort vous ne périssiez avec ces petits enfans,
« puisqu'il ne resterait de notre famille aucun homme
« fort pour vous défendre. » A ces mots tout le peuple
adressa pour le roi des prières au Seigneur.

La violence n'éclate pas moins dans les discours que

dans les actions. L'injure et l'emportement troublent les conférences ; les entretiens sont des querelles. Aucun respect de rang ne peut contenir la colère de ces hommes sauvages. On sent que la société tout entière, si je puis parler ainsi, n'a point reçu d'éducation, et qu'elle s'emporte comme le fait un homme grossier. Voulez-vous un exemple des manières et du ton de la diplomatie au sixième siècle? En voici un.

Il y avait eu quelques difficultés entre le roi Childebert et le roi Gontran ; Childebert envoie à Gontran des députés ; c'étaient l'évêque Ægidius, Gontran-Bozon, Sigewald et beaucoup d'autres. Lorsqu'ils furent entrés, l'évêque dit : « Nous rendons graces au Dieu tout-puis- « sant, ô roi très pieux, de ce qu'après bien des fati- « gues il t'a remis en possession de tes pays et de ton « royaume. » Le roi lui dit : « On doit rendre de dignes « actions de graces au Roi des rois, au Seigneur des sei- « gneurs, dont la miséricorde a daigné accomplir ces « choses. On ne t'en doit aucune à toi qui, par tes per- « fides conseils et tes fourberies, as fait incendier l'année « passée tous mes Etats ; toi qui n'a jamais tenu ta foi à « aucun homme ; toi dont l'astuce est partout fameuse et « qui te conduis partout, non en évêque, mais en en- « nemi de notre royaume. » A ces paroles l'évêque, saisi de courroux, se tut. Un des députés dit : « Ton neveu « Childebert te supplie de lui faire rendre les cités dont « son père était en possession. » Gontran répondit à ce- lui-ci : « Je vous ai déjà dit que nos traités me confèrent « ces villes, c'est pourquoi je ne veux pas les rendre. » Un autre député lui dit : « Ton neveu te prie de lui faire « remettre la criminelle Frédégonde, qui a fait périr un « grand nombre de rois, pour qu'il venge sur elle la « mort de son père, de son oncle et de ses cousins. » Le

roi lui répondit : « Elle ne pourra être remise en son
« pouvoir, parce qu'elle a un fils qui est roi. Je ne crois
« pas à la vérité de tous les crimes que vous lui imputez. »
La conférence continue pendant quelque temps sur ce
ton d'amertume et de violence ; enfin un député dit :
« Nous te disons adieu, ô roi, puisque tu ne veux pas
« rendre les cités de ton neveu. Nous savons que la hache
« est encore entière qui a tranché la tête à tes frères ; elle
« te fera bientôt sauter la cervelle. » Et ils se retirèrent
après ce bruyant éclat. A ces mots le roi, enflammé de
colère, ordonna qu'on leur jetât à la tête, pendant qu'ils
se retiraient, du fumier de cheval, des herbes pourries
et la boue puante des rues de la ville.

Le problème que cherchait à résoudre la société mérovingienne, c'était donc d'établir un gouvernement ;
elle ne le put point. Le pouvoir n'avait pas encore la
force de contenir la société. Ne nous y trompons point ;
le même problème s'agite aujourd'hui. Assurer à chacun
la libre jouissance des droits individuels, et en même
temps établir un gouvernement qui soit assez fort pour
brider les passions des individus, tel est le problème
éternel de la politique. Nous cherchons aujourd'hui ce
que cherchait la société mérovingienne. Les individus
doivent être forts, ils doivent avoir de quoi se défendre ;
et cependant le gouvernement ne doit pas être faible
contre les individus. Voilà la question ; elle est difficile à
résoudre ; ne nous étonnons donc pas de la difficulté qu'y
a trouvée la grossière société mérovingienne ; ne nous
étonnons pas non plus de celle qu'y trouve notre société, toute savante et toute éclairée qu'elle est.

La seule chose qui, à cette époque, contînt la violence
des passions, c'est la religion. La religion est la seule
force morale du siècle, le seul pouvoir qui servît de

centre et de lien à la société. Il n'y a ni administration
ni justice pour protéger la vie ou la fortune des hommes ;
il n'y a que la religion. Elle supplée à tout. Tout ce qu'il
y a d'ordre et de sécurité dans la société mérovingienne
vient de la religion. Le zèle de l'Eglise est infatigable
pour prévenir et pour réparer les malheurs ; son influence en même temps est immense ; quand elle parle,
elle se fait écouter de ces barbares, sourds à toute autre
voix, Souvent même la conscience n'attend pas que
l'Eglise parle, et les remords du pécheur précèdent l'a-
vertissement du prêtre.

Je citerai deux exemples : l'un, des efforts du clergé
pour adoucir le malheur des hommes ; l'autre, de l'influence de la religion.

Il n'y a plus de cruauté aujourd'hui ; la barbarie est
passée de mode, grace à Dieu! A l'époque de Grégoire
de Tours, au contraire, il y a un mépris de la vie et des
souffrances de l'homme qui passe toute idée. La cruauté
semble une passion et un plaisir. C'est en vain que l'E-
glise cherche à la réprimer ; elle échappe à l'Eglise par
toutes les manières, par la ruse, par la violence ouverte.
Tout lui est bon pour satisfaire sa soif de sang. Un des
hommes les plus cruels de cette époque était le duc de
Rauchingen, au témoignage du saint évêque. Deux de
ses serviteurs, un homme et une jeune fille, prirent,
comme il arrive souvent, de l'amour l'un pour l'autre ; et
après que cette affection eut duré l'espace de plus de
deux ans, ils se réfugièrent ensemble dans l'église. Rauchingen l'ayant appris alla trouver le prêtre du lieu, le
priant de lui rendre sur-le-champ ses domestiques,
moyennant promesse de ne pas les châtier. Alors le
prêtré lui dit : « Tu sais quel respect on doit rendre à
« l'église de Dieu ; tu ne peux prendre ceux-ci sans leur

« avoir juré ta foi que tu les uniras pour toujours, et
« sans avoir promis en même temps de les exempter de
« toute punition corporelle. » Il demeura quelque temps
en suspens sans rien dire; puis, se tournant vers le
prêtre, il mit les mains sur l'autel et prêta serment en
disant : « Je ne les séparerai jamais, mais plutôt aurai
« soin qu'ils demeurent unis. Ce qui s'est passé m'a été
« désagréable, parce que cela s'est fait sans mon consen-
« tement. Cependant je m'en accommode volontiers,
« puisque lui n'a pas pris pour femme la servante d'un
« autre, et qu'elle n'a pas choisi un serviteur étranger. »
Le prêtre crut de bonne foi la promesse de cet homme
rusé et lui rendit ses serviteurs, après qu'il eut donné
la garantie exigée. Il les reçut de lui, et, l'ayant re-
mercié, s'en retourna à sa maison. Aussitôt il fit couper
un arbre, én fit abattre la tête, et, ayant fait fendre le
tronc avec un coin, ordonna de le creuser, ensuite fit
ouvrir en terre une fosse de la profondeur de trois ou
quatre pieds et donna ordre d'y déposer ce tronc creusé;
puis y arrangeant la jeune fille en manière de morte, fit
jeter dessus le serviteur, le fit couvrir d'une planche,
remplit la fosse de terre et les ensevelit ainsi vivans,
disant : « Comme je ne veux pas manquer à mon ser-
« ment, ils ne seront jamais séparés. » Le prêtre, averti
de la chose, accourut en toute hâte, et, reprochant à cet
homme son action, obtint à grand'peine qu'il fît découvrir la fosse. On en retira le serviteur vivant, mais on
trouva la jeune fille suffoquée.

Ici nous voyons l'Eglise protéger deux pauvres esclaves et la ruse de Rauchingen éluder la protection de
l'Eglise, puisque des deux amans elle n'en sauve qu'un.
Nous allons voir un exemple plus frappant du pouvoir
de la religion. Frédégonde a des remords, qui le croi-

rait? Frédégonde s'humilie devant Dieu et veut réparer ses crimes; Frédégonde veut soulager les peuples, elle s'adresse à son complice, à son époux, le roi Chilpéric. « Voilà long-temps, dit-elle, que la miséricorde divine « supporte nos mauvaises actions; elle nous a souvent « frappés de fièvres et autres maux, et nous ne nous « sommes pas amendés. Voilà que nous avons déjà perdu « des fils, voilà que les larmes des parens, les gémisse- « mens des veuves, les soupirs des orphelins vont causer « la mort des derniers, et il ne nous reste plus l'espé- « rance d'amasser pour personne; nous thésaurisons et « nous ne savons pas pour qui. Nos trésors demeureront « dénués de possesseurs, pleins de rapine et de malédic- « tion. Est-ce que nos celliers ne regorgent pas de vin? « Est-ce que le froment ne remplit pas nos greniers? « Nos trésors ne sont-ils pas comblés d'or, d'argent, de « pierres précieuses, de colliers et d'autres ornemens « impériaux? Et voilà que nous avons perdu ce que nous « avons de plus beau, nos fils. Maintenant, si tu y con- « sens, viens et brûlons ces injustes registres; qu'il nous « suffise pour notre fisc de ce qui suffisait à ton père le « roi Clotaire. »

Après avoir dit ces paroles en se frappant la poitrine de ses poings, la reine se fit donner les registres qu'on lui avait apportés des cités qui lui appartenaient. Les ayant jetés au feu elle se tourna vers le roi et lui dit : « Qui « t'arrête? Fais ce que tu me vois faire, afin que, si nous « perdons nos chers enfans, nous échappions du moins « aux peines éternelles. » Le roi, touché de repentir, jeta au feu tous les registres de l'impôt, et, les ayant brûlés, envoya partout défendre à l'avenir de lever ces impôts.

Donner des remords à Frédégonde et faire diminuer

les budgets, quel miracle! Et qui pouvait le faire alors si ce n'est la religion?

Un pareil pouvoir devait tenter les usurpateurs. Les pouvoirs ont toujours leur contrefaçon. Le pouvoir de la tribune a les clubs; l'Eglise alors avait ses faux prêtres, faiseurs de miracles, qui séduisaient le peuple et se faisaient redouter jusqu'à ce que le masque tombât. Alors le peuple abandonnait l'imposteur démasqué et courait à un autre. Il y a, au sixième siècle, plusieurs histoires d'imposteurs pareils. J'analyserai rapidement celle de Didier.

Didier est une espèce de Gusman d'Alfarache de l'Eglise au sixième siècle; c'est un aventurier ecclésiastique séduisant le peuple par ses ruses; il avait, disait-il, une correspondance suivie avec les apôtres Pierre et Paul, et montrait leurs lettres au peuple. On lui apportait de tous côtés des malades, des aveugles, des paralytiques. Quant à ces derniers, il les faisait prendre par ses valets, les uns tenant les pieds, les autres les mains, et les faisait tirer et secouer violemment. Ceux qui ne mouraient pas d'une pareille torture se trouvaient guéris par une pareille secousse; et comme le peuple ne fait jamais attention qu'aux guérisons, Didier passait pour un saint dans le peuple. Saint Martin, disait-il lui-même, n'était rien auprès de lui.

Didier arriva à Tours, apportant avec lui de prétendues reliques de saint Vincent et de saint Félix. Il venait d'Espagne, pays de la superstition dès le sixième siècle. C'était le soir; Grégoire de Tours était à table, l'abbaye était fermée. Didier fit dire à Grégoire de venir au-devant des saintes reliques. Grégoire répondit que l'heure de sortir était passée et qu'il irait le lendemain recevoir les reliques. De grand matin Didier prit sa croix

et entra tout à coup dans la cellule de l'évêque.
« Pourquoi ne m'as-tu pas mieux reçu? dit-il à Grégoire,
« je m'en plaindrai au roi. » Puis, entrant dans l'oratoire,
sans faire attention à l'évêque, il s'y mit en prières et
sortit au bout de quelques minutes.

De Tours Didier vint à Paris. Il arriva pendant une
procession que faisait l'évêque de Paris, Raymond; et
comme il était suivi d'une grande foule de peuple et de
femmes de la campagne, il se joignit à la procession et
fit entonner des chants, comme il avait coutume. L'évêque Raymond, plus hardi que Grégoire de Tours, le fit
arrêter. Il s'échappa de prison et alla se réfugier dans
l'église de Saint-Julien. On l'en tira pour le faire paraître devant une assemblée d'évêques. Là, un des évêques le reconnut pour un de ses esclaves qui s'était en-
fui. Il fut rendu à son maître.

Ce prophète, autrefois domestique d'un évêque, paro-
diant contre l'Eglise tout ce qu'il a appris dans l'Eglise,
et se faisant suivre d'une foule innombrable de peuple,
donne une idée de la foi à cette époque.

Il nous est resté deux autres ouvrages de Grégoire de
Tours qui ont trait à l'histoire: le premier est intitulé
De miraculis Martyrum (Des miracles des Martyrs);
le second: *De gloria Confessorum* (De la gloire des
Confesseurs). Ce sont deux recueils de légendes curieuses à consulter pour quiconque veut savoir ce qu'on
croyait au sixième siècle. On y croyait, il faut l'avouer,
à de singuliers miracles et l'on se faisait une bizarre idée
de Dieu en s'imaginant qu'il déployait sa puissance dans
de pareils détails. Ces miracles, cependant, tout ridicules qu'ils sont, ont ceci de remarquable qu'il n'y en a
pas un seul dont le peuple, qui y ajoutait foi, ne pût tirer

quelque leçon morale. Ce sont les préceptes que donnent
la religion et la morale pour la conduite de la vie, mis
en action et proposés à l'imitation du peuple sous la
forme frappante et persuasive d'un récit merveilleux.
Le récit d'un miracle fait plus d'effet et instruit mieux le
peuple qu'une règle de morale toute sèche. Ouvrez où
vous voudrez ce recueil de légendes; il n'y en a pas une
seule qui n'ait servi à améliorer le peuple, qui n'ait prê-
ché, enseigné les vertus qui importent à l'homme et à la
société, qui n'ait enfin contribué pour sa part à la civilisation européenne. C'est avec ces légendes que s'est
bâti l'édifice de la morale chrétienne, de cette morale
qui survit à la foi et qui fait aujourd'hui la règle de conduite de tous les hommes.

Me pardonnera-t-on de citer un de ces miracles qui
font sourire de pitié les esprits forts, aujourd'hui les esprits superficiels, mais dont la moralité et la leçon ont
été si salutaires au monde.

Saint Eloi, évêque de Lyon, ayant été enterré, un
païen vint pendant la nuit pour dépouiller son corps. Il
ouvre le sépulcre, dresse le cadavre devant lui et se prépare à lui ôter son linceul. Le cadavre étend les bras,
saisit le profanateur et ne lâche point prise jusqu'au
lendemain matin. Le juge condamne à mort le païen
pour avoir violé une sépulture, et ordonne de le prendre
et de le supplicier. Le cadavre ne lâche point le coupable et le serre plus fort que jamais. Le juge comprit ce
que cela voulait dire et fit grace au condamné. Aussitôt
le saint abandonna son homme et rentra dans son tombeau.

Où trouver une histoire plus fabuleuse et en même
temps une plus vive leçon du respect qu'on doit aux

tombeaux, et surtout un plus touchant exemple de cette
justice clémente qui proportionne la peine au crime et
ne veut pas que le vol d'un linceul soit puni de la peine
de mort?

RÉCITS DU MOYEN-AGE.

LE DUC RÉGNIER DE LORRAINE,

ou

LE ROMAN DU RENARD.

Le roman *du Renard* est un de ces longs romans qui faisaient la joie du moyen-âge. Que pouvait-on faire, en effet, dans les châteaux de la féodalité, quand il n'y avait ni tournois ni batailles, sinon lire des romans, tantôt romans de chevalerie, tantôt romans allégoriques comme celui de *la Rose* ou *du Renard?* Voyez les ruines qui nous restent des châteaux du moyen-âge, voyez surtout Coucy, la plus belle ruine féodale que je connaisse; il est visible que dans de pareilles habitations, vastes et incommodes, avec leurs grandes salles d'armes, leurs belles chapelles et leurs larges embrasures de croisée, on ne pouvait faire que trois choses pour passer le temps, se promener dans la salle d'armes, prier Dieu dans la chapelle ou lire un roman dans l'embrasure d'une croisée, les yeux tantôt sur le livre et tantôt vers la campagne qui se découvre à travers les barreaux de la fenêtre.

Au premier aspect, le roman *du Renard* n'est qu'une fable de La Fontaine, en quatre volumes. Ce sont les tours que maître renard fait au corbeau, au chat, etc., racontés avec esprit et naïveté. Le renard, l'ours, le loup, le chat sont représentés avec les passions, les gestes et le langage des hommes. Le renard est rusé, le loup violent et maladroit, le chat hypocrite, l'ours grossier et stupide. C'est une vaste comédie dont les personnages sont des animaux. Cette invention n'a rien de nouveau, rien qui caractérise particulièrement le moyen-âge. Depuis long-tepms la fable a imaginé un monde et une époque où les bêtes parlaient, et c'est de ce monde qu'elle nous conte les annales.

Cependant, quand on étudie de plus près le roman *du Renard*, ce roman prend tout à coup un intérêt singulier ; car c'est un roman historique. Cette fable de La Fontaine, en quatre volumes, est, qui le croirait ? l'histoire de la lutte d'un chevalier du neuvième siècle contre son suzerain le roi de Lorraine.

Examinons avec soin ce monument littéraire d'une nature bizarre ; découvrons le sens historique caché sous la lettre de l'allégorie. C'est une sorte de livre palimp-seste que ce roman. La fable a écrit sur l'histoire ; dé-chiffrons, s'il est possible, l'écriture primitive.

Voyons d'abord dans l'histoire le personnage que la fable a métamorphosé en renard.

En 898, le roi de Germanie, Arnould, donna la Lor-raine à son fils naturel Zwentebold. Zwentebold avait pour conseiller et pour ami Regnier, un des principaux seigneurs de Lorraine. Les chroniques l'appellent Regi-narius, Recochardus, Reinecke, selon l'abréviation alle-mande. C'était un seigneur prudent et rusé. Après avoir été long-temps l'ami de Zwentebold, il perdit sa faveur. Forcé de quitter la Lorraine, il se réfugia dans son châ-teau de Durfos. La colère de Zwentebold l'y assiégea deux fois, et deux fois inutilement, grace à la prudence de Regnier. Cette lutte frappa l'imagination populaire qui compara Regnier au renard, et, par association d'idées, Zwentebold au loup. Une fois métamorphosés de la sorte, ce ne fut plus la lutte de Regnier et de Zwentebold, ce fut la lutte du renard et d'Isengrin; c'est le nom familier que la fable donne au loup.

La métamorphose fut si complète que désormais ce fut le nom du chevalier (Reinhardus, Renard), qui désigna l'animal. Le mot de renard, en effet, ne vient ni du latin, *vulpes,* ni de l'allemand, *fuchs.* D'où vient-il donc dans notre langue? Du nom du chevalier lorrain, de Reinard ou Regnier. Il y avait un vieux mot français, *gorpil, goupil,* qui désignait le renard, et ce vieux mot venait évidemment du latin *vulpes,* rien n'étant si ordinaire que le changement du *v* en *g* et de *l* en *r.* Le vieux mot *gorpil* a disparu et a cédé la place au mot renard, au nom du chevalier lorrain.

Voilà, à s'en tenir au titre, une première analogie entre l'histoire de Regnier de Lorraine et le roman *du Renard.* L'analogie n'est pas seulement entre les noms, elle est aussi entre les événemens. Parcourons rapidement les principaux traits de ressemblance.

Regnier était parent de Zwentebold; il descendait, comme Zwentebold, de Louis-le-Débonnaire. Renard, dans le roman, est aussi parent d'Isengrin le loup; c'est une parenté bizarre que celle du renard et d'Isengrin. Il faut laisser le vieil auteur nous l'expliquer dans son langage naïf que je ne changerai que le moins possible.

> Lorsque Dieu eut de Paradis
> Adam et Eve dehors mis,
> Pour ce qu'ils avaient trépassé
> Ce qu'il leur avait commandé,
> Pitié le prit et leur donna
> Une baguette et leur montra
> Lorsque de rien besoin auraient [1]
> De la verge en mer frapperaient,

---

[1] (1) Quelque chose.

Adam prit la verge en sa main,
En mer frappa devant Evain;
Si tôt que la mer eut féri,
Une brebis lors en jailli.
Lors, dit Adam : Dame, prenez
Cette brebis et la gardez,
Elle donra [1] lait et fromage...
Evain en son cœur pourpensait
Que s'elle encore une en avait
Plus belle estrait [2] la compagnie.
Elle a la baguette saisie :
En la mer frappa rudement,
Un loup en saut, la brebis prend...
Quand Eve vit qu'elle a perdue
Sa brebis, s'elle n'est secourue,
Elle crie fortement : ha! ha!
Adam la verge reprise a,
Frappe en la mer en murmurant;
Un chien en saut hâtivement,

Et le chien reprit la brebis. Adam et Eve continuent, pour peupler le monde, à frapper de leur baguette sur la mer; mais, chose remarquable, chaque fois qu'Adam frappait, il naissait de la mer un animal apprivoisable, et, quand c'était Eve qui frappait, il naissait un animal sauvage, ce que l'auteur résume par ces deux vers d'une précision malicieuse:

Les Evain asauvagisaient
Et les Adam apprivoisaient.

C'est sous la baguette d'Ève que naquit le renard, après le loup, et c'est de cette façon qu'il fut parent du loup.

Chercherons-nous d'où vient l'idée de cette généra-

(1) Donnera. —(2) Serait.

tion bizarre des animaux? Cette idée vient de tous côtés, comme toutes les idées du moyen-âge, qui mêle et confond tout, qui ne perd aucune des pensées de l'antiquité, mais qui les combine et les arrange à sa manière. Ainsi cette création des animaux à l'aide de la mer est une idée de la philosophie ionienne qui faisait tout naître de l'eau ; c'est une idée aussi de la philosophie hésiodique, où tous les Dieux naissent du vieil Océan. Le mélange de cette philosophie et de cette Mythologie de la nature ont inspiré, sans qu'il s'en doutât, l'imagination du moyen-âge. Ce qui lui appartient le mieux, dans cette bizarre tradition, c'est le trait de malice contre les femmes qui sert de cadre. Ève ne crée que des animaux sauvages, emblème piquant de l'esprit d'indocilité et de rébellion que le moyen-âge attribuait sans doute à la femme.

Voilà avec quelle hardiesse de fantaisie la fable travestit l'histoire. La fable, ici, n'enveloppe pas l'histoire comme le fait le lierre au chêne, se serrant contre le tronc, rampant le long des branches sans oser jamais jeter aux vents ses rameaux. La fable, ici, est plutôt comme la vigne suspendue aux ormes, qui s'étend çà et là avec hardiesse, couvre l'arbre qui la soutient et le cache aux regards.

La chronique de Metz dit que Zwentebold fut tué en 900, dans un combat qu'il livra aux comtes Étienne, Gérard et Mafroi, alliés du comte Regnier. Il périt au mois d'août, et la même année, c'est-à-dire après moins de six mois, sa veuve épousa le comte Gérard. Ce mariage six mois seulement après la mort, cette alliance entre Ada et un des ennemis, peut-être un des meurtriers de son mari, laissent quelques doutes sur la fidélité d'Ada. Le roman *du Renard* semble aussi faire allu-

sion à l'infidélité de la femme de Zwentebold. En effet,
la femme d'Isengrin, le loup, et, plus tard, la femme du
léopard, trompent toutes les deux leurs maris, et pour
qui? Pour le renard, pour l'ennemi de leurs maris ! Le
renard, dans le roman, est un séducteur, une bête à
bonnes fortunes. Rusé et perfide à l'égard des femmes
comme des hommes, il les trompe toutes et toutes l'aiment. Il y a deux romans *du Renard*, l'ancien et le
nouveau ; dans les deux romans, même caractère, mêmes
galans succès ; dans le premier il séduit dame Hersent,
la louve, femme d'Isengrin ; dans le second, la léoparde,
la maîtresse du lion. Dans le premier roman, Zwentebold nous semble figuré par le loup, dans le second par
le lion. C'est donc toujours la lutte entre Regnier et
Zwentebold qui est mise en allégorie ; c'est donc toujours Regnier qui l'emporte sur Zwentebold, que Zwentebold soit loup ou lion, mari de dame Hersent ou amant
de la dame léoparde.

Il serait difficile de rien extraire, dans le premier roman, des amours de dame Hersent et du renard. Ses
amours avec la léoparde, dans le second roman, et la
duperie du lion peuvent être plus convenablement cités.
Nous nous servirons, non du roman rimé, mais d'une
ancienne traduction en prose, publiée à Paris par Jean
Tennesan, au quinzième siècle.

« Au temps de mai que toutes choses s'éjouissent, il
« prit volonté au roi lion d'aller chasser ; car il était pris
« d'amourettes ; et, pendant qu'il chassait, rencontra le
« renard qui était à cheval. Le renard, dès qu'il aperçut
« le roi de loin, descendit de cheval et salua très révé-
« remment son souverain seigneur. Le roi le fit re-
« monter à cheval et ils se mirent à causer de la guerre

                                        20

« qu'ils avaient eue ensemble (le roi lion avait déjà fait
« une fois inutilement le siége de Maupertuis, le château
« du renard). Ma foi, renard, si vous eussiez voulu,
« vous m'eussiez tué et tous mes gens. C'est pourquoi je
« vous en aime mieux et vous retiens toujours de mon
« conseil ; car Isengrin le loup n'en sera jamais ; il est
« trop pauvre de façons et de jugement.

    « Renard, entendant ce langage, en fut bien aise, car
« on aime toujours à entendre blâmer son adversaire,
« puis remercia le roi de ce qu'il le retenait de son conseil.

    « Pendant ce temps, le roi commença à sourire de
« joyeuseté ; mais renard ne savait pourquoi ; et pen-
« dant qu'ils chevauchaient, le roi dit à maître renard
« qu'il était amoureux d'une belle dame qu'il aimait
« par amour. Mais secret soit ! J'aimerais mieux mourir
« que ma femme le sût, dit le roi. Ainsi sont plusieurs
« qui craignent plus leurs femmes que Dieu.—J'aimerais
« mieux mourir aussi que nul le sût, dit renard, que
« vous et moi. Vous vous pouvez donc découvrir à
« moi. Dites-moi qui c'est, et en quel lieu ; jamais ma
« bouche ne s'en ouvrira. Il ne désirait savoir le fait que
« pour faire quelque mauvais tour.

    « Or çà, dit le roi, je me découvre à vous. Ne vous
« souvient-il pas bien de la fête dernière qui fut à
« Maupertuis quand la paix fut faite entre vous et moi ?
« Je fus tellement saisi de la léoparde, quand je l'en-
« tendis chanter, que depuis je n'ai cessé d'y penser, et,
« de fait, je suis tant allé et venu que je lui ai conté mon
« tourment. Elle ne voulait point d'abord y consentir,
« par crainte de son mari ; toutefois j'ai tant fait qu'elle
« s'est accordée à mon vouloir, et, afin que vous le sa-
« chiez, je m'y en vais dès cette heure et ne m'arrêterai

« point que je ne sois près d'elle ; car elle me doit at-
« tendre dans un jardin dont elle m'a laissé la clef.

« Eh ! comment, dit le renard, quand il sçut ce que le
« roi avait sur le cœur, serez-vous bien si sot d'y aller tout
« seul ? Vraiment, si vous m'en croyez, j'irai avec vous.
« Vous vous mettez en grand danger de mort. — Le
« roi fut très content des paroles du renard, de quoi mal
« lui prit. Ils allèrent chassant tant que vint l'heure où le
« roi se devait rendre au lieu où la léoparde avait dit. A
« doncques, dit le roi au renard, attendez-moi ici que je
« sois revenu. — Ah ! sire, dit le renard, sire, n'y allez
« pas ainsi, vous vous mettez en grand danger. Que savez-
« vous s'il n'y a pas des gens qui vous guettent dans le jar-
« din, son mari ou un autre? Elle est femme, il n'y a pas
« grande foi ! — Son mari n'est pas au pays, dit le roi, et
« pour ce, elle m'a promis à cette heure-ci.—Non, dit le
« renard, vous n'irez pas ainsi, si vous m'en croyez ! Et
« que serait-ce si nous vous avions perdu et si vous étiez
« mort ! En telle manière nous aurions perdu le chef de
« nous tous ! Le renard flatta tellement le roi de paroles
« qu'il lui fit croire qu'il disait bien. Voici, sire, ce qu'il
« faut faire: Vous me baillerez la clef du jardin et je
« ferai l'avant-garde pour voir s'il y a ame, et puis je
« vous en viendrai dire les nouvelles. S'il y a gens apos-
« tés, je m'échapperai du mieux que je pourrai; car je
« passerai par plus petit lieu que vous ne feriez, et, si je
« suis mort, il n'y a pas si grand péril comme de vous.
« Attendez-moi donc ici, et, si je ne reviens tout de suite,
« fuyez-vous-en ; car croyez de vrai que je serai mort
« ou pris. »

Toute cette scène me semble un chef-d'œuvre de comédie ; l'indiscrétion du roi empressé de conter au re-

nard sa bonne fortune, l'adresse du renard, la manière
dont il flatte le roi en l'entretenant de l'importance de sa
personne, idées qui vont si bien à l'adresse de la vanité
royale, tout cela est vrai, naturel, amusant; le vieil auteur a trouvé déjà le secret de la bonne comédie de
mœurs que Molière retrouvera plus tard.

Ayant la clé du jardin, le renard entre, séduit la léoparde, l'emmène à Maupertuis son château, laissant le
roi se morfondre à la porte du jardin. Toute cette peinture du roi dupé est faite encore de main de maître.

« Le roi était toujours à la porte du jardin, croyant
« que le renard allait revenir, et était tout ébahi de ce qu'il
« ne revenait point. Il se mit à penser qu'il était mort,
« et commença à se lamenter et à étendre ses mains vers
« le ciel, disant : Hélas, malheureux que je suis ! pour
« moi est mort le plus vaillant, le meilleur, le plus subtil
« et le plus prudent qui fût en tout le monde, et il m'a
« bien conseillé, car je serais où il est. Ah ! la perfide,
« disait-il de la léoparde, elle avait donc intention de me
« faire mourir ! »

Brave et honnête roi, comme il est dupe ! Et ce qui
rend la description plaisante, c'est que la vanité en est
cause, et un genre de vanité propre aux princes par la
grace de Dieu. Croyant en eux, comme ils le font, ils
trouvent tout naturel le dévouement à leur personne. Le
dévouement, auprès d'eux, est donc toujours bien venu,
quelque faux qu'il soit ; car il ne leur vient point en idée,
comme aux autres hommes, de se demander pourquoi
on se dévoue. Le renard se dévoue à moi, dit le lion,
prince légitime et par la grace de Dieu: C'est tout simple ;
cela doit être ; cela est dans l'ordre. Un prince n'est jamais étonné de voir autrui se sacrifier pour lui. C'est là

ce qui dupe le lion. A titre de prince, il n'est point étonné
que le renard se veuille dévouer pour lui. Sa vanité lui
coûte sa maîtresse.

Ce qu'il y a de charmant dans cette vanité royale, ce
qui montre la nature prise sur le fait, c'est qu'en même
temps le lion est un bon prince; il pleure le renard; il
s'écrie : Malheureux que je suis ! pour moi est mort le
plus vaillant...etc. Il regrette son serviteur, mais il le regrette en prince, c'est-à-dire qu'il ne se repent pas de
l'avoir laissé tuer pour lui; c'est dans l'ordre, mais il le
loue d'avoir fait son devoir. Il m'a bien conseillé ! s'é-
crie-t-il; car je serais où il est. Je serais mort ! Puis,
s'indignant contre la léoparde : Ah perfide ! dit-il. —
Perfide, d'avoir tué le renard, ce bon serviteur? — Non,
perfide d'avoir voulu me faire mourir ! Ainsi le moi, le
moi royal partout; s'il loue, c'est qu'on l'a bien conseillé; s'il s'attendrit, c'est qu'il serait où est le renard,
il serait mort. S'il s'indigne, c'est qu'on a, non pas tué le
serviteur, mais voulu le tuer, lui, le roi. Tous ces mots
me semblent d'une naïveté d'égoïsme qui est sublime.

Bientôt, cependant, la perfidie de renard est découverte et il est forcé de fuir à Maupertuis où il soutient
un nouveau siége.

Après avoir gardé la léoparde pendant quelque temps
à Maupertuis, le renard un beau jour s'en trouva las et
la renvoya. La pauvre fille, chassée par son séducteur,
alla se plaindre à la femme du renard qui, bonne femme
qu'elle était, la consola et surtout lui promit de faire une
scène à son mari. A quelques jours de là, en effet, le renard vint vers sa femme, au châtel où elle se tenait. In-
continent qu'elle le vit, elle l'appela trompeur, déceveur,
larron; toutes les hontes qu'elle put lui dire, elle les lui

dit. De quoi renard ne faisait que rire et l'apaisa le plus
doucement qu'il put.

Sur quoi Jean Tennesan, l'auteur, fait la moralité
suivante :

« Cet exemple est bon à suivre aux maris ribauds.
« Maître renard, quand il sut qu'il était découvert de
« son mal, et que sa femme disait la vérité, *ne la battit*
« *pas*, mais la rapaisa le plus doucement qu'il put. »
Voilà de singulières idées sur la justice et l'égalité con-
jugales ; maître renard est loué et proposé comme modèle pour n'avoir point battu sa femme qui lui reproche
ses torts !

Un jour, cependant, ayant été dupé par le chat,
le renard revint chez lui de mauvaise humeur et battit sa
femme. Etre battue quand on n'est pas trompée, ou
être trompée quand on n'est pas battue, passe encore ;
mais être à la fois trompée et battue, c'est trop ; aussi,
pour se venger, la femme du renard alla dénoncer au
roi lion le tour que lui avait joué son mari, et comment
il l'avait fait attendre à la porte du jardin. Le roi lion
se mit en grande colère contre son favori. Aussitôt toute
la cour vint se plaindre du renard, Isengrin le loup,
Chanteclair le coq, Tibert le chat ; le léopard vint aussi,
il ignorait encore les griefs qu'il avait contre le renard ;
le roi les lui conta. Entre le roi lion et le léopard l'entretien sur un pareil sujet dut être curieux : Je voulais
séduire votre femme. — Comment, sire ! — Mais c'est
le renard qui nous a déçus tous deux. Le léopard fut
d'abord bien dolent et marri. Mais le roi le rapaisa au
mieux qu'il put et fit tant qu'il pardonna à sa femme, à
condition qu'elle maudirait le renard, ce qu'elle fit, et la
paix fut faite.

On résolut de tirer vengeance de la perfidie du renard et d'aller l'assiéger dans son château de Maupertuis. C'est ici que la fable rejoint de nouveau l'histoire et l'accompagne. Le château de Maupertuis, c'est le château de Durfos où Regnier soutint deux fois l'assaut contre Zwentebold. Voyons d'abord dans l'histoire les détails du siége de Durfos.

La même année (898), dit la chronique de Metz, Zwentebold chassa de sa cour le duc Regnier, son plus fidèle conseiller ; il le priva des fiefs et des honneurs qu'il avait en Lorraine et lui ordonna de quitter le royaume en treize jours. Regnier, emmenant avec lui le comte Odoacre et quelques autres partisans, se retira avec sa femme, ses enfans et tous ses trésors dans un château très fort, nommé Durfos, et s'y fortifia. Le roi l'ayant appris assembla une armée et s'efforça d'emporter le château ; mais il ne put y parvenir à cause des marais et des inondations que fait la Meuse près de Durfos.

L'année suivante, 899, Zwentebold vint de nouveau assiéger Durfos ; mais ses armes ne réussissant pas, il ordonna aux évêques d'excomunier Regnier, Odoacre et ceux qui étaient avec lui. Les évêques refusèrent et Zwentebold fut bientôt forcé de lever le siége.

Voilà, dans les annales de Metz, l'histoire du siége de Durfos, ce siége deux fois mis et deux fois mis en vain, qui a frappé l'imagination du peuple, et qui, dans le roman, sous le nom de siége de Maupertuis, devient le sujet principal de cette singulière Iliade.

Maupertuis, comme Durfos, est assiégé deux fois. C'est du second siége que nous nous occupons en ce moment. On donne plusieurs assauts ; le roi lion et le léopard sont blessés. Cependant, renard voyant qu'il ne pourrait pas tenir, résout d'évacuer la place. Il fait faire

un grand vaisseau ; puis après une sortie où il a défait
l'armée du roi, il s'embarque pendant la nuit avec tous ses
gens, laissant Maupertuis vide et désert. Maupertuis, on
le voit, est comme Durfos bâti au bord de l'eau.

Au matin, le roi ordonne de recommencer l'assaut.
On dresse les échelles, on tire les canons, couleuvrines
et bombardes ; on monte aux murs, on entre aux guettes ;
on ne trouve à qui parler ni qui se défende. « Voyant
« que nul ne leur résistait, ils eurent grand' peur de trahi-
« son, ayant déjà été trompés autrefois, de telle façon
« qu'ils n'osaient entrer plus avant. Toutefois, le lima-
« çon, comme le plus vaillant, monta les murs et entra
« comme preux et hardi dedans et fit visite haut et bas ;
« et, ne trouvant nul à qui parler, va mettre la bannière
« du roi dessus la porte, en signe de ville gagnée. »

Renard s'était retiré à Passe-Orgueil, nouveau château
dont le nom tout allégorique cache peut-être aussi quelque château des bords de la Meuse. Le roi lion le suit à
Passe-Orgueil et l'y assiége. C'est à ce siége que le conteur rapporte l'excommunication que Zwentebold demandait aux évêques contre Regnier. Dans ce drame,
dont les personnages sont des animaux, il a fallu choisir
quelque animal pour jouer le rôle d'excommunicateur.
Le conteur insolent a choisi l'âne, dont il fait un archiprêtre, et c'est l'âne qui excommunie le renard. Cette
scène de l'excommunication est omise dans la traduction en prose de Jean Tennesan. Elle ne se retrouve que
dans le roman rimé. C'est de là que nous l'extrayons, en
ayant soin de changer le moins possible le style du vieil
auteur.

Alors l'archiprêtre Timers [1]
Commença si haut à chanter

(1) C'est le nom familier de l'âne.

Qu'en retentirent monts et vaux.
Il a chaussé ses estivaux [1],
S'est de ses habits revêtis,
Avec lui eut deux de ses fils :
Cloches, cierges et bénitier
Ils avaient, pour excommunier
Renard avec sa compagnie.
Timers bien haut l'excommunie.
Pendant ce temps cloches sonnaient,
Et jusques là cierges brûlaient.
Alors fit les cierges éteindre ;
C'était pour mieux Renard contraindre ;
Et pour qu'il fut en pire état,
Chanta amen ! fiat ! fiat !
Cela fait, retourne en arrière,
Car il ne sait autre assaut faire ;
Et Renard en moquant s'écrie :
Que ferai-je ? on m'excommunie.
Manger ne pourrai plus de pain
Si je n'ai appétit ou faim ;
Et mon pot bouillir ne pourra
Tant que le feu ne sentira.

Après avoir lu ces vers, que croire de la superstition du moyen-âge ! Voilà l'excommunication jouée et bafouée en plein roman ; voilà un âne archiprêtre qui, accompagné de ses deux fils, excommunie le renard, et le renard, aussi incrédule et plus gai qu'un philosophe du dix-huitième siècle, qui prend en moquerie l'anathème. Il est excommunié ! Il ne mangera plus, hélas ! que lorsqu'il aura faim ; son pot ne bouillira plus que lorsqu'il sera sur le feu. Est-il sarcasme plus vif contre l'excommunication ? Pour l'excommunié, disait l'Église, plus de société ; tout change, tout prend un aspect ennemi ; le renard, esprit fort, dit : « Qu'importe l'excommunica-

_____
(1) Stivali en italien, bottines.

tion ? Je suis ce que j'étais hier, rien n'est changé en moi
ni autour de moi ; aujourd'hui comme hier je ne mange
que lorsque j'ai faim ; aujourd'hui comme hier mon pot
ne bout que lorsqu'il est sur le feu ; où est donc l'effet de
l'excommunication ? Ce raisonnement naïf et piquant,
ne nous y trompons pas, est hardi et profond. Quand
l'excommunication n'empêche plus personne d'avoir faim
et de manger, la foi est détruite dans le monde. Le jour
où un excommunié s'est aperçu qu'il avait faim comme
avant l'anathème, le jour où il a vu que le pot bouillait
pour l'excommunié comme pour l'orthodoxe, l'Église a
perdu son empire.

Malgré l'anathème de Timer, renard se défend et le roi
prend le parti de traiter avec lui, ne pouvant le vaincre.
Une fois la paix faite, renard recouvre tout son crédit.
Le duc Regnier recouvra aussi tout son crédit et toute sa
puissance en Lorraine ; mais ce ne fut qu'après la mort
de Zwentebold, auprès de Louis-l'Enfant, roi de Germanie, et de Charles-le-Simple, roi de France.

C'est ici que le roman *du Renard* semblerait devoir
finir ; il continue cependant ; mais cette continuation est
une allégorie dans le genre de celle du roman de *la Rose*.
Le renard est l'emblème et le symbole de la prudence, de
la ruse, de l'habileté, de tout ce qui fait le succès. Tout le
monde veut donc être de la compagnie du renard ;
tout le monde veut l'avoir avec soi, puisque c'est un ta-
lisman infaillible pour réussir et faire fortune. Ce sont
surtout les gens d'Église qui veulent l'enrôler parmi eux.
Les Jacobins viennent d'abord, afin qu'il veuille être de
leur ordre ; le renard ne veut point être Jacobin, mais
il leur donne Regnardel, son fils aîné, qui devient bientôt général de l'ordre des Jacobins. Les Cordeliers viennent aussi prier renard d'être des leurs ; il les refuse

comme les Jacobins, mais leur donne son second fils,
Roussel, qui ne fait pas une moins belle fortune chez les
Cordeliers que son frère Regnardel chez les Jacobins, et
qui devient aussi général de l'ordre. Ses deux fils étant
si bien placés dans l'Église, la vocation ecclésiastique
commence aussi à lui venir et il prend la résolution de
se faire ermite. Ici encore laissons parler le vieil auteur; toute cette scène est racontée avec une grace et un
esprit infinis.

> Il (renard) jure Dieu et sa vertu
> Que, puisque ses fils sont rendus[1],
> Il veut enfin se rendre aussi,
> Pour que Dieu ait de lui merci
> Au grand jour, jour du jugement,
> Là où tous seront en présent
> Devant la Sainte-Trinité,
> Là où tous seront accusés
> Et condamnés pour leurs méfaits.
> Pour ce est sage qui bien fait.
> Lors il eut grand dévotion,
> Puis il mangea d'un gros chapon,
> Ne s'inquiétant d'où il venait
> Puisqu'en ses pattes le tenait...
> A ce moment regarde et voit
> La retraite d'un pauvre ermite,
> Où n'y avait tite ni mite[2],
> Ni sang, ni chair, ni pain, ni grain,
> Hors de racine un rayon plein,
> Et sauterelle et miel sauvage
> Que le prud'homme par le bocage
> Cueillait pour soutenir sa vie.
> L'ermite alors disait complie.
> Quand renard vint à l'ermitage,
> Renard contrefit fort le sage;

---

(1) Convertis. — (2) Ni sou ni maille.

Il vient et frappe du maillet [1].
Le prud'homme ouvrit le guichet.
Quand renard vit s'émerveilla.
Renard entre : mot ne sonna,
Hors qu'il dit *benedicite!*
Le prud'homme plein de sainteté
Lors lui répondit : *Dominus*,
Ici soyez le bien-venu.
Que voulez-vous?

LE RENARD.

        Veux confesser
Et vers Dieu me veux amender,
Et faire satisfaction
Et entrer en religion.
Au siècle ne veux être plus,
Et je veux être ici reclus,
Mais confesser me veux avant.

L'ERMITE.

Je vous entendrai bonnement,
Dites de par Dieu vos péchés.

LE RENARD.

Volontiers, sire.

L'ERMITE.

       Or, commencez.

LE RENARD.

Que voulez-vous que je vous die?
Onc ne fis bien jour de Marie......
Mais je veux aussi ouïr par ordre
Tous les points qui sont en votre ordre,
Comment vous mangez et vivez,
Pourquoi loin des gens vous restez,
Comment couvrez votre chair nue?

(1) Marteau.

L'ERMITE.

Je me couvre de peau velue,
Dit le prud'homme, et vais nuds pieds;
Jamais suis lavé ni baigné.
Je dis mon Psautier chaque jour,
Et puis je vais à mon labour.
A minuit, matines je dis,
Pour que Dieu ait de moi merci;
Et pendant le jour, une fois,
Je mange de ce que tu vois;
Encor je n'en prends pas mon sou.

Le renard dit : « J'étais un fou,
« Moi qui venir à vous voulais;
« Ici, vrai Dieu! moi je croyais,
« Que vous mangiez à vos devis [1]
« Bécasses, faisans et perdrix,
« Chapons rôtis et venaison,
« Et buviez bon vin à foison,
« Et aviez chez vous belle dame. »

Et, disant cela, renard, voyant que l'ermitage ne répondait pas à ses idées, revint à Maupertuis. C'est ainsi que manqua sa vocation d'ermite.

Cependant sa réputation passant les mers, les Templiers et les Hospitaliers se disputent à qui aura renard pour gouverneur. Les deux ordres sont tous deux également ambitieux, également avides; ils ont tous deux des titres pour être gouvernés par le renard. La querelle s'enflammant, elle est portée devant le pape et les cardinaux qui, ne pouvant accorder les deux ordres, proposent de couper renard en deux, afin que chaque ordre en ait moitié. Cette transaction ne convient pas du tout à renard; il se hâte donc de proposer un sous-amendement:

---

(1) Selon vos goûts.

« A cette fin, dit-il, que les deux parties soient con-
« tentes, je serai vêtu d'une robe mi-partie qui, d'un
« côté, sera de l'Hospitalier, et de l'autre côté du Tem-
« plier; avec ce, j'aurai la barbe rasée du côté de l'Hos-
« pitalier, et de l'autre côté la laisserai venir, et ainsi je
« tiendrai des deux parties et je les gouvernerai bien
« tous deux. Les assistans consentirent à ce qu'il fût fait
« ainsi qu'il avait dit, et, par ce moyen, fut maître re-
« nard Hospitalier et Templier, et depuis les a très bien
« gouvernés, tant qu'ils ont de bonnes rentes. »

Avoir de bonnes rentes, voilà ce que c'est que d'avoir
renard avec soi, c'est-à-dire d'être habile et prudent.

Il est curieux de savoir si cette dernière partie, dont
l'allégorie est si bizarrement satirique, a, comme le reste
du roman, un fondement historique. Que veulent dire
ces vocations ecclésiastiques de renard et de toute sa
famille? A quelle circonstance historique se rapportent-
elles? Le voici.

Le duc Regnier avait usurpé des biens de l'Église en
Lorraine. C'était l'usage parmi les seigneurs féodaux ; ils
dépouillaient l'Église pendant leur vie, quitte, au lit de
mort, à lui rendre le double ou le triple. Regnier s'était
donc emparé des abbayes de Saint-Servat et d'Epter-
nach, et il s'en était fait nommer abbé, chose assez commune dans ces temps de désordre; il les transmit même
à son fils avec son titre d'abbé. Les conteurs ont tra-
vesti cette usurpation des biens ecclésiastiques, comme
tout le reste de l'histoire de Regnier, et ils ont fait de renard d'abord un aspirant ermite, puis un grand-maître
des Templiers et des Hospitaliers, et de ses deux fils des
généraux d'ordres monastiques.

Tel est le roman du renard, moitié historique et moitié
allégorique, mais dont le sens historique était presque

perdu; car le savant éditeur *du Renard,* M. Méon, n'en dit rien dans sa préface. C'est dans Eckart, c'est dans *Commentarii de rebus Franciæ orientalis* que j'ai trouvé la première indication du sens historique de notre vieux roman. Il m'a paru curieux d'en faire une étude attentive, afin de découvrir l'histoire cachée sous la fiction. C'est une preuve en même temps de la variété et de la hardiesse de la littérature du moyen-âge. Il est curieux de voir comment, dans ces temps reculés, l'imagination populaire prenait quelque héros de l'époque et travestissait les événemens de sa vie, à l'aide d'allégories piquantes.

Les recherches littéraires sont curieuses quand elles surprennent le secret du travail des auteurs ; mais quand elles cherchent à pénétrer le travail de l'imagination, non d'un écrivain, mais d'un peuple, à voir comment les traditions populaires se groupent et s'enchaînent autour d'un nom, comment elles font un héros de fable avec un chevalier dont l'histoire a tout au plus conservé le nom, ces recherches, alors, deviennent plus curieuses puisqu'elles peuvent jeter quelque jour sur les progrès de l'esprit humain et sur la marche de l'imagination populaire. Tel est l'intérêt philosophique qu'il faut chercher dans les études du genre de celles que nous avons essayé de faire sur le roman *du Renard.*

CONTES DE MASENIUS,

JÉSUITE ALLEMAND.

Les deux contes qui suivent cette note sont tirés de l'ouvrage de Masenius, intitulé *Palæstra dramatica*, qui parut à Cologne en 1657.

Jacques Masenius est peu connu aujourd'hui ; c'était une des célébrités de Cologne dans le dix-septième siècle. Professeur de rhétorique et de poésie au collége des Jésuites de cette ville, il publia un ouvrage intitulé *Palæstra eloquentiæ ligatæ*. C'est un cours complet d'éloquence. Le premier volume contient une rhétorique et une poétique ; le second, des poèmes élégiaques et héroïques destinés à servir d'exemples aux règles tracées dans le premier volume ; le troisième, un traité de l'art dramatique, et un recueil de sujets propres au drame ; ces sujets sont racontés sous une forme dramatique, et c'est de là qu'est tiré le conte de *la Reine Sémiramis* ; enfin des pièces de théâtre de diverses sortes.

Dans le second volume du cours d'éloquence de Masenius se trouve le poème de *Sarcothée* qui, dans le dernier siècle, devint le sujet d'une accusation de plagiat intentée à Milton par Lauder. La Sarcothée est un mot composé du grec, qui veut dire *l'humanité-déesse.* C'est l'histoire d'Adam et Ève chassés du paradis, c'est le sujet du poème de Milton. Quand on lit le poème de Masenius et le poème de Milton, il est difficile de croire que le grand poète anglais n'ait pas fait quelques emprunts à *la Sarcothée*. Masenius, au surplus, mérite cet honneur. Son poème est plein de beaux vers ; seulement les noms allégoriques nuisent à l'intérêt. J'aime mieux

Adam et Ève que Sarcothée, et Satan qu'Antithée, c'est-à
dire, en grec, l'ennemi de Dieu.

Masenius était vivement frappé de la grandeur des
premiers chapitres de *la Genèse* et de tout ce qu'il y a
de dramatique dans l'histoire du péché originel. Je
trouve, en effet, dans son troisième volume, au nombre
des pièces proposées comme exemples, un drame d'*Androphile*, intitulé *Tragico-Comédie allégorique.* Androphile (ami de l'homme), c'est le Christ, et le sujet de
la pièce c'est la chute d'Anthrope (l'homme), victime
des ruses d'Andromisus (l'ennemi des hommes), sauvé
par le dévouement d'Androphile, qui s'offre comme victime à la colère d'Andropater (père des hommes). Il y
a dans cette pièce quelques morceaux que Milton semble
aussi avoir connus.

Ni Lauder, ni le journal de Trévoux n'ont parlé
d'Androphile à propos de *la Sarcothée* et du plagiat de
Milton. Je ne veux oint aller plus loin que Lauder et
le journal de Trévoux et me servir d'Androphilus comme
d'un nouveau titre pour renouveler l'accusation intentée au grand poète anglais. En faisant cette remarque je ne veux autre chose que rendre à ce jésuite oublié l'honneur que lui a fait Milton de l'imiter de temps
en temps. Ajoutons que la chute de l'homme et sa régénération semblent, au seizième siècle et au commencement du dix-septième, un sujet de drame convenu. Après
avoir été joué en *mystère*, il était joué dans les colléges
comme comédie sainte et édifiante. J'ai sous les yeux un
Adamus fait en 1552 par le Hollandais Macropedius.
La pièce embrasse depuis Adam jusqu'à Jésus-Christ,
depuis la chute jusqu'à la rédemption. Ce sujet était donc
un sujet convenu de poésie, et c'est pour cela que Milton en a fait un poème épique. Les poètes épiques ne

chantent jamais que ce qui est dans la bouche de tout le monde. L'épopée est une redite. Avant le poème du Dante, il y avait je ne sais combien de visions où étaient décrits l'enfer, le purgatoire et le paradis. C'était un sujet populaire; Dante en a fait un poème épique. Comme l'épopée a besoin de merveilleux et que le merveilleux, à son tour, a besoin, pour faire effet, qu'on y ait foi, il faut nécessairement que l'épopée soit faite sur un sujet populaire que tout le monde connaît et que personne ne songe à mettre en doute.

La Sarcothée de Masenius imitée par Milton, ses sujets de pièces développés sous la forme de contes, ses drames de toute sorte, historiques, moraux, tragi-comiques, allégoriques, etc., attestent une imagination féconde et variée. Avec tout cela, cependant, il estoublié, et il faut des recherches de biographie littéraire pour savoir qui il est et quand il a vécu. Venons à son conte de

LA REINE SÉMIRAMIS.

— Oui, de toutes mes femmes, vous êtes celle que j'aime le mieux, disait le roi Ninus à Sémiramis. Personne n'a autant de graces et d'attraits que vous; pour vous, je renoncerais volontiers à toutes mes autres femmes.

— Que la sagesse du roi veille sur ses paroles! Si j'allais prendre mon maître au mot?

— Tant que tu m'aimeras, que m'importe la beauté des autres?

— Ainsi donc, si je vous en priais, vous fermeriez votre sérail, vous renverriez les femmes qui le peuplent; je serais la seule que vous aimeriez, la seule à qui vous feriez part de votre pouvoir; je serais votre épouse, je serais reine d'Assyrie?

Sémiramis parlait avec une ardeur qui la rendait mille fois plus belle. Cependant, fermer le sérail, renvoyer ses femmes, cela parut à Ninus quelque chose de grave. Il ne répondit donc pas nettement à Sémiramis; mais il reprit :

— Reine d'Assyrie! et ne l'es-tu pas, puisque tu règnes par ta beauté sur le maître de l'Assyrie?

— Non; je ne suis qu'une esclave que vous aimez aujourd'hui. Qui me répond de demain? Je ne règne pas, je plais. Quand je donne un ordre, on vous consulte avant de m'obéir.

— Régner, crois-tu donc que ce soit un grand plaisir?

— Oui, surtout pour qui ne l'a jamais goûté!

— Veux-tu le goûter? Veux-tu pendant quelques jours régner à ma place?

— Prenez garde encore de vous trop avancer!

— Non! je le répète, veux-tu pendant un jour être maîtresse souveraine de l'Assyrie? J'y consens.

— Et tout ce que j'ordonnerai sera exécuté?

— Oui, je te céderai pour un jour mon pouvoir et mon sceptre d'or, qui en est l'emblème.

— Et si j'allais commander de fermer le sérail?

Ninus sourit. — Je ne retire pas ma parole. Pendant un jour, un jour entier, tu seras reine et maîtresse; je te le jure! Ce n'est plus à moi que le palais et l'empire obéiront; c'est à toi, à toi seule. Rassemble donc en ce jour tous tes désirs et tous tes caprices; car ce jour-là tu pourras tout.

— Et quand sera-ce?

— Demain, si tu veux!

— J'accepte, dit Sémiramis. Et elle se pencha doucement vers Ninus et laissa retomber sa tête sur l'épaule du roi. Elle avait l'air d'une jolie femme qui semble demander pardon de son caprice, après qu'on y a cédé.

La nuit vint. Jamais Sémiramis n'avait été si gracieuse et si pleine d'amour ; jamais le roi Ninus n'avait été si heureux. Au matin, le roi dit à Sémiramis : « Voici ton jour d'être reine ! »

Sémiramis appela ses femmes et se fit vêtir magnifiquement. Elle mit sur son front une couronne de pierres précieuses et reparut ainsi aux yeux de Ninus. Ninus, enchanté de sa beauté, ordonna que tous les officiers et tous les serviteurs du palais se rassemblassent dans la salle du trône, et que son sceptre d'or fût tiré du trésor et lui fût apporté. Quand cela fut fait, et que tout le monde fut réuni dans la salle, dans l'attente de quelque grand événement, il fit ouvrir les portes de la chambre où il était avec Sémiramis, et, la prenant par la main, entra avec elle. Tous les officiers et les serviteurs se prosternèrent à l'aspect du roi. Ninus conduisit Sémiramis jusqu'au trône placé au milieu de la salle et l'y fit asseoir ; puis, ordonnant à tout le monde de se relever, il annonça à sa cour qu'il voulait que pendant tout le jour qui allait s'écouler, on obéît à Sémiramis comme à lui-même. Il prit le sceptre d'or des mains du chef des esclaves, et, le mettant dans les mains de Sémiramis : « Reine, dit-il, voici le signe du pouvoir souverain ; prenez-le et servez-vous-en pour commander en souveraine. Vous n'avez plus ici que des esclaves, et moimême je ne suis plus que votre serviteur pendant tout ce jour. Quiconque sera lent à exécuter vos ordres, qu'il soit puni, comme s'il désobéissait au roi, comme s'il était lent à exécuter les ordres du roi. »

Après avoir ainsi parlé, le roi s'agenouilla devant Sémiramis qui lui donna, en souriant, sa main à baiser.

Toute la cour ensuite passa devant le trône de Sémi

ramis, qui toucha chaque officier du bout de son sceptre
royal et reçut de chacun le serment d'exécuter aveuglément ses ordres. Sémiramis reçut leur serment avec une
majesté que le roi admira. Quand la cérémonie fut finie, il
en fit compliment à Sémiramis, et lui demanda comment
elle avait fait pour avoir l'air si grave et si majestueux.

— C'est que, pendant qu'ils promettaient d'obéir, répondit Sémiramis, je songeais à ce que je commanderais
à chacun d'eux. Je n'ai qu'un jour de pouvoir, je veux
bien l'employer.

Le roi se mit à rire de cette réponse. Sémiramis lui
paraissait plus piquante et plus aimable que jamais. —
Voyons, se disait-il, comment elle va continuer son
rôle et par quels ordres elle va débuter.

— Que le secrétaire du roi approche de mon trône, dit
Sémiramis à haute voix ! Le secrétaire s'approcha ; deux
esclaves placèrent devant lui une petite table. — Écrivez !

« Sous peine de la vie, il est ordonné au gouverneur
« de la citadelle de Babylone de céder le commande-
« ment de la citadelle à celui qui lui remettra cet ordre ! »

— Fermez cet ordre et cachetez-le du sceau du roi ;
remettez-le-moi.

Écrivez !

« Sous peine de la vie, il est ordonné au chef des es-
« claves du palais de remettre le commandement des
« esclaves à celui qui lui présentera cet ordre. »

— Fermez, cachetez du sceau du roi, et remettez-moi
cet ordre.

Écrivez !

« Sous peine de la vie, il est ordonné au général de
« l'armée qui est campée sous les murs de Babylone de
« remettre le commandement de l'armée à celui qui lui

« présentera cet ordre. » Fermez, cachetez et remettez-le-moi !

Elle prit les trois ordres qu'elle venait de dicter et les mit dans son sein. Toute la cour restait interdite ; le roi lui-même était étonné. — Qu'on écoute, dit Sémiramis. Dans deux heures tous les officiers de l'État viendront m'offrir des présens, comme c'est l'usage à l'avénement des nouveaux princes. Qu'un festin et qu'une fête soient préparés pour ce soir !

Attendez ! il reste encore un ordre à donner.

« Sous peine de la vie, il est ordonné au premier eu-« nuque du palais de présenter ce soir, au festin, vingt « femmes de la plus grande beauté ; elles seront ajoutées « à celles du sérail. »

— Allez ! Que tout le monde sorte maintenant ; que mon fidèle serviteur Ninus reste seul ; j'ai besoin de le consulter sur les affaires de l'État.

Toute la cour sortit ; Ninus resta seul. — Vous voyez, dit Sémiramis, que je sais me conduire en reine. Vous n'avez pas voulu hier me sacrifier votre sérail ; aujourd'hui je l'augmente : n'est-ce pas généreux ?

Ninus se mit à rire. — Ma belle reine, dit-il, vous jouez votre rôle à merveille ; mais si votre serviteur ose vous interroger, que voulez-vous faire des ordres que vous avez dictés ?

— Je ne serai plus reine s'il vous faut rendre compte. Au surplus, voici mes motifs : J'ai, continua-t-elle en riant, j'ai à me venger des trois officiers que menacent les ordres que j'ai dictés.

— Vous venger, et de quoi donc ?

— Le premier, le gouverneur de la citadelle, est borgne et me fait peur chaque fois que je le rencontre. Le second, le chef des esclaves, vous a deux fois présenté des esclaves nouvelles afin de me faire perdre votre amour ; et le troisième, enfin, le général de l'armée sous les murs de la ville, m'enlève trop souvent votre présence ; vous êtes sans cesse au camp. Je suis jalouse de l'armée, et, ne pouvant la destituer en masse, je destitue le chef.

Cette réponse, mêlée de folie et de flatterie, enchanta Ninus. — Allons, dit-il en riant, voilà trois grands officiers de l'empire destitués pour bons motifs.

— Oh ! continua Sémiramis, destituer, c'est mon plaisir. Je vais, je vous en avertis, mettre votre empi.e en désordre.

Ninus et la reine passèrent dans les jardins du palais. Les esclaves attachés au jardin vinrent se prosterner devant Sémiramis.

— Ces beaux jardins sont à vous aujourd'hui, ma reine. — De beaux jardins ! Allons donc ! Et qu'ont-ils donc de royal pour être beaux ? Qu'ont-ils que ne puisse avoir le moindre de vos officiers ? Oh ! que vous savez mal user du droit de pouvoir tout ce que vous voulez !

— Mais, ce droit, vous l'avez aujourd'hui ; usez-en !

— Vous allez voir ! dit Sémiramis. Esclave, dit-elle au chef des jardins, tu vois ce portique à colonnes de granit, hautes de cent pieds, et la terrasse qui le surmonte ; prends ce jardin avec ses fleurs, ses arbres, ses eaux et porte-le sur cette terrasse.

— Reine ! dit le chef des jardins.

— Tu mourras si tu n'obéis pas. Prends les bras de vingt mille esclaves et fais ce que je te dis. Alors Sémiramis aura des jardins dignes d'elle.

Le chef des jardins restait interdit. Ninus riait. Un eunuque s'approcha de la reine.

— Grande reine, dit-il, les seigneurs de la cour attendent que vous daigniez recevoir leurs hommages.

— Suivez-moi, mon serviteur, dit-elle en souriant à Ninus, et elle entra dans la salle du trône.

Les seigneurs de la cour défilèrent devant son trône ; chacun apportait son présent. La plupart avaient imaginé de lui offrir des bijoux, des étoffes précieuses. Sémiramis regardait peu ces présens futiles et ordonnait au trésorier de donner à chaque seigneur un présent trois fois plus grand que celui qu'elle avait reçu.

— C'est ainsi, disait-elle à Ninus, qu'un prince doit recevoir des présens, comme un hommage et non comme une aumône.

Après les grands officiers vinrent les serviteurs du palais. Ceux-là offrirent des fleurs, des fruits, des animaux rares ou élégans. Sémiramis reçut leurs offrandes d'un air gracieux. Enfin vinrent les esclaves qui n'avaient rien et ne pouvaient rien offrir. Les trois premiers esclaves étaient trois jeunes frères que la même caravane avait amenés du Caucase avec Sémiramis. C'étaient des jeunes gens fiers, hardis, qui servaient dans la garde du palais. Sémiramis les connaissait ; car un jour la partie de la caravane où étaient les femmes ayant été attaquée par un tigre énorme, ce furent ces trois frères qui accoururent les premiers et qui tuèrent l'animal. Du reste, les femmes, pendant cette scène, étaient restées voilées. Les trois frères ne connaissaient donc pas Sémiramis.

Quand ils passèrent devant le trône : — Et vous, dit-elle aux trois frères, n'avez-vous aucun présent à faire à la reine ?

— Aucun, répondit le premier, qui était Zopire, que ma vie pour la défendre.

— Aucun, répondit le second, qui était Artaban, que mon sabre contre ses ennemis.

— Aucun, répondit le troisième qui était Assur, que le respect et l'admiration qu'inspirent sa présence.

— Esclaves, dit Sémiramis, c'est vous qui de toute la cour m'avez fait les plus beaux présens; car ce sont des présens que je ne puis récompenser avec la richesse des trésors de l'empire, comme j'ai fait pour les autres. Il ne sera pas dit cependant que Sémiramis soit restée ingrate.

— Toi qui m'as offert ton sabre contre mes ennemis, prends cet ordre, porte-le au général de l'armée qui campe sous les murs de Babylone, remets-le-lui et attends ce qu'il fera de toi.

— Toi qui m'as offert ta vie pour me défendre, prends cet ordre, remets-le au gouverneur de la citadelle et attends ce qu'il fera de toi.

— Toi, enfin, qui m'as offert le respect et l'admiration que ma présence inspire et qui me sembles un courtisan, prends cet ordre, remets-le au chef des esclaves du palais et attends ce qu'il fera de toi.

Les trois frères sortirent aussitôt; le reste des esclaves défila, et la cérémonie des présens étant finie, Sémiramis descendit du trône, congédia toute la cour; puis, restant seule avec Ninus : « Je vous ai averti, dit-« elle, que je voulais bouleverser votre empire; vous « voyez, je mets vos jardins sur les terrasses de vos « portiques et vos esclaves à la tête de vos armées. « Maintenant, à ma toilette pour la fête de ce soir! « Vous y assisterez, n'est-ce pas? Et pendant ce temps « nous jugerons de la beauté des femmes que j'ajoute à « votre sérail. »

Il y avait dans Sémiramis tant de gaîté, tant de folie,

tant de grace que jamais Ninus n'avait été si amoureux.
Il assista à la toilette de la reine. Bientôt on introduisit
une à une les femmes destinées au sérail. Il y en avait
quelques-unes de belles, d'autres de jolies. Ninus les
regardait à peine; il n'avait de regards que pour Sémiramis. — Vous avez tort, disait celle-ci, de ne point
faire attention à vos nouvelles esclaves; tenez, voyez
cette jeune esclave, comme elle a l'air timide! Comme
elle est jolie!

Quinze femmes avaient paru; l'eunuque annonça au
roi qu'il n'avait pas pu en avoir davantage. « C'est bon,
dit Ninus d'un air nonchalant, c'est bon! »

Les yeux de Sémiramis s'enflammèrent de colère. —
Esclave, dit-elle à l'eunuque, je t'avais dit ce matin:
Sous peine de la vie, vingt femmes pour ce soir! Tu
n'en as amené que quinze; où sont les autres, afin que
ta tête ne tombe pas?

L'eunuque ne répondit pas, mais regarda Ninus. —
Ce n'est point à Ninus qu'il faut répondre de ta déso-
béissance; c'est à moi! Où sont les cinq femmes qui
manquent à mon ordre? Il me les faut, ou ta tête.

— Ma tête ne tombera que si le roi le veut.

— Ce mot t'a condamné! Et aussitôt, frappant dans
ses mains, des esclaves entrèrent. « Saisissez cet es-
« clave, entraînez-le dans la cour du sérail et tranchez-
« lui la tête. Qu'elle me soit présentée avant la fête de ce
« soir. Allez! »

Les esclaves attendirent un instant, croyant que Ninus
allait parler. Sémiramis répéta son ordre, et les esclaves
sortirent emmenant l'eunuque.

— Sera-ce votre dernier caprice? dit en riant Ninus.

— Non, j'ai encore six heures à régner.

— Ma belle reine! dit Ninus toujours en riant, je vous

donne volontiers la tête de cet esclave ; mais cela valait-il la peine de vous fâcher ? Il est vrai que la colère vous rend plus jolie encore. Cinq femmes de plus ou de moins, que m'importe !

Sans penser davantage à l'esclave condamné à mort, Ninus continua à causer avec Sémiramis. Bientôt le soir vint et la fête. Quand Sémiramis entra dans la salle, un esclave lui présenta un plat, dont elle ne détourna les yeux qu'après avoir reconnu avec soin la tête de l'eunuque. — C'est bien ! dit-elle, placez-la sur un poteau dans la cour du palais, sur le passage des esclaves qui se rendent à la fête ; tenez-vous auprès et dites qu'il y a trois heures cet homme vivait ; mais qu'ayant désobéi à ma volonté, sa tête a aussitôt été séparée de son corps.

La fête était magnifique ; des danses, des fleurs et des parfums, un banquet somptueux, préparé dans les jardins, et Sémiramis recevant les hommages avec une majesté pleine de graces, s'adressant sans cesse à Ninus comme pour lui faire les honneurs de la fête.

— Vous êtes, lui dit-elle en souriant, un roi étranger qui vient me visiter dans mon palais ; il faut que je fasse en sorte que vous vous y plaisiez.

Bientôt on se mit à table. Sémiramis confondit et bouleversa tous les rangs. Ninus fut placé au bout de la table ; il riait le premier de ce renversement de l'étiquette du palais, et la cour, suivant son exemple, se laissait ranger, sans murmurer, selon le caprice de la reine. Elle fit placer près d'elle les trois frères du Caucase.

— Mes ordres sont-ils exécutés ? leur demanda-t-elle.

— Oui, répondirent-ils.

Le festin fut très gai. Un esclave ayant, par habitude, servi le roi le premier, Sémiramis le fit prendre et le fit battre de verges. Ses cris se mêlèrent aux éclats de rire des convives. Tout le monde était disposé à la joie; c'était une comédie où chacun jouait son rôle. Vers la fin du repas, quand le vin vint enflammer la gaîté, Sémiramis prit la parole. — Seigneurs, dit-elle, le trésorier de l'empire m'a lu la liste de ceux qui m'ont, ce matin, fait leur don de joyeux avénement. Un seul seigneur de la cour a manqué à l'appel.

— Qui donc? cria Ninus; il faut le punir sévèrement.

— C'est vous-même, seigneur! Vous qui parlez, reprit Sémiramis, qu'avez-vous donné à la reine ce matin?

Ninus se leva, et vint en souriant dire quelques mots à l'oreille de la reine.

— La reine est insultée par son serviteur, dit Sémiramis.

— J'embrasse ses genoux pour obtenir mon pardon. Pardonnez-moi, belle reine, disait-il, pardonnez-moi! Que j'ai hâte, ajoutait-il plus bas, que j'ai hâte que la fête finisse! Jamais je n'ai tant aimé!

— Vous voulez que j'abdique? reprit tout bas Sémiramis. Non, j'ai encore deux heures à régner; en même temps elle abandonnait sa main, que le roi couvrait de baisers. — Je ne pardonne pas une pareille insulte de la part d'un esclave! reprit-elle tout haut; esclave, prépare-toi à mourir!

— Folle que tu es! disait Ninus toujours à genoux. Va, je veux bien me prêter à ta folie; mais, patience, ton règne va bientôt finir.

— Vous ne vous fâcherez donc pas, dit Sémiramis, quelque chose que j'ordonne en ce moment.

— Esclaves! reprit-elle à haute voix, saisissez cet homme, oui, lui-même, lui, Ninus!

Ninus, en souriant, alla au-devant des esclaves et se mit entre leurs mains.

— Entraînez le hors de la salle, menez-le dans la cour du sérail, préparez tout pour sa mort et attendez mes ordres. Les esclaves obéirent et menèrent dans la cour du sérail Ninus qui les suivait en riant. Ils passèrent devant la tête de l'eunuque qui avait désobéi. Bientôt Sémiramis se plaça sur un balcon. Ninus s'était laissé enchaîner les mains.

— « Courez à la forteresse, Zopire; vous au camp, « Artaban; Assur, que toutes les portes du palais soient « fermées. »

Tous ces ordres furent donnés à voix basse et aussitôt exécutés.

— Eh bien! reine, dit Ninus en riant, il manque encore à la comédie son mot de dénouement.

— « Le voici! dit Sémiramis. Esclaves! souvenez-« vous de l'eunuque. Frappez! »

Les esclaves frappèrent. A peine Ninus eut-il le temps de pousser un cri. Sa tête tomba sur le pavé; elle avait encore le sourire sur les lèvres. — « Maintenant je suis « reine d'Assyrie! s'écria Sémiramis, et meure comme « l'eunuque et comme Ninus quiconque désobéira! »

L'INGRAT.

IIe CONTE.

Vitalis, noble Vénitien, étant à la chasse, tomba dans une fosse faite pour prendre les animaux sauvages. Il y passa un jour et une nuit tout entiers, et je vous laisse à penser quelles furent ses angoisses. La fosse était obscure; Vitalis voulait la parcourir afin de voir s'il ne trouverait pas quelque racine à l'aide de laquelle il pût grimper et sortir de sa prison; mais il entendit des bruits si confus et si extraordinaires, des grognemens si sourds, des sifflemens si étouffés, de si plaintifs hurlemens, que la terreur le prit; et, se tapissant dans un coin de la fosse, il resta immobile et comme engourdi par la peur. Le matin du second jour il entendit que quelqu'un passait près de la fosse; alors, élevant la voix d'une manière lamentable: « Au secours! cria-t-il, au secours! tirez-moi d'ici! »

C'était un paysan qui traversait la forêt. Quand il entendit cette voix qui sortait de la fosse, il eut peur d'abord; puis, se rassurant, il s'approcha et demanda qui était là. — Un pauvre chasseur, tombé par mégarde, et qui a déjà passé ici un long jour et une longue nuit; tirez-moi d'ici, au nom de notre seigneur Jésus-Christ! Tirez-moi d'ici et je vous récompenserai bien. — Je ferai ce que je pourrai, dit le paysan.

Alors Masaccio (c'était le nom du paysan) prit une serpe qu'il avait à sa ceinture, et, coupant une longue branche d'arbre, assez forte pour soutenir un homme:

— Seigneur chasseur, dit-il, écoutez bien ce que je vais
vous dire : Je vais descendre cette branche dans la
fosse, je l'appuierai contre les bords et je la tiendrai ; de
cette manière vous pourrez remonter. — Va, répondit
Vitalis, demande-moi tout ce que tu voudras et je te l'ac-
corderai. — Mon Dieu, je ne demande rien pour vous
tirer de là ; je vais me marier, vous donnerez à ma fiancée
ce que vous voudrez.

À ces mots Masaccio descendit la branche dans la
fosse ; il la sentit bientôt devenir pesante, et au même
moment un singe sauta joyeusement hors de la fosse. Il
était tombé comme Vitalis, et il avait lestement saisi la
branche de Masaccio. — C'est le diable qui m'a parlé
dans cette fosse, dit Masaccio en s'enfuyant ! — Tu
m'abandonnes donc ? cria Vitalis d'un accent lamentable ;
mon ami, mon cher ami, au nom du seigneur Jésus-Christ,
au nom de ta fiancée, tire-moi d'ici ! je t'en supplie ! Je te
doterai, je t'enrichirai ! Je suis le seigneur Vitalis, un
riche Vénitien ; ne me laisse pas mourir de faim dans
cette horrible fosse. Masaccio se laissa toucher, et, revenant à la fosse, jeta de nouveau la branche ; il tira un
lion qui fit un hurlement de joie en sautant hors de la
fosse.—Oh ! pour le coup, c'est le diable, cria Masaccio,
et il s'enfuit épouvanté. Cependant à quelques pas il s'arrêta, entendant les cris déchirans de Vitalis. — Mon
Dieu ! mon Dieu ! criait celui-ci, mourir de faim dans
une fosse ! Personne ne viendra donc à mon secours ?
Quoi que tu sois, je t'en supplie, reviens, ne me laisse
pas mourir, pouvant me sauver ; je te donnerai une maison, un champ, des vaches, de l'or, tout ce que tu voudras ; sauve-moi ! sauve-moi seulement !

Masaccio revint et jeta la branche ; il tira un serpent
qui siffla gaîment en sortant de la fosse. Masaccio tomba

à genoux, à demi mort de peur, murmurant les prières qu'on lui avait apprises pour chasser le démon. Il ne revint à lui qu'en entendant les cris de désespoir que poussait Vitalis. — Personne! criait-il, personne! je mourrai donc! Ah! mon Dieu! mon Dieu! Et il pleurait, il sanglottait. — C'est pourtant là la voix d'un homme, dit Masaccio. — Oh! si tu es encore là, dit Vitalis, au nom de tout ce que tu as de plus cher, sauve-moi; que je meure au moins chez moi, et point dans cette horible fosse. Je n'en puis plus! Ma voix s'épuise! Sauve-moi! Veux-tu mon palais de Venise, mes biens, mes honneurs? Je te les donne; et puissè-je mourir ici si je manque à ma parole! La vie, la vie seulement! Sauve-moi la vie!—Masaccio ne put pas résister à de pareilles prières mêlées de tant de promesses. Il jeta de nouveau la branche. — La tenez-vous, enfin? dit-il. — Oui, ré-répondit Vitalis. Et, à cette fois, il tira l'homme. En sortant de la fosse, Vitalis, épuisé, jeta un cri de joie et s'é vanouit entre les bras de Masaccio.

Masaccio le soutint, le secourut, le fit revenir à lui; puis lui donnant le bras: — Voyons, dit-il, sortons de cette forêt. Vitalis marchait avec peine, il était épuisé de faim. — Mangez ce morceau de pain, dit Masaccio; et il lui donna un morceau de pain qu'il avait dans une besace.

. — Mon bienfaiteur, mon sauveur, mon saint ange! disait Vitalis à Masaccio, comment pourrai-je jamais te récompenser? — Vous m'avez promis une dot pour ma fiancée et votre palais de Venise pour moi. Vitalis commençait à reprendre ses forces: — Oui, certes, je doterai ta fiancée, mon cher Masaccio, et je la doterai richement! Je veux que tu sois le plus riche paysan de ton village. Où demeures-tu? — A Casaletta, dans la forêt ; mais je quitterai volontiers mon village pour aller m'établir à Venise dans le palais que vous m'avez promis. — Nous voici sortis de la forêt, et je reconnais ma route ; je vous remercie, Masaccio ! — Quand irai-je chercher la dot et le palais ? — Quand vous voudrez. Et ils se séparèrent. Vitalis rentra à Venise, et Masaccio à Casaletta où il raconta son aventure à sa fiancée, lui disant qu'elle aurait une belle dot et qu'il aurait un beau palais à Venise. Le lendemain, de grand matin, il partit pour Venise, demanda le palais du seigneur Vitalis, entra et dit qu'il venait chercher la dot que lui avait promise le seigneur Vitalis, et qu'il reviendrait ensuite avec sa fiancée, dans un beau carrosse, s'établir dans le palais que le seigneur Vitalis avait aussi promis de lui donner.

Masaccio parut fou, et on alla dire à Vitalis qu'il y avait là un paysan qui demandait une dot et disait que le palais lui appartenait. — Qu'on le chasse ! dit Vitalis ; je ne le connais point. Les valets chassèrent Masaccio qui, désespéré, revint à sa chaumière et y entra, sans oser aller voir sa fiancée. A un coin du foyer était assis le singe, à l'autre coin le lion, et sur le devant, roulé en cercle et comme un cerceau posé à terre, le serpent, les trois hôtes de la forêt. Masaccio eut peur. L'homme me chasse, pensa-t-il ; le lion va me dévorer ou le serpent me piquer, et le singe rira ; sauvez donc les gens ! Mais le singe lui fit une grimace amicale ; le lion remua doucement la queue et vint lui lécher la main comme un chien qui veut caresser son maître, et le serpent déroula les anneaux de son corps, se promenant dans la chambre d'un air joyeux et reconnaissant qui rassura Masaccio. — Pauvres bêtes ! dit-il, elles valent mieux que le seigneur Vitalis ; l'ingrat me chasse comme un mendiant. Oh ! que je le rejetterais avec plaisir dans sa fosse ! Et

ma fiancée ! moi qui croyais avoir une si belle noce ! Pas
un morceau de bois dans mon bûcher, pas un morceau
de viande pour le repas, et pas d'argent pour en avoir ;
pas même de quoi acheter une épingle d'or à ma femme.
L'ingrat, avec sa dot et son palais ! — Ainsi pleurait Masaccio. Le singe se mit à grogner, le lion à remuer la queue, le serpent à se rouler et dérouler ; puis
le singe, s'approchant de lui comme pour le conduire, le
mena dans son bûcher où il lui montra une belle provi-
sion de bois, bien rangé, pour toute son année ; c'était le
singe qui avait pris ce bois dans la forêt et l'avait apporté à la chaumière de Masaccio ; Masaccio embrassa le
bon singe. Le lion, alors, hurlant doucement, le mena
dans un coin de la chaumière, où il vit une énorme pro-
vision de gibier ; deux cerfs, trois chevreuils, des lièvres
et des lapins en quantité et un beau sanglier, le tout pro-
prement recouvert de branches d'arbres afin de le tenir
frais ; c'était le lion qui avait chassé pour son bienfaiteur.
Masaccio caressa la crinière du lion.—Et toi, dit-il alors
au serpent, ne m'as-tu rien apporté? Es-tu un Vitalis ou
un bon et honnête animal, comme ce singe et ce lion? Le
serpent glissa rapidement sous un tas de feuilles sèches ;
puis, reparaissant aussitôt, il se souleva sur ses anneaux, et Masaccio alors vit avec surprise qu'il tenait
dans sa gueule un beau diamant. Les dragons et les serpens, comme on le sait, connaissent les trésors cachés.
— Un diamant ! cria Masaccio, et il étendit la main sur
le beau serpent pour le caresser et prendre le diamant.

Masaccio avait du bois, du gibier ; il pouvait donner
un beau festin de noces ; il ne lui manquait plus que de
l'argent ; avec son diamant, il en pouvait avoir. Il partit
donc aussitôt et arriva à Venise ; là il se fit enseigner la
boutique d'un joaillier et lui dit qu'il venait lui vendre

un diamant. Le joaillier prit le diamant ; il était de la plus belle eau. — Combien en voulez-vous ? — Deux cents écus, dit Masaccio, croyant demander beaucoup : c'était à peine le dixième de la valeur de la pierre. Le joaillier regarda Masaccio et lui dit : A ce prix-là, vous êtes un voleur, et je vous arrête ! — S'il vaut moins, donnez-m'en moins, monsieur le marchand, criait Masaccio ; je ne suis point un voleur, je suis un honnête homme ; c'est le serpent qui m'a donné ce diamant. La police survint et il fut conduit devant le magistrat. Là, il raconta son histoire, qui parut une histoire de fées ; mais comme le seigneur Vitalis se trouvait mêlé au récit du paysan, le magistrat renvoya l'affaire devant les inquisiteurs d'État, et Masaccio comparut devant eux. — Conte-nous ton histoire, dit un des inquisiteurs, et ne mens pas ; sinon nous te ferons jeter dans les lagunes.

Masaccio conta son histoire. — Ainsi tu as sauvé le seigneur Vitalis ? — Oui, messeigneurs. — Et il t'a promis une dot pour ta fiancée, et son palais de Venise pour toi ? — Oui, messeigneurs. — Et il t'a fait chasser comme un mendiant ? — Ah ! oui, messeigneurs ! comme un mendiant, moi qu'il avait tant supplié quand il était dans sa fosse avec le singe, le serpent et le lion. — Faites venir le seigneur Vitalis. Vitalis vint. — Connaissez-vous cet homme, seigneur Vitalis ? dit l'inquisiteur. — Non, je ne le connais pas, répondit Vitalis. — Il prétend qu'il vous a sauvé la vie. — Je ne le connais pas.

Les inquisiteurs se consultèrent. Cet homme, disaient-ils parlant de Masaccio, est évidemment un fou ou un fripon ; il faut le mettre en prison, le temps éclaircira l'affaire. Seigneur Vitalis, vous pouvez vous retirer. Puis, faisant un signe à un sbire : Mettez cet homme aux plombs.

Masaccio se jeta à genoux au milieu de la salle. —
Messeigneurs! messeigneurs! il est possible que le diamant soit un diamant volé, je ne le sais pas; c'est le serpent qui me l'a donné; le serpent a pu vouloir me tromper, messeigneurs, il a trompé Eve notre mère. Il est
possible que le singe, le lion, le serpent, tout cela soit
une illusion du démon; mais j'ai sauvé ce seigneur, je
l'atteste! il n'est plus pâle, il n'est plus faible et à demi
évanoui aujourd'hui comme lorsqu'il est sorti de la fosse,
et lorsque je lui ai donné de mon pain; mais je le reconnais; c'est la même voix qui me criait de lui sauver
la vie, avec laquelle il dit aujourd'hui qu'il ne me connaît
pas. Seigneur Vitalis, je ne vous demande ni la dot de
ma fiancée, ni votre palais de marbre; mais dites un mot
pour moi, ne me laissez pas mettre aux plombs; ne m'a-
bandonnez pas: je ne vous ai pas abandonné dans la
fosse!

— Seigneurs, dit Vitalis, en s'inclinant devant le tribunal, je ne puis que répéter ce que je vous ai dit; je ne
connais pas cet homme. Il invente contre moi une histoire extravagante; a-t-il un seul témoin, un seul indi-
ce?—A ce moment il se fit comme un mouvement d'effroi
et de surprise parmi les sbires, et le lion, le singe et le
serpent entrèrent dans la salle. Le singe était monté sur
le lion et tenait le serpent entortillé autour de son bras.
En entrant le lion hurla, le singe grogna, et le serpent
siffla. — Ah! ce sont les bêtes de la fosse, cria Vitalis
éperdu.—Seigneur Vitalis, reprit le chef des inquisiteurs,
quand le trouble qu'avait causé cette apparition fut un
peu dissipé; vous demandiez où étaient les témoins de
Masaccio; vous voyez que Dieu les a envoyés à point
nommé à la barre de notre tribunal. Quand Dieu donc
a témoigné contre vous, nous serions coupables devant

lui, si nous ne punissions pas votre ingratitude. Votre palais, vos biens sont confisqués ; vous passerez le reste de vos jours dans une étroite prison ; allez ! Et toi, continua-t-il en s'adressant à Masaccio qui pendant ce temps caressait son lion, son singe et son serpent, puisqu'un Vénitien t'avait promis un palais de marbre et une dot pour ta fiancée, la république de Venise accomplira la promesse ; le palais et les biens de Vitalis sont à toi. Vous, dit-il au secrétaire du tribunal, rédigez un récit de toute cette histoire et faites-la connaître au peuple de Venise, afin qu'il sache que la justice du tribunal des inquisiteurs d'État n'est pas moins équitable qu'elle est rigoureuse.

Masaccio et sa femme vécurent longues années dans le palais de Vitalis, avec le singe, le lion et le serpent ; et Masaccio les fit représenter sur une muraille de son palais, entrant dans la salle du tribunal, le lion portant le singe et le singe portant le serpent.

NOTE.

FRAGMENT DES NIBELUNGEN.

I.

J'ai souvent parlé des Nibelungen ; voici quelques fragmens qui donneront une idée de ce poème. Ils sont traduits sur l'édition donnée par M. de Hagen, en 1824. Le style des Nibelungen est, dans cette édition, quelque peu *modernisé*, afin de rendre le poème d'une lecture plus facile. J'espère pouvoir publier bientôt la traduction complète de ce poème fort curieux ; ces fragmens serviront d'essai.

PREMIÈRE AVENTURE.

Les anciens récits nous racontent des choses merveilleuses sur les héros dignes de mémoire, sur leurs aventures, leurs joies, leurs fêtes, leurs douleurs, leurs catastrophes. Voulez-vous entendre les merveilles du combat des hardis chevaliers ?

Il florissait en Bourgogne une jeune fille de noble naissance ; il n'y avait rien de si beau dans le monde. Elle s'appelait Chriemhild ; c'était une belle femme. Aussi beaucoup de chevaliers devaient perdre la vie pour elle.

Chacun trouvait convenable de l'aimer ; dans le cœur des hardis chevaliers, jamais il ne put y avoir aucune pensée contre elle. Belle au-delà de toute idée, telle était Chriemhild, et cette jeune fille avait toutes les vertus qui eussent fait honneur à des femmes.

Trois rois nobles et puissans, Gunther et Guernot,

hardis chevaliers, et le jeune Guiseler, une bonne épée aussi, Chriemhild étant leur sœur, en avaient la tutelle.

Ces seigneurs étaient de haute naissance, de bon caractère, d'une hardiesse et d'une force extraordinaires, des chevaliers d'élite enfin. C'était chez les Bourguignons; ainsi se nommait leur pays. Plus tard ils firent de merveilleux exploits dans le pays d'Attila.

Ils habitaient à Worms sur le Rhin avec toute leur puissance; ils avaient à leur service une brave chevalerie de leur pays, pleine d'honneur jusqu'à sa fin; plus tard ils périrent misérablement, par suite de la rivalité de deux nobles femmes.

Une grande reine, madame Uté, était leur mère; leur père s'appelait Dankrat. Il leur avait laissé son héritage après sa vie. C'était un homme puissant, qui, dans sa jeunesse, avait remporté aussi beaucoup d'honneur.

Les trois rois étaient donc très puissans, comme je l'ai dit. Ils avaient pour sujets les meilleurs chevaliers dont on ait jamais entendu parler, forts, hardis, intrépides dans les combats.

C'étaient Hagen de Troneg et son frère Dankwart, à la course rapide, Ortwein de Metz, les deux margraves Gere, et Eckwart, et Folker d'Alzey, puissant entre tous;

Rumold, le maître de la cuisine, une bonne épée, Sindold et Hunold. C'étaient ces seigneurs qui avaient le soin de la cour des trois rois et qui en étaient l'honneur. Il y avait encore maints autres chevaliers que je ne puis pas nommer.

Dankwart était maréchal et son neveu Ortwein de Metz était écuyer servant; Sindold était échanson : c'était un brave chevalier; Hunold était chambellan. Tous ces seigneurs avaient de hautes dignités. Je n'en finirais pas si je voulais raconter en détail la puissance de cette cour et de ces rois, leur magnificence et comment tous les seigneurs y observaient avec joie les règles de la chevalerie, pendant toute leur vie.

C'était dans cette noble cour que vivait Chriemhild. Une nuit elle rêva qu'elle élevait un faucon beau, jeune et courageux, que deux aigles venaient lui ravir. Hélas! pourquoi était-elle réservée à un pareil spectacle? Rien ne pouvait lui arriver de plus malheureux dans ce monde.

Elle raconta son rêve à Uté, sa mère. Celle-ci l'expliqua comme il suit : « Le faucon que tu as vu, c'est un noble chevalier que Dieu veuille protéger. Mais tu dois, je le crains, le perdre bientôt.

— Que me parlez-vous, ma mère, de chevaliers? Je veux vivre sans l'amour des chevaliers. Je veux rester belle jusqu'à ma mort; je ne veux point que l'amour des hommes m'apporte jamais de chagrin.

— Ne t'en dédis pas trop, ma fille; répondit sa mère. Si tu dois, dans le monde, avoir la joie du cœur, cela te viendra de l'amour d'un noble chevalier. Voilà que tu deviens une belle femme; Dieu, je l'espère, t'accordera le cœur d'un bon chevalier.

— Ne parlez pas ainsi, ma mère; maintes femmes ont éprouvé comment l'amour finit toujours par le chagrin. Je veux les éviter tous deux; je veux n'être jamais malheureuse. »

C'est ainsi que Chriemhild voulait se défendre toujours de l'amour; et elle passa encore bien des jours sans connaître personne que son cœur voulût aimer; ensuite cependant elle devint la femme d'un brave chevalier.

C'était ce faucon qu'elle avait vu en songe et que sa mère lui avait prédit. Hélas! qu'elle le vengea cruellement sur les parens qui l'assassinèrent. Sa mort causa la mort des fils de maintes mères.

IIe AVENTURE.

Il y avait dans les Pays-Bas le fils d'un noble roi; son père s'appelait Siegemond et sa mère Siegelinde. Ils habitaient un grand château-fort connu dans les Pays-Bas près du Rhin, et qui se nommait Santen.

Je vous parle d'un chevalier qui était beau. Son corps n'avait ni défaut ni faiblesse; aussi était-il fort et se fit-il connaître au loin par son courage. Ah! que d'honneur il gagna dans ce monde!

Siegefrid était le nom du brave chevalier. Il visita beaucoup d'empires avec force prouesses; il courut beaucoup de pays avec hardiesse et puissance. Ah! que de chevaliers intrépides il trouva plus tard en Bourgogne!

Avant que le hardi chevalier fût tout-à-fait arrivé à l'âge d'homme, il avait fait déjà des exploits tels qu'il y aurait de quoi les conter et les chanter sans cesse. Aussi sommes-nous forcés, pour le moment, d'en omettre un grand nombre.

Dans son bon temps, dans ses jeunes années, on racontait de grandes prouesses de Siegefrid : que de gloire il obtenait, et combien il était beau! Aussi maintes dames de haut rang avaient de l'amour pour lui.

On l'élevait avec grand soin, comme il convenait à pareil chevalier. Que de vertus d'ailleurs il avait par lui-même! C'était un honneur pour le pays de son père, que toujours on admirât ainsi Siegefrid en toutes choses.

Il était déjà assez grand pour venir à la cour ; ce que tout le monde voyait avec plaisir. Maintes dames et maintes jeunes filles souhaitaient aussi que l'envie lui prît de venir à la cour. Elles cherchaient à lui plaire et Siegefrid s'en apercevait bien.

Rarement on le laissait sortir sans guide. Siegemond et Siegelinde aimaient à le parer de beaux habits. Il y avait des vieillards bien instruits des lois de l'honneur qui veillaient sur lui. Cette bonne éducation fit que, plus tard, il conquit terre et vassaux.

Il était déjà assez fort pour porter les armes et il avait tout ce qu'il faut pour les porter avec honneur. Alors il commença avec grande raison à courtiser les belles femmes, et celles-ci de leur côté aimaient le beau Siegefrid.

Son père Siegemond fit annoncer à ses vassaux qu'il voulait célébrer une fête avec ses chers amis. Il fit répandre la nouvelle dans le pays des autres rois ; il devait donner des chevaux et de beaux habits à tous les chevaliers qui s'y rendraient, connus ou inconnus.

Tous les jeunes gens de noble famille et ses parens, qu'on trouva en âge d'être chevaliers, on les invita à venir à la fête dans le pays ; ils ceignirent l'épée avec le jeune roi.

Il y eut des merveilles à raconter de cette fête. Siegemond et Siegelinde acquirent beaucoup d'honneurs par les présens qu'ils distribuèrent. On vit un grand nombre d'étrangers venir dans le pays.

Quatre cents jeunes chevaliers devaient prendre la robe avec Siegefrid. Maintes jeunes filles travaillèrent à l'ouvrage, et avec plaisir, car Siegefrid plaisait à toutes ; elles parsemèrent de pierreries des vêtemens d'or.

Ces pierreries étaient entrelacées avec des rubans dans

les habits des beaux jeunes chevaliers. Enfin on n'épargna rien. Le roi fit construire un camp avec des habitations pour un grand nombre de hardis chevaliers. La fête devait être à l'équinoxe, quand Siegefrid prendrait le titre de chevalier.

Le jour venu, un grand nombre de beaux écuyers vint au monastère près duquel se donnait la fête. Maint noble chevalier vint aussi. Les sages vieillards faisaient les honneurs aux jeunes gens; c'était justice; car on avait fait autrefois la même chose pour eux. Cette fête leur causait aussi une grande joie et beaucoup de plaisir.

On chanta une messe en l'honneur de Dieu. Quand les jeunes guerriers furent faits chevaliers, selon les lois de la chevalerie, il se fit dans le peuple une grande foule. Jamais prise d'armes n'avait été célébrée avec tant de magnificence.

Ils allèrent de là dans la cour de Siegemond, où ils trouvèrent des chevaux de bataille sellés. Le bruit du combat fut si fort qu'on entendait retentir le palais et la salle du palais; les épées des braves chevaliers rendaient un son terrible.

Vieux et jeunes faisaient retentir les armes à grands coups. L'on entendait le bruit des javelots qui se brisaient en l'air, et l'on voyait les tronçons des lances tomber des mains des chevaliers. Ce fut un combat bien soutenu.

Le roi le fit cesser; on tint les chevaux : que de forts boucliers étaient brisés! Combien de pierres précieuses étaient tombées sur le gazon de l'agrafe des écus d'armes! Cela s'était fait dans le choc du combat.

Les hôtes allèrent dans une salle du palais, où on les fit asseoir; un magnifique repas les délassa de leurs fatigues. On apportait aussi du vin et du meilleur, en grande abondance. On fit accueil et honneur aux étrangers comme aux amis.

Que d'amusemens il y eut pendant tout le jour! Les joueurs de musique et les jongleurs ambulans ne se donnaient guère de repos; ils jouaient et recevaient en retour de riches présens. Cette fête fit beaucoup d'honneur à tout le pays de Siegemond.

Le roi investit Siegefrid le jeune homme de terres et de châteaux, comme on avait fait autrefois pour lui-même. Il fit de grands présens à ses compagnons de chevalerie; aussi furent-ils très contens du voyage qu'ils avaient fait dans le pays.

La fête dura jusqu'au septième jour. La reine Siegelinde en fit les honneurs, selon l'ancien usage. Elle distribua beaucoup d'or pour l'amour de son fils, et obtint par-là que tout le monde l'aimat.

Après cette fête, il y eut bien peu de musiciens et jongleurs qui partissent pauvres. Chevaux et habits tombaient, comme rosée, de la main du roi et de la reine. On eût dit qu'ils n'avaient plus qu'un jour à vivre. Jamais la suite et la maison des chevaliers ne furent si bien traités, je crois, qu'à cette fête.

La compagnie se sépara après toutes sortes de marques d'honneur. On entendit beaucoup de puissans seigneurs dire qu'ils voulaient avoir le jeune chevalier pour maître. Mais Siegefrid, le brave chevalier, ne désirait pas cela.

Tant que vécurent encore Siegemond et Siegelinde, leur fils chéri ne voulut pas porter la couronne; il ne voulait autre chose qu'être maître de courir les aventures dans le monde.

Personne n'osait lui faire tort ou injure. Depuis sa prise d'armes, le brave chevalier se reposa peu; son bras vigoureux ne cherchait que les combats. C'est là ce qui le rendit célèbre pour toujours dans les pays étrangers.

———

IIIe AVENTURE.

COMMENT SIEGEFRID VINT A'WORMS.

Le chevalier avait peu de soucis de cœur. Il entendait conter qu'il y avait en Bourgogne une jeune fille belle à souhaits. Ce fut elle qui, plus tard, lui causa tant de joie et tant de peines.

Sa beauté extraordinaire était célèbre dans le monde; maint chevalier éprouvait qu'elle était aussi orgueilleuse que belle; sa renommée attirait beaucoup d'étrangers dans le pays de Gunther.

Parmi tout ce qu'on voyait de prétendans empressés à lui plaire, Chriemhild se promettait bien qu'elle n'en choisirait aucun pour époux. Elle ne connaissait pas encore celui auquel plus tard elle appartint.

Le fils de Siegelinde conçut la pensée d'aimer cette noble fille; il s'inquiétait peu de la poursuite de tous les prétendans; Siegefrid seul méritait l'amour d'une si belle dame. Aussi la belle Chriemhild devint plus tard la femme du valeureux Siegefrid.

Ses parens et ses hommes lui conseillaient que, puisqu'il voulait faire un choix d'amour constant, il courtisât quelque femme qui pût mieux lui convenir. Le hardi Siegefrid répondit: « C'est Chriemhild que je veux;

« Chriemhild, la belle fille de Bourgogne, et je la veux à cause de son extraordinaire beauté. Je sais, et c'est ce qui me décide, qu'il n'y a pas roi, si puissant qu'il soit, voulant avoir femme, à qui il ne convînt d'aimer cette puissante reine. »

Siegemond apprit cette nouvelle. Ses hommes en parlaient ; c'est par-là qu'il sut le dessein de son fils. Cela lui fit beaucoup de peine que son fils prétendît à une fille si puissante et si fière.

Siegelinde l'apprit aussi, et elle craignit pour la vie de son fils ; car elle connaissait Gunther et ses hommes. On chercha donc à dégoûter le chevalier de son projet.

Le brave Siegefrid répondit : « Mon cher père, j'aimerais mieux renoncer pour toujours à l'amour des nobles femmes que de ne pas prétendre jusqu'où mon cœur peut noblement atteindre en amour. Quant à ce que peut dire le monde, il ne faut point s'en soucier.

—Ainsi donc, dit le roi, tu ne veux pas céder ! Eh bien ! je suis fier et joyeux de ton projet et je t'aiderai de mon mieux à l'accomplir. Mais le roi Gunther a grand nombre de fiers chevaliers.

« N'y aurait-il que le chevalier Hagen ; je sais combien il est orgueilleux. Je crains bien que nous n'ayons à regretter d'avoir voulu prétendre à cette fille si puissante et si fière.

—Qu'avons-nous à craindre, dit Siegefrid ; ce que je n'obtiendrai pas d'eux de bon gré, la force de mon bras saura bien me le faire avoir ; je conquerrai sur eux terres et hommes, j'en ai bon espoir. »

Le roi Siegemond répondit : « Tes paroles m'affligent. Si elles étaient reportées à Worms, tu ne pourrais pas pénétrer dans le pays. Gunther et Guernot me sont bien connus.

« Personne n'obtiendra de force la jeune fille. Ainsi

parlait le roi Siegemond. Cependant, si tu veux aller dans leur pays avec des chevaliers, je vais faire mander au plus vite tout ce que nous avons d'amis.

— Ce n'est pas mon avis, dit Siegefrid; je ne veux pas être suivi de nombreux chevaliers, comme dans une expédition; je serais fâché d'obtenir ainsi cette fille si fière.

« C'est à mon bras seul à la conquérir. Je ne veux que douze compagnons dans mon aventure. Aidez-moi seulement pour m'équiper, mon père Siegemond. » On donna à ses chevaliers des habits de fourrures et de velours.

Quand sa mère Siegelinde apprit la résolution, elle commença à pleurer sur son fils; elle craignait de le perdre sous les coups des hommes de Gunther. La noble reine versait bien des larmes.

Siegefrid vint à elle et lui dit avec bonté: « Ma mère, ne pleurez pas ainsi sur moi; je ne crains aucun adversaire.

« Aidez-moi seulement pour mon voyage de Bourgogne, afin que nous ayons, moi et mes compagnons, des habits que puissent porter avec honneur de si nobles chevaliers; je vous en remercierai du fond du cœur.

— Puisque tu ne veux pas céder, dit Siegelinde, je t'aiderai pour ton voyage, mon fils unique! Tu auras les plus beaux habits que jamais chevaliers aient portés, toi et tes compagnons; vous en aurez tout ce qu'il vous en faudra. »

Siegefrid s'inclina devant la reine pour la remercier et lui dit: « Je n'emmène avec moi que douze chevaliers; faites-leur préparer des habits; Je veux savoir seulement ce qu'il en est de Chriemhild. »

Alors les filles du palais travaillèrent nuit et jour, sans qu'aucune d'elles prît du repos, jusqu'à ce que fussent faits les habillemens de Siegefrid. Il ne voulait manquer de rien dans son voyage.

Son père lui fit préparer un équipage digne d'un chevalier. C'est ainsi qu'il devait quitter le pays de Siegemond. C'étaient de brillantes cottes de mailles, des casques à l'épreuve des coups, de beaux et larges boucliers. Le jour du départ pour la Bourgogne approchait. Alors hommes et femmes commencèrent à s'inquiéter, si jamais ils reviendraient au pays. Les héros firent charger sur les bêtes de somme les armes et les habits.

Leurs coursiers étaient beaux; les harnais tout éclatans d'or. Il n'y avait pas lieu de songer qu'il y eût au monde quelqu'un de plus fier et de plus hardi que Siegefrid et ses compagnons. Alors il demanda congé pour partir en Bourgogne.

Le roi et sa femme pleuraient. Le héros les consolait avec bonté. Il leur disait: « Ne pleurez pas sur moi; soyez sans inquiétude pour ma vie. »

Les chevaliers étaient tristes; mainte fille pleurait aussi; leur cœur leur disait, je pense, qu'il y aurait beaucoup de leurs amis qui resteraient morts dans ce voyage. Elles avaient raison de pleurer; le malheur devait arriver.

Le septième jour au matin les hardis chevaliers arrivèrent à Worms, au bord du Rhin; tout leur équipage était éclatant d'or; leurs harnais étaient bien travaillés et leurs chevaux allaient bien. Ainsi arrivaient à Worms Siegefrid et ses hommes.

Ils avaient pris leurs boucliers neufs, brillans et larges, leurs beaux casques, pour arriver à la cour de Gunther. Jamais on ne vit des chevaliers si bien équipés.

La pointe de leurs épées descendait jusqu'à leurs éperons; ils portaient des javelots tranchans, et Siegefrid en portait un dont le fer était large de deux palmes, aux angles tranchans, terrible à voir.

Ils tenaient dans leurs mains leurs brides brodées d'or; le poitrail de leurs coursiers était couvert de soie. C'est ainsi qu'ils parurent en Bourgogne. Le peuple accourait de tous côtés pour regarder. Plusieurs hommes de Gunther vinrent à leur rencontre.

De nobles paladins, des chevaliers et des écuyers venaient à la rencontre des seigneurs, selon l'usage, et recevaient les hôtes dans le pays de leur maître; ils prirent leurs chevaux et reçurent leurs boucliers de leurs mains.

Ils allaient mener les chevaux à l'écurie; mais Siegefrid s'écria vivement: « Laissez nos chevaux; nous voulons partir vite; telle est ma résolution.

« Que celui d'entre vous qui le sait, me dise où est le roi, il faut me le dire, Gunther, le puissant roi de Bourgogne. » Alors un des hommes de Gunther, qui savait où il était, lui dit:

« Voulez-vous trouver le roi? cela est très facile; je viens de le voir dans la grande salle entouré de ses chevaliers; allez-y; vous trouverez avec lui maint puissant chevalier. »

Cependant on avait annoncé au roi qu'il était arrivé dans la cour de hardis chevaliers, qui portaient des cottes de mailles blanches et avaient un riche équipage. Personne en Bourgogne ne les connaissait.

Le roi était étonné: D'où venaient ces chevaliers avec de si brillans habits, de si bons boucliers neufs et larges? Personne ne pouvait le dire, ce qui fâchait beaucoup Gunther.

Ortwein de Metz dit au roi; c'était un chef hardi et puissant: « Puisque nous ne les connaissons pas, envoyez appeler mon oncle Hagen et faites-les-lui voir.

« Il connaît les empires et les pays étrangers. S'il connaît ces seigneurs, il nous dira qui ils sont. » Le roi le fit appeler avec ses hommes. On vit ce puissant seigneur arriver à la cour avec ses chevaliers.

Hagen demanda ce que le roi lui voulait. — « Il y a dans mon château des chevaliers inconnus que personne ne connaît. Voyez si vous les avez jamais rencontrés: dites-moi la vérité.

— C'est ce que je vais faire, » dit Hagen ; et il s'approcha d'une fenêtre. Il laissa errer ses regards sur les hôtes de Gunther. Leur équipage et leur costume lui plurent beaucoup; mais ils lui étaient inconnus.

Il dit : « De quelque pays que viennent ces chevaliers, ce sont des princes ou des envoyés de princes. Leurs chevaux et leurs habits sont beaux et bons. De quelque endroit qu'ils viennent, ce sont de nobles chevaliers. »

Hagen dit encore : « Je soupçonne, quoique je n'aie jamais vu Siegefrid, je crois même, d'après ce que je vois, que c'est lui qui est le chevalier qui est là avec une si belle contenance.

« Il vient dans notre pays pour quelque nouvelle aventure. C'est la main de ce héros qui a frappé les hardis Nibelungen, Schilbung et Nibelung, fils d'un roi puissant. Depuis, Siegefrid a fait bien d'autres prouesses merveilleuses.

« Comme le héros chevauchait seul sans aucune suite, il trouva au pied d'une montagne, cela m'a été fort bien expliqué, un grand nombre de hardis guerriers ; ils lui étaient jusque là inconnus, et c'est à ce moment seulement qu'il apprit leurs noms.

« C'était là qu'avait été porté le trésor de Nibelung. Ecoutez maintenant : Ces hommes de Nibelung voulaient partager le trésor. Le chevalier Siegefrid en voyant cela resta émerveillé.

« Il s'approcha d'eux ; il vit les Nibelungen et les Nibelungen le virent. Un d'entre eux se mit à dire : « Voici le brave Siegefrid, le héros des Pays-Bas ! » Siegefrid trouva chez les Nibelungen bien des choses merveilleuses.

« Schilbung et Nibelung reçurent bien le chevalier, et d'un commun accord ils lui demandèrent de leur faire le partage du trésor ; ils l'en prièrent avec ardeur. Le héros le leur promit.

« Il y avait des pierreries en si grand nombre, c'est ainsi qu'on nous l'a conté, que vingt voitures n'eussent pas pu les emporter. Il y avait de l'or en plus grande quantité encore. Le brave Siegefrid devait donc partager ce trésor entre les deux princes.

« Ils lui donnèrent pour récompense l'épée de Nibelung. Ils étaient bien mal avisés dans le service qu'ils demandaient à Siegefrid de leur rendre. Il n'avait pas encore fini qu'ils se mirent en colère contre lui.

« Il voulait que le trésor restât en commun entre les deux princes. Là-dessus ils se mirent à combattre contre lui. Mais le chevalier, avec l'épée de leur père nommée Balmung, conquit sur eux le trésor de Nibelung et son royaume.

« Ils avaient parmi leurs amis douze hardis guerriers qui étaient des géans ; mais cela ne leur servit à rien. Siegefrid irrité les frappa tous de sa main puissante et vainquit sept cents chevaliers au pays de Nibelung.

« Il les vainquit à l'aide de la bonne épée Balmung. Beaucoup de jeunes chevaliers, par peur de l'épée et de Siegefrid, se soumirent à lui avec tous les châteaux du pays.

« Siegefrid tua les deux puissans rois ; mais Alberic lui fit courir de nouveaux dangers ; il voulait venger ses maîtres, mais il éprouva aussi la force de Siegefrid.

«·Le nain ne pouvait pas lutter contre le chevalier ; ils couraient sur la montagne comme des lions furieux; mais enfin Siegefrid conquit le bonnet magique sur Alberic. C'est ainsi que Siegefrid devint maître du trésor.

« Tous ceux qui osèrent combattre Siegefrid furent vaincus. Le chevalier fit alors transporter le trésor où les hommes de Nibelung l'avaient pris. Le brave Alberic fut chargé de la garde du trésor.

« Il lui prêta serment et le servit comme son écuyer. Il était tenu envers lui à tous les services d'un serviteur envers son maître.» Ainsi parla Hagen de Tronegg. «Voilà ce qu'a fait Siegefrid; jamais chevalier ne fut si fort et si hardi que Siegefrid.

« Je sais de lui encore d'autres prouesses qui m'ont été racontées; comment il a tué un dragon, comment il s'est baigné dans son sang et comment sa peau a été changée en écaille. Aussi aucune arme ne peut l'entamer ; l'épreuve en a souvent été faite.

« Nous devons donc bien recevoir le jeune chevalier afin de ne pas nous attirer sa haine; il est hardi et fier ; il faut chercher à lui plaire; son bras a fait tant de prouesses ! »

Le roi dit: « Tu as raison. Vois! il est dans l'attitude d'un chevalier prêt à combattre, lui et ses compagnons. Descendons et allons à sa rencontre.

— Vous pouvez lui faire accueil en tout honneur, dit Hagen; il est de noble race, fils d'un puissant roi. A sa contenance, je crois, Dieu le sait, que ce n'est pas pour petite chose qu'il est venu ici. »

Le roi dit : « Qu'il soit le bienvenu; il est noble et vaillant; je viens de l'apprendre; il doit donc être bien traité dans notre pays de Bourgogne. » Alors le roi Gunther descendit dans la cour où se tenait Siegefrid.

L'hôte et ses chevaliers reçurent l'étranger et ses compagnons, et il ne manqua rien à l'honorable accueil qu'ils firent à Siegefrid. Le vaillant guerrier les remercia de lui faire une si belle réception.

— «Votre résolution m'étonne, noble Siegefrid, dit le roi; d'où venez-vous dans notre pays? Que voulez-vous chercher à Worms?» L'hôte répondit au roi: «Je ne vous cacherai rien!

« On me disait dans le pays de mon père que c'était près de vous, et je voulais le voir, qu'étaient les plus vaillans chevaliers que jamais roi ait eus à sa cour; voilà pourquoi je suis venu ici.

«J'ai aussi entendu raconter beaucoup de vos prouesses de chevalerie et qu'on n'avait point encore vu de roi si valeureux que vous; on en parlait par tout le monde, et maintenant je ne quitterai pas Worms que je n'en aie fait l'expérience.

« Je suis chevalier aussi et j'aurais pu porter la couronne. Mais je veux d'abord faire en sorte qu'on dise de moi que c'est à bon droit que j'ai terres et hommes; j'y engage mon honneur et ma tête!

« Si donc vous êtes aussi braves qu'on me l'a dit, je veux, cela plaise ou non, peu m'importe, je veux conquérir sur vous tout ce que vous avez; pays et châteaux, tout doit se soumettre à moi. »

Le roi et ses chevaliers s'étonnaient à ces paroles; ils n'en avaient jamais entendu de pareilles. Vouloir leur prendre leur pays! Ses chevaliers l'entendirent et leur colère s'alluma.

«Ai-je donc mérité, dit Gunther, que ce que mon père a possédé long-temps avec honneur, il y ait un bras

au monde qui me le fasse perdre. Certes, si nous le souf-
frions, ce serait nous montrer bien indignes chevaliers.

— Et moi je ne céderai pas, dit le guerrier ; ton pays
n'aura de paix que celle que lui donnera la force de ton
bras. Je veux conquérir cette terre. Aussi bien mon héritage, si tu peux le conquérir par ton bras, t'obéira désormais.

Mettons, moi mon pays et toi le tien ; ils seront pour
celui de nous deux qui vaincra l'autre : le vainqueur aura
tout, pays et gens. » Hagen et Gernot répondirent aussitôt :

« Nous ne voulons point de ces conditions ; nous ne
voulons pas plus de pays que nous n'en avons, au prix
de la mort des chevaliers. Nous avons un pays fertile
qui nous obéit, comme il est juste. Personne ne le gou-
vernerait mieux que nous ; nous le gardons. »

Les amis de Guernot se tenaient pleins de colère ; parmi
eux était Ortwein de Metz : « Cette réponse trop douce me
fait peine, dit-il ; Siegefrid vous a provoqués sans raison.

« Quand vous et votre frère seriez sans défense, quand
il aurait amené ici une armée digne d'un roi , je réponds
que je combattrais ce chevalier, de façon à lui faire perdre
sa fierté.»

Ces paroles irritèrent le héros des Bays-Bas : « Ton
bras, dit-il, ne peut pas se mesurer avec le mien ; je suis
un roi puissant et tu n'es que l'homme d'un roi. Douze
comme toi ne pourraient pas me résister. »

Ortwein de Metz à ces mots cria aux armes ! c'é-
tait un digne neveu de Hagen de Tronegg. Cependant
Hagen se taisait, ce qui déplaisait à Gunther. Guernot,
brave et hardi chevalier, arrêta Ortwein.

Il dit à Ortwein : « Contiens ta colère ; Siegefrid jusqu'ici ne nous a rien fait. Tout peut s'arranger encore

avec honneur. Il peut encore être notre ami. Cette conduite nous sera plus glorieuse. »

Le puissant Hagen dit : « Cela nous irrite, moi et
tous tes chevaliers, que Siegefrid soit venu ici pour
combattre ; il aurait dû renoncer à son dessein ; mes
chevaliers ne lui auraient pas adressé des paroles qui lui
ont été pénibles. »

Siegefrid répondit : « Seigneur Hagen, si mes paroles
vous déplaisent, je vous ferai voir la force de mon bras
en Bourgogne.

— C'est à moi d'arrêter la querelle, — dit Guernot,
et il défendit à ses chevaliers de dire quelque chose de
trop fier qui pût choquer Siegefrid ; celui-ci, de son côté,
pensa à la belle Chriemhild.

— Nous sied-il de combattre contre vous, reprit Guernot. Tout ce qui périrait de héros entre nous aurait peu
d'honneur et vous peu de gloire. »

Siegefrid répondit : « Pourquoi Hagen hésite-t-il ? pourquoi Ortwein ne se hâte-t-il pas de combattre, lui et
ses nombreux amis en Bourgogne ? » Hagen et Ortwein
évitèrent de répondre : ainsi le voulait Guernot.

« Soyez les bienvenus chez nous, dit le fils d'Uté, vous
et les compagnons qui vous suivent ; nous devons, moi
et mes parens, être à votre service. » Alors on versa le
vin du roi Gunther.

Puis le roi dit : « Tout ce que nous avons, pourvu que
vous le demandiez selon les lois de l'honneur, vous sera
soumis, et nous partagerons volontiers avec vous notre
fortune et nos biens. »

Ces paroles adoucirent un peu Siegefrid. On mit en
garde tout leur équipage ; on chercha pour les serviteurs de Siegefrid les meilleurs logis qu'on put trou-

ver. On vit bientôt de bon œil l'hôte venu chez les Bourguignons.

On leur fit toute sorte d'honneur à la cour, mille fois
plus que je ne saurais dire. C'était sa valeur qui lui attirait
tant d'honneurs, soyez-en sûrs. Peu de personnes
voyaient Siegefrid sans l'aimer.

Dans tous les jeux auxquels se livraient les rois et leurs
serviteurs, Siegefrid était toujours le premier, quoi qu'on
fît; personne ne pouvait l'égaler, tant il était fort, soit
à lancer la pierre, soit à pousser le javelot.

Quand c'était devant les dames que les nobles chevaliers se livraient à leurs jeux, celles-ci regardaient avec
plaisir le héros des Pays-Bas; mais le cœur de Siegefrid
était tourné vers un plus noble amour.

A la cour les belles dames demandaient quel était ce
fier chevalier étranger; il est beau de visage et ses habits sont riches et magnifiques. Beaucoup d'entr'elles
disaient : « C'est le roi des Pays-Bas. »

Quelque exercice qu'on voulût entreprendre, Siegefrid
était prêt. Cependant il pensait à la belle Chriemhild, et
celle-ci pensait à lui. Il ne l'avait jamais vue, et pourtant
le cœur de Chriemhild s'entretenait de lui bien souvent
et bien doucement.

C'est que, quand les jeunes gens, les chevaliers et les
écuyers jouaient dans la cour du palais, Chriemhild, la
belle reine, venait les voir à travers la fenêtre; elle ne
souhaitait pas, pour l'avenir, un plus doux passe-temps.

S'il avait su que celle qu'il portait dans son cœur avait
les yeux vers lui, quel bonheur c'eût été pour lui! et si
ses yeux l'avaient vue, ah! jamais sort, j'ose en répondre, ne lui eût semblé plus beau que le sien dans le
monde!

Lorsqu'il était dans la cour avec les chevaliers, comme font encore les gens aujourd'hui, pour passer le temps, il avait si bon air que mainte dame avait pour lui de l'amour dans le cœur.

Maislui, il pensait : « Comment arrivera-t-il jamais que je voie de mes yeux cette belle jeune fille que j'aime de cœur ! Il y a déjà long-temps que je l'aime, et elle m'est encore inconnue. C'est de là que vient ma peine. »

Lorsque les rois chevauchaient dans leurs domaines, tous leurs chevaliers les accompagnaient et Siegefrid aussi. Alors la jeune fille était triste, et le chevalier souffrait aussi de grandes peines d'amour.

C'est ainsi qu'il resta un an entier dans le pays de Gunther, sans voir de tout ce temps celle qu'il aimait. Il eut d'elle ensuite bien de la joie d'amour, mais bien de la peine aussi.

IVᵉ AVENTURE.

Alors arrivèrent des nouvelles au pays de Gunther, par des messagers qui étaient envoyés de loin par des chevaliers inconnus, ennemis de Gunther. Quand Gunther apprit ces nouvelles elles l'affligèrent beaucoup.

Ces chevaliers inconnus, c'étaient Leudegaire du pays de Saxe, un prince puissant, et le roi de Danemarck Leudegast ; ils marchaient avec une grande suite de guerriers.

Leurs messagers étaient venus dans le pays de Gunther, envoyés par les ennemis de ce roi. On leur demanda quelles nouvelles ils apportaient, et on les fit paraître devant le roi.

Le roi les salua avec politesse et leur dit : « Soyez les

bienvenus ; qui vous a envoyés ? je ne le sais pas. Dites-le-moi. » Ainsi parla le roi. Les messagers tremblaient devant l'aspect du courageux Gunther.

« Roi, si vous voulez que nous vous disions la nouvelle, que nous vous apportons, nous ne devons pas vous la cacher. Nous vous nommerons donc les chevaliers qui nous ont envoyés. Leudegaire et Leudegast veulent avec leur armée visiter votre pays.

« Vous avez encouru leur colère. Ces deux seigneurs vous ont en grande haine ; ils veulent faire une expédition à Worms sur le Rhin ; ils ont avec eux de nombreux chevaliers ; je puis vous l'assurer sur ma foi.

« C'est dans douze semaines qu'ils vous feront visite. Si donc vous avez quelques amis, faites qu'ils protègent vos châteaux et votre pays. Ils viennent briser ici bien des casques et bien des boucliers.

« Si vous voulez traiter avec eux, offrez-le-leur. Alors leur armée ne s'approchera pas de votre pays, l'armée de vos redoutables ennemis, qui vous causera de si grandes peines. S'ils viennent, il périra bien des braves chevaliers.

— Attendez, répondit le roi ; je veux me consulter ; je vous donnerai ma réponse ; j'ai quelques sujets fidèles à qui je ne dois rien cacher ; je veux apprendre ces grandes nouvelles à mes amis. »

Le puissant Gunther était affligé ; il songeait dans son cœur aux messages de ses ennemis. Il fit appeler Hagen et ses autres vassaux, et envoya aussi chercher Guernot.

Les vassaux les plus puissans et les plus braves arrivèrent. Alors le roi dit : « On veut nous visiter dans notre pays avec une puissante armée. Il y a lieu de nous affliger de pareille aventure. Guernot répondit en brave chevalier :

—C'est à nos épées à nous préserver de ce chagrin. Il ne mourra que les lâches, et ceux-là nous les laisseront morts, n'y pouvant que faire. Quant à moi, je ne puis pas oublier mon honneur. Que les ennemis soient donc les bienvenus. »

Hagen de Tronegg dit : « Je n'approuve pas cet avis. Leudegast et Leudegaire sont fiers ; nous ne pouvons pas lever le ban en si peu de temps. Parlez à Siegefrid. »

On logea les messagers dans la ville. Quoique ennemis, Gunther les fit bien soigner. C'était bien agir. Alors il chercha l'ami qui devait lui prêter appui.

Le roi, livré à ses peines, était donc fort triste. Quand le brave chevalier le vit ainsi affligé, ne sachant pas la nouvelle qui lui était arrivée, il demanda au roi de lui avouer ce qu'il avait.

« Je suis étonné, dit Siegefrid, comment vous n'avez plus la joie et la bonne humeur que vous nous montriez jusqu'ici. Gunther lui répondit :

—Je ne puis pas dire à tout le monde le chagrin que je porte en secret dans mon cœur. Il n'y a qu'à des amis éprouvés qu'on doit confier ses chagrins de cœur. » Siegefrid à ces paroles pâlit et rougit.

Il dit au roi : « Je ne vous ai rien refusé, et je dois vous aider à sortir de vos peines. Si vous cherchez des amis, j'en suis un, et j'espère bien le prouver avec honneur jusqu'à la mort.

—Que Dieu vous récompense, seigneur Siegefrid. Ce discours me plaît, et quand même votre bras ne me donnerait pas de secours, je me réjouis cependant de vous voir si bon pour moi. Que je vive encore, et vous en serez bien récompensé.

« Je vais donc vous dire pourquoi je suis triste. J'ai appris par des messagers de mes ennemis qu'ils veulent

venir me visiter en armes. Jamais chevaliers n'ont fait
encore cela à notre pays.

—Ne vous en inquiétez pas, dit Siegefrid ; calmez votre
inquiétude et faites ce que je vous demande. Laissez-moi
vous conquérir honneurs et domaines, et mandez à vos
chevaliers qu'ils viennent aussi à votre aide.

« Quand même vos terribles ennemis auraient trente
mille chevaliers avec eux, je voudrais les défier, n'en
eussé-je que mille. Confiez-vous donc à moi. »

Le roi Gunther répondit : « Je vous en serai toujours
reconnaissant.

—Donnez-moi mille de vos hommes ; car je n'ai avec
moi que douze des miens, et je défendrai votre pays ; le
bras de Siegefrid vous défendra toujours fidèlement.

« Il nous faut l'aide d'Hagen, d'Ortwein, de Sanckward
et de Sendold, tes bons chevaliers. Il faut aussi que le
brave Folker vienne avec nous ; c'est lui qui portera
l'étendard ; il n'y a personne que je lui préfère pour cet
honneur.

« Renvoie les messagers dans le pays de leurs maîtres.
Qu'on leur apprenne que bientôt ils nous verront de
près. De cette façon nos châteaux resteront en paix. » Le
roi convoqua ses parens et ses vassaux.

Les messagers de Leudegaire vinrent à la cour. Quand
ils surent qu'ils allaient retourner chez eux, ils furent
très joyeux. Le roi Gunther leur fit de riches présens et
leur donna un sauf-conduit. Tout cela leur faisait bondir
le cœur de plaisir.

Gunther leur parla ainsi: « Dites à mes ennemis que je
leur conseille de rester tranquilles avec leur expédition.
Mais s'ils veulent venir me visiter dans mon pays, à moins
que mes vassaux ne se fondent comme neige, nous leur
ferons connaître ce que c'est que la fatigue des batailles. »

On offrit ensuite aux messagers les riches présens que Gunther leur offrait en grande quantité. Ils n'osèrent pas les refuser. Ensuite ils prirent congé et partirent avec grande joie.

Quand les messagers furent arrivés en Danemarck, et que le roi Leudegast eut apprit leur retour des bords du Rhin, quand on lui eut dit quel était le courage et la fierté des chevaliers du Rhin, il s'en affligea fort.

Les messagers disaient donc qu'aux bords du Rhin, il y avait maints vassaux courageux, et qu'ils avaient vu parmi eux un chevalier qui s'appelle Siegefrid, un guerrier des Pays-Bas. Leudegast fut contrarié d'apprendre cette nouvelle.

Quand les chevaliers de Danemarck apprirent cela, ils s'empressèrent encore plus de se procurer des amis, et Leudegast parvint à lever parmi ses vassaux jusqu'à vingt mille guerriers pour son expédition.

Le roi des Saxons Leudegaire convoqua aussi ses vassaux, et enfin ils eurent plus de quarante mille hommes, avec lesquels ils se préparaient à entrer dans le pays des Bourguignons.

Le roi Gunther convoqua aussi ses vassaux, avec ses parens et avec les vassaux de ses frères, et ils se préparaient tous à la guerre. Il y avait aussi les chevaliers de Hagen. La nécessité parlait, et c'était la nécessité qui allait pousser à la mort tant de chevaliers.

Ils s'occupèrent ardemment de l'expédition, étant décidés à partir : Folker devait porter l'étendard, Folker le brave, et Hagen devait être capitaine-général de l'armée. C'est ainsi qu'ils se préparaient à quitter Worms.

FIN.

TABLE DES MATIÈRES.

FIN DE LA TABLE.

www.ingramcontent.com/pod-product-compliance
Lightning Source LLC
Chambersburg PA
CBHW060929030726
47503CB00003B/525